Malcolm Pryce

Der letzte Tango in Aberystwyth

FUNNY CRIMES

SHAYOL

FUNNY CRIMES bei SHAYOL

3901 – Malcolm Pryce, *Aberystwyth Mon Amour*
3902 – Joe R. Lansdale, *Wilder Winter*
3903 – Olivier Mau, *Myrtille am Strand*
3904 – James Crumley, *Land der Lügen*
3905 – Joe R. Lansdale, *Rumble Tumble*
3906 – Lawrence Block, *Verluste*
3907 – Dieter Paul Rudolph, *Menschenfreunde*
3908 – Malcolm Pryce, *Der letzte Tango in Aberystwyth*
3909 – Joe R. Lansdale, *Sunset and Sawdust* (in Vorbereitung)
3910 – Miquel Silvestre, *Die blinde Dame* (in Vorbereitung)
3911 – Joe R. Lansdale, *Leather Maiden* (in Vorbereitung)

Malcolm Pryce

Der letzte Tango in Aberystwyth

Roman

Deutsch von
Katrin Mrugalla und Nadine Mannchen

FUNNY CRIMES
Herausgegeben von Richard Betzenbichler

SHAYOL

FUNNY CRIMES bei SHAYOL

Der letzte Tango in Aberystwyth
Die Originalausgabe erschien 2003 unter dem Titel
»Last Tango in Aberystwyth« bei Bloomsbury, London

Verantwortlich für das Programm der Reihe FUNNY CRIMES
ist Richard Betzenbichler: funny-crimes@web.de
Bestellungen und vertriebliche Anfragen bitte an den Verlag.

Malcolm Pryce, *Der letzte Tango in Aberystwyth*
Deutsche Erstausgabe
Erste Auflage: Mai 2009

Lektorat: Richard Betzenbichler
Korrektur: Martin Schloßbauer
Titelgestaltung: Fotodesign Sigrun Lenk, Freising
Umschlaggestaltung, Satz und Produktion: Ronald Hoppe
Druck: AAD TRESCOM, Berlin

SHAYOL VERLAG
Bergmannstraße 25
10961 Berlin
E-Mail: verlag@shayol.net
Internet: www.shayol-verlag.de

ISBN 978-3-926126-86-3

Mein besonderer Dank gilt meinem Lektor Mike bei Bloomsbury und meiner Agentin Rachel für ihre enorme Hilfe, Unterstützung, Begeisterung und die Mittagessen.

Das Spinnrad, an dem Dornröschen sich in den Finger stach, kam etwa in der Mitte des 17. Jahrhunderts nach Aberystwyth. Sein richtiger Name lautet »Sächsisches Rad«, aber niemand nennt es je so. Es besteht aus vier Teilen: dem Rad, der Spindel, dem Spinnrocken und dem Fußpedal bzw. der Tretkurbel. Diese Geschichte handelt von der Tretkurbel. Oder, genauer gesagt, von den Horden armseliger Mädchen, die sie in den Jahren nach der großen Flut traten. Die Mädchen kamen überwiegend von den Bauerhöfen jenseits von Talybont; Glücksuchende, die zwar einen Webstuhl nicht von einem Besen unterscheiden konnten, den Lichtern von Aberystwyth jedoch entgegenströmten in der Hoffnung, als Modell für die Deckel der Karamellkonfektschachteln, die man an die Touristen verkaufte, groß herauszukommen. Sie wurden Tretkurbel-Flittchen genannt, aber in der Regel kamen sie nie auch nur in die Nähe einer Tretkurbel, sondern boten ihre jungen, festen Körper in den Speakeasys der Druiden auf der Harbour Row feil.

Sie werden wenig Zauberhaftes an dieser Geschichte finden. Und da sie im Schatten der Burg von Aberystwyth spielt – und nicht jener, die Christian Andersen beschrieben hat –, gibt es auch keine heldenhaften Retter. Nur mich, Louie Knight, Aberystwyth' einzigen Privatdetektiv und mehr Frosch als Prinz. Nur wenige, die in dieser Geschichte vorkommen, lebten hinterher glücklich weiter. Aber immerhin *über*lebte die Hälfte von ihnen, und das war für die Stadt in jenen Tagen schon ein guter Durchschnitt ...

Kapitel 1

Ich musste unbedingt einen Druiden finden, und einen Druiden trifft man in Aberystwyth in etwa so häufig an wie eine Wespe beim Picknick. Ich war nicht wählerisch, ähnlich wie es einem egal ist, welche Wespe sich aufs Marmeladenbrot setzt, und Valentine aus der Boutique hätte mir schon genügt. In seinem schicken Crimplene-Safarinanzug, mit Terylene-Krawatte und dreifarbigen Schuhen hätte der Stil-Guru der Druiden eigentlich leicht auffindbar sein sollen. Aber ausgerechnet an jenem Abend war er wie vom Erdboden verschluckt, zusammen mit seiner ganzen Mannschaft. Und während ich einsam die Promenade rauf und runter schlenderte, traf ich nur ein paar Pilger, die mich fragten, an welcher Stelle Bianca gestorben sei.

Ich schlug den Kragen hoch, um mich gegen den Wind zu schützen, kehrte um und lief mit einem Gefühl von Trostlosigkeit am alten College vorbei in Richtung Constitution Hill. Im Bed-and-Breakfast-Ghetto quietschten und klapperten die Fensterläden, und ein kalter Wind trieb alte Zeitungen die Straße hinunter. In allen Fenstern hingen an diesem Tag »Zimmer frei«-Schilder, und jetzt, am Saisonende, wo der September in den Oktober überging, würden sie wohl ein weiteres Jahr hängen bleiben. Selbst Optimisten vertrauten jetzt nicht auf ihr Glück. In dieser Stadt bedeutete der Herbst vor allem eins: stürmisches Wetter

Dass ich Valentine verpasst hatte, machte mich nicht unbedingt traurig, aber es ging das Gerücht, dass er Eintrittskarten für Jubals Party hatte, und ohne Eintrittskarte gab es für mich nur eine Möglichkeit, da reinzukommen: Ich musste den zerknitterten Papierfetzen in meiner Manteltasche zum Einsatz bringen. Ich hatte ihn vor einer halben Stunde von einer der Prostituierten unten an der Trefechan Bridge gekauft, für ein Pfund. Sie hatte mir versprochen, er würde mir Jubals Türen schneller öffnen als ein Brecheisen; aber ich hegte da so meine Zweifel. Solche Tricks hatte ich schon öfter probiert, und entweder funktionierten sie überhaupt nicht und man war ein Pfund los, oder sie funktionierten so gut, dass man hinterher einen schmerzenden Schädel hatte. Was würde es wohl an diesem Abend sein?

Jubal Griffith war damals Bürgermeister und außerdem Casting-Chef der »Was der Butler sah«-Filmindustrie. Damit gehörte er – so weit es das in Aberystwyth überhaupt gab – zu den Mogulen. Sein Haus war leicht zu finden: Es war eines dieser imposanten, georgianischen Gebäude an der North Road oberhalb der Bowling-Rasenbahn, von denen aus man in der Ferne den Pier sieht. Diese Häuser hatten hohe Decken, echte Simse und neben dem Kamin eine Glocke, mit der man die Bediensteten herbeirufen konnte. Und in den meisten rottete im oberen Stockwerk ein alter Tattergreis vor sich hin, der sich noch an die Zeiten erinnern konnte, als auf das Klingeln hin auch jemand erschienen war.

Ich klopfte an die Tür, und ein Guckloch wurde geöffnet. Musik drang heraus, gemischt mit gedämpften Schreien und dem Geruch von geräucherten Speckschwarten. Zwei Augen starrten mich durch den Schlitz an, und bevor ich mich noch fragen konnte, was das wohl für ein Bürgermeister sein muss, der eine solche Vorrichtung in seiner Eingangstür nötig hat, sagte eine Stimme: »Tut mir leid, Mister, Zutritt nur für Mitglieder.« Ich lachte. Es überzeugte nicht mal mich, aber an so einem Abend war es das Beste, was ich zustande brachte. »Kitzelt dich jemand, Kumpel?«

Ich kicherte noch ein bisschen lauter und sagte fröhlich: »Nein, ich habe nur gerade gedacht, dass man normalerweise, wenn man in dieser Stadt einen Drink will, nur Mitglied der menschlichen Gemeinschaft sein muss.«

»Nun ja, mit genau der Organisation hatten wir ne Menge Ärger.« Das kleine Fenster wurde geschlossen.

Ich ging am Haus entlang zur Hintertür, öffnete den Briefschlitz und rief: »Huhu!« Hausschuhe schlurften den Flur entlang. Die Tür wurde einen Spalt weit geöffnet, so weit es die Kette erlaubte. Zwei alte, graue, wässerige Augen glotzten mich an.

»Ja?«

»Ich bin wegen dem Speakeasy da.«

»Dem was?«

»Dem Speakeasy. Ich habe gehört, da wäre eine tolle Party.«

Die alte Dame kniff die Augenbrauen zusammen und sagte mit dem schauspielerischen Können, das einem bei Schulaufführungen begegnet: »Oh, da müssen Sie sich wohl geirrt haben, so etwas gibt es hier nicht.«

Sie machte Anstalten, die Tür zu schließen, also schob ich meinen Fuß in den Spalt und drückte mit der Schulter gegen das Holz, woraufhin die Tür ein paar weitere Zentimeter nachgab. Die Alte war etwa 1 Meter 55 groß und trug über ihrem indigoblauen Wollrock ein staubgraues Schultertuch, dazu undurchsichtige, fleischfarbene Strümpfe, die wie Elastoplast aussahen, und an den Füßen Entspannungsstiefeletten aus Filz mit Kunstfell an den Knöcheln und einem Reißverschluss. Das gleiche Outfit wie tausend andere alte Jungfern in dieser Stadt. Niemand ließ sich davon täuschen.

»Sie irren sich, Lady, da läuft gerade eine Party, und ich bin eingeladen.«

Sie schaltete auf Walisisch um: *»Beth ydych chi eisian? Dydw I ddim yn siarad Saesneg …«*

In Zungen konnte ich genauso sprechen. *»Edrychwch Hombré, agorwch y drws! Por favor.«*

Sie versuchte, die Tür gegen den Widerstand meines Fußes zuzudrücken und sagte, jetzt wieder auf Englisch: »Ich kann Ihnen versichern, dass so etwas in meinem Haus nicht stattfindet.«

»Dann müssen Sie im falschen Haus sein. Sagen Sie Jubal einfach, dass ich da bin. Sagen Sie ihm, ich habe eine Nachricht von …« Ich warf einen Blick auf den Papierfetzen in meiner Hand. »… Judy Juice.«

Kaum hatte die alte Dame den Namen gehört, änderte sich ihr Benehmen. Sie hörte auf, sich gegen die Tür zu stemmen, und musterte mich aus zusammengekniffenen Augen.

»Miss Judy?«

Ich nickte.

»Wen soll ich melden?«

Ich reichte ihr eine Karte. Darauf stand: *Louie Knight, Schnüffler.* Sie griff danach, und ich zog den Fuß aus dem Türspalt. Als sie die Tür schloss, bückte ich mich und rief durch den Briefschlitz: »Und hören Sie auf, mir das alte verwirrte Mütterchen vorzuspielen, Ihre Schauspielkünste sind miserabel.«

Eine Zeit lang stand ich dort und dachte über den Fetzen Papier nach: zwei Worte, die für mich nicht das Geringste, für Jubal aber offensichtlich alles bedeuteten. Sie war, wie es hieß, das einzige Mädchen in der Stadt, das er haben wollte, aber nicht kriegen konnte. Und die unendliche Perversität des männlichen Herzens führt dazu, dass er dieses Mädchen, nur weil er es nicht haben konnte, mehr als alle anderen auf der Welt begehrte.

Die Tür öffnete sich, und zwei Männer in Rugbyhemden und mit

Oberkörpern wie Kleiderschränke starrten mich an, jene Sorte Männer, die keine Hälse, dafür umso mehr Gesicht haben. Sie machten eine Kopfbewegung, und dann gingen wir den Flur hinunter, wo die Geräusche der Party allmählich lauter wurden. Eine der Türen flog auf, und heraus schoss ein alter Mann in Satyrhosen, gefolgt von einer ältlichen, kichernden Frau. Ich warf einen Blick in das Zimmer: ein Gewühl von herumstehenden, redenden und trinkenden Leuten, auf einer Anrichte ein Büffet mit Blätterteigpasteten, Speckschwarten und diesen Ananas-Käse-Dingern, die man auf Miniaturplastikschwerter aufspießt. Mädchen, die Zylinderhüte und nicht viel mehr trugen, schoben sich mit Tabletts voller Punsch durch die Menge. Die beiden schweren Jungs zerrten mich weiter, bevor ich noch mehr sehen konnte.

Am Ende des Korridors war ein Büro, in dem sich drei weitere Muskelprotze mit T-Shirts vom selben Rugbyclub befanden, außerdem eine gelangweilt wirkende Blondine in walisischer Nationaltracht und Kunstleopardenmantel sowie ein Mann, der hinter einem Schreibtisch saß. Das Mädchen starrte fasziniert eine Lichtinstallation an der Decke an und kaute dabei mit regelmäßigem, feuchtem Schmatzen auf einem Klumpen Kaugummi herum. Der Mann hinter dem Schreibtisch war Jubal, ein kleiner, dicker Kerl mit einem Buckel und einem winzigen Kopf, der auf dem Buckel thronte wie eine Erbse auf einem Teigkloß. Ein Kerl, der überall seine Finger drin hatte, mehr noch als Jack Horner. Er hielt meine Karte behutsam zwischen seinen beiden Zeigefingern und betrachtete sie wie etwas, das gerade unter seinem Kühlschrank hervorgekrochen war. Dann zerriss er sie in zwei Teile, ließ sie zu Boden flattern und sah mich aus kurzsichtigen Augen durch die Gläser seiner Schildpattbrille an. Er blinzelte. »Ich weiß Ihre Aufmerksamkeit zu schätzen, Mr. Knight. Die meisten Spitzel, die meine Geschäfte ausbaldowern wollen, kommen mit einer Karte, auf der steht, sie wollten den Zähler ablesen.«

Ich lächelte ihn an.

»Leider ist das das Einzige, was ich an Ihnen zu schätzen weiß. Wenn Sie mir jetzt bitte die angekündigte Nachricht mitteilen würden?«

»Nein.« Nur eine einzige Silbe, aber alle Anwesenden schnappten gleichzeitig nach Luft. Jubal sah mich durchdringend an.

»Ich hoffe, Sie haben noch was Gutes in der Hinterhand, Schnüffler … um Ihretwillen.«

»Ich habe nicht vor, Ihnen die Nachricht zu übermitteln, aber ich würde sie vielleicht eintauschen ... gegen Informationen.«

»Welcher Art?«

»Ich bin auf der Suche nach einem Mann namens Morgan.«

»Und?«

»Dekan Morgan. Das ist jetzt die Stelle, wo Sie sagen müssen, dass Sie noch nie von ihm gehört haben.« Nur um mir eins auszuwischen, sagte er gar nichts, also füllte ich die Stille. »Er ist verschwunden, wie das oft passiert in Aberystwyth. Und, wie das ebenfalls oft passiert, hat mich jemand gebeten, ihn zu finden.«

»Ich verstehe nicht, was das mit mir zu tun haben soll. Und wenn das nichts mit mir zu tun hat, wird es bald sehr schmerzhaft für Sie.«

»Zuletzt wurde er auf einer Ihrer Partys gesehen.«

Jubal nahm die Brille ab und wischte die Gläser an dem Leopardenfellmantel des Mädchens ab. »Ist das alles?«, fragte er zunehmend übellaunig. »Er war bei einer meiner Partys? Sie platzen in eine private Versammlung rein, geben als Referenz den Namen irgendeiner alten Schlampe an, und das war's?«

»Wer sagt, dass sie eine Schlampe ist?«

»Weil das die einzige Art von Mädchen ist, mit der ich mich abgebe.« Er gab der Blonden einen Klaps aufs Knie. »Stimmt's, Toots?«

Das Mädchen löste den Blick von der Decke und gönnte ihm ein Lächeln, das schneller aufblitzte und erlosch als das Blinken eines Leuchtturms. »Natürlich, Schatz.« Dann legte sie den Kopf an seine Brust und gurrte.

Jubal sagte über ihren Kopf hinweg: »Sie will in einem meiner Filme mitspielen. Das wollen sie alle.«

»Macht vermutlich mehr Spaß, als einen Ihrer Filme anzusehen.«

Er zuckte leicht zusammen. »Sagen Sie, was Sie wirklich wollen, Spitzel. Geld? Und könnten Sie bitte die geistreichen Sprüche lassen? Sie sind ermüdend.«

Eigentlich wusste ich selbst nicht so richtig, was ich dort tat; ich wollte nur sehen, ob der Name des Dekans irgendeine Reaktion auslöste. Bis jetzt ohne Erfolg. Also sagte ich: »Ich wollte fragen, warum Ihre Jungs Dekan Morgan ins Meer geschmissen haben.«

Er wandte sich an die Rugby-T-Shirt-Truppe: »Hat einer von euch Jungs kürzlich einen Mann namens Dekan Morgan ins Meer geworfen?«

Sie sahen sich fragend an und sagten dann wie aus einem Mund: »Wir nicht, Boss.«

»Da haben Sie sich wohl geirrt«, sagte Jubal zu mir.

»Vermutlich sind Ihre Jungs ein bisschen verwirrt. Er heißt nicht Dekan, das ist sein Titel. Er unterrichtet am College von Lampeter. Letzte Nacht hat man ihn mit dem Gesicht nach unten im Hafenbecken gefunden.«

»Wie tragisch. Ich habe gehört, die Wellen haben eine Menge Kraft.«

»Das dürfte wohl stimmen, sie haben ihm nämlich das Genick gebrochen.«

Die Spannung nahm spürbar zu und mischte sich mit Überraschung über die Umstände seines Tods, was nicht verwunderlich war, hatte ich mir das Ganze doch gerade erst ausgedacht. Alle im Zimmer wandten ihre Aufmerksamkeit Jubal zu. Alle außer dem Mädchen, das seine Wange an Jubals Brust rieb und langgezogene Mhmm-Laute von sich gab. Jubal lachte. Nicht das übertriebene Bühnen-Lachen eines Menschen, der versucht, etwas zu verbergen. Nein, es war das sorglose Lachen eines Menschen, der genau weiß, dass man gerade einen Schuss ins Blaue abgefeuert hat – einen Schuss, der nicht mal dann mehr an der Wahrheit vorbeigegangen wäre, wenn man es gewollt hätte.

»Tja, Schnüffler, dann scheint er sich ja bestens erholt zu haben von seinem gebrochenen Genick. Vor fünf Minuten hat er mich noch angerufen.«

Ich überlegte, welcher Gesichtsausdruck jetzt wohl angebracht sei. Natürlich konnte es sein, dass er log. Es war sogar ziemlich wahrscheinlich. Ich hatte allerdings auch gelogen, und das wusste er. Genau wie ich wusste, dass er log, und er wusste, dass ich wusste, dass er log, und ich wusste, dass er wusste, dass ich log. Ich setzte das strahlende, breite Grinsen eines Idioten auf.

»Sagen Sie mal, Spitzel, haben Sie wirklich eine Nachricht von Judy?«, fragte Jubal.

»Natürlich.«

»Und warum würde sie ausgerechnet Ihnen diese Nachricht anvertrauen?«

»Sie ist eine Freundin von mir.«

»Was Sie nicht sagen! Eine enge Freundin?«

»Ach, es geht so.«

»Das ist ja wirklich interessant. Wie sieht sie denn aus?«

Ich zögerte, gefangen in den Scheinwerfern eines heranrasenden Zugs.

Jubal lachte. »Los, beschreiben Sie sie.«

»Nun ja ... wissen Sie ...«

»Los, los, Schnüffler. Das sollte doch nicht allzu schwierig sein. Ich gebe Ihnen einen kleinen Tipp: Heute Abend trägt sie einen Leopardenfellmantel ...«

Das Mädchen drehte sich zu mir um und schenkte mir ein schmalzig-süßliches Lächeln. Und dann fingen alle im Zimmer an zu lachen – alle außer mir. Und während ihm noch die Tränen über das rot angelaufene Gesicht liefen, machte Jubal eine Handbewegung in meine Richtung und sagte zu einem seiner Muskelprotze: »Wirf diesen Abschaum ins Meer.« Auf dieses Signal hin zogen sie ihre Totschläger raus, stülpten mir eine Kapuze über den Kopf und spielten auf meinem Kopf eine Melodie.

Als ich wieder zu mir kam, lag ich am Fuß des Constitution Hill, und eine kalte Meerwasserzunge leckte mir wie ein treuer Hund über das Gesicht. Das Morgengrauen brach durch dicke, bauschige Wolken, und mir pochte der Schädel. Sie hatten mich direkt oberhalb der Hochwassermarke liegen lassen, was – wenn man es sich recht überlegte – nur heißen konnte, dass sie mich wirklich mochten.

KAPITEL 2

Der zerbeulte grüne Bus fuhr mit quietschenden Bremsen an den Straßenrand und spuckte einen alten Mann in einem billigen Anzug aus. Er stellte zwei Koffer auf den Boden und blinzelte in die Morgensonne, die das Meer zum Glitzern brachte. Vom Bushäuschen aus warfen ihm eine Mutter und ihr kleines Mädchen argwöhnische Blicke zu. Der Mann atmete tief ein und sagte: »Riechst du das, Señor Rodrigo?«

Aus dem Koffer antwortete eine Stimme: »Zurück in Aberystwyth. Derselbe alte Geruch.«

Der Mann sah auf den Koffer hinab. »Ja, derselbe alte Geruch.«

»Wir hatten gesagt, wir würden nie mehr zurückkehren.«

»Wir sagen immer, dass wir nie mehr zurückkehren.«

»Und da sind wir wieder.«

Die Frau packte das kleine Mädchen am Arm und zog es hastig die Prom hinauf, wobei sie von Zeit zu Zeit einen misstrauischen Blick zurückwarf. Der alte Mann schaute ihnen eine Zeit lang hinterher. Die Furchen in seinem Gesicht zeugten von der wehmütigen Traurigkeit, die das Schicksal des lebenslangen Außenseiters ist. Dann bückte er sich, als laste die ganze Welt auf seinen Schultern, und nahm die Koffer. Sie waren übersät mit verblassten Aufklebern, und auf dem am meisten verblassten stand: »Der unglaubliche Mr. Marmalade.«

»Soll ich Ihnen helfen?«, fragte ich.

Er schüttelte den Kopf. »Die schleppe ich schon seit vierzig Jahren.«

»Ich könnte den kleineren nehmen.«

Er zuckte zusammen. »Ja, ich weiß, und dann werfen Sie Señor Rodrigo ins Meer.« Er schritt davon, überquerte die Straße und betrat die Seemannsmission.

Ich blieb noch eine Weile stehen und ging dann den Rest der Prom bis zu der hölzernen Landungsbrücke beim Hafen hinauf. Der warme Herbstwind hatte aufgefrischt und kündigte den nahen Winter an. Am Ende der Landungsbrücke drehte ich mich um und genoss den Ausblick auf die Stadt, die in der Morgensonne dampfte, als wäre sie immer noch feucht von der Überschwemmung vor drei Jahren.

Rückblickend war es wirklich erstaunlich, wie gut der alte Ort die Flut überstanden hatte. Das Wasser hatte die Stadt überschwemmt, als stünde sie in einer gigantischen Autowaschanlage, und sie sauberer gewaschen, als eine streunende Katze die Gräten eines Räuberherings abnagt. Nicht allzu viel war völlig zerstört worden. In jener schicksalhaften Nacht hatten wir alle den Atem angehalten und die Augen geschlossen, und als wir sie wieder öffneten, war das meiste noch da. Natürlich waren fast alle beweglichen Dinge verschwunden: Tische, Stühle, Spinnräder und Großvateruhren, Krönungsbecher mit den in langen Jahren gesammelten Sixpence-Münzen, Teewärmer, Dioramas und stereoskopische Ansichten von Llandudno, außerdem all die Salben, die in den hinteren Ecken der Schubladen herumgelegen waren, und sämtliche orthopädischen Strumpfwaren, Porzellanfiguren, Messingelefanten und Haarbürsten, in denen das verfilzte Haar von vier Generationen hing. Und, von ihren Bilderrahmen auf den Dampfradios, eine Sepia-Generation junger Männer aus dem Ersten Weltkrieg, die somit erneut verloren war, nur diesmal an das Meer. Alles war dem unersättlichen Sog des Ozeans zum Opfer gefallen.

Aber die Gebäude blieben im Großen und Ganzen stehen. Hier und dort klafften Lücken in den Reihen der Läden auf der Terrace Road und der Great Darkgate Street wie fehlende Zähne in einem Gebiss. Kleine Rechtecke voller Schutt, in denen sich ölige Pfützen, flatternde Plastiktüten und zerbrochene Kommoden angesammelt hatten, in denen die Ratten hausten, und zu beiden Seiten Häuser, deren Seitenwände – wie einem das noch von Fotos aus dem Blitzkrieg vertraut ist – weggerissen waren und den Inhalt jedes einzelnen Stockwerks preisgaben wie ein offenes Puppenhaus.

Die Stadträte aus Dresden, die extra anreisten, um Tipps für den Wiederaufbau zu geben, fanden wenig zu tun. »Das nennen Sie eine Mondlandschaft?«, fragten sie. »Das ist doch der reinste Spaziergang! Machen Sie es einfach wie wir 1945. Sammeln Sie die ganzen Gemälde alter Meister, auf denen die Stadt dargestellt ist, außerdem alle Aquarelle und Drucke der wichtigsten städtischen Gebäude, alle Kupferstiche und Lithographien, und davon ausgehend bauen Sie wieder auf. Denken Sie nicht lange darüber nach, machen Sie einfach.« Und das taten wir dann auch. Da wir keine Leinwände von Cavaletto oder Holzstiche von Dürer hatten, beschränkten wir uns auf etwas Bescheideneres: einen landesweiten Aufruf, alte Urlaubsfotos und Postkarten von Aberystwyth einzusenden. Natürlich bekamen wir nicht gerade wenige Bilder von der Sphinx und vom schiefen Turm von Pisa, denn heutzutage ist ja – wie alle wissen, die mal von einem Verkehrspolizisten angehalten wurden – jeder ein Komiker. Aber der anhaltende Strom von Aschenbechern, Salz- und Pfefferstreuern und Barometern, auf denen die Ansicht der Stadt zu bewundern war, reichte aus, dass wir loslegen konnten.

Außerdem war uns das Eimer-und-Schaufel-Benefizkonzert eine riesige Hilfe, das von den Straßendarstellern am Ende des Piers organisiert wurde. Sie kamen von allen Küsten Britanniens: Vogelstimmenimitatoren, Leierkastenmänner, Bauchredner, Stand-up-Comedians, Skiffle-Musikanten – sie alle taten sich zusammen, um unter dem Slogan »Ich sag's euch, ich sag's euch, ich sag's euch, mein Hund hat keine Nase!« Spendengelder zu sammeln.

Als ich wieder zur Bushaltestelle zurückkam, wartete dort meine Partnerin Calamity Jane auf mich. Sie trug einen glänzenden schwarzen Ledermantel und eine schwarze Baskenmütze und sah aus, als habe sie vor, jemanden umzubringen. Noch nicht einmal siebzehn und schon derart bewandert, was das Leben auf der Straße anging: ein Mädchen, das sich dort in vielen Punkten besser auskannte als ich, das die neuesten Neuigkeiten – egal welche – immer früher hörte als ich und auch noch weniger dafür zahlte. Sie war eine Stunde zu spät dran, hielt eine neue Kamera in der Hand und machte einen seltsam heimlichtuerischen Eindruck.

»Calamity!«

»He! Wo warst du?«

»Die Frage ist doch wohl, wo du warst. Wir haben den Bus verpasst.«

»Ich habe meine neue Kamera ausprobiert. Gefällt sie dir?« Sie hielt sie mir entgegen.

»Spritzt die mir Wasser in die Augen?«

»Nein.«

»Dann gefällt sie mir deutlich besser als die letzte.«

Sie grinste. Egal, wie sehr sie versuchte, die ausgebuffte Bingohallen-Gaunerin zu mimen, der Schalk in ihr blitzte doch immer durch. Wenn ich das sah, konnte ich mir das Grinsen einfach nicht verkneifen: diese pfiffige Gerissenheit, die sich ganz merkwürdig mit ihrer entzückenden Unschuld vermischte, und mit diesem Blick freudigen Erstaunens und Glaubens, den der Schmutz der Straße nicht trüben konnte; dieser Ausdruck in ihren Augen, von dem Eeyore sagte, er sei es immer noch wert, dass man ihr einen Orden verlieh.

Seit drei Jahren waren wir jetzt Partner, und ich hatte mir alle Mühe gegeben, auf sie aufzupassen, ihr den Vater zu ersetzen, den sie nicht hatte, und sie davor zu bewahren, auf die schiefe Bahn zu geraten. Wie die neu erworbene Kamera bewies, war das nicht immer ganz leicht. Der Schwarzmarkt, der sich nach der großen Flut entwickelt hatte, war für ein Mädchen wie Calamity einfach zu verführerisch.

Skeptisch betrachtete ich die Kamera. »Sieht ganz schön teuer aus.«

Sie sah ihre Neuerwerbung prüfend an. »Die hab ich von einem meiner Schuldner.«

»Und wofür brauchst du die?«

Calamity trat etwas näher an mich heran, blickte kurz die Prom rauf und runter und sagte: »Ich fotografiere Tante Minnies.«

»Prima.«

Sie nickte zustimmend. »Sehe ich auch so. Das Teil hat ne ostdeutsche Linse. Die sind für so was am besten geeignet.«

»Tante Marjories, wie?«

»Minnies.«

»Tante Minnies.«

»Genau.«

»Ich habe gerade gedacht, von denen könnten wir wahrscheinlich noch ein paar mehr brauchen.«

»Ich nehme sie zu den Akten.«

»Du brennst drauf, dass ich endlich frage, stimmt's?«

»Was?«

»Du weißt genau, was.«

Der nächste Bus kam erst in über einer Stunde, also gingen wir in die Cabin Coffee Bar in der Pier Street und setzten uns in eine der Nischen, von denen aus man auf die Straße sehen kann. Nachdem Calamity sich ausgiebig an meiner Unwissenheit geweidet hatte, erklärte sie mir endlich, was eine Tante Minnie war.

»Das ist ein Wort, das von Spionen benutzt wird. Es bedeutet Fotos, die Touristen geschossen haben, und die dann für die Geheimdienste interessant werden, weil auf ihnen im Hintergrund zufällig etwas höchst Geheimes zu sehen ist. Zum Beispiel eine russische Rakete oder ein Überläufer.«

»Und wer ist Tante Minnie?«

»Sie werden so genannt, weil im Vordergrund immer die Tante von irgendjemand zu sehen ist.«

»Schon ein etwas kühnes Vorhaben.«

»Man kann nie wissen. Irgendwas von dem Zeug wird sich eines Tages als nützlich erweisen, da kannst du dich drauf verlassen.«

Ich gab ihr ein Foto von Dekan Morgan, das mit der Post gekommen war. »Wir können nur hoffen, dass heute Nachmittag niemand zum Feind überläuft, wir haben nämlich einen richtigen Job. Wenn wir Glück haben, werden wir sogar bezahlt.«

Calamity warf einen Blick auf das Foto. »Ein Priester? Wie langweilig.«

»Dieser Priester wäre genau dein Fall. Er ist vom Lehrstuhl für Leichenbestattung.«

»So was kann man studieren?«

»Irgendwie muss man das ja lernen.«

»Und was hat er angestellt?«

»Er hat dreißig Jahre lang am College in Lampeter das Seminar über Leichenbestattung abgehalten. Dann beschließt er eines schönen Tages, nach Aberystwyth zu fahren. Seitdem hat man nichts mehr von ihm gehört. Es steht zu befürchten, dass er Teil des Lehrplans geworden ist. Unsere Klientin ist eine junge Frau namens Gretel. Sie ist eine seiner Studentinnen.«

»Man sollte doch meinen, sie wär froh, dass er nen Abgang gemacht hat.«

»In Lampeter sind sie anders drauf.«

Gretel hatte vor drei Tagen angerufen. Ich hatte ihr vorgeschlagen, sie solle in die Stadt kommen, mein Büro sei in der Canticle Street, aber sie hatte nur gekichert und gesagt: »Oh, das könnte ich nie und nimmer!« Als ob die Canticle Street in Gomorrah läge. Also willigte ich ein, nach Lampeter zu fahren, und bat sie, sich zu beschreiben, damit ich sie erkennen würde. Sie sagte, sie würde ein braunes Missionarskleid, ein schwarzes Kopftuch und einen großen, hölzernen Rosenkranz tragen. Und sie sei ziemlich dick. Ich dachte mir, das sollte nicht allzu schwierig sein, aber als unser Bus in die Hauptstraße einbog, die von verträumten alten Collegegebäuden aus Sandstein gesäumt wird, sah ich bestimmt sechs weitere junge Frauen, auf die diese Beschreibung gepasst hätte.

Das Pub im oberen Abschnitt der Straße war leicht zu finden. Es hieß The Jolly Ferryman und war zwei Häuser von einem Souvenirladen entfernt, der Bonsai-Eiben verkaufte. Ein Pub mit altertümlichen Bogenfenstern und Fensterscheiben wie der Boden einer Milchflasche – die Sorte, wo einem schon alles vor den Augen verschwimmt, bevor man was getrunken hat. Als ich eintrat, winkte mir von der Nische am Fenster eine junge Frau in einem Missionarskleid zu.

Gretel stellte sich und ihre Freundin Morgana vor und fragte uns, was wir trinken wollten. Morgana sagte freundlich: »Sie und Ihre Tochter müssen erschöpft sein nach der langen Fahrt von der Stadt hier raus.«

»Ich bin nicht seine Tochter«, stellte Calamity sofort klar. »Ich bin seine Partnerin. Ich bin Detektivin.«

»Von welcher Stadt?«, fragte ich.

Die jungen Frauen brachen in glockenhelles Gelächter aus und schlugen sogleich die Hände vor den Mund.

»Wieso? Natürlich Aberystwyth.«

Bei der Erwähnung dieses Namens bedachten uns einige der Leute im Pub mit finsteren Blicken. Ich bestellte einen Rum und Calamity einen Whiskey mit Zitrone, aber ich wandelte ihre Bestellung in ein Ginger Ale um. Als die Getränke kamen, stießen wir alle an, und ich fragte: »Also – wieso studieren Sie Leichenbestattung?« Beide Mädchen schwiegen höflich, als wollten sie der jeweils anderen den Vortritt lassen. Schließlich sagte Gretel: »Genau genommen studiere ich gar nicht ›Leichenbestattung‹ als solches. Ich studiere Medienwissenschaft.«

»Haben Sie vor, für den Gemeindeanzeiger zu schreiben?«

»Aber nein! Doch nicht die Art Medien! Ich studiere, um ein Medium zu werden.«

»Aha«, sagte ich. Und nachdem ich ein bisschen darüber nachgedacht hatte, fügte ich hinzu: »Ich wusste gar nicht, dass es so einen Studiengang gibt.«

Gretel lächelte und sah auf ihre Holzschuhe hinab. »Ich merke schon, Sie glauben nicht dran.«

»Das habe ich nicht gesagt. Ich bin für alles offen.«

Morgana stieß ihre Freundin in die Seite. »Mach doch mal ein bisschen Ektoplasma, dann wird er schon sehen.«

Wieder kicherten beide, und dann lachten sie so laut, dass die hölzernen Rosenkränze klackten.

»Das könnte ich nicht!«, kreischte Gretel. »Nicht nach dem, was letztes Mal passiert ist.«

Der Barkeeper warf einen argwöhnischen Blick in unsere Richtung, als habe er unsere Gedanken gelesen und wolle durchaus nicht an das letzte Mal erinnert werden. »Außerdem brauche ich für einen Eierbecher voll ja schon eine halbe Stunde«, fügte Gretel hinzu.

»Ich nehme an, gut Ding will Weile haben«, erwiderte ich hilfsbereit. »Erzählen Sie mir was über den Dekan.«

Gretel griff nach ihrem Rosenkranz, ließ ihn auf der Suche nach Inspiration durch die Finger gleiten und gab mir schließlich, angefeuert von Morgana, die sie immer wieder unauffällig aber nachdrücklich in die Seite stieß, die gewünschten Hintergrundinformationen. Der Dekan war in den vielen Jahren, die er am College gelehrt hatte, immer ein sehr zurückhaltender, schweigsamer Mensch gewesen. Dann hatte er eines Tages zu jedermanns Überraschung plötzlich angekündigt, dass er für ein paar Tage fortfahren wolle.

Bei dieser Enthüllung warfen sich die beiden jungen Frauen verständnislose Blicke zu. Ich wollte gerade sagen, das sei doch nichts Besonderes, als vom Nachbartisch laute Stimmen herübertönten.

Ein junger Mann knallte sein Glas auf den Tisch. »Also wirklich, Jeremy, und als nächstes willst du mir dann weismachen, Osiris hätte es nie gegeben oder irgend so was!«

»Ich sage doch nur ...«

»Parfümierte Salben, Wachs, Gewürze ... du kennst doch den ganzen Mist, aus dem Balsam hergestellt wird. Alexander der Große konserviert in Honig ...«

»Ja klar, erspar mir den ganzen Mittlere-Reife-Quatsch. Ich sage doch nur, dass das Einwickeln in Tücher und das Begraben in trockenem Sand zufällig geschahen und keine vorrangig bestatterische Bedeutung hatten.«

»Und die Siedlungen in Abu Qir existieren dann vermutlich auch nicht?«

»Pscht, ihr beiden, nicht so laut«, mischte sich einer der anderen Studenten am Tisch ein. »Ihr stört die Gäste.«

Die anderen am Tisch murmelten beifällig: »Ja, es ist sowieso schon spät, gehen wir und lernen wir weiter«, und machten sich daran, ihre Gläser zu leeren.

Wir wandten uns wieder unserem eigenen Gespräch zu.

»Vielleicht wollte der Dekan einfach mal Urlaub machen«, sagte Calamity.

Gretel blinzelte ungläubig. »So was Frivoles würde der Dekan niemals tun! Außerdem ist es komisch, dass er nicht gesagt hat, wohin er wollte. Zufällig hat ihn Gwladys Parry, die Putzfrau, auf der Prom in Aberystwyth gesehen, als er gerade aus dem Excelsior Hotel kam. Wir konnten es einfach nicht glauben. Der Dekan in Aberystwyth! Ich habe sofort im Excelsior Hotel angerufen, aber dort hat man mir gesagt, er sei bereits abgereist. Ein paar Tage später hat er mich dann von der Nummer aus angerufen, die ich Ihnen gegeben habe.«

»Von dem Speakeasy?«

»Ja. Aber als ich ihn zurückgerufen habe, war das ganz seltsam, ich konnte im Hintergrund Geräusche hören wie von ... ja, wie von einer Party oder irgend so was, und der Mann am Apparat sagte ...« Sie schloss die Augen, um sich auf die genaue Formulierung konzentrieren zu können. »›Unser Klub gibt grundsätzlich keine Bestätigungen über die An- oder Abwesenheit irgendeines Stammgastes heraus.‹ Ich war mir sicher, dass ich die verkehrte Nummer hatte. Der Dekan würde niemals zu so einer Party gehen.«

»Das ist unerhört«, sagte Morgana.

»Weshalb hat er Sie angerufen?«

»Oh, er sagte, ich solle seine Milch abbestellen und seine Katze und den Wurf junger Kätzchen ertränken, den sie gerade geboren hatte.«

Ich holte das Foto heraus. Es war eine steife, gestellte Aufnahme von einem Priester mit einem Kollar, die für irgendein Jahrbuch oder einen Katalog gemacht und offensichtlich aus selbigem ausgeschnitten worden war.

»Was Besseres konnte ich nicht finden.«

»Vielleicht wollte er einfach nur mal Bingo spielen«, schlug Calamity vor.

»Aber warum hätte er das tun sollen?«

»Um sich mal ein bisschen abzulenken. Muss doch total schaurig sein, wenn man jeden Tag mit Leichen zu tun hat.«

Gretel seufzte verständnisvoll. »Ja, ich weiß, was du denkst. Wir müssen ganz schön langweilig sein, wenn wir uns mit so was beschäftigen – nicht wie die Studenten in Aberystwyth. Alle denken dasselbe.«

»Oder sie glauben, wir wären total makaber«, ergänzte Morgana. »Nur, weil wir Experimente mit Würmern und Fleisch machen.«

Gretel stieß ihre Freundin in die Seite. »Sie sind enttäuscht, weil wir nicht wie das schlechte Mädchen sind.«

Wieder kicherten sie.

»Welches schlechte Mädchen?«

»Oh«, sagte Gretel und rümpfte die Nase. »Über die reden wir nicht.«

»Außerdem haben Sie sowieso unrecht«, fügte Morgana hinzu. »Leichenbestattung ist ein viel interessanteres Thema, als Sie denken. Wussten Sie ...« Sie und Gretel tauschten einen verschwörerischen Blick aus. »Jeder von uns bekommt am Anfang des Semesters einen Leichnam, an dem er üben kann, wie ein richtiger Arzt. Stellen Sie sich das mal vor!«

»Und einige der Leichen aus Aberystwyth sind eines gewaltsamen Todes gestorben. Meine hatte ein Loch von einer Kugel.«

»Und meine einen zerquetschten Kehlkopf!«

»Und wir machen tolle Exkursionen – die Katakomben oder Grüfte ... Ostern fahren wir nach Golgatha.«

»Aus all dem lässt sich aber trotzdem nicht ableiten, dass der Dekan in Schwierigkeiten steckt«, wandte ich ein.

Morgana stieß Gretel in die Seite. »Erzähl ihm von der anderen Sache.«

Gretel holte tief Luft und beugte sich näher zu uns. »Eine Woche, nachdem er weg war, kam ein Mann und hat nach ihm gefragt. Ein wirklich seltsamer Mann.«

»Meinen Sie seltsam für Lampeter oder seltsam für eine normale Stadt?«, fragte Calamity.

Ich gab ihr unter dem Tisch einen Tritt.

»Er war seltsam gekleidet, und er war unfreundlich«, antwortete Gretel.

»Unhöflich«, ergänzte Morgana.

»Wie sah er aus?«

»Wir konnten sein Gesicht nicht erkennen«, sagte Gretel. »Er trug einen dicken Schal und einen Hut mit breiter Krempe, den er sich tief ...«

»Mit einer schwarzen Feder.«

»Und er trug einen langen schwarzen Mantel, wie ihn die Juden im Mittelalter getragen haben – Sie wissen schon, wie die, die sie in den Peacocksläden für 19,99 verkaufen.«

»Die aus Gabardine.«

»Ein paar Tage später hat der Dekan noch mal angerufen, und als ich ihm erzählt habe, dass ein Mann in einem Peacocks-Mantel nach ihm gefragt hat, hat er richtiggehend aufgeschrien und gesagt: ›Oh Gott, ich bin verdammt!‹«

»Was ich nicht verstehe«, warf Calamity ein, »wieso er Sie anruft und nicht etwa seine Sekretärin.«

»Weil wir seine Freunde sind«, entgegnete Gretel. »Wir erledigen freiwillig alle möglichen Sachen für ihn.«

»Was denn zum Beispiel?«

Sie zuckte mit den Schultern. »Ach, nichts Besonderes, meistens Almosen geben. So wie das Studenten überall tun.«

Ich ließ das ausnahmsweise mal durchgehen.

Nach einer kurzen Pause fügten sie wie aus einem Mund hinzu: »Und wir machen natürlich seine Aufbahrungen.«

Ich musste würgen. »Das machen Sie für den Dekan?«

»Sie können doch wohl kaum erwarten, dass er das selbst macht, oder?«, fragte Morgana empört.

»Außerdem gibt er uns Geld dafür«, sagte Gretel.

»Und das können wir gut brauchen. Wie sollte man sonst heutzutage von seinem Stipendium leben?«

Als der Bus die Hauptstraße hinunterfuhr, sahen wir durch das Rückfenster einen Aufruhr auf dem gepflegten Rasen des College. Die zwei Studenten, die sich vorher im Pub gestritten hatten, schlugen aufeinander ein, und der Rest der Gruppe stand um sie herum und feuerte sie begeistert an. Aus den Klöstern zu beiden Seiten der Rasenfläche stürzten Studenten und Tutoren in ihren flatternden schwarzen Talaren herbei wie ein Schwarm Stare oder aufgeschreckte Fledermäuse. Sie rannten wie der Wind und schrien trunken vor Aufregung: »Prügelei! Prügelei! Prügelei!«

KAPITEL 3

Das Excelsior ist eines jener Hotels, die in einer sanft geschwungenen Reihe an der Prom in Aberystwyth stehen und allmählich verfallen. Es überdauert den Sommer, indem es an bessere Zeiten denkt, und trägt seine vier Sterne an der Eingangstür wie eine Kampfauszeichnung. Genau wie der Automobilklub, der die Auszeichnungen vergibt, ist es das Überbleibsel einer längst vergangenen Zeit – einer Zeit, in der ein Aufzug als amerikanische Erfindung betrachtet wurde und Gemeinschaftsbadezimmer am Ende der Flure die Norm darstellten. Hier tragen Gäste noch Jackett und Krawatte und nehmen Erfrischungen zu sich, aber das Unerträglichste von allem ist, dass uns diese Welt die Brown-Windsor-Suppe eingebrockt hat. Die Böden im Hotel knarzen wie die Eingeweide eines hölzernen Schiffes. Es ist wie eine gebrechliche, aber würdevolle ältere Dame, und wenn ein Hotel Arthritis bekommen und am Stock gehen könnte, dann würde dieses das tun. All das wusste ich, weil ich vor vielen Jahren dort mal eine Saison lang als Hausdetektiv gearbeitet hatte. Ein unterbezahlter Schnüffler mit einem Kabuff, einem Schlagstock und einem Aufgabengebiet, das beinhaltete, ein wachsames Auge auf die verschlagenen Gestalten zu haben, die von der Straße hereinkamen, und ein noch wachsameres Auge auf die zwielichtigen, die dort arbeiteten.

In den guten alten Zeiten war einem wie in jedem Hotel, das etwas auf sich hielt, die Tür von einem Mann geöffnet worden, der wie ein Kavallerieoffizier aus den napoleonischen Kriegen gekleidet war. Aber ihn gab es schon lange nicht mehr, und so musste ich die schwere Tür aus Messing und Glas selbst öffnen. Im Foyer hatte sich fast nichts verändert; der Falten werfende Teppich, die Sesselschoner, die Pferdefiguren aus Messing ... und die gleichen altbekannten Gestalten: Hinter der Bar stand in schmuddeligem weißem Hemd und Fliege der Sohn des schmierigen Direktors und polierte wie in einer Endlosschleife immer dasselbe Glas. An den Erkerfenstern saßen Mitglieder jener reisenden Truppe aus alten Jungfern und Witwen, die ihr Leben damit verbringen, auf einer festgelegten Route entlang der Küste Britanniens von Hotel zu Hotel zu pilgern. Runzlige alte Frauen, die mit der Berechenbarkeit von zu ihren Laichplätzen ziehenden Lachsen jedes Jahr zur gleichen Zeit auftauchen und darauf bestehen, dasselbe Zimmer und das gleiche Essen zu bekommen wie im Vorjahr. Und jeden Tag kriechen sie im Morgengrauen aus ihren Löchern, um ihre Strickarbeit auf den leeren Armstuhl zu legen und damit ihre Besitzansprüche zu bekunden wie die Amerikaner mit der Flagge auf Iwo Jima.

Die einzigen anderen Gäste waren Vertreter für Schultertücher und Zierdeckchen. Zwei von ihnen saßen an einem Tisch in der Nähe der Bar und unterhielten sich im undurchdringlichen Kauderwelsch ihrer Branche über das Zierdeckchenwesen mit seltsamen Wörtern und bekannten Wörtern, die seltsam benutzt wurden: Webart, Wirtel, Matrize, Muster, Scheibe, Milchstraße, Flor, Schwarze Witwe und Weiße Witwe, Königin Anne und Junkersdirne ... Ich hörte ihnen eine Weile zu. Sie gehörten zu jenen seltsamen, einsamen Männern, wie man sie manchmal im Vorbeifahren sieht, wenn sie über eine Karte gebeugt in einer Parkbucht halten. Neben ihnen lag eine Zeitung, die auf der Seite mit den Todesanzeigen aufgeschlagen war, von denen eine mit Kugelschreiber eingeringelt war.

Ein schmuddeliges Leben, das dem einfachen Glaubenssatz folgt, dass es bei Zierdeckchen – genau wie bei Schneeflocken – niemals zwei gleiche gibt.

Ich ging zu einer alten Dame an einem der Erkerfenster hinüber. Sie saß mit übertrieben geradem Rücken auf ihrem Stuhl, wie das heute niemand mehr kann, genau wie niemand mehr im Kopf rechnen oder lateinische Verben deklinieren kann. Ihre Nase hatte eine leichte, aber dauerhafte Tendenz zur Hochnäsigkeit, und durch eine Lorgnette musterte sie die Leute, die draußen vorbeigingen, um vor ihrem Mittagsschlaf noch so viel Missbilligung wie möglich anzuhäufen.

»Ich wette, Sie haben von hier aus einen guten Auslick«, sagte ich.

Mit provozierender Langsamkeit wandte sie sich mir zu. Ihre Lippen waren so fest aufeinandergepresst, dass ihr ganzes Gesicht verzerrt war.

»Ich meine: Sie können jeden sehen, der reinkommt, und jeden, der rausgeht.«

Ich wartete und wartete, und das Lächeln auf meinem Gesicht wurde schon ganz welk, bis sie nach einer Ewigkeit schließlich den Mund öffnete und sagte: »Vielleicht.« Dann richtete sie den Blick wieder auf die Straße.

Das Kabuff des Hoteldetektivs, das ursprünglich mal ein Wirtschaftsraum gewesen war, befand sich immer noch an derselben Stelle im zweiten Stock wie vor fünfzehn Jahren. Er war nicht da, aber der Hauch von Dampf aus einem Kessel, in dem gerade erst Wasser gekocht hatte, verriet mir, dass er nicht allzu weit entfernt sein konnte. Ich trat ein. Das Kabuff wurde größtenteils von einem hölzernen Schreibtisch ausgefüllt, an den Wänden hingen aus Magazinen gerissene Fotos von nackten Frauen, und auf dem Schreibtisch lag in der Nähe des Kessels und eines gesprungenen Porzellanbechers ein Schlüsselbund. Ich ging um den Schreibtisch herum und öffnete die Schublade, in der sich ein paar mit Sicherheit von Gästen zurückgelassene Strickmuster, eine Socke, ein Käsebrötchen und ein Eispickel befanden. Der Boden vor dem Kabuff quietschte, und als ich mich umdrehte, starrte er mich mit einem Blick an, als würde er schon ziemlich lange dort stehen.

Auf seinem dreckigen Unterhemd klebte getrocknetes Ei, die glänzenden, malvenfarbenen Wangen waren mit den Stoppeln von vier

Tage nicht rasiertem Bart bedeckt, und der Reißverschluss seiner Hose stand halb offen. Die Augen waren vom Schlaf verklebt, und er war so fett, dass seine Hüften beinahe die gegenüberliegenden Wände des Flurs berührten. Der Totschläger in seiner Hand schwang mit derart übertriebener Lässigkeit hin und her, dass man den Eindruck bekam, in diesem Hotel könnte einem schon dann damit eins übergezogen werden, wenn man sich über die Suppe beschwerte.

»Suchen Sie was?«

Ich lächelte verschämt. »Ich habe nur die Fluchtwege überprüft.«

Er schnüffelte. »Brennt es irgendwo? Ich kann nichts riechen.«

»Im Moment nicht. Aber es könnte ja jeden Moment ein Feuer ausbrechen – das kommt selbst in den besten Häusern vor.«

»Dann dürften wir hier ziemlich sicher sein.«

»Sie haben vier Sterne an der Eingangstür, also können Sie auch abbrennen.«

Er kratzte sich mit dem Totschläger an der Wange. »Fluchtweg also? Tja ...« Er versank in tiefe Nachdenklichkeit, dann strahlte er plötzlich und sagte: »Sie haben nur den Fehler gemacht, in meiner Schreibtischschublade danach zu suchen. Dort ist er nicht.« Er zwängte sich in das Kabuff, räumte ein paar Putzlumpen vom einzigen anderen Stuhl und bedeutete mir, mich zu setzen. Ich gehorchte. Er setzte sich auf seinen Bürostuhl und knallte die Schublade zu. »Ich mache diese Art Job jetzt seit zwanzig Jahren, und nach meiner Erfahrung hält man auf der Suche nach dem Fluchtweg normalerweise nach der Feuertreppe vorm Fenster Ausschau.«

»Da habe ich zuerst nachgesehen, aber nichts gefunden.«

»Weil wir da noch keine haben. Wir haben eine Sondervereinbarung mit der Feuerwehr – wenn es brennt, kommen sie und lehnen eine Leiter gegen die Wand.«

»Gut zu wissen.«

»Gehört alles zum Service.« Er deutete mit dem Totschläger auf mich. »Nachdem wir das mit dem Fluchtweg jetzt geklärt haben, könnten Sie mir vielleicht sagen, ob ich Ihnen irgendwie behilflich sein kann.«

Ich zog meinen Flachmann heraus. »Sehe ich so aus, als würde ich Hilfe brauchen?«

»Für mich sehen Sie aus wie ein Schnüffler.«

Ich nickte. »Sie dürften sich da wohl auskennen. Wollen Sie einen Drink?«

Er schob die Teetasse über den Tisch, und ich füllte sie und goss mir dann selbst einen Schluck in die Verschlusskappe. Er trank und nickte anerkennend. Ich holte das Foto des Dekans heraus und legte es ihm hin. Der Hausdetektiv würdigte es keines Blicks, trank nur die Tasse leer und schob sie mir wieder hin. Ich schenkte ein. Er trank, dann griff er nach dem Foto, sah es kurz an, legte es nieder und sagte: »Ja, den habe ich gesehen.«

Ich legte eine Pfundmünze auf den Tisch, und er griff danach und betrachtete sie, als handle es sich um eine ausländische Währung, die er noch nie gesehen hatte. »Seltsam, Sie sind nicht der erste, der nach ihm fragt.«

Ich wartete, dass er weiterredete, was er aber nicht tat. Stattdessen lächelte er. Ich legte noch eine Münze auf den Tisch.

»Nachdem er abgereist war, kam ein Mann in einem langen schwarzen Mantel, wie sie in den Peacocksläden verkauft werden, und einer Kappe mit einer Feder dran. Er war nicht so höflich wie Sie.«

Ich nickte. »Hat der Dekan eine neue Adresse angegeben?«

»Eigentlich nicht.«

Ich legte eine dritte Münze auf den Tisch, der ein ähnliches Schicksal widerfuhr wie den beiden ersten. »Und uneigentlich?«

Wieder kratzte er sich mit dem Totschläger an der Wange. »Er hat nicht gesagt, wo er hingeht, aber seltsamerweise war er anders gekleidet, als er das Hotel verließ. Völlig anders, als wollte er sich eine neue Identität zulegen – solche Idioten haben wir hier öfter. Und wenn man weiß, wie er sich gekleidet hat, kann man raten, wohin er wollte.« Er sah mich ausdruckslos an.

Ich legte meine letzte Münze auf den Tisch. Er schüttelte den Kopf. »Das muss ich silbenweise berechnen.«

»Wie viele Wörter sind es?«

»Nur eins.«

Ich seufzte. »Na gut. Sprechen Sie es aus.«

»Bauchredner.«

Ich ging die Great Darkgate Street hinauf und an der Burg vorbei in Richtung des Bed&Breakfast-Ghettos unten am Hafen. Dort wohnten meistens die Bauchredner, zusammen mit den arbeitslosen Clowns, den abgetakelten Impresarios und den Männern, die aus der Bank flüchteten, um im Zirkus mitzuarbeiten. An der

Burg bahnte ich mir meinen Weg durch Berge von zerbrochenen Steinen und stieg dann den Hügel beim Kriegerdenkmal hoch. Am Himmel ballten sich ausladende, glänzende Wolken zusammen, die einen Sturm ankündigten und das Meer zu seifigem Abwaschwasser aufwühlten. Unter mir konnte ich Sospans neuen Kiosk sehen – umgesetzt und umgestaltet nach der kurzlebigen und vergeblichen Liebesmüh, einer Stadt Designer-Kaffee zu verkaufen, die nur nach Vanille lechzte. Und südlich davon – unten am Hafen, aber auf dem Weg in Richtung Sospans Verkaufsstand – waren mit dem langsamen aber unerbittlichen Vorrücken eines Gletschers mein Vater Eeyore und die Esel unterwegs. Jeden Tag waren sie dort, selbst im tiefsten Winter, wenn keine Touristen da waren, trotteten sie die Prom rauf und runter, vom Constitution Hill zum Hafen und wieder zurück. Eine Pendeluhr aus Fell, aufgezogen von einem Schlüssel aus Stroh.

Ich ging hinunter und wurde von Sospan freudig begrüßt. »Bore da!, Louie. Das Übliche?"

»Nein, gib mir irgendwas, was ich noch nicht probiert habe."

Er wedelte mit dem Zeigefinger vor meinem Gesicht herum. »Da habe ich genau das Richtige für dich.« Dann wandte er sich seinem Eisautomaten zu, und auch ich drehte mich um, lehnte mich mit dem Rücken an den Tresen und starrte aufs Meer hinaus. Weiter unten waren die Überreste eines aus den mit Schleim überzogenen Felsen herausgearbeiteten edwardianischen Meerwasser-Schwimmbeckens zu sehen. Noch keine hundert Jahre alt, und schon war fast nichts mehr übrig: nur die Umrisse in den Felsen, wie die Knochen eines Fossils, und Beweis dafür, dass das Gift, das Ninive und Troja zerstört hatte, nicht vorhatte, Aberystwyth zu verschonen. Sospan reichte mir ein blassgrünes Eis. »Das wird dir schmecken!«

Ich leckte. Es schmeckte tatsächlich, ich hätte nur nicht sagen können, wonach. »Was ist denn das? Frosch?«

»Absinth.«

»Soll das ein Witz sein?«

»Du musst es ganz langsam lecken.«

Er machte sich auch eins und beugte sich vor, um mir Gesellschaft zu leisten.

»Und ich dachte schon, wir hätten dich verloren«, sagte ich. »Dass du das Eiscremegeschäft aufgegeben hättest.«

Er verzog das Gesicht. »Weißt du, letztlich kann man das einfach nicht. Es ist, als würde man mit einer betörenden Blondine davonlaufen. Du weißt schon, eine Weile hat man seinen Spaß, aber sie kann nicht kochen, und nach einiger Zeit wird einem klar, was man wirklich will: eine leckere Schüssel *Caawl* und jemanden, der einem die Socken wäscht.«

»Ich glaube, seit meine Mutter starb, als ich ein Baby war, hat mir noch nie eine Frau die Socken gewaschen.«

»Da hast du wirklich was verpasst, Louie. Einem Mann die Socken zu waschen, das ist es, worum es in der Liebe wirklich geht.«

»Darauf schlürfe ich mir eins.«

»Du hast gerade Father Seamus verpasst. Er hat nach dir gefragt.«

»Wie nett von ihm.«

»Ihm schmeckt das neue Absintheis. Natürlich sage ich ihm nicht, was drin ist. Ich habe behauptet, es wäre grüner Tee.«

Ich betrachtete das angedeutete, hintergründige Lächeln, das Sospan zu allen denkbaren Gelegenheiten aufsetzte. Das gleiche Lächeln, wie es auch Leichenbestatter, Puffbesitzer und andere aufsetzen, die von Berufs wegen ein Verständnis für die Herzen der Menschen haben und eine Politik der Nichteinmischung verfolgen. Es war gut, dass er wieder sein Geschäft betrieb, seine Abwesenheit hatte uns schwer getroffen, genauso, wie wir immer noch Myfanwys Gesang vermissten, der abends nicht mehr durch die Straßen hallte.

»Ich dachte, Father Seamus kauft sein Eis immer am anderen Ende der Prom.«

»Ach ja, das ist eine traurige Sache«, antwortete Sospan und gab ein leises, mitfühlendes Zischen von sich. »Es ist wegen dieser immer mehr um sich greifenden Ablehnung der kirchlichen Lehre. Die meisten anderen Kioske weigern sich, kirchliche Würdenträger zu bedienen.«

»Ist das nicht ein bisschen drastisch? Schließlich sind nicht die Christen an der Flut schuld, sondern die Druiden.«

»Ich weiß, aber die Leute sind nun mal verunsichert. Weil es diesmal keinen Regenbogen als Zeichen Seiner Verheißung gab. Viele Leute sind deswegen sauer. ›Was stimmt denn nicht mit uns?‹, fragen sie. ›Warum kriegen wir keinen?‹«

»Vermutlich will Er einfach nur keinen guten Regenbogen verschwenden.«

»Genau das sage ich ihnen auch.«

»Jedenfalls ist es nett, dass du dich nicht so verhältst wie die anderen.«

»Du kennst mich, Louie, ich ergreife nie Partei.«

»Dein Kiosk ist eine moralische Schweiz.«

»Jeder ist mir willkommen, das weißt du. Das ist eine Abmachung, die ich mit Evans, dem Richter habe: Ich verurteile niemanden, und er verkauft im Gericht kein Eis.«

Ich sah ihn an. Es war das erste Mal, dass er versuchte, einen Witz zu machen, und ausnahmsweise war sein Lächeln fast schon warm.

Eeyore traf ein und bestellte ein Schoko-Softeis. Wir nickten uns zu, und ich streichelte Sugarpies Flanke und band sie am Laternenpfahl fest. Eeyore hatte vor seiner Pensionierung jahrelang für die Polizei gearbeitet, um sich dann in die angenehmere Gesellschaft der Esel zurückzuziehen – die einzigen Tiere auf der ganzen Welt, die, wie er mir mal sagte, wirklich nur in den Tag hineinleben. Damals hatte er die örtlichen Ganoven so oft am Kragen packen müssen, dass seine Finger ganz weich waren, und er hatte sich ein enzyklopädisches Wissen über sie bewahrt. Ich fragte ihn, ob er irgendetwas über Männer in knöchellangen Peacocks-Mänteln wisse, die an ihren Kappen schwarze Federn trugen. Er nickte, und ein gequälter Ausdruck huschte über sein altes, zerfurchtes Gesicht.

»Ja«, sagte er mit ernster Stimme. »So einen habe ich schon mal gesehen. Einmal nur, und es ist lange her. Er war ein Druidenmörder, den man ›den Raben‹ nannte. Die Feder war sein Abzeichen. Raben sind spezielle Agenten, talentierte Schürzenjäger, ausgebildet, um weibliche Agenten zu verführen und umzubringen.«

»Glaubst du, es könnte sich um denselben Mann handeln?«

Eeyore schüttelte betrübt den Kopf, die Erinnerung war offensichtlich schmerzhaft. »Nein. Der Rabe, den ich verhaftet habe, hat fünfmal lebenslänglich bekommen und ist vor siebzehn Jahren bei einer Auseinandersetzung im Sicherheitstrakt des Cwmtydu-Gefängnis erstochen worden. Aber diese Agenten sind alle gleich, immer derselbe Typ. Und es kommen immer wieder neue dazu. Die meiste Zeit leben sie nämlich als Schläfer unter uns. Ganz unauffällig, in so einer Art Winterschlaf. Sie gehen ihren täglichen Geschäften nach wie du und ich. Sospan hier könnte einer sein, und wir würden es nicht wissen.« Er deutete mit seinem halb gegessenen Hörnchen auf den Eismann. Ich musterte Sospan, der gerade den Mr.-Whippy-Eisautomaten polierte und so tat, als würde er nicht zuhören. Er lächelte. Irgendwie konnte ich ihn mir nicht als Schläfer vorstellen, außer im eigentlichen Wortsinn.

»Dann wird er von jemandem aktiviert, und schon – da kann man sich drauf verlassen – passieren einige ziemlich unerfreuliche Dinge. Für gewöhnliche Jobs werden diese Leute nicht aktiviert.«

»Klingt ziemlich übel«, sagte ich.

Eeyore nickte. »Ist es auch. Das Schlimmste ist – sobald sie mal aktiviert worden sind, kann man sie nicht mehr zurückrufen. Der Auftrag kann nicht zurückgezogen werden. Das kann nicht mal derjenige, der ihn erteilt hat.«

Die Seemannsmission war im letzten Jahrhundert im Auftrag der Kirche in unspezifischer Episkopalarchitektur aus schmucklosen Steinbögen und dunklem, verfärbtem Holz errichtet worden. Der Anwendungsbereich des Worts »Seemann« hatte sich seit damals erweitert und galt nun auch für all das menschliche Strandgut, das im Leben untergegangen und an die Küsten von Aberystwyth gespült worden war: Landstreicher und Veteranen des Patagonienkriegs, Schiffskapitäne und Heizer, die verloren waren in einer Welt, wo es nichts mehr anzuheizen gab, Mönche, die auf der Flucht vor ihrem Orden auf Caldy Island, und Leuchtturmmänner, deren Lichter gelöscht oder automatisiert worden waren. Und immer fand sich dort auch eine kleine Gruppe unvermittelbarer Bauchredner.

Im Erdgeschoss war ein leerer Raum mit einigen harten, an die Wand gerückten Stühlen und einer Informationstafel. Zwischen diesem Raum und der Küche, aus der der strenge Geruch von gekochtem Kohl drang, lag ein speisesaalähnliches Esszimmer. Fünf Pence für eine Mahlzeit und vergessen Sie nicht, beim Abwasch mitzuhelfen. Oben gab es Schlafsäle und für jene mit ein wenig Einkommen auch einige Privatzimmer. Im Flur wischte eine Dame in Morgenrock und Kopftuch den gefliesten Boden. Ich fragte nach Father Seamus, der die Mission leitete, aber sie sagte, er sei nicht da. Außerdem erfuhr ich von ihr, dass der erstaunliche Mr. Marmalade in Zimmer Drei im obersten Stockwerk logierte.

Die Tür stand einen Spalt offen, und von drinnen konnte man leises Weinen hören. Ich zögerte. Dann ließ sich die quietschige Stimme vernehmen, die aus dem Koffer ertönt war.

»Aber, aber, Mister Marmalade. Alles wird wieder gut, Sie werden schon sehen.«

»Es ist vorbei, Señor Rodrigo, ich sage es Ihnen. Alles ist hin.«

»Sagen Sie nicht, dass Kämpfen zu nichts führt, Mister Marmalade.«

»Wo sind die Jahre nur hin, mein teurer Freund?«

»Eine Zeit lang hielten wir sie in den Händen, Mister Marmalade, fest an unsere Herzen gedrückt.«

Es folgte die Andeutung eines sentimentalen Kicherns.

»Ja sicher, das taten wir. Aber wir konnten sie nicht am Davoneilen hindern, konnten sie nicht lange aufhalten.«

»Sie flohen dahin wie die Seiten eines zerrissenen Programmhefts, die die Straße hinuntergeweht werden.«

»Ja, genau so ist es, sie werden die Straße hinuntergeweht ... und beflecken den kalten Nordwind mit ... mit ...«

»Mit dem Schatten unserer Vergänglichkeit.«

»Der Schatten, genau.« Wieder das Kichern.

»Auf Sie, Mister Marmalade.«

Zwei Gläser wurden aneinander gestoßen.

»Wir haben schon einiges durchgemacht, Señor Rodrigo.«

»Wir haben sie alle gesehen, stimmt's? Wir haben sie kommen und wir haben sie gehen sehen.«

Ein Dielenbrett knarzte unter meinen Füßen. Mister Marmalade und Señor Rodrigo unterbrachen abrupt ihr Gespräch.

»Wer ist da? Was war das?«

»Da schnüffelt jemand rum!«

Ich stieß die Tür auf. »Ich habe einen Schrei gehört, deshalb ...«

Mister Marmalade blickte mich argwöhnisch an, dann setzte er die Brille auf. »Ach, Sie sind das.«

Ich trat ein. Sie saßen jeder an einer Seite eines billigen kleinen Tisches mit spindeldürren Beinen und tranken Tee. In der Nähe des Tisches stand eine elektrische Lamellenheizung, aber nur die Birnen für den Lichteffekt waren eingeschaltet, die Lamellen selbst waren kalt und grau wie verbrannte Stöcke. Mister Marmalade trug Unterhemd und Hose, und die Hosenträger hingen ihm an der Seite herunter. Ihm gegenüber saß seine Puppe, Señor Rodrigo. Sie war mit der Hose eines berittenen Stierkämpfers bekleidet, und über der Stuhllehne lag sorgfältig gefaltet eine kleine, dazu passende Jacke. Auch Señor Rodrigo hatte ein Unterhemd an, aus dem dünne, hölzerne Arme ragten. Sie aßen Dosenfleisch, allerdings hatte Señor Rodrigo seine Portion noch nicht angerührt.

Mister Marmalade sagte: »Einen Schrei haben Sie gehört? Hier hat niemand geschrien. Haben Sie was gehört, Señor Rodrigo?«

»Muss wohl gewesen sein, als Ihnen der Dreckfussel ins Auge geflogen ist.«

»Genau! Das wird es gewesen sein! Mir ist ein Dreckfussel ins Auge geflogen.« Und dann fügte er unsicher hinzu: »Wirklich, das war so.«

Ich zog das Foto von Dekan Morgan heraus und hielt es ihm hin. »Ich wollte Sie nicht stören, aber ich bin auf der Suche nach diesem Mann.«

Mister Marmalade schob sich die Brille auf die Stirn und hielt sich das Foto dicht vor die Augen. »Ich glaube nicht, dass ich ihn kenne. Ist das ein Freund von Ihnen?«

»Ich untersuche sein Verschwinden. Ich bin Privatdetektiv.«

»Ich sagte doch, er schnüffelt rum«, mischte sich Señor Rodrigo ein.

»Aber, aber«, mahnte Mister Marmalade. »Das muss doch nicht sein.« Dann legte er das Foto auf den Tisch und fügte hinzu: »Ich kenne ihn nicht. Ist er in Schwierigkeiten?«

»Vielleicht. Er ist nur ein harmloser alter Mann, der unter Umständen in Schwierigkeiten geraten ist und vermutlich nicht weiß, wie er damit umgehen soll. Ich vermute, er könnte sich als Bauchredner verkleidet haben.«

Mister Marmalade verzog das Gesicht. »Ein Hochstapler! Die mögen wir gar nicht, nicht wahr, Señor Rodrigo?«

»Die wollen uns immer nur Böses.«

Ich zog meine Karte heraus und nahm das Foto wieder an mich. »Falls Sie ihn sehen sollten, falls Sie irgendjemanden kennen, der was wissen könnte, erreichen Sie mich unter dieser Adresse.«

Auf dem Weg nach draußen streifte mich die Putzfrau und drückte mir einen zerknitterten Papierfetzen in die Hand. Ich las ihn erst, als ich am Ende der Straße um die Ecke gebogen war. Auf dem Zettel stand: »Kommen Sie heute Abend zum Spiel, wenn Sie etwas über Ihren Freund erfahren möchten.« Und dann der für Aberystwyth unvermeidliche Nachtrag: »Bringen Sie genügend Geld mit.«

Als ich zu meinem Büro kam, parkte auf der Straße ein Polizeiwagen. Die beiden Insassen warteten bereits in meinem Büro auf mich. Einer von ihnen war Polizeichef Llunos, den anderen kannte ich nicht. Llunos schüttelte mir wie üblich die Hand, wirkte aber irgendwie angespannt. Der andere Bulle hatte einen Blick aufgesetzt, als würde es im Zimmer schlecht riechen. Ich bedachte ihn mit einem kurzen Nicken, holte wortlos drei Gläser aus der Kochnische und schenkte in alle drei Rum ein. Die beiden rührten sich nicht.

»Durstig?«, fragte ich.

»Das wird Ihnen nichts nützen«, erwiderte der fremde Bulle.

Ich nippte an meinem Rum und sagte dann zu Llunos gewandt: »Wer ist der harte Bursche?«

Llunos zuckte zusammen. »Das ist DI Harri Harries aus Llanelli. Er hat den Auftrag ...«

»Dir die Nase zu wischen?«

»Man hat mir schon erzählt, dass es mit Ihnen Ärger geben würde«, sagte Harri Harries säuerlich.

»Das könnte durchaus stimmen.«

»Nein.« Er stand auf, stellte sich so nah vor mich hin, dass sein Gesicht nur noch zehn Zentimeter von mir entfernt war, und sah zu mir hoch. Er war etwa fünfzehn Zentimeter kleiner als ich und trug den beim CID üblichen zerknitterten Anzug und darüber einen schäbigen Regenmantel. Und er hatte Salami gegessen. »Nein, Kumpel, das tut es nicht. Ich habe ihnen gesagt, dass mir kein Schnüffler der Welt Probleme macht. Jedenfalls nicht zweimal.«

Llunos, der auf dem Klientenstuhl saß, sagte: »Detective Harri Harries wird mich eine Zeit lang unterstützen. Ich wüsste es sehr zu schätzen, wenn du so gut wie möglich mit ihm zusammenarbeiten würdest.«

Ich drehte mich aus der Reichweite des Salamiatems. »Solange er sich keine besseren Manieren angewöhnt, kriegt er gar nichts von mir.«

»Nur weiter so, Schnüffler, leg dich nur mit mir an, da tust du mir echt einen Gefallen. Ich habe die Nase jetzt schon voll von diesem elenden Kaff, ein bisschen Abwechslung wäre nicht zu verachten.«

Ich sah Llunos an. »Lernen die in Llanelli solche Sprüche?«

Llunos zuckte mit den Schultern. Harri Harries machte einen halben Schritt auf mich zu, sodass sein Mantel leicht über mein Handgelenk strich. Ich spürte seine Körperwärme und roch den schwachen, säuerlichen Gestank von Boots Rasierwasser und ungewaschenen Ohren.

»Llanelli, Carmarthen, Pontypridd ... nette Städtchen. Und wissen Sie, warum? In keinem davon gibt es einen Schnüffler. Es gab mal welche, aber damit habe ich aufgeräumt.«

Ich wandte mich an Llunos. »Wozu brauchst du Unterstützung? Du scheinst deinen Job doch auch ganz gut allein hinzukriegen.«

Llunos antwortete nicht, aber sein Gesichtsausdruck verriet, wie unwohl er sich fühlte. Irgendetwas war passiert, und jetzt hatten sie ihm diesen Affen geschickt, der ihm im Genick saß.

»Die ganze Stadt mit einer Flut auszulöschen, ist Ihrer Ansicht nach also ›ganz gut hinkriegen‹?«, schnaubte Harri Harries.

»Das ist doch längst Geschichte.«

»Oh, Sie mögen Geschichte wohl nicht? Wie wäre es dann mit einer der neuesten Pressemeldungen? Zum Beispiel mit der über einen billigen Schnüffler, der in eine private Party reinplatzt und dem Bürgermeister Angst einzujagen versucht?«

»Oder zum Beispiel mit der über den Bürgermeister, der seinen Männern befiehlt, den Schnüffler zusammenzuschlagen und bewusstlos ins Meer zu werfen?«

Harri Harries verschlug es kurzzeitig die Sprache. Offenbar hatte Jubal vergessen, diesen Aspekt des abendlichen Zwischenfalls zu erwähnen. Es war eindeutig, dass Harri Harries das gar nicht gefiel. Weder die Tatsache, dass der Bürgermeister ungenehmigt Prügel anordnete, noch, dass er ihm Sand in die Augen gestreut hatte. Es gefiel ihm zwar nicht, aber dass ich bei der Party aufgekreuzt war, gefiel ihm noch viel weniger.

»Sie hätten eben gar nicht erst dorthin gehen sollen«, knurrte er.

»Genau wie der Bürgermeister. Und deswegen hat man Sie den ganzen Weg hier raufgeschickt?«

»Nein, da ist noch was anderes.«

»Was denn?«

Er warf Llunos einen Blick zu, doch der starrte stur auf seine Schuhe.

»Das geht Sie nichts an. Wobei Sie vermutlich gar nicht wissen, was dieser Satz bedeutet, stimmt's?«

»Ich könnte es ja lernen.«

»Und ob Sie das lernen werden!« Er ging zum Fenster und schnappte sich im Vorbeigehen das Foto von Marty vom Schreibtisch. »Wer ist das denn? Ihre Frau?«

Ich schwieg, aber Llunos zuckte sichtlich zusammen. »He, das ist … also …«

Der fremde Bulle hielt sich das Foto dicht vors Gesicht, dann drehte er es um und las, was auf der Rückseite stand. »He, ich weiß, wer das ist. Der Schuljunge, nicht wahr? Der, der auf dem Querfeldeinlauf gestorben ist.«

Ich warf Llunos einen fragenden Blick zu, und er sagte: »Von mir hat er das nicht.«

Harri Harries schnaubte. »Nein, das habe ich in Ihrer Akte gelesen, Schnüffler. Ich wette, Sie wussten nicht mal, dass es eine Akte über Sie gibt, nicht wahr? Daher weiß ich alles über Ihren kleinen verweichlichten Freund, der während der Sportstunde erfroren ist.« Er ließ das Foto in den Papierkorb fallen. »Tragisch. Aber trotzdem kein Grund, Ihren Sportlehrer aus einem Flugzeug zu stoßen.«

»Ich habe ihn nicht gestoßen, er ist gefallen.«

»Und wo ist da der Unterschied?«

»Für Sie ist der vielleicht nicht groß. Für mich schon. Was ihm passiert ist, war ein Unfall; aber was er Marty angetan hat, war kein Unfall.« Natürlich war das eine Lüge. Er war aus dem Flugzeug gefallen, als ich ihn mit einem Cricketschläger verprügelt hatte. Rasch warf ich einen Blick auf den Schläger, der in der Ecke meines Büros stand, und dann zu Llunos, der mit mir im Flugzeug gewesen war; er schien es nicht für nötig zu halten, mir zu widersprechen.

»Sie brechen mir das Herz, Schnüffler«, schnaubte Harri Harries. »Der Knabe hat ein schwaches Herz und stirbt auf einem Querfeldeinlauf, na und? So was kommt vor. Das gibt Ihnen nicht das Recht, Ihr Leben lang auf einem weißen Pferd durch die Stadt zu stürmen und den Bürgermeister mit Dreck zu bewerfen.«

»Und wer zum Teufel gibt Ihnen das Recht, mir zu erzählen, was ich zu tun und zu lassen habe? Sie sind doch noch keine fünf Minuten in der Stadt!«

»Ich bin hier das Gesetz, mehr brauchen Sie nicht zu wissen.«

Ich ging zur Tür und riss sie auf. »Danke für Ihren Besuch, harter Bursche.«

Im Hinausgehen sagte er: »Passen Sie auf, dass Sie eine saubere Weste behalten. Sonst komme ich und wasche sie Ihnen.«

Llunos stand auf und folgte ihm. An der Tür blieb er stehen und sah mich mit dem hilflosen Ausdruck eines Freunds an, der um die richtigen Worte ringt. Jahrelang war unser Verhältnis von ausgeprägter Feindseligkeit bestimmt gewesen. Wie die meisten Bullen mochte er keine Privatdetektive, aber seit wir damals Seite an Seite in dem Flugzeug gekämpft hatten, war zwischen uns so etwas wie Freundschaft entstanden, die auch dadurch bestärkt wurde – so stellte ich mir das jedenfalls gern vor –, dass ihm allmählich klar wurde, dass wir trotz unserer unterschiedlichen Herangehensweisen auf derselben Seite kämpften. Mit einer Handbewegung bedeutete ich ihm zu gehen. Ich wusste, wie sehr ihm missfiel, was eben geschehen war, er brauchte es nicht auszusprechen.

Nachdem die Schritte auf der Holztreppe verklungen waren, holte ich das Foto von Marty aus dem Papierkorb und stellte es wieder auf den Schreibtisch. Seit einiger Zeit schon waren die Farben heller geworden – ein langsames, filmisches Verblassen hin zu einem Weiß, das jenen Moment in der vierten Klasse reflektierte, als er im Schneesturm verschwand. Nur in meiner Erinnerung ist das Bild noch lebendig. Jener Tag, als der Sportlehrer, Herod Jenkins, Martys Attest zurückwies und ihn auf den Querfeldeinlauf schickte. Marty, der schwindsüchtige Schuljunge, hatte nicht die geringste Chance gehabt. Ich nahm den Cricketschläger in die Hand, holte aus und ließ vor meinem inneren Auge noch einmal die Szene von vor drei Jahren aufleben, als ich Martys Tod endlich gerächt hatte: wie ich Mr. Jenkins im Rumpf des Flugzeugs gegenübertrat und ihm jenen Schlag versetzte, der ihn von den Füßen riss und die horizontale Falte in seinem Gesicht, die man ein Lächeln nannte, aus dieser Welt trudeln ließ. Seitdem waren unzählige frühere Schüler in mein Büro geschlichen, Männer, die in ihren abgetragenen Mänteln dastanden, sich offensichtlich nicht wohl in ihrer Haut fühlten und nicht wussten, wie sie sagen sollten, warum sie gekommen waren. Sie lächelten erleichtert, sobald ich sagte, ich wüsste schon Bescheid und ihnen wortlos den Schläger reichte. »Der Spieler ist draußen!«, riefen sie, wenn ich ihnen eine zerknüllte Papierkugel zuwarf. Und bevor sie mir feierlich die Hand schüttelten und die hallende, nackte Holztreppe hinunterstiegen, waren ihre einzigen Worte oft: »Ich war von '70 bis '75 dort.«

Ich schüttete die beiden unberührten Drinks in die Flasche zurück, setzte mich, griff nach meinem Glas und ließ die Flüssigkeit darin kreisen. Und ich fragte mich, was wohl diese Sache war, die Harri Harries erwähnt, über die er aber nicht hatte sprechen wollen.

Die, die mich nichts anging. Allmählich bekam ich dieses prickelnde Gefühl im Nacken, das ankündigt: Ärger liegt in der Luft. In meinem Beruf gibt es nicht viele Gewissheiten. Aber eine Voraussage konnte ich mit hundertprozentiger Sicherheit machen: Wenn mir so ein harter Bursche erzählte, etwas ginge mich nichts an, endete das immer damit, dass es mich eine Menge anging.

Kapitel 4

Wenn man sich überlegte, wie viele Gartenhäuschen und Rabatten weggeschwemmt worden waren und wie lange deswegen auch das jährliche Marmelade-Einkochen hatte ausfallen müssen, dann gab es erstaunlich wenig Groll gegen die Leute, die den Damm bombardiert hatten. Die meisten Menschen waren der Meinung, im Großen und Ganzen sei der Gerechtigkeit Genüge getan worden. Dai the Custard Pie, dessen Scherzartikelladen völlig verschwunden war, saß inzwischen in einem speziell hergerichteten Kerker tief unterhalb von der Burg. Ein Clown des Bösen, der wie ein Höhlenmensch dazu verdammt war, das Licht der Sonne nie mehr zu erblicken. Mrs. Llantrisant, die Frau, die so viele Jahre die Stufen zu meinem Büro geputzt hatte, war wie Napoleon fünfzehn Meilen entfernt im Meer auf Saint Madoc's Rock verbannt worden. Lovespoon, Druide und Walisischlehrer, galt als vermisst, vermutlich ertrunken. Herod Jenkins wurde zuletzt gesehen, wie er aus dem Flugzeug fiel. Nur Dai Brainbocs, dem genialen aber bösartigen Schuljungen und Chefarchitekten unseres Ersaufens, war die Flucht gelungen. Er hielt sich irgendwo in Südamerika auf, traditionell das Urlaubsziel von Flüchtigen und Überläufern: Butch Cassidy und Sundance Kid, die Offiziere des Dritten Reichs, die großen Posträuber und jetzt Brainbocs. Und mit ihm die unvorstellbarste aller Gangsterbräute, das Mädchen, das eigentlich hätte das meine sein sollen: Myfanwy.

Die Putzfrau aus der Seemannsmission hatte sich nicht gerade in Details verloren. Kommen Sie zum Spiel. Aber das reichte. Es mochte in der Stadt eine Reihe von Spielen geben, aber nur eins kam ernsthaft in Frage: »Mrs. Beynon sagt«, auch bekannt als Marktweiberschach. Es ging darum, wer mehr über die geheimen Laster und Taktlosigkeiten seiner Nachbarn wusste als alle anderen in der Straße. Es hatte als harmloses Wohnzimmervergnügen begonnen, bei dem man an Weihnachten um Streichhölzer gespielt hatte, aber heutzutage wurden auch schon mal eine ganze Wochenpension oder die Kriegsorden des verstorbenen Gatten gesetzt.

Ich machte mich auf die Suche nach dem Spiel des heutigen Abends, das irgendwo im Ghetto stattfinden musste, in irgendeiner finsteren Seitengasse, unter einer Wäscheleine hindurch und durch ein Loch im Zaun, dessen Teerölanstrich nur noch eine verblasste Erinnerung war wie der Duft eines alten Liebesbriefs. Die Frage war nur: welche Wäscheleine und welcher Zaun?

Schon lange bevor ich das Ghetto erreichte, konnte ich sie hören, jene noch weit entfernte Geräuschkulisse lärmend zechender Seeleute, wie man sie in jedem großen Hafen der Welt findet, und in die sich völlig unpassend die süßeren Klänge der Herz-Jesu-Liga mischten, die auf ihrer ganz eigenen Küstenpatrouille war, Hymnen sang und die Männer vor den Gefahren zügelloser Unzucht warnte. Eine Klangmischung, die perfekt die Widersprüchlichkeiten der Stunde zusammenfasste und die spirituelle Trennlinie einfing, die die ablaufenden Fluten uns zurückgelassen hatten. Für die Puritaner war das Unglück eine wohlverdiente Strafe für unser krankhaftes Leben in Sünde gewesen. Jeden Abend konnte man sie hier antreffen, wie sie Hymnen sangen und Fackeln durch die Straßen trugen wie Mönchskolonnen in einem gotischen Gemälde. Manchmal, wenn man einem von ihnen ins Gesicht sah und er daraufhin sofort den Blick abwandte, fragte man sich: Ist das nicht unser Postbote? Für andere Leute war das Ganze vor allem eine Mahnung gewesen, dass unser Aufenthalt auf Erden kurz ist und wir darum das Beste daraus machen sollten. Und so kam es, dass die Leute in Aberystwyth sich eine Zeit lang leichtsinnig ins Vergnügen stürzten – wie Paris in der Belle Epoque oder Berlin in den wilden Zwanzigern – und wie Marionetten auf einer Musikbox tanzten, die mit der verkehrten Geschwindigkeit lief. Sospan hatte sich diese Stimmung mit dem ihm eigenen Verständnis des *Zeitgeists* zu eigen gemacht, indem er neue Rezepte entwickelte, die auf der Grundlage beruhten, dass das Leben kostbar und flüchtig ist: Tanz der Eintagsfliege, Altweibersommerglück und das stets beliebte Verlorene Paradies. Oder jenes gewagte Rezept, das den ganzen Ärger mit der Herz-Jesu-Liga heraufbeschworen hatte: Hornucopia. Außerdem war dies die Zeit, in der der Polizeichef eine Menge Pornographie im Großbildformat beschlagnahmen musste.

Während ich die Bridge Street hinaufging, glitt der verbeulte alte Bentley des Philantropen an mir vorbei. Eine Katze schoss über die Straße. Reifen quietschten, gefolgt von einem leisen, pelzigen Schlag und dem traurigen und zugleich komischen Anblick eines schlaffen Katzenkörpers, der sich mehrmals in der Luft überschlug. Der Wagen hielt an, und der Chauffeur stieg aus, hob die Katze am Schwanz hoch und schleuderte sie in einen Abfalleimer, auf dessen Boden sie scheppernd aufprallte. Dann rieb er sich die Hände und fuhr davon. Ich schlenderte weiter und stellte mir vor, wie irgendeine einsame alte Dame an diesem Abend an ihrem Küchentisch sitzen und sich jedes Mal erwartungsvoll umdrehen würde, wenn der Wind die Katzenklappe aufwehte, während auf dem gefliesten Boden ein unberührtes Schälchen mit Milch wartete. Oder wie ein kleines Mädchen mit seiner Mutter die Straße hinunterging und Zettel an die Bäume heftete, auf denen stand: »Haben Sie Bathsheba gesehen?« Aberystwyth konnte einem manchmal ganz schön an die Nieren gehen.

Früher, wenn wir uns leichtsinnig ins Vergnügen stürzen wollten, waren wir natürlich ins Moulin gegangen, Wales' berüchtigten Nachtklub. Ein Ort, der für so vieles gestanden hatte, was in unserer Stadt gut oder schlecht war. Aber er war nicht wiedereröffnet, sondern ans Ende des Piers verlagert worden. Ich war noch nie dort gewesen und hatte stets gesagt, dass ich niemals hingehen würde. Das Moulin ohne Myfanwy war wie Troja ohne Helena. Die Götter sahen das offensichtlich genauso, denn der neue Plexiglaseingang zum Pier, der durch das Benefizkonzert der Eimer- und Spatenhilfe finanziert worden war, flog bei einem Sturm davon. Und seitdem war die Vorderfront die ganze Zeit mit Sperrholzplatten abgedeckt gewesen.

Heute Abend brauchte ich Informationen, und zwar solche, die man angeblich nirgendwo bekommt, aber in jedem Pub im Ghetto kaufen kann. Ich betrat das Angel.

Es war überfüllt, heiß, dunkel und stank nach Bier. Fischer und Seeleute saßen Seite an Seite mit Stadträten und Schönheiten der Nacht. Dazu kam die übliche Ausbeute an Impresarios auf Urlaub, Bingobesuchern, Walknochenverkäufern, Schultertuchvertretern und gerade beschäftigungslosen Schauspielerinnen der »Was der

Butler sah«-Filmindustrie, und hier und dort ein paar Mönche aus Caldy Island, die noch verstohlenere Blicke um sich warfen als die meisten anderen. Für das Angel eine typische frühabendliche Mischung. Ich bahnte mir einen Weg zur Bar, bestellte mir einen Rum und setzte mich in die Ecke beim Kamin.

Eine Gestalt löste sich aus der Dunkelheit und schlenderte zu mir herüber.

»Genießt du deinen Urlaub, Süßer?«

Die Stimme war sanft, hatte aber auch etwas Raues und Rauchiges, wie das so üblich ist, wenn man mit neunzehn schon mehr gesehen hat als andere Leute in ihrem ganzen Leben. Das Mädchen trug einen Pelzmantel, und so seidig, wie er an meinem Handgelenk entlangglitt, war er wahrscheinlich aus echtem Pelz, wenn auch vermutlich voller Mottenlöcher.

»So ist das also, wie?«, sagte sie, als ich nicht antwortete, und setzte sich neben mich. Ein knisterndes Kratzen erfüllte den Raum, als irgendwo irgendjemand ungeschickt eine Nadel auf eine Platte fallen ließ, und wenige Sekunden später kämpfte Jim Reeves darum, seine Stimme über das Zischen des in der Pfanne bratenden Schinkens zu erheben und »Welcome to my home« zu singen.

»Ich weiß, es ist nicht sonderlich lustig«, sagte das Mädchen. »Der Sommer ist deutlich besser, aber selbst da ist es nicht sonderlich lustig.«

Ich lächelte. Irgendetwas an ihr wirkte vertraut, obwohl in der Dunkelheit kaum etwas von ihr zu erkennen war. Die Flammen spiegelten sich in ihren Augen, und ein Hauch von Gold umspielte ihre Wangen, was ihr eine gewisse Ähnlichkeit mit einem Bauernmädchen in einem Rembrandtgemälde verlieh. Ihre Stimme war mir nicht bekannt, und da ich ihr Gesicht nicht richtig sehen konnte, hatte es wohl kaum dieses Gefühl von Vertrautheit ausgelöst, aber irgendetwas war da. Und wenn man in Aberystwyth als Privatdetektiv arbeitet, lernt man, sich nicht darum zu scheren, woher solche Ahnungen kommen.

»Ich könnte Sie herumführen, wenn Sie möchten ... Ihnen ein paar Sachen zeigen.«

»Dann sind Sie also Reiseführerin?«

»Nicht ganz ... nein ... nun ja, irgendwie schon.«

»Gibt es denn hier viel zu sehen?«

»Die Burg zum Beispiel. Die könnte ich Ihnen zeigen.«

»Und Sie wissen alles darüber, nicht wahr?«

»Natürlich.«

»Wer hat sie denn erbaut?«

»Die Römer.«

»Die Römer!«

»Ja, nehme ich jedenfalls an. Oder Robin Hood oder sonst wer. Keine Ahnung – wen interessiert das schon?« Sie zog eine Zigarette und ein Feuerzeug heraus, und die Flamme warf ein weiches Licht auf ihr junges Antlitz. Als die Zigarette brannte, machte sie das Feuerzeug nochmals an, hielt es mir vor das Gesicht und sah mich prüfend an. Die Flamme erlosch.

»Sie sind Louie, stimmt's?«

»Ja. Woher wissen Sie das?«

»Ich habe Sie gelegentlich gesehen. Ich bin Ionawr.« Sie griff nach meiner Hand und schüttelte sie sanft. »Nett, Sie kennenzulernen.« Die Hand war kalt und glatt wie ein Kieselstein am Strand.

»Kenne ich Sie?«

»Nicht persönlich, aber meine Schwester hat mir von Ihnen erzählt.«

»Ist Ihre Schwester auch hier?«

»Sie ist tot.«

Ich versuchte angestrengt, sie in der Dunkelheit besser zu sehen.

»Meine Schwester war Bianca.«

Das Spiel fand in einem Keller in der Prospect Street statt. Ionawr, die mir diese Information zum Preis eines Drinks verkauft hatte, bestand darauf, mich zu begleiten, und behauptete, anders würde man mich gar nicht reinlassen, was allerdings nicht sehr glaubhaft war. Aber hineingehen wollte sie dann doch nicht, denn sie wusste besser als ich, wie man dort auf ein Mädchen wie sie reagieren würde, an diesem Ort, wo Klatschmäuler, Xanthippen, zänkische Weiber und Harpyen aufeinandertrafen. Im Inneren roch es unangenehm nach Feuchtigkeit, angereichert mit dem an die Ausdünstungen von Wild erinnernden Mief von langsam trocknendem, nassem Haar. In das Ganze mischte sich auch noch der typische Kellergeruch von alten Lagerkartoffeln, Minze und Kampfer, jenem billigen Geruch von Weihnachtsgeschenken der Enkelkinder, und von Salbe ... Und überall vibrierte die Luft von einer fieberhaft erwartungsvollen Stimmung. Teilweise war es jenes aufgeregte Gemurmel, das jedem großen Kampf vorangeht, aber es baute sich auch eine elektrische Spannung auf, die von dem Knistern der Regencapes herrührte und die angeblich schon dazu geführt hatte, dass bei diesen Ereignissen Kugelblitze ausgelöst worden waren.

Die beiden Kontrahentinnen saßen einander an einem kleinen Küchentisch gegenüber, zwischen sich eine Kanne Tee. Drum herum saß das Publikum in mehreren Stuhlreihen. Als der Schiedsrichter ungeschickt begann, einen riesigen Stapel Karten zu mischen, nahmen auch die letzten Besucher Platz. Dann bat er eine Frau in der ersten Reihe, zu ziehen. Dies waren die Floskelkarten, mit denen man zusätzlich Punkte einheimsen konnte. Die Frau zog drei Karten, die der Schiedsrichter laut vorlas: »Ja, so habe ich das jedenfalls gehört« (abfälliges Gemurmel der Menge und Rufe: »zu leicht!«); »Man kann gar nicht vorsichtig genug sein« (Grummeln), und schließlich eine, die das Publikum spontan applaudieren ließ: »Wenn er das rausgefunden hätte, hätte er es ihr aber gegeben, sage ich dir!«

Die Glocke ertönte, und die Dame mit dem roten Schultertuch legte los. »Wie auch immer, Mrs. Beynon sagte gerade, es wäre nicht ihre Erstgeborene, über die Mrs. Jenkins gesprochen hätte. Es wäre die Ältere – sie hat doch zwei, nicht wahr? –, die Jüngste ist immer noch in Penweddig, richtig? Und die Ältere lebt in Talybont und ist mit dem jungen Mann verheiratet, dessen Vater die Werkstatt hatte, die abgerissen wurde, jedenfalls war es nicht er, sondern sein Bruder, dessen zwei Jungs in dieselbe Klasse gingen wie die Tochter von dem von der Frau, die über dem Bäcker in Llanfarian wohnt …«

»Logik! Logik!«, schrien einige aus der blauen Ecke, und nach einer kurzen Besprechung beschlossen die Richter, dass der Einwand berechtigt sei und wegen fehlender Logik Punkte abgezogen werden müssten. Die Frau rappelte sich wieder auf und stürzte sich erneut in den Kampf: »Jedenfalls hat ihre Nichte die Marmelade für das ›Bring und Kauf‹ eingekocht, nachdem ihr Mann mit einem Emphysem aus den Minen zurückgekommen war …«

Der eine Teil der Zuschauer brach in begeistertes Gebrüll aus, der andere saß mit versteinerten Gesichtern da. Zwei Frauen in der Reihe vor mir sahen sich an und tauschten missbilligende Blicke aus. Eine Frau, die vor ihnen saß, drehte sich um und sagte: »Dabei war es gar kein Emphysem – es hatte überhaupt nichts mit den Lungenbläschen als solches zu tun.«

»Ich habe gehört, es wäre irgendein Virus gewesen«, mischte sich eine andere Zuschauerin ein. »Aber sie wussten nicht, was für einer.«

»Man sollte doch meinen, dass sie sich erstmal mit Mumps oder Masern oder irgend so was an ihre Schwachstelle rantastet!«

»Oder vielleicht mit Ischias, das ist auch immer ein dankbares Thema.«

»Passen Sie auf«, spottete die erste, »Mrs. Jenkins wird sie jetzt mit einer Staublunge übertrumpfen!«

Die Leute in den anderen Reihen drehten die Köpfe und forderten sie auf, Ruhe zu geben, und in dem Moment sah ich, dass mir die Putzfrau aus der Seemannsmission vom angrenzenden Raum aus zuwinkte.

Ich ging hinüber, kaufte zwei Pappbecher mit Bier, das warm aus einer Kanne in Partygröße eingeschenkt wurde, und reichte einen davon der Frau. Sie nahm einen Schluck, klopfte sich auf die Brust und stieß ein zufriedenes »Ha!« aus.

»Das habe ich gebraucht, aber wirklich.« Sie nickte zum anderen Raum hinüber. »Das ist alles nur, um die Stimmung anzuheizen, richtig los geht es erst ab elf. Bleiben Sie doch ein bisschen und ...« Ihre Aufmerksamkeit richtete sich auf eine Frau, die gerade hereingekommen war, eine sehr alte, zusammengeschrumpfte Frau, die sich mit der majestätischen Würde einer abgedankten Königin bewegte. Ihr Gesicht war knochig und ähnelte einem Totenschädel, über dem sie ihre dünnen weißen Haarsträhnen zu einem strengen Knoten festgezurrt hatte. Die Frau an der Bar goss ihr sofort einen Gin ein und sagte: »Guten Abend, Champion.«

Die Putzfrau stieß mich in die Seite. »Das ist Smokey G. Jones. Hat '62 die Dreifache gewonnen. 58 Runden, und nicht einmal hat sie verloren.«

Ich versuchte, möglichst beeindruckt zu schauen, und fragte sie dann nach dem Dekan. Mühsam löste sie ihren Blick vom Champion und fuhr sich mit der Zunge über die Lippen. »Also«, hob sie an und schaltete übergangslos auf Missbilligung um. »Ich wusste vom ersten Moment an, dass mit dem was nicht stimmt. Er war nicht wie die, die einem sonst so über den Weg laufen. Hat sich immer für was Besseres gehalten und sich beschwert, das Badezimmer wäre dreckig, und das Frühstück hat ihm nicht gepasst und im

Fernsehen wollte er nie dasselbe anschauen wie alle anderen. Ich habe sofort gewusst, dass das nicht lange gut gehen kann. ›Ich wusste ja gar nicht, dass wir ein Mitglied der königlichen Familie zu Gast haben‹, habe ich zu Mrs. Jenkins gesagt, so laut, dass er es hören konnte. Aber natürlich hat er den Wink nicht verstanden. Solche Typen tun das nie. Ich meine, wenn er so was Besonderes ist, warum hat er dann nicht in einem der noblen Hotels unten am Consti gewohnt?«

Ich gähnte. »Und Sie glauben, für so ein Geschwafel kriegen Sie Geld von mir?«

Beleidigt warf sie den Kopf in den Nacken. »Schließlich mache ich das hier nicht zu meinem Privatvergnügen."

»Das ist kein Tratsch, das sind alte Geschichten", fügte ich hinzu.

»Das will ich doch hoffen, ich tratsche schließlich nicht.« Sie beugte sich näher zu mir her und flüsterte: »Das beste habe ich Ihnen noch gar nicht erzählt.«

Ich rang mir ein weiteres Gähnen ab. »Sagen Sie nichts, lassen Sie mich raten: Ein Mann in einem langen schwarzen Mantel hat sich nach ihm erkundigt.«

»Ja«, zischte sie. »Aber die Frage ist doch, was genau wollte er wissen.«

Ich zuckte mit den Schultern.

»Der Valise! Er wollte wissen, was mit dem Valise passiert ist.«

»Was ist ein Valise?«

»Ein Koffer, Sie Idiot!«

»Und warum sagen Sie das nicht gleich?«

»Sie sind doch ein PI, die reden doch so.«

»Wo?«

»In L.A.«

»Wir sind aber in Aberystwyth.«

Sie schnaubte. »Sie sind doch echt zu nichts zu gebrauchen.«

»Also, dann erzählen Sie mal von diesem Valise.«

»Er gehörte dem Mönch.«

»Welchem Mönch?«

Sie lehnte sich ein wenig zurück und strahlte mich an. Die Augen ließ sie dramatisch immer wieder nach unten wandern, und als ich ihrem Blick folgte, sah ich, dass sie die linke Hand mit der Handfläche nach oben fest an die Hüfte gepresst hielt und mit den

Fingern flatternde Bewegungen machte, als wolle sie eine Forelle kraulen. Ich legte eine Pfundmünze auf ihre Handfläche, und die Hand verschwand in der Schürzentasche.

»Ich wusste sofort, dass er ein Mönch war«, fuhr sie übergangslos fort. »Obwohl er vorgab, keiner zu sein. Solche Typen hatten wir schon öfter, kommen aus dem Kloster auf Caldy Island, um sich mal auszutoben. Die beiden haben sich ein Zimmer geteilt, verstehen Sie?«

»Und was war nun in dem Valise?«

»Wie soll ich das wissen, ich schnüffle doch nicht in anderer Leute Koffer rum.«

»Ich glaube, es gibt nicht viel, was Sie nicht täten.«

Sie wurde rot. »Also wirklich ... wenn Sie nicht aufhören, erzähle ich Ihnen nicht den Rest.«

Ich gab ihr mit einem Kopfnicken zu verstehen, sie solle weiterreden.

Sie streckte die Hand aus und kraulte eine weitere Forelle. Ich schüttelte den Kopf und wandte mich zum Gehen. »Tut mir leid, das kann ich mir nicht leisten.«

»Aber wollen Sie denn nicht wissen, was mit dem Valise passiert ist? Das ist doch das Beste an der Geschichte.«

»Das Beste an der Geschichte wäre, wenn Sie mir sagen könnten, was drin war, aber das wissen Sie ja angeblich nicht. Was ich Ihnen übrigens nicht glaube. Ich glaube nicht, dass es in dieser schäbigen Bruchbude auch nur eine einzige Tasche, Koffer, Mantel oder Schublade gibt, in die Sie Ihre neugierige große Nase nicht gesteckt haben. Aber wenn Sie sich besser fühlen, wenn Sie es abstreiten, ist das Ihre Sache.«

»Oh, Sie dreckiger, mieser Gauner.« Sie schnüffelte angestrengt. »Ich hätte wissen sollen, was ich vom Sohn eines Eseltreibers zu erwarten habe. Tja, machen Sie, was Sie wollen. Dann erfahren Sie eben nicht, was mit dem Valise passiert ist.«

»Das weiß ich bereits. Es gibt nur eins, was damit passiert sein kann.« Und beim Rausgehen warf ich über die Schulter zurück: »Der Dekan muss ihn mitgenommen haben, sonst hätten Sie ihn gar nicht erst erwähnt.«

Beim Verlassen des Hauses stieß ich mit jemandem zusammen, der gerade hereingestürzt kam. Es war die alte Dame, die im Excelsior am Erkerfenster gesessen war. Sie hatte sich alle möglichen Tücher umgehängt, um nicht erkannt zu werden, und tat so, als wären wir uns noch nie begegnet, aber sie war es ganz eindeutig. Ich konnte die brennende, unterdrückte Scham fühlen, die sie empfand, weil sie hinter all ihrem Putz, ihrer Lorgnette und dem ganzen vornehmen Getue genauso war wie alle anderen: gefangen in einer Flut von Sehnsüchten, der sie genauso wenig trotzen konnte, wie der Biber aufhören kann, Dämme zu bauen. Es war dieser uralte Instinkt, sich am Dorfbrunnen einzufinden und Hohn und Spott über jene auszugießen, die es nicht schafften, nach einem Regelwerk zu leben, nach dem zu leben auch alle anderen nie geschafft hatten.

Als ich auf die Straße trat, hörte ich hinter mir eine Explosion: fünfhundert orthopädische Stiefel, die auf die Holzdielen stampften, begleitet von schrillem Indianergeheul. Über den Lärm hinweg vernahm ich eine triumphierende Stimme, die lauthals schrie: »Wenn er das rausgefunden hätte, hätte er es ihr aber gegeben, sage ich dir.«

Ionawr tauchte plötzlich aus der Dunkelheit auf und legte ihre Hand in meine. Im gelben Licht der Straßenlampe konnte ich sehen, dass sie wie alle Jugendlichen ihres Alters gekleidet war: ausgebleichte Jeans mit Schlag über Schuhen mit absurd hohen Plateausohlen, zu viel Make-up und zu wenig unter dem Pelzmantel, ein knappes, rückenfreies Oberteil, das ihr nicht mal bis zum Nabel reichte. Mädchen wie sie sah man dauernd Hand in Hand mit Männern durch die Straßen laufen, die ihre Väter oder sogar ihre Großväter hätten sein können, was man auch angenommen hätte, wäre da nicht dieses auffällig verstohlene Benehmen gewesen, das sie verriet: diese seltsame Unbeholfenheit, die sich ergibt, wenn man sich auf die einfache Aufgabe konzentriert, einen Fuß vor den anderen zu setzen, dabei aber verrückterweise völlig überzeugt ist, jeder weiß, woran man gerade denkt. Es ist der Gang der Schande, die sich erst in Luft auflöst, wenn die Schlafzimmertür endlich hinter einem ins Schloss fällt.

Die Kälte war schlimmer geworden und stach uns in die Wangen wie der Kuss einer Qualle. Wir nahmen die Abkürzung über die Burg und gingen Richtung Pier Street. Um diese nächtliche Uhrzeit gab es nicht mehr viele Möglichkeiten, was zu essen zu bekommen, wenn man mal von den rund um die Uhr geöffneten Wellhornschneckenbuden absah.

»Wir könnten zum Inder gehen«, sagte Ionawr zögerlich und studierte mein Gesicht, um zu sehen, was ich von ihrem Vorschlag hielt.

»Das ist nicht unbedingt ein Ort, an den man eine Dame ausführt, nicht mal eine, die ...«

»Die was?«

»Ach nichts.«

»Ich weiß, was du sagen wolltest. Nicht mal eine wie mich.«

»Nein, wollte ich nicht.«

»Wolltest du doch. Hör auf zu leugnen, es ist sowieso egal. Ich weiß, was ich essen will: etwas traditionell Walisisches, wie es meine Oma gekocht hat, als ich noch ein Kind war.«

»Das ist ganz schön viel verlangt.«

»Beim Chinesen gibt's *Caawl.*« Sie nahm meine Hand und zog mich mit sich. »Jetzt komm schon.«

Ich zögerte.

»Was ist los?«

»Hast du das gehört?«

»Was denn?«

Ich lauschte einen Moment und sagte schließlich: »Ach, nichts.« Wir gingen weiter. Dann blieb ich abermals stehen. »Wir werden verfolgt.«

»Bist du sicher? Ich kann niemanden sehen.«

»Ich habe es schon gespürt, seit wir von dem Spiel weg sind.«

Ich schickte Ionawr voraus, duckte mich in einen Hauseingang und wartete. Die Schritte wurden lauter und lauter. Als der Mann an mir vorbeiging, packte ich ihn und drückte ihn in den Hauseingang.

»Oh Gott«, ertönte eine Stimme. Sie gehörte Smokey G. Jones, deren winziger Kopf aus dem Kragen ihres Mantels herausragte wie eine Glühbirne. »Bringen Sie mich nicht um, bitte!«

»Mrs. Jones! Was tun Sie hier? Ich dachte, Sie würden mich verfolgen!«

»Das habe ich auch. Aber ich wollte Ihnen nichts Böses. Ich wollte Sie nur was fragen. Wirklich, ich wollte Ihnen nichts Böses.«

»Was wollten Sie mich fragen?«

»Ob Sie mal mit ihr reden könnten, bitte, Mr. Knight, nur ganz kurz. Diese Arthritis ist was Schreckliches. Die kommt von all dem Tee, den ich in meiner aktiven Zeit trinken musste.«

»Mit wem soll ich reden?«

»Mit Miss Calamity. Sie hat meine Lieferung gekürzt. Ich brauche meine Placebos, Mr. Knight, ohne halte ich keinen Tag lang durch. Aber sie hat einfach meine Lieferung gekürzt.«

Genau in diesem Moment tauchte Ionawr wieder auf, und Mrs. Jones starrte sie schweigend an. »Hmm.« Sie rümpfte die Nase. »Was für ein Abschaum.« Damit drehte sie sich um und ging.

In dem kleinen Restaurant ging es oft hektisch zu, aber heute Abend war es ruhig. Ein paar Studenten, ein paar Einheimische, die auf Stühlen mit harten Lehnen saßen und die der Alkohol in mürrisches Schweigen versinken ließ, während sie die Zeit totschlugen wie Urlaubsreisende auf einem vom Streik lahmgelegten Flughafen. Am Tresen machte ein etwa fünfzehnjähriges Mädchen seine Hausaufgaben, wobei ihr das seidige schwarze Haar in einer sanften Welle – ähnlich dem Notenschlüssel einer Partitur – vor das Gesicht fiel wie eine Gardine und sie vor den Blicken der Gäste schützte.

Ich hustete. Sie schaute hoch.

»Kann ich Ihnen helfen, Sir?«

»Ich habe gehört, bei Ihnen gibt es neuerdings *Caawl.*«

»Ja. Möchten Sie es bestellen?«

»Ist es gut?«

»Leute, die sich damit auskennen, sagen ja. Ich selbst habe es nie probiert.«

»Ziemlich ungewöhnliches Gericht für ein chinesisches Restaurant.«

»Wir Chinesen müssen uns anpassen.« Sie schrieb die Bestellung auf und schob sie durch die Durchreiche zur Küche. »Außerdem kommen dann mehr Leute.«

»Ist das nicht ein bisschen verlogen?«

Sie zuckte mit den Schultern. »Keine Ahnung. Finden Sie? In der Provinz, aus der meine Großmutter kommt, gibt es einen Baum, der wird von Fledermäusen bestäubt, und der riecht dann nach toten Mäusen. Darüber beschwert sich auch keiner.«

»Außer vielleicht die Katzen.«

Sie lächelte und nahm unser Geld. »Wie auch immer, Lammeintopf mit jeder Menge Käse – so schwierig ist das nicht.«

»Oh – der Käse muss aber besonders liebevoll hinzugefügt werden«, wandte ich ein.

Irgendjemand an der Tür furzte, und seine Kumpel brachen in lautes Gelächter aus. Ich zwang mich, mich nicht umzudrehen, und wartete, bis das Schamgefühl wieder nachließ.

»Wir fügen alle Zutaten liebevoll hinzu«, entgegnete das Mädchen. »Unsere Gäste haben nichts anderes verdient.« Sie nahm die Schachteln mit dem *Caawl* und stellte sie vorsichtig in die Papiertüte. »Ich habe Sie schon mal irgendwo gesehen, aber Sie sind kein Stammkunde.«

»Vielleicht mit meinem Vater auf der Prom. Er ist der Mann mit den Eseln.«

»Ach natürlich!« Sie reichte mir das Essen. »Ihr Rundaugen seid so sentimental mit euren Tieren. *Bon appetit!*«

Auf der Prom rauschte uns der Wind um die Ohren wie eine U-Bahn, die aus dem Tunnel rast. Mit der Flut war das Wasser gestiegen, und jedes Mal, wenn eine Welle gegen die Kaimauer schlug, flog Schaum hoch, als würden kleine Marionettengeister durch die Luft segeln. Ich hatte einen Arm um Ionawrs Schultern gelegt und sie an mich gezogen, um sie zu wärmen, während ich die braune Tüte mit dem heißen *Caawl* wie eine Laterne auf Armeslänge entfernt hielt – zwei Wandersleute, die sich in der Nacht verirrt hatten.

»Weißt du, wovon sie geredet hat?«, fragte ich. »Wieso bittet sie Calamity um Placebos?«

»Keine Ahnung, aber wenn sie die von Calamity kriegt – wer weiß, was da drin ist.«

Glitzerzwerge tanzten trunken auf dem Stromkabel, das über uns hin und her schwang, und unten vom Musikpavillon her hörten wir ein paar Jugendliche, die offensichtlich jemanden verspotteten. Wir gingen weiter, und als wir uns den Jugendlichen näherten, konnten wir über die Spottrufe hinweg leise spanische Schreie vernehmen. »Nein, bitte, lassen Sie uns in Ruhe, Señores!«

Die Jugendlichen hüpften im Kreis um einen Mann herum, der am Boden lag. Neben dem Mann stand ein aufgebrochener Koffer.

»He!«, rief ich. Irritiert, dass sich jemand einmischte, hörten sie auf und drehten sich zu uns um. Eine Zeit lang herrschte Stille, bis auf das Meer, das wie entferntes Artilleriefeuer klang. Dann hörte ich über das dumpfe Grollen hinweg wieder den Spanier. »Bitte, Sir, wir sind nur ehrbare Bauern!« Es war die Puppe, Señor Rodrigo. Auf dem Boden lag, zusammengeschlagen, getreten und mit Betonstaub bedeckt, Mister Marmalade. Ionawr schnappte nach Luft. Einer der Jugendlichen hatte Señor Rodrigo an den Knöcheln gepackt und ließ ihn kopfüber vom Geländer hängen. Seine Augen waren in den Höhlen nach unten gerollt, und in dem grellen Mix aus hellen Lichtern, den Schatten der Straßenlaternen und der Beleuchtung über unseren Köpfen hatte sein hölzernes Gesicht einen völlig verängstigten Ausdruck angenommen.

Der Junge schüttelte ihn, und seine Kumpel applaudierten. Mister Marmalade versuchte verzweifelt, auf die Füße zu kommen, aber jedes Mal, wenn er sich halbwegs aufgerappelt hatte, beförderte ihn einer der Jungs mit der Sohle seines Stiefels in den Dreck zurück.

»Schluckspecht, Schluckspecht!«, riefen sie. Mister Marmalade hatte die Hand oberhalb des Herzens gegen die Brust gepresst und röchelte.

»Somos solamente campesinos pobres, mi amigo!«, jammerte die Puppe.

»Lasst ihn in Ruhe, ihr Schläger", schrie Ionawr.

»Was willst denn du?«, schrie der Anführer der Jugendlichen zurück.

»Somos solamente campesinos pobres, mi amigo!«

»Und bring die verdammte Puppe zum Schweigen!« Der Junge knallte den Kopf der Puppe zweimal gegen das metallene Geländer. Eins der Augen flog heraus. Ionawr ließ einen gellenden Schrei los. Mister Marmalade gab obszöne Sauggeräusche von sich und hielt sich die Brust. Seine Augen stülpten sich nach außen, als würde jemand sie von innen herausdrücken.

»Somos solamente campesinos pobres, mi amigo!«

Ich trat einen Schritt vor und versetzte dem Anführer einen Schlag. Bei all seinem großkotzigen und aufschneiderischen Gehabe war er kaum älter als achtzehn oder neunzehn und von schwächlicher Statur. Er fiel rücklings zu Boden. Ich trat ihn so heftig in den Bauch, dass er vor Schmerz grunzte. Auf der gegenüberliegenden Seite wurde ein Fensterflügel geöffnet, und eine Frau im Nachthemd lehnte sich heraus und rief: »Ich habe die Polizei gerufen, ihr Dreckskerle, sie ist schon unterwegs.« Und wie um ihre Worte zu bestätigen, war jetzt in der Ferne Sirenengeheul zu hören. Keiner der Jungs hatte den Mut, mich anzugreifen. Ihr Anführer kam wieder auf die Beine, und als er das Blaulicht des näherkommenden Streifenwagens sah, rannte er davon, gefolgt von seinen Kumpeln.

Wir knieten uns neben Mister Marmalade auf den Boden. Drüben beim Geländer hörte das zerbrochene kleine Männchen nicht auf, um ihrer beider Leben zu betteln – wie die Puppe, die weiterredet, während ihr Meister ein Glas Milch trinkt. »*Somos solamente campesinos pobres, mi amigo!*«

Vielleicht war es der Wind, der auf dem der See zugewandten Geländer seltsame Töne blies. Vielleicht hatten aber auch die Schrecken der Nacht, die unseren eigenen tiefsten Ängsten und Visionen Vorschub leisteten, die Stimmen der herannahenden Bullen irgendwie transformiert. Vielleicht hatten wir es auch nur geträumt. Denn als wir dort im Schmutz knieten und Ionawr Mister Marmalades Kopf in ihren Schoß bettete, war klar, dass das Herz des alten Bauchredners bereits zu schlagen aufgehört hatte.

»*Somos solamente campesinos pobres, mi amigo!*«

KAPITEL 5

Es wäre naiv zu behaupten, Aberystwyth habe jemals viel an Unschuld zu verlieren gehabt, aber den Tod des erstaunlichen Mister Marmalade empfanden viele Leute doch als Wendepunkt. Einen alten Mann auf der Prom zu Tode treten – nie hätte ich gedacht, dass ich so etwas mal erleben würde, sagten sie. Vielleicht trugen all die frischen Gräber am Hang des Pen Dinas, die man infolge der Flut hatte graben müssen, zu der Stimmung bei, vielleicht aber auch nur die beiläufige Art des Überfalls. Oder vielleicht war es die Erkenntnis, dass der Optimismus, den viele nach der Flut empfunden hatten, uns getäuscht hatte. Unsere Stadt und wir hatten dem Tod ins Auge geschaut und mit Stolz festgestellt, dass er zuerst hatte blinzeln müssen. Aber der Mord an Mister Marmalade bestätigte, was wir insgeheim schon die ganze Zeit befürchtet hatten: Uns war höchstens eine Gnadenfrist eingeräumt worden, die Exekution war nur aufgeschoben. Der Optimismus war ein unwirksames Heilmittel.

Auf dem Heimweg nach dem Überfall ging mir nicht aus dem Kopf, wie sinnlos diese Tat war und wie leicht sie hätte vermieden werden können. Was hatte ein alter Mann wie Marmalade überhaupt mitten in der Nacht dort zu suchen gehabt? Wo hatte er bloß hin gewollt? Es ergab einfach keinen Sinn. Als ich zu Hause ankam, fand ich die Antwort. Wie sich herausstellte, war er bei mir gewesen. Er hatte einen Zettel dagelassen, auf dem stand, er habe angerufen und er habe Informationen. Und ich fragte mich, war das Zufall, ein Überfall aus heiterem Himmel, wie er jeden treffen konnte? Oder hatte es irgendwas mit mir zu tun? Soweit ich wusste, hatte die Polizei keine Ahnung von seinem Besuch bei mir, aber das würde sich sicher bald ändern, und dann würden sie mich zum Verhör aufs Revier schleppen. Am vernünftigsten wäre es, es ihnen zu erzählen, bevor sie es herausfanden, damit sie nicht den Eindruck bekamen, ich würde ihnen irgendwelche Informationen vorenthalten. Das Problem war nur, dass ich nun mal mein Geld damit verdiente, ihnen Informationen vorzuenthalten. Das ist Teil des ungeschriebenen Gesetzes: Die privaten Angelegenheiten der Klienten müssen auf jeden Fall geschützt werden. Das gilt natürlich nur bis zu einem gewissen Punkt, und Mord liegt mit Sicherheit jenseits dieses Punkts. Nicht, dass der neue Besen im Polizeirevier für solche feinen Unterschiede ein Gespür haben würde. Solche Typen drohten sofort mit Lizenzentzug. Und es war immer dieselbe Lieblingstechnik, mit der sie ihre Drohung wahrmachten: Sie sorgten dafür, dass einem die Lizenz aus der Tasche rutschte, während man die Treppe vorm Polizeirevier hinunterfiel.

Ich überließ Ionawr mein Bett und richtete mir ein Nachtlager auf der Couch her. Dann legte ich Myfanwys LP auf den Plattenspieler, schraubte den Verschluss von meinem Freund Captain Morgan ab und versuchte, die lüsternen Fantasien wegzudrängen, die alle Männer in der Gegenwart eines Mädchens überkommen, das seinen Körper verkauft. Ihr vorwurfsvoller Blick hatte die Sache auch nicht einfacher gemacht. Dieser süße, stechende Schmerz, diese kaum merkliche Überraschung, weil du sie vielleicht nicht attraktiv findest … wenn sie wüsste! Als wenn sich nicht jeder Mann innerlich nach so einem liebreizenden Mädchen verzehren würde! Aber das konnte ich ihr nicht sagen, denn der Akt des Beschützens verliert jegliche Bedeutung, sobald man die Worte ausgesprochen hat. Ich würde ja nur zu gern, aber … es ist ja nicht so, dass ich nicht will, aber … Aber was? Deine Schwester ist damals in meinen Armen gestorben? Das auszusprechen wäre gleichzeitig eine Bitte um Absolution. Es würde bedeuten, den Kuchen aus moralischen Gründen erst abzulehnen und dann doch zu essen. Biancas Schwester, vermutlich kaum älter als achtzehn. So alt wie Bianca, als sie damals in mein Leben trat und kurz darauf ihr eigenes verlor. Eine der Ausgestoßenen des Moulin, die, wie es hieß, nie selbstlos gehandelt hatte. Mir aber hatte sie in einem Fall einzig und allein aus reiner Freundlichkeit geholfen, einer Freundlichkeit, die heutzutage so selten vorkommt, dass die meisten Leute sie nicht einmal mehr wahrnehmen. Ich hatte Bianca nicht retten können, hatte hilflos zusehen müssen, wie sie unten am Hafen überfahren wurde. Und von all den Autos in der Stadt, die sie für diesen Mord hätten auswählen können, hatten sie sich ausgerechnet meins geschnappt. Also schlaf allein, Ionawr, und frag mich nicht, warum – du könntest sonst eine ganz einfache Antwort bekommen: dass ich genau dieses Bett vor drei Jahren mit deiner Schwester geteilt habe. Captain Morgan starrte mich an. Ich hatte keine Ahnung, wer er war, aber ich konnte mir gut vorstellen, was er an meiner Stelle tun würde. Er zwinkerte mir zu, und ich drehte die Flasche um und zwang mich, an etwas anderes zu denken, an etwas, das weit von der Prom in Aberystwyth entfernt lag, an Myfanwy, die mit diesem Mistkerl Brainbocs in irgendeiner küchenschabenverseuchten Cantina in Patagonien festsaß. Und dort diese bittersüßen Balladen von Liebe und Leid für die halb walisischen, halb indianischen Mestizen sang. Auf der Plattenhülle waren – aus welchen Gründen auch immer – die Buchstaben auseinandergezogen: M.Y.F.A.N.W.Y. Sieben scharlachrote Buchstaben, die sich in den Meeresfelsen meines Herzens bohrten.

Am nächsten Morgen rief ich in Gretels Wohnheim an. Es war noch ein bisschen früh, eine Uhrzeit, zu der man nicht unbedingt erwarten konnte, dass Studenten schon auf waren, aber in Lampeter waren sie aus härterem Holz geschnitzt. Der Pförtner teilte mir mit, sie sei unterwegs, um Almosen zu verteilen. Ich hinterließ eine Nachricht mit der Bitte, mich spätestens bis zur Abendandacht zurückzurufen. Dann kochte ich Kaffee und rief Meirion an, den Polizeireporter bei der Gazette. Er hatte von dem Überfall auf Marmalade gehört, aber niemand wusste, was dahintersteckte. Die Polizei behandelte die Sache als Routinefall. Er versprach mir, mich anzurufen, falls er irgendetwas hörte. Ich fragte ihn nach dem Mann in dem Peacocks-Mantel. Sagte ihm das irgendwas? Er kicherte. Wir wussten beide, dass ihm für solche Fälle ein Archiv von der Größe eines Glockenturms zur Verfügung stand.

»Ich glaube, ich erinnere mich da an einen Vorfall draußen in Ysbyty Ystwyth. Ist schon eine Weile her. Hatte was mit dem Militär zu tun und trug den Namen Ysbyty-Ystwyth-Experiment oder so ähnlich. Offensichtlich hatten ein paar Zivilisten etwas gesehen, was sie nicht hätten sehen sollen, und dann bekamen sie Besuch von jemandem, der genau so gekleidet war, wie Sie das beschreiben. Ich war nicht zuständig für die Sache, deshalb weiß ich nicht viel, aber ich werde sehen, was ich ausgraben kann.«

Ich dankte ihm und ging nach unten, um die Post zu holen. Von Mrs. Llantrisant war eine Karte gekommen. Wenn irgendjemand als lebender Beweis dafür herhalten kann, dass wir einen Menschen nie wirklich kennen, dann ist das Mrs. Llantrisant. Zehn Jahre lang hatte sie die Treppe zu meinem Büro gewischt und sonstige Putzarbeiten erledigt, und währenddessen hatte sie die ganze Zeit geplant, den Damm bei Nant-y-moch zu sprengen. Sie war seit achtzehn Monaten auf Saint Madoc's Rock, wo sie, wie es hieß, den ganzen Tag wie eine Statue aus Easter Island auf der höchsten Stelle der Steilküste stand und Richtung Aberystwyth starrte. An schönen Tagen konnte man im Hafen ein Boot mieten und sie durch ein Fernglas beobachten. Wenn sie Post versenden durfte, hatte man ihr wohl wegen guter Führung ein paar Privilegien zugestanden. Dies war innerhalb von vier Monaten schon die zweite Karte.

Im Dachvorsprung des alten Wolle-Schuppens hat sich ein Papageientaucherpärchen niedergelassen. Ich habe sie Gertie und Bertie getauft. Die beiden sind völlig vernarrt ineinander. Im Glanz der Morgensonne erfüllt mich ihr Gurren und Schnäbeln mit Freude, doch wenn es Abend wird und sich über die beiden beim Gefiederputzen diese sanfte Melancholie legt, muss ich die Fensterläden schließen und sie aus meinem Blickfeld verbannen. Ach ja, die Liebe, dieser schöne Dämon, der uns letztendlich alle verschlingt. Ich denke an Sie und an alles, was zwischen uns geschehen ist, und ich vergebe Ihnen von ganzem Herzen, denn nur die Liebe – zu dieser Dirne, deren Name mir nicht über die Lippen kommt – hat Sie dazu bewogen, mich zu betrügen, wie Sie das getan haben. Fern von den heimischen Herden derer, die ich liebe, und täglich mit den Trümmern meines Lebens konfrontiert, werde ich diese Wahrheit im Ausland veröffentlichen: Die Liebe verdirbt unseren Charakter mehr als die Sünde.

Ihre Gertrude Ophelia Llantrisant

Ich legte die Karte auf den Tisch und sagte »Wow!« in den leeren Raum hinein. Trotz allem, was passiert war, empfand ich ihr gegenüber keinen Hass. Nur Mitleid. Ob ihr zweiter Vorname wirklich Ophelia war? Ich zog meinen Mantel an, setzte den Hut auf und verließ das Haus, ohne Ionawr aufzuwecken.

Es war ein grauer, feuchter Vormittag. Das Licht am Ende der Hafenmole blinkte schläfrig vor sich hin. Ich ging die Prom einmal rauf und runter, dann trugen mich meine Füße unbeabsichtigt oder vielleicht auch, weil sie es besser wussten als ich, zu der Stelle auf der Harbour Row, an der Bianca gestorben war, zu dem stigmatischen Fleck im Asphalt, der an das kurze, verschwendete Leben einer Dirne aus Aberystwyth erinnerte. Das Mal war inzwischen schwächer geworden, aber die Pilger glaubten fest daran, dass die Umrisse wieder stärker hervortreten würden. Die nahegelegene Pension war bereits jetzt für die Woche des Jahrestags im kommenden Sommer ausgebucht, und da spielte es auch keine Rolle, wie viel Meister Propper die Damen von der Herz-Jesu-Liga auf den Asphalt kippten. Bei dem Fleck stand ein Mann und starrte gedankenversunken zu Boden. Es war Father Seamus. Er bückte sich, hob einen Kranz auf, der vom Abergavenny Rotary Club gestiftet worden war, und legte ihn in den Abfalleimer. Als er merkte, dass ich ihn dabei beobachtet hatte, wirkte er peinlich berührt.

»Ist der beste Platz dafür«, sagte er lahm.

»Meinen Sie?«

»Auf solchen Blödsinn könnten wir gut verzichten.«

Ich nickte. »Sie sind also ein Skeptiker?«

»Sie etwa nicht, Louie?«

Ich zuckte mit den Schultern. »Natürlich, aber der Fleck hat ihr wirklich ähnlich gesehen. Und genau an dieser Stelle ist es passiert.«

»Es ist doch nur ein Fleck. Auf dem Boden in Ihrer Toilette könnten Sie sicher auch einen finden, der Sie an irgendjemanden erinnert, wenn Sie die Augen zusammenkneifen und lange genug draufstarren. Und genug getrunken haben.«

»Mag sein, aber in meiner Toilette ist niemand umgebracht worden.«

Father Seamus packte mich am Arm und zog mich mit sich fort. »Solche Sachen machen es nicht besser, Louie, glauben Sie mir. Diese Menschen stehen unter immensem Druck, sie haben ernsthafte Probleme: Verkommenheit, Krankheit, Hunger, beengte Wohnverhältnisse ... Probleme im dickensianischen Ausmaß.«

Wir gingen in Richtung Seemannsmission. Father Seamus hielt mich immer noch am Arm, obwohl mir das ziemlich unangenehm war.

»Diese Menschen brauchen konkrete Lösungen. Es hilft ihnen nicht weiter, wenn sie diese Lösungen von irgendwelchen Gespenstern erwarten.«

»Da haben Sie sicher recht, Father.«

»Ich weiß, es ist nicht einfach, aber manchmal müssen wir der Wirklichkeit ins Auge sehen, egal, wie unangenehm das ist.«

»Aber was ist die Wirklichkeit, Father?«

Er hob die Hand, legte sie mir auf die Schulter und beugte sich ganz nah zu mir, wobei er einen Blick tiefer, gequälter Ernsthaftigkeit aufsetzte. »Manchmal, wenn eine Prostituierte unter brutalen, tragischen Umständen ums Leben kommt, macht sie das nicht zu einer Maria Magdalena, sondern einfach nur zu einer toten Hure.«

Ich zuckte zusammen. In diesem Moment hasste ich Father Seamus. Niemand, der Bianca gekannt hatte, hätte so über sie gesprochen. Aber ich schwieg, denn ein Lächeln auf die Lippen zu zaubern, die selten einen Grund zum Lächeln finden, und einfach über Dinge hinwegzugehen, gehört nun mal zu meinem Beruf.

Sobald Father Seamus nicht mehr zu sehen war, ging ich die kleine Gasse zwischen den beiden Gebäuden zum Zuckerstangengroßhändler hinunter, dessen Eingang zur Hafenseite liegt. Die Tür war angelehnt. Ich trat ein, und sofort drang mir die intensive, erstickende Süße in die Nase. Es war eine Aladdinshöhle voller Süßwaren: Millionen rosafarbener, kristalliner Zuckerstangen, sauber bis zur Decke aufgestapelt wie Alabastersäulen in einer Moschee. Das Licht hatte einen fast schon hypnotischen, sanften, rosafarbenen Glanz, und so, wie man, wenn man durch ein Augenlid in die helle Sonne starrt, nur noch spinnenbeinartige rote Venen sieht, schimmerten an den Zuckerstangen die scharlachroten Buchstaben a.b.e.r.y.s.t.w.y.t.h. durch.

Nach der Flut waren die Vorräte mit derselben Emsigkeit wieder aufgestockt worden, mit der man nach einem Streik die Kohlevorräte in einem Kohlekraftwerk auffüllt. Und jetzt wuselten überall

Männer mit Zuckerwaren wie die Ameisen herum und rackerten sich ab, den Nachschub aufzustapeln. Durch eine weitere Tür gelangte ich in ein Vorzimmer, in dem sich mir das gleiche Bild bot, nur dass hier Männer durch eine Tür auf der Rückseite Kisten nach draußen trugen und auf einen Lastwagen verluden. An der Seite saß Calamity mit einem Kuli hinterm Ohr auf einer umgestülpten Kiste und tippte Beträge in eine Addiermaschine ein.

»Was soll ich mit den *Blackpool* machen, Miss Calamity?«, fragte einer der Lagerarbeiter.

»Stapeln Sie sie hinter den *Regenbogen* auf«, antwortete sie, ohne hochzusehen.

Ich machte einen Schritt auf sie zu, sodass mein Schatten über ihr Gesicht fiel.

»Oh, hi, Louie. Wie läuft's denn so?«

»Was ist das hier, Süßwaren-Schmuggel?«

»Ich sahne bloß ein bisschen Überschussproduktion ab.«

»Habe ich dir nicht gesagt, du sollst mit diesen Geschäftemachereien aufhören?«

Sie seufzte. »Ich weiß, dass du das gesagt hast, Louie, aber das ist nicht so einfach.«

»Wo liegt das Problem?«

»Man kann ein Imperium nicht über Nacht abwickeln. Die Leute verlassen sich auf mich.«

»Über kurz oder lang kommst du in Schwierigkeiten.«

»Mach dir keine Sorgen, ich habe alle bestochen. Die schauen alle weg.«

»Und was ist das für eine Geschichte mit Smokey G. Jones und irgend so einem Placebo?«

»Ich versuche gerade, ihre Dosis runterzufahren – sie braucht inzwischen drei Flaschen pro Woche.«

»Danach habe ich nicht gefragt.«

Sie zuckte mit den Schultern. »Du weißt doch, wie das ist. Sie hat an einer Studie im Krankenhaus teilgenommen. Da wurde ein neues Medikament getestet, und sie hat Placebos bekommen. Sie behauptet, die hätten ihr super geholfen. Placebos sind ...«

»Ich weiß, was Placebos sind.«

»Der Glaube versetzt Berge, Louie.«

»Aber du kannst doch nicht einfach Medikamente verschreiben.«

»Es ist doch nur Vitamin C. Außerdem ist sie inzwischen abhängig, ich kann sie also gar nicht mehr absetzen.«

Die nicht sehr überzeugende Imitation eines Bellens hallte durch den Raum. Bei dem Geräusch entfaltete sich im Nu fieberhafte Aktivität. Die Männer hörten auf, den Lastwagen zu beladen, rannten hierhin und dorthin, knallten Türen und warfen Abdeckplanen über Kisten. Aus dem anderen Raum ertönten Rufe, »Polizei« und »Stehenbleiben!« Calamity ergriff ihre Sachen und floh zum anderen Ende der Halle. In weniger als zwei Sekunden stand ich völlig allein da. Dann kam Calamity zurückgeflitzt, packte mich am Arm, zog mich zu den Schränken, in denen die Schutzkleidung aufbewahrt wurde, und zerrte mich hinein.

Mit angehaltenem Atem standen wir in dem dunklen Schrank und lauschten auf die Geräusche von draußen. Schritte näherten sich. Hielten an. Jemand drückte sanft gegen die Tür, als wolle er uns foppen. Und öffnete sie dann. Es war Llunos. Als er uns erkannte, gab er einen leisen Schlucklaut von sich. Die Augen fielen ihm fast aus dem Kopf. Wir lächelten. Er schloss die Tür. Fünf Minuten später wurde ein Stück Papier darunter durchgeschoben. »Nicht auch noch ihr!«, stand darauf.

Kapitel 6

Der Tod eines der ihren hatte die Bauchredner erschüttert, und einige von ihnen hatten sich bereit erklärt zu reden. Ich wurde in einen Raum im oberen Stock der Seemannsmission geführt, wo zwei sehr alte Männer saßen, deren glänzende Schädel nur noch ein paar dünne, weiße Haarbüschel zierten. Beide trugen sie einen alten Anzug, der um sie herumschlotterte, als seien sie nach und nach zusammengeschrumpft. Sie tranken Tee und kauten mit malmenden, graustoppeligen Backen und falschen Zähnen noch immer auf ihrem Frühstück herum, als wäre die notwendige Lippenbeherrschung, die den Kiefer zu einem Arbeitsinstrument macht, für sie nur noch eine dunkle Erinnerung. Sie waren Zwillinge, Bill und Ben.

»Vor ein paar Jahren ist er vermutlich noch auf ihren Geburtstagsfesten aufgetreten«, sagte Ben. »Und ihre kleinen Gesichter haben vor Aufregung geglüht.«

»Ganz rosig und frisch geschrubbt, das Haar ordentlich gekämmt, nach Vanille duftend ...«, ergänzte Bill. Dann wandte er sich wieder zu mir, als wäre ihm gerade etwas eingefallen.

»Sind Sie sicher, dass der Kollege noch gesprochen hat, nachdem Mister Marmalade tot war?«

»Wer?«

»Sein Kollege, Señor Rodrigo.«

»Sie meinen seine Puppe?«

»Dieses Wort benutzen wir nicht, es ist beleidigend. Sind sie sicher, dass er noch weiter gesprochen hat?«

»Sicher bin ich nicht, ich sage nur, dass es sich so angehört hat. Vermutlich war es der Wind.«

»Wie soll es denn der Wind gewesen sein, der spricht doch kein Spanisch!«

»Ich weiß, aber ...«

Der alte Mann stampfte seltsam erregt mit dem Fuß auf den Boden. »Aber das ist doch völliger Blödsinn, der Wind macht: Woooooooaaahhh-ooooo ...!«

»Oder: Phweeeeeeeeee!«, ergänzte Bill.

»Okay, Sie haben recht.« Ich hob beschwichtigend die Hände. »Der Wind kann es nicht gewesen sein.«

Die beiden Oldies warfen sich einen todernsten Blick zu. »Das ist der Quietus!«, zischte Bill. »Der Quietus!«

Ben hieb sich die Faust in den Handteller. »Das ist ... das ist nicht möglich, es kann einfach nicht sein ...«

»Und dennoch muss es ... Dieser Mann hat es mit eigenen Augen gesehen!«

»Sollen wir wirklich glauben, dass ein ... ein ... ein Außenstehender ... einer, der keine Liebe für unsere Kunst empfindet ...?«

»Müssen wir ihn wegen seines niederen Stands zurückweisen?«

»Aber wenn ... wenn ... nein, das kann einfach nicht sein. Nicht jemand, der so minderwertig ist wie ... wie ... ein Privatdetektiv, so etwas hat es doch noch nie gegeben.«

»Hat sich nicht der Herr, unser Vater, einem einfachen Hirten gezeigt?«

»Wenn es stimmt, müssen wir in St. Petersburg anrufen.«

»Aber wir müssen ganz sicher sein, vollkommen überzeugt.«

Sie beendeten ihre Konferenz und wandten sich wieder mir zu. »Es ist der Quietus.«

»Ich habe keine Ahnung, was das ist.«

»Nein, das können Sie auch nicht. Sonst wären Sie nicht mehr hier, sondern säßen im Zug nach St. Petersburg.«

»Wenn ich verspreche, nicht nach St. Petersburg zu fahren, verraten Sie mir dann, um was es sich handelt?«

»Um den Quietus des sterbenden Schwans. Das ist eine Legende ... nein! Es ist viel mehr als das ... es ist der Elefantenfriedhof der Bauchrednerei ... nein! Es ist viel mehr als das, viel mehr, es ist ...«

»Kennen Sie den Trick, den man immer auf Kinderfesten vorführt?«, unterbrach ihn sein Bruder. »Den, wo der Bauchredner seinen Kollegen reden lässt, während er selbst ein Glas Milch trinkt?«

Ich nickte. »Den habe ich ein paar Mal gesehen.«

»Genau so ist es, nur dass man es macht, wenn man stirbt. Wie ein sterbender Schwan. Für uns ist das ... ist das etwas sehr Heiliges.«

»Man bekommt einen Preis, wenn man einen Quietus meldet.«

»Aber bisher hat es erst einmal einen gegeben. Enoch Ishmael, 1785. An der Hafenmauer hing viele Jahre lang eine Gedenktafel für ihn.«

»Die Druiden haben sie eingeschmolzen, um uns zu ärgern.«

»Eines Tages werden wir eine Altentagesstätte haben, die wird Enoch-Ishmael-Altentagesstätte heißen.«

Ihr pingpongartiges Sprechen ähnelte immer mehr einer Varieténummer. Ich hob die Hand. »Ich bin beeindruckt. Aber reden wir von was anderem. Ich würde gern etwas über diesen Mann erfahren, der mit dem Mönch in einem Zimmer gewohnt hat, Dekan Morgan.«

Sie schwiegen, zappelten aber unruhig herum. »Wir ... wir wissen nichts über ihn.«

»Bitte, es ist echt wichtig, dass ich ihn finde.«

»Nein, wir kennen ihn nicht. Wir haben noch nie von ihm gehört.« Sie verzogen vor Abscheu das Gesicht. »Das ist nicht unser Freund, wir haben ihn gehasst. Erzählen Sie uns mehr von dem Quietus.«

Ich stand auf und ging zur Tür. »Was für ein Quietus?«, fragte ich. »Ich habe keinen Quietus gesehen.«

Später am Nachmittag kreuzte plötzlich Gretel in meinem Büro auf. Über ihrem Missionarskleid trug sie die rehbraune Kapuze eines spanischen Inquisitors. Ihr Gesicht glänzte von der leichten Vergiftung, die man sich bei einer Tagesreise nach Gomorrah einhandelt. Sie setzte sich auf den Klientenstuhl und drehte sich wie ein Kind mit ihm herum. Schließlich hielt sie sich an der Schreibtischkante fest und brachte den Stuhl so zum Stehen. »Ich kann nicht lange bleiben, um sechs habe ich ein grauenhaftes Tutorium.«

»Verstehe.«

»Und ich trage drei Hosen übereinander, Sie brauchen also gar nicht erst daran zu denken, meine Situation schamlos auszunutzen.«

»Und ich wette, das sind richtig große Hosen, habe ich recht?«

Sie nickte. »Haben meiner Oma gehört.«

»Na, da habe ich ja Glück. Dann muss ich Ihnen stattdessen wohl ein paar Fragen zu Dekan Morgan stellen.«

»Haben Sie ihn schon aufgetrieben?«, fragte sie heiter, als wäre die Rede von einem verlorenen Hamster.

»Witzigerweise nicht, nein. Ich war diese Woche ein bisschen langsam. Aber ich habe das ein oder andere rausgefunden. Wie es aussieht, hat er nur zwei Tage im Excelsior gewohnt. Laut dem Hoteldetektiv hatte er sich verkleidet, als er das Hotel verließ.«

»Was wollen Sie damit sagen?«

»Er hat sich eine neue Identität zugelegt. Eingecheckt hat er als Professor, ausgecheckt als Bauchredner.« Ich sprach langsam und achtete darauf, ob sich auf Gretels Gesicht irgendeine Reaktion abzeichnete. Klienten wissen ausnahmslos mehr, als sie einem erzählen.

»Wie seltsam. Sind Sie ganz sicher, dass er das war?«

Ich schüttelte den Kopf. »Nein, aber ich gehe davon aus, dass der Detektiv die Wahrheit gesagt und sich auch nicht geirrt hat. Ich bezweifle, dass der Dekan viel Übung mit diesem Mantel-und-Degen-Kram hatte.«

»Dann muss er in irgendwelchen Schwierigkeiten stecken.«

»Das wäre eine Möglichkeit. Aber nicht die einzige. Vielleicht wollte er einfach nur mal auf die Pauke hauen.«

»Aber er ist doch völlig unmusikalisch ... also ziemlich jedenfalls.«

»Sie wissen schon, was ich meine. Die Sau rauslassen.«

»Sie spinnen ja.«

»Wissen Sie, so was machen die Leute sogar in Lampeter. Ist durchaus ein ziemlich weit verbreiteter Zeitvertreib, trinken, zechen, und ... und ... na, Sie wissen schon.«

Sie errötete, entweder vor Wut oder vor Peinlichkeit.

»Oh ja, ich weiß. Sie wollen andeuten, dass sein Verschwinden etwas mit einer Frau zu tun hat, nicht wahr?«

»So was kommt vor.«

»Aber nicht bei Professor Morgan, nie und nimmer! Er ist ein ehrbarer Mann.«

Sie machte einen aufgewühlten Eindruck. Ich hob beruhigend die Hände. »Versuchen Sie, sich nicht aufzuregen, und denken Sie wenigstens mal darüber nach. Da verbringt so ein angestaubtes altes Fossil Jahre in irgendeinem verschlafenen alten College ...«

Sie schoss von ihrem Stuhl hoch. »Das reicht, ich gehe!«

»Was ist denn los?«

Vor Empörung standen ihr Tränen in den Augen. »Wie können Sie es wagen, Professor Morgan ein Fossil zu nennen!«

Ich sprang auf, eilte auf die andere Seite des Schreibtisches und packte sie am Arm. Sie ließ sich sanft zum Stuhl zurückführen. »Dekan Morgan ist nicht die Sorte Mensch, die so was tut«, sagte sie.

»Leute wie Dekan Morgan sind genau die Sorte Mensch, die solche Sachen macht.«

»Auf wessen Seite stehen Sie eigentlich?«

Ich seufzte. »Wenn Sie mich anheuern, stehe ich natürlich auf Ihrer Seite. Aber nur solange, wie Sie mich anheuern, um die Wahrheit rauszufinden, und nicht, um Beweise zu ignorieren, die vielleicht die Reputation eines Menschen beschädigen könnten. Sie müssen begreifen, wo ich stehe. Dies ist eine gefährliche Stadt, und wenn Sie mich da rausschicken, um für Sie die Kastanien aus dem Feuer zu holen, sind Sie es mir schuldig, dass Sie mir alles erzählen, was ich wissen muss. Ich gebe meine Bestes für Sie, ich bringe mich sogar in Gefahr, wenn ich den Eindruck habe, der Fall ist es wert, aber Sie müssen genauso Ihr Bestes geben. Das ist doch nur fair, oder?« Das war eine uralte Masche, und ich hatte sie bestimmt schon tausend Mal probiert. Manchmal hatte ich damit Erfolg, und manchmal nicht. Jedenfalls glaube ich nicht, dass ich schon mal eine Klientin hatte, die mir alles erzählt hat, was sie wusste. Und das, was sie zu erwähnen vergessen, ist immer das, was einem dann den Ärger einbringt.

»Glauben Sie wirklich, dass er mit einer Frau durchgebrannt ist?«

»Im Moment glaube ich noch gar nichts. Erzählen Sie mir von dem schlechten Mädchen.«

Gretel zuckte zusammen. »W...w...woher wissen Sie von ihr?«

»Sie haben von ihr geredet, erinnern Sie sich noch?«

»Oh.«

»Ja. Oh.«

»Sie war schlecht.«

»Ja, ich weiß, und Sie sind gut, genau wie der Dekan.«

Gretel beugte sich über den Tisch, als ob jemand hinter der Tür stehen und zuhören könnte. »Wir konnten sie nicht leiden, und keine von uns war bereit, mit ihr zu reden. Sie war eine Waise, wissen Sie, man hat sie auf der Treppe zur Kirche gefunden – nein wirklich! Das stimmt! Als wir das gehört haben, sind wir gar nicht mehr aus dem Lachen rausgekommen, wir dachten, so was gäbe es nur in Romanen aus dem 19. Jahrhundert. Aber da war sie, mit einem Stipendium der Sonntagsschule! Und das ist doch lächerlich, nicht wahr, die sollten doch nur für gottgefällige Leute sein, und wer weiß schon, von wem sie abstammt? Ihr Vater könnte genauso gut ein dreckiger alter Eseltreiber sein wie Ihrer!« Sie lehnte sich zurück. »Aber wir reden nicht über sie.«

»Ja, ich merke, wie schwer Ihnen das fällt.«

»Und Sinn für Humor hatte sie auch nicht. Nachdem wir über sie gelacht hatten, wollte sie nicht mehr mit uns reden. Ich meine – stellen Sie sich das doch mal vor! Sich solche Allüren zuzulegen und so zu tun, als wäre man was Besonderes, wenn man nicht mal Vater und Mutter hat! Also hat Clarissa – das ist Morganas und meine Freundin – sie einen Kaminfeger genannt, und, du meine Güte! Wissen Sie, was sie gemacht hat? Sie hat Clarissa auf den Mund gehauen. Unglaublich! Natürlich mussten wir sie melden. Zu ihrem eigenen Besten, nicht wahr? Und daraufhin hat sie die Anschuldigungen erhoben.«

»Welche Anschuldigungen?«

»Na ... Sie wissen schon.«

»Über den Dekan?«

»Diese verlogene Hure!«

»Was hat er getan? Sie angemacht?«

»Nicht nur er, ein paar andere auch. Männer! Ich weiß auch nicht. Kaum sehen sie ein Mädchen mit kurzem Rock, verlieren sie völlig die Kontrolle. Schlimmer als Ziegen, nicht wahr? Aber es hat natürlich nicht gestimmt.«

»Natürlich nicht.«

»Nein, wirklich.«

»Woher wollen Sie das wissen?«

Sie verdrehte die Augen, als wäre die Antwort völlig eindeutig. »Ach kommen Sie, Dekan Morgan ist einfach nicht so!«

»Das behaupten Sie. Wie hat dieses Mädchen ausgesehen?«

»Ach, ich weiß nicht. Groß, nehme ich an, lange blonde Haare, und ... und ...«

»War sie hübsch?«

Sie zog die Nase hoch. »Vielleicht, nehme ich an, auf so eine billige, nuttige Art.«

»Sehr hübsch? Vielleicht sogar sexy?«

»Manche haben das behauptet, aber ich habe das nie so sehen können.«

»Aber sie trug einen kurzen Rock?«

»Woher soll ich denn wissen, was sie trug? Ich kann mich nicht erinnern!«

»Vorher haben Sie das noch behauptet.«

»Habe ich nicht.«

»Okay, vergessen Sie's. Was für eine Figur hatte sie?«

Sie errötete. »Also bitte!«

»Na kommen Sie schon, Sie sind doch erwachsen, oder? Sagen Sie mir, wie sie war.«

»Aber ... aber ich ... wie soll ich denn ...?«

»Sie hatte eine Figur wie ein Stundenglas, stimmt's?«

»Sehen Sie, Sie sind genau wie die anderen. Typisch.«

»Wie welche anderen?«

»Männer.«

»Welche Männer? Die am College?«

Sie schwieg.

»Schauen Sie, Sie können es mir genauso gut erzählen, ich finde es ja doch raus. Sie war blond und süß, mit Rundungen an den richtigen Stellen, nicht wahr? Und sie war ein bisschen wild, und wann immer sie aufkreuzte, lief den verschrumpelten menschlichen Rosinen in Lampeter mit ihren blödsinnigen schwarzen Hüten der Sabber runter wie Hunden vorm Schaufenster eines Metzgers, nicht wahr?«

Gretel knallte die Faust auf den Tisch. »Nein, so war es nicht! Nein, nein, nein!«

»Und alle anderen Mädchen waren eifersüchtig, und darum habt ihr euch gegen sie verschworen ...«

»Nein! Haben wir nicht! Sie war eine abscheuliche Proletenwaise, und sie musste Lampeter verlassen, und wir haben alle gesagt, Gott sei Dank ist sie weg.« Mit diesen Worten stürmte Gretel aus meinem Büro.

Etwa eine halbe Stunde, nachdem Gretel zu ihrem grauenhaften Tutorium aufgebrochen war, platzte der Butler des Philantropen herein. Ich saß da, starrte an die Decke und praktizierte mentale Arithmetik – eine Übung, die ich häufig mache und bei der ich unter anderem gewisse Größenordnungen in Bezug auf meine Klienten berechne, wie die ungefähren Ausmaße ihres Schrankes und die entsprechende Füllmenge an Tassen. Als nächstes ordne ich den Klienten auf einer Tassen-im-Schrank-Rangliste Plätze zu. Gretel war soeben auf Platz Eins der Hitliste geschossen.

Der Butler trug einen altmodischen Mantel, der ein bisschen Ähnlichkeit mit denen der Wächter im Tower von London hatte, nur dass er schwarz war statt rot. Außerdem trug er einen gedrungenen Hut, der aussah wie ein abgesägter Zylinder, Koteletten, eine Lesebrille, die er ständig abnahm, und einen Gesichtsausdruck, der gleichzeitig intelligent, unterwürfig und berechnend wirkte. Er sprach, als habe er eine künstliche Rosine im Mund, und man fühlte sich sofort an Jeeves erinnert. Allerdings klang trotz seines übertriebenen Landsitz-Englisch immer noch seine walisische Herkunft durch. Hätte ich mir im Katalog einen walisischen Butler bestellen wollen, wäre er genau der richtige gewesen.

Wir gaben uns die Hand, und er sagte, er komme im Auftrag des Philantropen, der vor kurzem das alte Sanatorium erworben habe. Ich bot ihm ein Glas Rum an, und als er mein Angebot annahm, schenkte ich ihm und mir großzügig ein.

»Der Philantrop ist ein großer Sammler. Er sammelt alles mögliche – Schmuck, Antiquitäten, Nippes, Souvenirs ...«

»Wie nett.«

»Durchaus. Insbesondere ist er ein eifriger Sammler aller Arten von Souvenirs, die eine gewisse Nachtklubsängerin betreffen, die Sie sicherlich kennen, Myfanwy Montez.«

Ich versuchte, möglichst keine Reaktion zu zeigen, konnte aber nicht verhindern, dass sich meine Augen leicht zu Schlitzen verengten und mein Griff um das Glas fester wurde. Ich weiß nicht, welches von beiden ihm auffiel. Es spielte auch kaum eine Rolle.

»Ja, ich sehe, der Name ist nicht ohne Bedeutung für Sie.« In seiner Stimme schwang ein schmeichelnder, provozierender Unterton mit, der mir ganz und gar nicht gefiel.

»Was wollen Sie?«

»Mein Herr hat auf dem freien Markt einiges von den üblichen Sachen gekauft. Signierte Plattenhüllen, Poster, Programme, Abendkleider und so weiter. Er ist auf der Suche nach etwas Privaterem, etwas Persönlicherem, etwas, in dem sich mehr der Mensch Myfanwy als die Bühnenpersönlichkeit widerspiegelt. Wie man weiß, hatten Sie eine Affäre mit ihr ...«

Ich stand auf, ging um den Schreibtisch herum und nahm ihm das Glas aus der Hand.

»Verstehen Sie mich nicht falsch, Mr. Knight ...«

»Ich verstehe Sie so laut falsch, dass mir schon die Ohren wehtun.«

»Der Philantrop würde gut zahlen. Vielleicht ein zurückgelassenes Kleidungsstück, etwa ein T-Shirt oder eine Socke ... oder vielleicht sogar etwas Anschaulicheres, sagen wir ... etwas Feuchtes und intensiv Duftendes ...«

Ich packte ihn am Kragen seines Mantels, zog ihn vom Stuhl hoch und stellte ihn vor die Alternative, freiwillig zu gehen oder gegangen zu werden. Er entschied sich für die freiwillige Variante, aber ich half trotzdem etwas mit dem Fuß nach.

Zehn Minuten danach schneiten Bill und Ben herein. An diesem Nachmittag war wirklich was los. Wenn jetzt noch ein neuer Klient kam, hatte ich die Bude voll. Sie hatten ein Quietus-Zeugenformular mitgebracht, das ich unterschreiben sollte.

»Okay«, sagte ich. »Sie wissen, wie das läuft. Erzählen Sie mir was über den Dekan.«

Die beiden alten Männer tauschten einen Blick aus, dann sagte Bill: »Wenn wir es Ihnen erzählen, unterschreiben Sie dann das Formular?«

»Wenn mir gefällt, was Sie mir erzählen.«

Sie machten einen verwirrten Eindruck. »Aber Sie haben ihn doch gesehen, Sie haben den Quietus gesehen!«

»An manchen Tagen glaube ich, ich habe ihn gesehen, und an manchen glaube ich, es war nur der Wind, *amigo*. Welcher Tag heute ist, liegt ganz bei Ihnen, aber überlegen Sie es sich bald, ich habe es satt, mit Ihnen zu reden.« Sie richteten sich beide auf und sagten trotzig: »Er hat sich den Dummen Augusten angeschlossen.«

»Was hat er?«

»Er wollte ein Dummer August werden – der Dumme August eines Clowns«, erklärte Ben.

»Er wollte zum Zirkus, verstehen Sie?«

»Wie alle. Alle wollen sie das. Wir erleben das dauernd.«

Bill nickte. »Dauernd. Jeder will Löwenbändiger werden.«

»Oder auf dem Drahtseil arbeiten.«

»Oder als Feuerschlucker.«

»Oder sogar Bälle auf Seelöwennasen balancieren.«

»Aber sie enden alle als lausiger Dummer August.«

»Sie kapieren nämlich nicht, dass es nur einen Weg gibt, in den Zirkus zu kommen ...«

»Ach ja, und welcher wäre das?«

Sie zögerten. Irgendeine seltsame Kraft hielt sie zurück.

»Na los, welcher ist es?«

»Das können wir nicht sagen.«

»Sie wollen doch den Preis für einen Quietus-Bericht gewinnen, oder?«

»Natürlich wollen wir das, aber wir können das nicht sagen, es ist unhöflich.«

»Na gut, wie Sie wollen. Später kommen noch drei andere Bauchredner. Dann unterschreibe ich eben deren Quietusformular.«

»Nein«, rief Bill und sprang auf. »Sie fieses Schwein! Wir waren die ersten!«

»Also, welches ist der einzige Weg, um in den Zirkus zu kommen?«

»Na gut, Sie wollten es ja unbedingt wissen«, sagte Bill. »Er führt durch ... durch ... durch das Dingsbums einer Dame.«

»Das Dingsbums einer Dame?«

»Den richtigen Namen kennen wir nicht«, erklärte Ben. »Der ist lateinisch.«

Ich zog meinen Kugelschreiber heraus und unterschrieb das Formular.

Kapitel 7

Meici Moondust lachte. »Im Grunde genommen«, sagte er, »führt der einzige Weg in den Zirkus durch den Geburtskanal. Man muss hineingeboren werden, verstehen Sie, in eine Familie von Verrückten. Eine Familie, die so durchgeknallt ist, dass sie einen auf das Drahtseil packt, sobald man krabbeln kann. Leute, die einem zum Geburtstag Pailletten schenken und zu Weihnachten ein Sicherheitsnetz.« Er hob das Hörnchen in die Höhe und leckte geschickt die herunterlaufenden Tropfen geschmolzener Vanille ab, bevor sie seine Fingerknöchel erreichten. »Wenn du deine Nummer – egal welche – mit vier nicht beherrschst, wirst du nie mehr gut genug für den Zirkus. Aber für den Dummen August reicht es immer. Der ist nur der Handlanger, verstehen Sie? Dem drückt man Torten ins Gesicht oder schwingt Leitern in seine Richtung oder gibt ihm die ganze Saison lang Schläge auf den Hintern. Der einzige Grund, warum es den Job überhaupt gibt, ist, dass die Clowns nach all den Jahren, in denen sie das selbst erdulden mussten, die Nase voll hatten. Also erfanden sie die Rolle des Dummen August. Und die Leute stehen Schlange dafür.« Meici Moondust drehte sich zur Seite und spuckte aus. »Als ich als Conférencier draußen im Kamp gearbeitet habe, stiegen jeden Monat fünf oder sechs aus dem Zug aus Shrewsbury. Buchhalter, Büroangestellte, Versicherungsvertreter ... was Sie wollen.« Wieder spuckte er aus. »Dummer August eines Clowns. Wechseln Sie lieber die Straßenseite, wenn Ihnen einer über den Weg läuft.«

Calamity und ich traten über die Überreste der zerstörten Mauer auf das inzwischen von den Trümmern gesäuberte Gelände, das einst Woolie's gewesen war. In den Ruinen war ein blühender Schwarzmarkt entstanden.

»Ich kann einfach nicht glauben, dass es nicht mehr existiert«, sagte eine verwirrte alte Dame.

»Das kann keiner von uns«, entgegnete die Frau von der Saint John's Krankenwagen-Brigade. »Das war für alle ein schrecklicher Schlag.«

»Wir sind jedes Jahr zu Woolie's gefahren, den ganzen Weg von Walsall bis hierher.«

»Eine Menge Leute haben das gemacht.«

»Die Leute haben gesagt, ich wäre bescheuert, weil ich doch im Woolie's in Walsall arbeite. Aber es ist doch nett, wenn man mal eine Abwechslung hat, nicht wahr? Und jetzt ist es einfach weggespült worden.«

»Trinken Sie Ihr Bovril, meine Liebe. Trinken Sie Ihr Bovril, dann geht es Ihnen gleich besser.«

An einer Bude bestellten wir uns Tee, und Calamity zog ihre Liste heraus. »Eimer, Schaufel, Essgeschirr ...«

»Wir brauchen ein Essgeschirr?«

»Steht jedenfalls in der Broschüre.«

»Das ist ja gruseliger, als ich dachte.« Als Schnüffler in Aberystwyth stelle ich lange nicht so oft verdeckte Ermittlungen an, wie die Leute immer glauben. Und wenn, dann verkleide ich mich normalerweise als Mann, der den Zähler abliest oder etwas in der Art. Nicht als Feriengast, der nach Borth in Kousin Kevin's Krazy Komedy Kamp fährt. In diesem Punkt war die Broschüre eindeutig: Kinder und Haustiere willkommen. Keine Privatdetektive.

»Warum können wir mit den Dummen Augusten nicht einfach im Dorfpub reden?«, fragte Calamity mürrisch, obwohl sie die Antwort kannte.

»Sie lassen sie nicht raus. Das weißt du doch.«

Aus dem trüben grauen Himmel fielen die ersten Tropfen.

»Dann sollten wir jetzt wohl allmählich unsere Schlagworte lernen. Das erste lautet: ›*Bore da!* Wie geht's dem Papa?‹«

Ich zuckte zusammen. Calamity stieß mich in die Rippen. »Los, sag's!«

»Na gut, hier kommt's«, sagte ich, als müsste ich Medizin schlucken. »›*Bore da!* Wie geht's dem Papa?‹«

»Nicht schlecht. Aber versuch mal, so zu klingen, als würdest du es ehrlich meinen.«

Die Scheibenwischer quietschten trostlos vor sich hin, und unsere Stimmung wurde in dem Maß schlechter, wie Aberystwyth im Rückspiegel immer kleiner wurde. Wir fuhren über den Penglais Hill und dann runter durch die Bow Street und bogen an der Tankstelle links nach Borth ab. Calamity blätterte in der Broschüre herum.

»Glaubst du die Geschichte, die man über den Laden erzählt?«

»Welche denn?«

»Die über den Zoo.«

»Über den Zoo habe ich mehrere gehört.«

»Es heißt, eine Wohlfahrtseinrichtung für Tiere hätte mal ein paar Spielzeuge gestiftet und die Affen hätten sie aus Mitleid an die Urlauber weiterverschenkt.«

»Ich habe gehört, letzten Winter hätten sie alle Tiere gegessen.«

»Was ist mit der, dass die Vögel nicht singen?«

Bevor ich antworten konnte, kamen hinter einer Kurve die Umrisse des Kamp in Sicht. Unerklärlicherweise hörten wir schlagartig zu reden auf, als hätten wir gerade das Zimmer eines Geisterhauses betreten, in dem vor langer Zeit jemand lebendig eingemauert worden war.

»Schluck!«, sagte Calamity.

Am ersten Kontrollpunkt überprüfte ein Wärter unsere Reservierung, dann hob er eine rotweiß gestrichene Schranke und winkte uns durch. Nach einer Viertelmeile gelangten wir an die eigentliche Grenze des Kamp. Wir parkten und blickten – wie vermutlich Tausende von Urlaubern vor uns – auf die finsteren, schmiedeeisernen Tore und die darüber angebrachten Worte, ebenfalls aus schwarzem Eisen: »Willkommen bei Kevin«.

Nachdem wir uns angemeldet und das Stroh in unserer Unterkunft ausgelegt hatten, brachen wir zu einem kleinen Rundgang auf. Das Gelände lag still da, entweder, weil bereits Nachsaison war, oder weil die meisten Insassen auf einem Arbeitseinsatz waren. Das Emailleschild des Hot-Dog-Stands quietschte im Wind, die Türen klapperten, und Zeitungen wehten über den billigen, seltsam gepflasterten Boden und verliehen dem ganzen eine beunruhigende Atmosphäre. Wie eine Geisterstadt, oder ... oder .... Calamity formulierte es schließlich so: »Sie sind alle in einem UFO entführt worden.« Wir gingen in einen Laden, in dem man Milch und Zeitungen kaufen konnte, um uns nach dem Weg zu erkundigen. Er war offen, aber leer, keine Kunden und niemand hinter dem Tresen. Wir schlenderten weiter zur Spielhalle. Sie schien sogar noch leerer zu sein, die Bingoabteilung strahlte eine Trostlosigkeit aus, die einem das Gefühl gab, hier wären schon seit vielen Jahren keine Lichter mehr aufgeblitzt und keine Preise mehr in die aufgeregten Schöße Chips mampfender Familien aus den Midlands gefallen.

In der Mitte des Kamp stießen wir auf ein verdunkeltes Amüsierzentrum. Rund um die Tische waren die Stühle in Reihen arrangiert, damit nicht gleich auffiel, dass man sie gebraucht einem

Kino abgekauft hatte. Es gab auch eine Bühne mit herabgelassenem Vorhang. In einer angrenzenden Kneipe trafen wir dann endlich auf zwei menschliche Wesen. Ein Clown saß vornübergebeugt am Tresen und kippte sich ein Glas Wodka nach dem anderen hinter die Binde. Der Barkeeper, der einen geschmacklosen magentaroten Blazer trug, füllte jedes Mal ohne zu fragen nach. Wir setzten uns ein paar Hocker entfernt ebenfalls an den Tresen. Beide warfen sie uns einen feindlichen Blick zu, bevor sie sich wieder ihren Getränken zuwandten.

»Darf ich den Herren einen Drink spendieren?«, fragte ich fröhlich.

Der Clown, der gerade sein Glas zum Mund führte, hielt mitten in der Bewegung inne und warf dem Barkeeper einen fragenden Blick zu. Der Barkeeper zuckte kaum sichtbar mit den Schultern. Der Clown drehte sich langsam zu mir um. Er trug eine schmutzige, limonengrüne Jacke mit unsauber aufgenähten orangefarbenen Flicken. Darunter trug er kein Hemd, nur eine schmuddelige Weste voller Essensflecken. Auf sein Gesicht war ein U-förmiger, lachender, blutroter Mund gemalt, aber sein richtiger Mund hing in einem spöttischen Lächeln in die entgegengesetzte Richtung hinab, als ob sich der obere Mund im Wasser spiegeln würde.

» Also – einen Drink für den Clown«, sagte ich. »Und für Sie auch einen – falls Sie im Dienst trinken.«

Wortlos schenkte der Barkeeper erst dem Clown und dann sich selbst einen Drink ein, kippte ihn hinunter und wusch das Glas aus.

Schließlich sagte der Clown: »Nur weil ich mir von Ihnen was spendieren lasse, bin ich noch lange nicht Ihr Freund.«

Ich zuckte mit den Schultern.

»Und es heißt auch nicht, dass ich Sie mag.«

»Natürlich nicht! Es heißt nur, dass Sie gern trinken.«

»Genau. Hätte ich Nein gesagt, hätte ich mir ins eigene Fleisch geschnitten. Und das würden Sie doch nicht wollen, oder?«

»Man weiß ja nie, vielleicht wäre das auch eine Verbesserung.«

Calamity stieß mich an und deutete auf eine Frau, die am Fenster vorbeiging oder, besser gesagt, mit militärischer Steifheit vorbeimarschierte. Sie trug einen preußischblauen Kittel und einen ebensolchen Rock, die von einem glänzend polierten Sam-Browne-Gürtel geschmückt wurden. Der linke Ärmel ihres Kittel schwang leer hin und her. »Ist das nicht Mrs. Bligh-Jones von Essen auf Rädern?«, fragte ich den Barkeeper.

Er tat so, als werfe er einen Blick über die Schulter und antwortete, ohne überhaupt hinzusehen: »Nein, das ist Mrs. Parker aus Mansfield.«

Ich kniff die Augen zusammen. »Nein, ich bin sicher, das ist Mrs. Bligh-Jones. Das sieht man, weil sie nur einen Arm hat.«

»Nein, Sie irren sich, Kumpel.«

»Aber Sie haben doch gar nicht hingesehen.«

»Habe ich wohl.«

Sie ging zu einem Cottage hinauf, und die Tür öffnete sich. Im Eingang stand ein Mann im Bademantel. Es war Jubal.

»Hundertprozentig ist das Mrs. Bligh-Jones. Und der daneben ist Jubal, nicht wahr?«

Der Barkeeper beugte sich über den Tresen, packte mit Zeigefinger und Daumen mein Kinn, drehte es in seine Richtung und sagte mit kalter, bitterer Stimme: »Bezeichnen Sie mich etwa als Lügner?«

Ich entzog ihm mein Gesicht und gab Calamity mit den Augen ein Zeichen, dass es Zeit war, es woanders zu versuchen. Wir verließen die Kneipe und gingen weiter ins Zentrum des trostlosen Kamp.

Wir kamen an ein paar Karussells vorbei, deren Pferde und Miniaturraumschiffe unter staubigen Abdeckplanen ruhten. Zwischen den Karussells bewegte sich etwas. Es war ein schmuddeliges und verdrecktes kleines Mädchen, dessen lange Haare völlig verfilzt waren. Sie musste eins der wilden Kinder sein, die am Rand des Kamp lebten. Als sie uns sah, flitzte sie hinter eins der Autos. Wir blieben stehen, und ich hockte mich hin und rief sie. Langsam kam sie auf uns zu, verbarg sich dann hinter einem tänzelnden Pony und starrte uns an.

»Sind deine Mama und dein Papa irgendwo in der Nähe?«, fragte ich.

Sie schüttelte den Kopf.

»Bist du ganz allein?«

Sie nickte.

»Wir sind auf der Suche nach dem Dummen August. Weißt du, was das ist?«

Sie nickte.

»Bringst du uns hin?«

Sie überlegte.

»Ich gebe dir Geld für ein Hot Dog.«

Sie nickte und rannte los, ohne sich zu vergewissern, ob wir ihr folgten. Was wir taten.

Die Kolonie der Dummen Auguste befand sich im hinteren Teil des Kamp, in den Käfigen, in denen früher die Tiere untergebracht waren. Zu viert saßen sie untätig auf umgedrehten Kisten und starrten gelangweilt in die Gegend. Keiner von ihnen wollte mit uns reden, aber schließlich kam doch ein Mann an die Gitterstäbe und sagte, wir könnten ihn Bert nennen. Ich zeigte ihm das Bild vom Dekan, und er bestätigte, dass er eine Zeit lang als Dummer August gearbeitet hatte.

»Aber er hatte kein wirkliches Interesse, die Kunst zu erlernen«, sagte Bert griesgrämig. »Er war ein Dilettant. Hat immer wieder gejammert, er sei Professor und verdiene was Besseres. Ich meine – was bedeutet das schon? Ich war früher Versicherungsmathematiker, aber das muss ich doch nicht jedem ununterbrochen unter die Nase reiben.« Er schwieg, als würde ihn etwas ablenken. Hinter mir hörte ich laute Schritte auf dem Pflaster, und der Pesthauch billigen Rasierwassers hüllte mich ein. Ich drehte mich um und sah mich einem dünnen, knochigen Mann in Smoking und schwarzer Krawatte gegenüber. Neben ihm standen zwei Kamp-Sicherheitskräfte und wirbelten ihre Schlagstöcke. Der eine trat an das Gitter und ließ den Schlagstock über die Stäbe gleiten wie ein Kind, das mit einem Stecken ein Geländer entlangfährt. Bert machte einen Satz nach hinten und trollte sich wieder zu seinen Freunden.

»Tut mir sehr leid, Sie bei Ihrem Spaß stören zu müssen«, sagte der Mann im Smoking. »Aber wie es aussieht, haben Ihre Ferien ein abruptes Ende genommen.«

»Wirklich? Das kommt aber sehr plötzlich.«

»Das ist bei Ferien häufig so; man hat das Gefühl, man ist gerade erst angekommen, und schon muss man wieder nach Hause.«

»Wir sind aber wirklich gerade erst angekommen.«

»Wie ich schon sagte, hat man dieses Gefühl häufig. Ein Streich, den einem das Gehirn spielt.«

»Und dabei haben wir uns so gut amüsiert. Ich kann gar nicht glauben, dass es schon vorbei ist.«

»Sir, Sie sind nicht der erste, dem die Flüchtigkeit des menschlichen Glücks auffällt. Wenn ich mir diese Äußerung erlauben darf.«

Ich sah Calamity an, und ihre Antwort bestand darin, Augenbrauen und Kinn dramatisch in entgegengesetzte Richtungen auseinanderzuziehen. Ich wandte mich wieder an den Direktor. »Nettes Rasierwasser.«

»Danke, Sir, ich mische es selbst. Nichts Besonderes, nur ein paar Dinge aus dem Garten.«

»Nehmen Sie nächstes Mal etwas weniger Nacktschnecke.«

Er zuckte ein wenig zusammen. »Wie witzig. Wenn Sie sich jetzt bitte zum Parkplatz begeben würden.«

»Könnten wir nicht noch einen halben Tag bleiben?«

Gespielt betrübt schüttelte er den Kopf. »Leider nein, wir sind komplett ausgebucht. Es ist keine Unterkunft mehr frei, und leider – obwohl Sie für die Rolle bestens geeignet wären – haben wir auch schon einen Clown.«

»Und falls er krank würde, könnten Sie immer noch Ihr Rasierwasserrezept vorlesen, nicht wahr?«

Wieder zuckte er zusammen.

»Ich möchte den Direktor sprechen.«

»Der steht vor Ihnen, Kumpel«, entgegnete der Aufseher. »Dies ist Kousin Kevin, ihm gehört das Kamp.«

»Sie brauchen gar nicht so beeindruckt zu klingen, er kann nicht mal richtig buchstabieren.«

Kousin Kevin packte mich am Ärmel. »Wenn Sie bitte mitkommen würden, Sir.«

»Und wenn nicht?«

Der Aufseher schwang seinen Schlagstock. »Es wäre uns lieber, Sie gehorchen, Großmaul. Wir mögen hier keine Schnüffler.«

Mit je einem Aufseher rechts und links begaben wir uns zurück zum Parkplatz. Niemand sprach, und die Stille wurde nur von den leisen Klängen einer Melodie aus der Swing-Ära untermalt, die über die Dächer heranwehte. Als wir an dem letzten Cottage vorbei waren, blieben wir unwillkürlich stehen und glotzten, bis die Aufseher uns weiter drängten. Im Auditorium, das vor ein paar Minuten noch völlig verlassen dagelegen war, schaukelte jetzt über dem verdunkelten Tanzboden die Ellipse eines einzelnen Scheinwerfers wie ein betrunkener Mond. Und die da schwungvoll dahinglitten, als klebten ihre Schuhe am Licht, waren Jubal und Mrs. Bligh-Jones, die zum »Chattanooga Choo-Choo« tanzten.

Auf der Heimfahrt ließ ich mir das, was ich gerade gesehen hatte, durch den Kopf gehen. Mrs. Bligh-Jones war die Oberbefehlshaberin von Essen-auf-Rädern, was sie zu einer mächtigen Person in der Stadt machte. Aber so war es nicht immer gewesen. Noch vor zwei Jahren war sie nur eine von vielen Nebendarstellerinnen gewesen, die zu Tode gekochten Rosenkohl mit anämischem Bratensaft austeilten.

Ihr Aufstieg zur Berühmtheit war ein typisches Beispiel für die Ironie des Schicksals, das mit der Flut über uns hereingebrochen war: Todesfälle waren oft nicht Ziegeln und Mörtel geschuldet, sondern sehr viel weniger greifbaren Dingen. In diesem Fall der Glaubwürdigkeit der Druiden. So lange irgendjemand zurückdenken konnte, waren sie immer die offiziellen Gangster der Stadt gewesen: Sie kontrollierten Prostitution und Glücksspiel, kassierten Schutzgelder und beförderten so viele ihrer Feinde in den »Schlaf mit den Fischen«, dass es das Meer zum Schnarchen brachte. Aber das alles endete mit Lovespoons dünkelhaftem Exodus an Bord seiner Arche. Mit dem Boot hatten sie eine Menge guter Leute verloren, und die, die zurückblieben, hatten so viel an Glaubwürdigkeit eingebüßt, dass sie nie mehr richtig Fuß fassen konnten. Und genau diesen Zeitpunkt wählten die aufstrebenden Karrieremacher, um sich ihre Pfründe zu sichern, und niemand war so erpicht darauf wie Bligh-Jones. Sie war die einzige, die die einfache Wahrheit erkannt hatte: In der Mondlandschaft aus Trümmern und Kartoffelsuppeküchen, die nach dem Abfließen der Fluten zurückblieb, gab es eine weitverbreitete neue Waffe: Hunger. Und die wie nebenbei ausgesprochene Drohung, eine Schüssel Haferschleim zu verweigern, konnte sehr viel effektiver sein als jeder Hieb mit dem Schlagstock eines Druiden.

Vielleicht hätten wir auch nie etwas von ihr gehört, hätte es nicht die Tragödie am Pumlumon Mountain gegeben, eine Geschichte, die inzwischen eine der charakteristischen Legenden der Trümmerjahre ist. Es begann als Routineeinsatz mit dem Essen-auf-Rädern-Lieferwagen, wie er häufig in die Ausläufer der Berge unternommen wurde, um nach Wandersleuten Ausschau zu halten, die in Schwierigkeiten geraten waren. Dann kam ein Sturm auf, und sie erhielten einen Notruf von oben am Berg. Der gesunde Menschenverstand befahl eigentlich umzukehren, aber sie fuhren dennoch weiter und hatten nach kurzer Zeit die Bickerstaff-Linie überquert, jene imaginäre Linie, die den Punkt bezeichnet, jenseits dessen eine sichere Rückkehr nicht mehr möglich ist. Die Moral ging bei Temperaturen unter Null schnell flöten, und die Chefin, Mrs. Cefnmabws, verlor komplett den Verstand und rannte zeternd hinaus in den Sturm. Als dann die Frauen in dem tobenden Schneesturm mit von den Augenbrauen herabhängenden Eiszapfen dastanden, war es die gnadenlose Mrs. Bligh-Jones, die sie weitertrieb und ihre rebellierenden Sehnen und ihr kapitulierendes Fleisch zwang, dem Schmerz zu trotzen. Drei Monate lang waren sie auf dem grausamen Berg gestrandet. Zwei starben an Lungenentzündung, und Mrs. Cefnmabws tauchte im nächsten Frühjahr wieder auf, in einem Eisblock, konserviert wie ein Mammut. Die einzigen, die es wieder ins Tal schafften, waren Mrs. Tolpuddle, die sich weigerte, darüber zu sprechen, und Bligh-Jones, der ein Arm abgefroren war. Was sie allerdings nicht bremsen konnte. Sie kam als Heldin in die Stadt zurück und teilte sie sofort in Mini-Lehen für ihre Leutnants auf. Das einzige, worauf sie keinen Anspruch erhob, waren die Mädchen und die Alkoholausschänke. Entweder aus einer tief verwurzelten puritanischen Anwandlung heraus, oder aber aus Respekt vor einer alten Tradition: Jeder wusste, dass es sich bei Besäufnissen in erster Linie um heidnische Aktivitäten handelte, die somit ein Grundrecht der Druiden waren. Und egal, was sich sonst verändert hatte, Bacchus war immer noch der beliebteste Gott in der Stadt.

Wir fuhren langsam in einer gemächlich hinter einem Wohnwagengespann dahinkriechenden Schlange nach Wannfawr. Die Scheibenwischer brummten hypnotisierend vor sich hin, der Regen pladderte herab, und der Himmel über Aberystwyth nahm allmählich die Farbe von Schmeißfliegen an. Perfektes Wetter für einen Tag bei Kousin Kevin. Wieder ging mir durch den Kopf, was ich gesehen hatte. Jubal, der Mann, der sich von jedem Kuchen in der Stadt ein Stück abschnitt, und Mrs. Bligh-Jones, die diese Kuchen backte.

Kapitel 8

Ich ging den schwach erleuchteten, grün gefliesten Gang hinunter. An den Füßen trug ich ein Paar Socken aus Papier, die man mir an der Tür gegeben hatte, sowie einen einteiligen Papieranzug, der bei jedem Schritt leicht raschelte. Ich hatte keine Schlüssel, keine Uhr, keine Münzen und nichts aus Metall bei mir, und auch sonst nichts, das man spitz zufeilen oder zu etwas hätte formen können, mit dem man jemanden zu Tode prügeln konnte. Hätten die Wärter meine Zahnfüllungen herausnehmen können, hätten sie das getan. Ich war neun Meter unter dem Meeresspiegel, unterhalb der Burg, in einer Raumflucht, die Owain Glyndwr für Leute entworfen hatte, die ihm missfielen. Ich war auf dem Weg zu Dai the Custard Pie.

Dort unten hatte man eher das Gefühl, in einem Krankenhaus zu sein als in einem Gefängnis, und der kaum wahrnehmbare Desinfektionsmittelgeruch und das entfernte Summen eines Generators betonten noch die absolute Stille. Nur an den riesigen Stahltüren mit den komplizierten elektronischen Schlössern ließ sich eindeutig festmachen, dass es sich um ein Gefängnis handelte. Aber vielleicht gab es an diesem Ende des Spektrums strafrechtlicher Verfolgung auch keine wirklichen Unterschiede mehr. Selbst wenn die Psychologen ihr ganzes Leben damit zubrachten, den Gordischen Knoten aus Hass, Wahnsinn, Bösartigkeit, Neurose, Psychose, Vorsatz und Unwiderstehlichkeit, Genen und Umgebungseinflüssen zu entwirren, aus dem sich das einzigartig Böse von Männern wie Custard Pie zusammensetzt, so brauchte man – egal, zu welchem Ergebnis sie kamen – doch immer noch eine stabile Tür an der Zelle.

Neun Meter unter der Stadt – ein Grab aus Stahl und Beton, ausgestattet wie ein Interkontinentalraketensilo und bemannt mit Wärtern, die ebensolche psychologischen Tests durchlaufen mussten. Und ich war auf dem Weg zu einem Mann, der hier saß, weil ich dafür gesorgt hatte, und der – das war mir klar – niemals mit mir reden würde. Und dennoch, um des Dekans willen, der im Mahlstrom von Aberystwyth den Boden unter den Füßen verloren hatte und vielleicht bereits tot war, musste ich einfach fragen.

Der Dekan hatte, wie Tausende fehlgeleiteter Trottel vor ihm, davon geträumt, Clown zu werden, und war dann auf eine Art in den Abgrund gestürzt, die den Verdacht nahelegte, er sei bereits einer. Und in ganz Wales gab es niemanden, der sich mit der Psychopathologie des clownesquen Gehirns besser auskannte als Custard Pie.

Ich weiß nicht, was ich erwartet hatte, aber ich war schockiert, als ich ihn sah. Er stand kaum einen Meter von mir entfernt, und nur eine Reihe Gitterstäbe, die vom Boden bis zur Decke reichten, trennte uns. Aus verrückt glitzernden Augen starrte er mich über den ledernen Maulkorb hinweg an, den zu tragen sie ihn gezwungen hatten. Er trug einen hellorangefarbenen Gefängnis-Overall und darunter ein Strick-Tanktop und ein türkisch gemustertes Hemd. Er roch säuerlich und ungewaschen. Seine fünf Zentimeter langen Fingernägel waren gekrümmt und gelblich verfärbt. Am beunruhigendsten war jedoch, dass der Boden seiner Zelle mit Exkrementen übersät war. Angeekelt wandte ich mich an einen der Wärter, der ein paar Meter entfernt saß und eine Patience legte.

»Keine Panik, Kumpel«, wiegelte er ab. »Die sind nicht echt. Das sind Nachahmungen, wie im Scherzartikelladen.«

»Sie erlauben den Leuten, ihm so was zu geben?«

»Er stellt sie selbst her.«

»Und die Vorschriften?«

»Die Vorschriften verbieten fast alles, aber gegen die Herstellung von künstlicher Kacke gibt es keine.« Er wandte die Aufmerksamkeit wieder seinen Karten zu, und ich betrachtete Custard Pie. Als wir uns das letzte Mal gesehen hatten, waren wir durch die strahlend weißen Wolken herabgesunken, im Anflug auf den See von Nant-y-moch.

»Ich weiß, warum Sie hier sind«, sagte er mit kalter, monotoner Stimme ohne eine Spur von Modulation oder Gefühl. »Sie sind auf der Suche nach dem Dekan.«

»Sie sind gut informiert.«

»In dieser Stadt passiert nichts, ohne dass ich davon weiß. Das einzige, was ich nicht weiß, ist, wie Sie auf die Idee kommen, ich würde Ihnen helfen.«

»Er hat sich vielleicht den Clowns angeschlossen.«

»Natürlich hat er sich den Clowns angeschlossen. Aber warum sollte ich Ihnen helfen? Dem Mann, der mich um meine Freiheit gebracht hat?«

Ich musterte ihn und überlegte. »Er hat vierzig Jahre Gelehrsamkeit weggeworfen, um sich jeden Tag vor einer johlenden Menge den Hintern versohlen zu lassen. Die wenigsten Leute würden verstehen, was einen Menschen dazu treibt. Ich verstehe es jedenfalls nicht. Sie schon.«

»Und?«

»Und Sie könnten ihn vermutlich aufspüren. Sie könnten seine nächsten Schritte besser als sonst irgendjemand auf der Welt voraussagen. Das wäre eine Großtat von so verwegener Brillanz, dass ich dachte, ein Egoist wie Sie könnte da wohl kaum widerstehen.«

Nachdenklich sah er mich an. »Als Projekt wäre das nicht uninteressant. Vielleicht würde es mir sogar Spaß machen, aber was soll's? Über das Stadium, wo ich Dinge aus Spaß gemacht habe, bin ich längst hinaus.«

»Mit Ihrer genialen Art, das komische Gehirn zu erfassen ...«

»Oder sogar das gestörte komische Gehirn ...«

»Wenn Sie meinen.«

»Sagen Sie mal, Louie, halten Sie mich für verrückt?«

Ich zögerte.

»Oder sind Sie clever genug, um Traurigkeit zu erkennen, wo andere nur Wahnsinn oder Bösartigkeit sehen?«

»Ich sehe nur anständige Leute und Gauner. Komplizierter brauche ich es nicht.«

»Oh doch, das brauchen Sie, Louie. Wirklich.« Seine Stimme hatte einen provozierenden Tonfall angenommen, der mir zu verstehen gab, dass er meine Psyche gründlich untersucht und für mangelhaft befunden hatte. »Wirklich. Das ist Ihr Fluch. Ich kenne Sie, Louie. Ich weiß, dass Sie nachts manchmal wach liegen und den ungeheuerlichen Gedanken zu verdrängen versuchen, der einfach nicht weichen will. Kann man uns tatsächlich verantwortlich machen für das, was wir getan haben? Ob es unsere Gene sind, die uns prägen, oder unsere Erziehung, macht kaum einen Unterschied, nicht wahr? Überlassen Sie mir sieben Jahre lang ein x-beliebiges Kind, und Sie bekommen von mir den entsprechenden Mann zurück. Kann man mir übel nehmen, dass ich geworden bin, was ich bin? Und das zu verhindern ich keine Kraft hatte? Und wenn nicht, wie wollen Sie dann meine Strafe rechtfertigen?«

Ich lächelte. »Vielleicht haben Sie recht. Vielleicht auch nicht. Aber wenn Sie mir helfen, den Dekan zu retten, würde niemand anzweifeln, dass das richtig ist.«

»Sind Sie wirklich so blöd zu glauben, man könnte ihn retten? Ja, ich könnte ihn finden und zum College zurückschicken, damit er dort weitere zwanzig Jahre Aufsätze korrigiert, aber würden Sie das wirklich als Rettung bezeichnen? Manch einer würde es vielleicht genau für das Gegenteil halten. Manch einer würde vielleicht sagen, nur jetzt ist er wirklich gerettet.«

»Nur, dass diese neue Welt ihn nicht glücklich machen wird. Vielleicht bringt sie ihn sogar um.«

»Da haben Sie recht. Glück gibt es für ihn jetzt nicht. Er hat sich in die Welt der Clowns begeben und zu seiner Bestürzung festgestellt, dass sie – egal wie viel er lacht – nicht lustig ist. Überhaupt nicht. Wir scharen uns um das Lagerfeuer zusammen und lachen fröhlich, um das Heulen auszublenden, das mit der Nacht hereinbricht. Den Dekan retten? Louie, ich kann nicht mal mich selbst retten.«

Ich gab dem Wärter ein Zeichen. Das Gespräch war vorbei, und es hatte genauso viel gebracht, wie ich erwartet hatte. Als ich wegging, zischte der Gefangene ein Wort. Ich blieb stehen, und wieder zischte er. Drei Worte oder vier. Ich drehte mich um, und er sagte: »Das Mädchen! Sorgen Sie dafür, dass das Mädchen mich besucht!«

Ich runzelte die Stirn. »Welches Mädchen?«

Und dann warf er sich wie ein wütendes, eingesperrtes wildes Tier gegen die Gitterstäbe, rüttelte an ihnen, trat nach ihnen und schrie: »Calamity! Calamity! Calamity!«

Als ich die Treppe zur Straße hinaufging, konnte ich aus den tiefsten Tiefen des Verlieses das Heulen eines Wolfs hören.

Als ich ins Büro kam, lag dort eine Nachricht von Llunos für mich mit der Bitte, zum Polizeirevier zu kommen und für Calamity Kaution zu hinterlegen. Ich stöhnte. Das war nun schon das dritte Mal in sechs Wochen, und ich wusste, dass ich nicht mehr auf Nachsicht hoffen konnte. Ich hatte ewig gebraucht, um Llunos zufriedenstellend zu erklären, wie ich in den Schrank beim Zuckerstangengroßhändler gekommen war.

In dem fadenscheinigen Wollpullover der Wolken hatte sich ein kleines Loch aufgetan, und die Prom badete von der Burg bis zum Hafen in einem Lichtfleck. Die Kühlergrills und Chromstoßstangen der Autos glänzten. Eeyore lehnte am Kiosk und las Sospan aus einem Buch vor. Als ich kam, klappte er es zu, um mich zu begrüßen.

»Er hat mir von Sitting Bull erzählt«, sagte Sospan. »Sehr interessanter Mann. Was hättest du gern?«

»Was ist diese Wochen zu empfehlen?«

Eeyore hielt sein Eis hoch.

»Geschmack des Monats«, antwortete Sospan.

»Sieht aus wie Schokolade.«

»Schmeckt aber ganz bestimmt nicht so. Das ist Xocolatl. Das Originalrezept der Azteken. Das, was einem sonst auf der Prom als Schokolade angedreht wird, ist davon nur ein billiger Abklatsch.«

»Was ist da drin?«

»Kakao, Pfeffer, Pepperoni, Vanille, Honig und getrocknete Blumen. Eine Mischung, die man aus einem goldenen Becher trank, der nur einmal benutzt und dann in den See geworfen wurde.«

»Willst du das System hier auch einführen?«

»Nichts dagegen, solange jeder seinen Becher selbst mitbringt.«

Ich bestellte, und als das Eis kam, stießen Eeyore und ich mit unseren Hörnchen an, als wären sie Bierkrüge.

»Und, was ist das für ein Buch, Pop?«

»Da geht es um die Medizinlinie«, entgegnete Eeyore und legte die Hand auf das Buch.

»Aha. Und was soll das sein?«

»Das ist ein Konzept aus dem Wilden Westen. Aus den alten Zeiten, als es noch keine Schlagbäume oder ähnliches gab. Offensichtlich gab es da eine Gruppe von Männern, die den Kontinent durchstreiften, um die Grenze zwischen Amerika und Kanada zu überwachen und mit kleinen Steinhaufen zu markieren. Als die Indianer sie fragten, was sie da täten, antworteten sie, sie stellten Medizin für Königin Victoria her, die Große Mutter jenseits des Ozeans. Das hatte ich gerade vorgelesen.«

»Und was ist daran so interessant?«

»Das Lustige daran ist, dass die Indianer damals nicht sonderlich beeindruckt waren. Kleine Steinansammlungen ... das sah nicht nach sonderlich wirksamer Medizin aus. Aber als sie im nächsten Frühjahr loszogen, um südlich der Grenze Pferde zu stehlen, machten sie eine erstaunliche Entdeckung: Wenn der Sheriff und seine Leute sie verfolgten, machte der Trupp immer bei den Steinhaufen halt und kam nicht weiter. Es war, als stünde dort eine Glaswand oder irgend so was. Nicht um alles in der Welt gelang es den Indianern herauszufinden, was die Gesetzeshüter aufhielt, aber sie mussten einräumen, dass die Große Mutter auf der anderen Seite des Wassers über ganz schön wirksame Medizin verfügte. Also nannten sie es Medizinlinie. Und dorthin führte Sitting Bull seine Leute nach der Schlacht am Little Big Horn. Er brachte sie über die Medizinlinie nach Kanada, wo sie in Sicherheit waren.«

»Nette Geschichte, Dad.«

»Ich hatte gerade zu Sospan gesagt, ich glaube, dass eine Menge Leute in dieser Stadt Medizinlinien in ihren Köpfen haben.«

»Das verstehe ich jetzt nicht.«

»Du weißt doch, sie leben ihr Leben umzingelt von Ängsten. Sie schöpfen nur einen kleinen Teil ihrer Möglichkeiten aus. Sie machen sich nie bewusst, dass man die Dinge, die einen Menschen in diesem Leben zu etwas Besonderem machen, nur kennenlernt, wenn man sich in Gefahr begibt und neugierig auf den Kontinent jenseits der Linie ist.«

»So habe ich das noch nie gesehen. Aber ich würde mir wünschen, jemand würde mal eine Medizinlinie um Calamity herum ziehen.«

Ich legte ein paar Münzen auf den Tresen, drückte Eeyores Schulter und machte mich auf den Weg zum Knast.

Es war erst Spätnachmittag, aber die Zelle war voll mit dem üblichen Gewusel aus Betrunkenen, Handtaschendieben, Schwarzhändlern sowie einer alten Dame, die völlig fehl am Platz wirkte. Calamity saß an einem kleinen Tisch und spielte mit einem Heizer Karten. Er saß im Unterhemd da, sodass man die Anker sehen konnte, die er sich auf beide Bizepse hatte tätowieren lassen. Sein Hemd lag sorgfältig gefaltet auf Calamitys Tischseite. Calamity gab mit ernster, geschäftstüchtiger Miene die Karten aus, und er starrte sie fasziniert an wie ein Kind, dem man gerade einen Zaubertrick zeigt. Bei dem Spiel handelte es sich um Fünf-Karten-Ludo, und das bedeutete, dass er sein Schiff ebenfalls in Kürze verlieren würde, denn auch wenn er schummelte, konnte er auf gar keinen Fall besser schummeln als Calamity. Das konnte keiner.

Der Wärter klimperte mit den Schlüsseln und ließ sie raus.

»Danke, dass du die Kaution für mich hinterlegt hast. Woher hattest du das Geld?«

»Das ist dein Gehalt für nächsten Monat.«

»Hmm. Vielleicht bleibe ich lieber drinnen.«

»Tu das, dann kriegst du überhaupt kein Gehalt. Und gib dem Mann sein Hemd wieder.«

»Aber das habe ich auf ehrliche Art und Weise gewonnen! Ganz nach den Regeln.«

»Du kennst die Regeln doch nicht mal! Was willst du denn überhaupt mit einem dreckigen alten Matrosenhemd?«

»Handeln, Louie. Für jedes Objekt gibt es einen Käufer, man muss die beiden nur zusammenbringen.«

Ich lächelte und sagte: »Geh nach Hause und arrangier einen Handel zwischen deinem Kopf und dem Kissen. Wir müssen morgen früh los.«

KAPITEL 9

Der Zug kam sanft im Bahnhof von Borth zum Stehen. Der Bahnsteig war leer bis auf eine einsame Gestalt, die dort im Morgennebel wartete. Die Gestalt entpuppte sich als Mann mit einem Koffer, ein Mann, der einmal ein Dummer August gewesen war. Calamity, die total verschlafen aussah, gähnte wie ein kleines Nilpferd.

Der Mann ging den Bahnsteig entlang und stieg ein. Das Zuknallen der Tür war das einzige Geräusch, das die Stille des frühen Morgens durchbrach. Der Schaffner pfiff, und die Dieselmaschine setzte sich ächzend in Bewegung und zog uns aus Borth heraus nach Osten, der aufgehenden Sonne entgegen.

Bert entdeckte uns und setzte sich auf den Platz vor uns. »Das hatten wir am Telefon so nicht ausgemacht«, sagte er über die Schulter. »Ich meine, ich hätte gesagt, Sie sollen allein kommen.«

»Calamity ist meine Partnerin.«

Er drehte sich um, die Stirn argwöhnisch in Falten gelegt. »Eine weitere Person, das kostet Sie extra.«

»Nein, tut es nicht«, fuhr ich ihn an. »Hören Sie auf zu jammern.«

Er machte einen halbherzigen Versuch, aufzustehen und zu gehen, der aber niemanden überzeugte. »Ich muss das nicht machen.«

»Wer muss das schon? Tun Sie's einfach.«

Der Zug wurde allmählich schneller und glitt geräuschlos durch die weite, feuchte Stille. Kondenswasser lief in eisigen Strömen innen an den Fenstern herab, und draußen schien die Welt im Bett bleiben zu wollen. Die Sonne schimmerte wie die Laterne eines Nachtwächters durch den gelblichen Nebel, der über der Flussmündung hing. Die Wasservierecke, die aussahen, als hätte man den Torf mit einem riesigen Kuchenmesser aus dem durchweichten Soden geschnitten, glitzerten, und das Meer hinter den Dünen im Westen war ruhig. An solchen Tagen ließ einem der Anblick der Mündung in ihrer ganzen Schönheit das Herz höher schlagen und verleitete einen zur Umkehr, ein allerletzter koketter Trick der alten Hure Aberystwyth. Wie eine Geliebte, die dich dabei ertappt, wie du vor Sonnenaufgang mit gepacktem Koffer auf Zehenspitzen die Treppe runterschleichst, und dir vom Treppenabsatz zuruft und dabei aussieht wie damals, als du ihr beim Volksfest in Borth zum ersten Mal begegnet bist.

Aus dem Nebel tauchte die morsche, teerverschmierte hölzerne Brücke auf. Wir näherten uns der Dovey Junction, der großen Gabelung der British Rail-Waggons. Ein Gleis führt nach Norden, an die felsige, mit Burgen übersäte Küste, das andere windet sich über die Berge nach Shrewsbury. Bert presste das Gesicht gegen das kalte Glas und kniff die Augen zusammen, um in der weichen, nebligen Welt irgendwelche Konturen auszumachen. »Hätte nie gedacht, dass ich das wirklich mal tue«, sagte er. »Hätte nie gedacht, dass ich auf diese Art fortgehe, nicht in einer Million Jahre ...«

»Finde dich damit ab, Kumpel«, entgegnete ich. Ich hatte längst die Nase voll davon, wie er sich in Selbstmitleid erging. »Das hier ist Aberystwyth, nicht Monte Carlo.«

An der Dovey Junction stiegen wir alle aus und standen dann dicht beieinander auf dem Bahnsteig.

»Haben Sie das Geld?«

Ich nickte. »Haben Sie den Namen?«

Er zog eine Grimasse. »Nein, einen Namen habe ich nicht. Das habe ich Ihnen doch gesagt. Alles, was ich habe, ist der Deckel der Schachtel.«

»Ganz schön teure Pralinenschachtel – zwanzig Pfund.«

»Wenn Ihnen der Deckel nicht gefällt, hätten Sie gar nicht erst in den Zug steigen sollen. Wenn Sie sie lieber ohne meine Hilfe suchen wollen, von mir aus. Gibt ja auch nur ungefähr zehntausend Mädchen wie sie.«

Ich zog die vier zerknitterten Fünfer aus der Hosentasche und strich sie glatt. Er holte ein Stück Pappe aus seiner Reisetasche. Geld und Pappe wechselten den Besitzer. Die Pappe war mal der Deckel einer Karamellkonfektschachtel gewesen. Und darauf war wie immer ein Mädchen in walisischer Nationaltracht an einem Spinnrad zu sehen. Wir alle betrachteten es.

»Mein Typ ist sie ja nicht. Aber viele stehen auf sie. Der alte Professor kam einfach nicht über sie hinweg. Er hat sie dauernd angestarrt und mich angefleht, ihm die Schachtel zu geben. ›Ist sie nicht eine Schönheit?‹, hat er immer gesagt. Als er abgehauen ist, wusste ich sofort, wo er hin wollte. So was habe ich früher schon erlebt.«

In der Ferne hörten wir schwach den Zug aus Machynlleth pfeifen. Der Dumme August schlurfte mit seiner Reisetasche auf den Bahnsteig gegenüber und machte sich bereit, auf den Zug zu springen und sich über die Brücke nach Norden in ein besseres Leben abzusetzen. Er drehte sich noch einmal zu uns um.

»Also, bis dann.«

»Viel Glück.«

Ein einsamer, gebrochener Mann vor dem riesigen, klaren Hintergrund aus Bergen und Himmel.

Wir fuhren mit dem Zug zurück nach Borth und stiegen dort am Bahnhof in den Bus, der die schnurgerade Straße, die den Golfplatz durchschneidet, Richtung Ynyslas hinunterfuhr. Auf Calamitys Schoß lag eine Tragetasche von Peacocks mit genau so einem Mantel, wie ihn die Juden im Mittelalter gern getragen hatten, und wie er jetzt mit den Auftragsmördern der Druiden wieder in Mode gekommen war. Meirion hatte gesagt, er glaube, das habe etwas mit dem Militär zu tun. Und im westlichen Wales gibt es nur ein Militär: die walisische Fremdenlegion, berühmt oder berüchtigt – je nachdem, wie man die Sache betrachtet – für ihre Kampagne zur Befreiung der ehemaligen walisischen Kolonie Patagonien im Jahr 1961.

Das lag inzwischen alles mehr als ein Vierteljahrhundert zurück, aber für die Armee der gebrochenen Geister, die die Felder und Straßen von West Wales heimsuchte, war die Erinnerung so lebendig wie eh und je. Fünf Minuten in einem Rekrutierungsbüro im Stockwerk über Boots reichten aus, um ihr Schicksal zu besiegeln – Bauernburschen, die nie weiter als bis nach Builth Wells gekommen waren, standen Seite an Seite mit einem Sammelsurium aus ausländischen Intellektuellen, Künstlern und Söldnern. Fünf Minuten, um sich einen *nom de guerre* auszudenken, der noch nicht vergeben war, mit einem Kreuz auf der gepunkteten Linie seine Unterschrift zu leisten, und dann ab ins walisische Vietnam. Tut uns leid, wir haben kein *képi blanc* für Sie – jener berühmte weiße Pillbox-Hut, der von den Helden von *Beau Geste* getragen wurde –, aber hier ist ein kostenloser Tornister voller Leid, den Sie Ihr Leben lang tragen dürfen.

Zwei Meilen lang änderte sich nichts an der Szenerie: eine breite Kette vorbeiziehender Dünen, unendlich und unveränderlich, besetzt mit büscheligem Strandhafer, der wie eine Löwenmähne aussah. Die ewigen Dünen, die eigentlich alles andere als ewig sind. Unter der verkümmerten Grasschicht bewegte sich der Sand und wälzte sich sogar in der kurzen Zeit um, in der wir uns unterhielten. Wenn man nach einem Jahr zurückkäme und über ein fotografisches Gedächtnis verfügte, wäre man schockiert, wie sehr sich alles verändert hatte. Verglichen mit der geologischen Langsamkeit, mit der Berge ihre Umrisse verändern, wälzen sich die Dünen von Ynyslas mit atemberaubender Geschwindigkeit um: Sie brodeln und schäumen wie eine Wolkenlandschaft im Zeitraffer, oder wie die hin und her gleitenden Sehnen eines gutgenährten Löwen.

Als wir das Ende erreichten, gingen wir an dem Mann im Kiosk vorbei hinunter zu der breiten, flachen Sandfläche der Mündung. Ein paar Autos waren geparkt, außerdem stand dort ein Eiswagen, an dem gerade nichts los war. Cadwaladr zeichnete sich auf dem Kamm der Dünen gegen den Himmel ab wie ein Indianer. Hinter ihm, auf der anderen Seite der Mündung, schimmerten die Häuser von Aberdovy wie Milchzähne, die jemand auf ein grünblaues Kissen gelegt hatte.

Calamity und ich kauften Eiswaffeln und kletterten damit die Dünen hinauf. Cadwaladr hob zur Begrüßung den Arm, und dann ließen wir uns alle oben auf dem sandigen Hügel nieder.

»Lebst du die ganze Zeit hier oben?«, fragte ich.

»Bis es zu kalt wird. Den Winter verbringe ich damit, mich von wütenden Bauern aus Scheunen vertreiben zu lassen.«

»Und wo schlafen Sie?«, fragte Calamity.

»Ich habe einen Biwakschlafsack. Mehr brauche ich nicht.«

»Und wo lassen Sie Ihre Sachen?«

»Ich hab keine.«

Der Eisverkäufer hatte das Eis unter einer selbstgemachten Himbeersauce begraben, die dem Wind eine pikante Note verlieh. Cadwaladr schnüffelte. »Bei dem Geruch kommen Erinnerungen hoch«, sagte er. »Wilde Himbeeren. Der Geruch des Frühlings in Patagonien. Die Dinger wuchsen überall.« Seine Augen wurden trüb. »Schöner Anblick. In solchen Zeiten, selbst wenn man ein magerer 17jähriger ist, fragt man kaum, welcher Sinn darin liegt, um die Welt zu reisen und an einem derart schönen Ort zu sterben.«

»Und dann kommt man nach Hause und hat nicht mal ein Bett, in dem man schlafen kann.«

»Sie versprachen uns ein Land, das auf Helden nur so wartet, aber als wir aus Patagonien zurückkamen, war die einzige Arbeit, die man uns gab, der Bau dieser fürchterlichen Urlaubslager und Wohnwagenparks. Alles, was wir bekamen, war ein Land, das reif für Noddy war. Aber wie soll ein Mensch vergessen, was er gesehen hat, wenn er von dermaßen geschmacklosen Dingen umgeben ist?« Er sah mich so eindringlich an, als wüsste ich vielleicht die Antwort. »Wie soll er vergessen? Ein Leben reicht nicht, aber ... aber ... wir haben ja nur ein Leben.«

Calamity zog langsam den Mantel aus der Tasche, wobei sie darauf achtete, die Intensität des Augenblicks nicht mit Papierrascheln zu zerstören.

»Weißt du«, sagte Cadwaladr, immer noch ganz gedankenversunken, »manchmal, wenn man eine Klinge in einen Menschen bohrt, kann man spüren, wie sie auf dem Knochen herumkratzt wie ein Spaten, der beim Schneeschaufeln über den Bürgersteig schabt.« Er ballte die Fäuste noch fester. »Wenn ich jetzt im November auf diese wunderschöne Mündung hinausschaue und sehe, wie sich über Barmouth die Schneewolken zusammenballen, zieht der Winter in mein Herz ein.«

Er schwieg, und Calamity sah mich an. Ich nickte, und sie faltete den Mantel langsam auf der Düne auseinander und fragte: »Haben Sie so einen schon mal gesehen?«

Cadwaladr warf einen Blick auf den Mantel. Sein Gesicht verdunkelte sich, und ein klickendes Geräusch kam tief unten aus seiner Kehle, als würde dieser Mantel alles Schlimme bestätigen, das er jemals von der Welt gedacht oder vermutet hatte. »Ja, so einen hab ich schon mal gesehen.«

»Wir sind auf der Suche nach einem Mann, der von jemandem verfolgt wird, der so einen Mantel trägt. Wir haben gehört, das hatte was mit dem Ysbyty-Ystwyth-Experiment zu tun. Wissen Sie, um was es sich dabei handelt?«

Er antwortete nicht sofort, und so warteten wir geduldig. Schließlich sagte er : »Ich weiß nicht viel darüber.« Die Wörter kamen wie ein Seufzer aus seinem Mund, ein wehmütigerer Ton noch als der Sand, der im Wind rieselte. Cadwaladr umgab immer ein Hauch von leiser, überirdischer Melancholie, aber heute machte er einen noch abwesenderen Eindruck.

»Die Leute, die was wissen, können es euch nicht sagen.«

»Warum?«, fragte ich. »Haben sie Angst?«

»Schon möglich. Furcht kann so etwas bewirken, habe ich gehört. Aber wer weiß? Sie können nicht darüber sprechen. Eigentlich können sie über gar nichts sprechen, wie Babys, bevor sie lernen, ›Papa‹ zu sagen.«

»Und was war das Ysbyty-Ystwyth-Experiment?«

Der alte Soldat zog ein Stück Zeitungspapier und eine Plastiktüte mit Zigarettenstummeln heraus. Ich fragte mich, woher er sie hatte – Aschenbecher in Bussen, der Boden im Kino ... oder vielleicht der Warteraum der Entbindungsstation, wo die Väter sitzen und auf Neuigkeiten warten.

»Offiziell gibt es das gar nicht. Hat es auch nie gegeben. Was seltsam ist, weil ich ein paar Männer kenne, die sich freiwillig dafür gemeldet haben. Es war eine Art militärpsychologisches Experiment. In Patagonien nannten wir so was ›Psyop‹. Es fand in dem alten Sanatorium draußen in Ysbyty Ystwyth statt.«

»Das alte Sanatorium ist von dem Philantropen aufgekauft worden«, sagte Calamity. »Er ist der neue Besitzer.«

»Hat er irgendwas mit diesem Experiment zu tun?«, fragte ich.

»Vielleicht«, antwortete Cadwaladr. »Vielleicht auch nicht. Ich weiß es nicht. Ich weiß nur, dass die Männer, als sie zurückkamen, nicht mehr sie selbst waren.«

»Wie meinst du das?«

»Sie waren einfach anders. Still, grüblerisch ... und wenn man ihnen in die Augen gesehen hat, war da nur noch Leere ... als ob man das ganze Leben aus ihnen herausgesogen und nur noch die Hülle übriggelassen hätte. Der Druide aus dem Kleiderladen war einer von ihnen. Wie heißt er doch gleich noch mal?«

»Valentine?«

Cadwaladr nickte. »Ja, genau der. Man sagt, er wäre danach durchgedreht. Und dann war da noch Waldo. Armer Waldo.« Er schwieg und starrte über uns hinweg auf den unendlichen Ozean.

»Wer war Waldo?«, fragte Calamity.

Cadwaladr kniff die Augen fest zusammen, und ein Ausdruck tiefster Seelenqual breitete sich auf seinem Gesicht aus. »Waldo war der traurigste Mensch, der je in diesem Krieg gedient hat. Sein Abstieg ins Martyrium begann am ersten Weihnachtsfeiertag, nachdem er mit dem Feind ein Fußballspiel im Niemandsland organisiert hatte. Ach! Das war ein Tag! Ich kann mich noch erinnern, als wäre es gestern gewesen. Als das Geschützfeuer eingestellt wurde und die Stille in unseren Ohren so laut klang, dass es fast schon wehtat. Wie wir unseren Feinden von Angesicht zu Angesicht gegenübergetreten sind und sie mit einem ehrlichen Gefühl von Brüderlichkeit in die Arme geschlossen haben. Das Aroma von Sherry, Zimt und

Obstkuchen, das sich mit dem des wilden Heidekrauts mischt, der frische, intensive Geruch von Schnee, der in der Ferne fällt. Die süße Melodie von ›Stille Nacht‹, die zu uns herüberweht ... Und dann das Fußballspiel. Ein großartiges Spiel. Nach neunzig Minuten steht es vier beide, die Mannschaften waren ebenbürtig. Und dann, in der Nachspielzeit, macht einer ihrer Jungs eine Schwalbe – typisch für südamerikanische Spieler. Der Schiri gibt einen Elfmeter, sie schießen ein Tor, und das war's dann. Sie hatten gewonnen. Wir haben natürlich nichts gesagt, es war ja schließlich Weihnachten, aber eine Menge von den Jungs war ziemlich unglücklich damit. Und aus diesem Vorfall entwickelte sich das Krebsgeschwür, das Waldos Seele auffraß. Waldo war der Torhüter, müsst ihr wissen.«

Cadwaladr schauderte, schlug sein Eishörnchen heftig in die Luft und warf den Kopf zurück wie ein Pinguin, der einen Fisch fängt. Knirschend biss er den spitz zulaufenden unteren Teil ab, wie ein Wolf, der mit seinen Fängen einen Hüftknochen zermalmt, und sog dann gierig die Vanille im Inneren heraus. »Eines Tage erzähle ich euch den Rest«, sagte er, und das Eis blubberte in seinem Mund wie Lava aus einem Spalt am Meeresboden. »Aber nicht heute, mir ist das Herz zu schwer.«

Kapitel 10

In früheren Zeiten wurde man einfach verrückt und brachte jeden zum Lachen. Dann wurde ein spezielles Aufgabengebiet für einen geschaffen: Dorftrottel. Das machte einem nicht sonderlich viel aus, weil man verrückt war und weil es einem als Hanswurst auch nicht schlechter ging, als wenn man für seinen Lebensunterhalt die Felder des Squire bestellte. Später, als die Welt aufgeklärter war, wurde der Job abgeschafft und die Leute als Dummkopf, Idiot oder Tölpel bezeichnet. Und man durfte immer noch über sie lachen. Man war auch nicht zimperlich in der Unterbringung der Leute oder in der Benennung der Orte, an denen man sie wegsperrte. Heime für kriminelle Verrückte, Heime für unheilbar Verrückte, Krankenhäuser für Irrsinnige, Armenhäuser, Arbeitsstätten für Verrückte. Wenn man reich war, endete man vielleicht in einem Vormundschaftsheim, aber auch das war immer noch ein Irrenhaus. Dann kam jemand auf die brillante Idee, Geld dafür zu nehmen, dass die Leute ihn auslachen durften. Eine Zeit lang war das ein ziemlich beliebter Zeitvertreib, mehr noch als der Zoo. Mit dem Beginn des Ersten Weltkriegs und dem neuen Zeitalter der Wissenschaft war es dann gelungen, Verrückte in vier Kategorien einzuteilen: Idioten, Trottel, Schwachsinnige und moralisch Defekte. Heutzutage gibt es natürlich Krankenhäuser für die psychisch Kranken, und niemand ist mehr verrückt. Obwohl man jemandem, der Samstag nachts durch die Straßen von Aberystwyth läuft, nicht verdenken könnte, wenn er etwas anderes glaubt.

Nachdem wir Cadwaladr verlassen hatten, holten wir den Wagen und fuhren nach Ysbyty Ystwyth, um einen Blick auf das alte Sanatorium zu werfen. Hätte man die Geschichte nicht gekannt, hätte man das alte georgianische Landhaus mit seiner efeuüberrankten roten Ziegelverkleidung durchaus schön finden können. Aber meilenweit gab es niemanden, der sie nicht kannte. Ein Haus, das solche Assoziationen auslöst, wird seinen Ruf nie wieder los.

Es war nicht immer eine Spezialeinrichtung für Geisteskranke gewesen. Nach 1918 hatte ein Wohlfahrtsverein das Haus übernommen, um Männer mit Kriegsneurosen zu behandeln. Danach, als diese Krankheit ihren modischen Anstrich eingebüßt hatte – auch wenn die Opfer ihre Neurose nicht losgeworden waren –, wurde es in ein Sanatorium zur Behandlung von Tbc-Patienten umgewandelt, die es sich nicht leisten konnten, in die Schweiz zu reisen. Und noch später, in den 50er und 60er Jahren, wandte man sich wieder der Behandlung von psychisch Kranken zu, insbesondere dem gerade in Mode gekommenen Heilmittel für Depressionen: Elektroschocktherapie. Die Leute, die in der Umgebung wohnten, behaupteten, die Lichter in ihren Wohnzimmern hätten an einem arbeitsreichen Tag dauernd geflackert.

Der grausige, bedrohliche Anblick ließ die Stimmung im Auto schlagartig auf Null sinken. Natürlich war es nur ein Gebäude: Ziegel und Mörtel, Efeu, trockene Holzbalken und bröckelnder Putz. Und dennoch schien es wie ein Schwamm all den Kummer aufgesogen zu haben, den Menschen hier gelitten hatten. Die Fenster waren dunkel und leer wie Augenhöhlen in einem Totenschädel. Das verlassene Grundstück schien immer noch voller gebrochener Männer aus den Schützengräben zu sein, die von Krankenschwestern in seltsamer Tracht mit Rollstühlen herumgefahren wurden. Cadwaladrs ausgeprägte Abneigung gegen diesen Ort war verständlich. Viele der Soldaten aus dem Patagonien-Konflikt waren hierher gebracht worden, wo man sie einfach hatte zugrunde gehen lassen. Das Gebäude wurde von einer Steinmauer umgrenzt, die ganz grün war von Efeu und Flechten und auf die man erst kürzlich Stacheldraht gesetzt hatte. In gleichmäßigen Abständen standen entlang der Mauer Schilder, die uns vor verschiedenen unheilvollen Dingen warnten: Privat; Betreten verboten; Wachhundpatrouillen. Und ein Schild ließ einem eine Gänsehaut über den Rücken laufen: »Unbefugte werden erschossen. Auf Anordnung des Philantropen.«

Ich ließ Calamity in der Stadt raus und verbrachte den Rest des Nachmittags damit, den Deckel der Karamellkonfektschachtel an Orten herumzuzeigen, wo man das Mädchen vielleicht wiedererkennen würde. An dem Bild war nichts Auffälliges: ein junges Mädchen, das in einem alten Cottage an einem Spinnrad saß, bekleidet mit einem Schultertuch, einem Rock aus grober Wolle und natürlich einem Zylinder. Das Mädchen war hübsch – das waren sie immer. Vielleicht war sie sogar schön, aber das konnte man bei all dem Make-up nicht erkennen. Für einen Mann, dessen einzige weibliche Gesellschaft aus Theologiestudentinnen bestand, mochte sie durchaus attraktiv gewesen sein, vielleicht sogar berückend.

Überall, wohin ich ging, brachte man mir dieselbe höfliche Langeweile entgegen. Ein kurzer, desinteressierter Blick auf das Bild und dann ein Schulterzucken. Natürlich hatten sie solche Mädchen schon gesehen, Hunderte, aber ob sie dieses gesehen hatten, konnten sie nicht sagen. Sie sahen doch eine aus wie die andere. Wenn man sich in Aberystwyth herumtreibt, kann man jede Woche eine Busladung voll sehen: einfache, ungebildete Bauernmädchen von den Höhen jenseits von Talybont, die die einzige brauchbare Karte spielen, die das Leben ihnen ausgeteilt hat: ihr Aussehen. Nichts Besonderes, aber gut genug. Mädchen, die davon träumen, als Model groß rauszukommen, vielleicht in den Anzeigen des Fremdenverkehrsamts oder auf dem Titelbild der Broschüre der Cliff Railway, aber immer werden sie nur für die Strickmuster und die Karamellkonfektschachteln genommen. Und natürlich kann man davon nicht leben, egal, wie genügsam man ist. Aber ein hübsches Mädchen mit einem Zylinder kann immer in den Speakeasys der Druiden unten am Hafen etwas dazuverdienen.

Die Männer von den Hofkäsereien beugten sich an Sospans Kiosk noch weiter über den Tresen als sonst, als würden sie sich in die kollektive Wärme hineinkuscheln. Als wäre im Inneren eine große Kohlenpfanne, und sie wären Nachtwächter, die keine Lust mehr auf ihren Job haben. Ich stellte mich dazu und erwähnte den Philantropen, aber selbst Sospan hatte ausnahmsweise mal wenig zu dem Thema zu sagen. Jeder stimmte zu, dass nur ein Ausländer das verwunschene Haus gekauft haben könne. Aber sie konnten sich nicht darauf einigen, woher er stammte. Manche meinten, er komme aus Texas, andere behaupteten, er sei ein saudischer Prinz. Einig waren sie sich nur darin, dass er sein Geld im Ölgeschäft gemacht hatte. Oder mit dem Handel mit weißen Sklaven. »Ich habe gehört, er hat eine schwachsinnige Frau, die dort eingesperrt ist«, sagte einer der Männer. »Wer hat das nicht?«, erwiderte ein anderer, ein dritter fügte hinzu: »Wenn er will, kann er meine haben.«

Ich ließ das Bild des Mädchens herumgehen und erhielt auch hier die schon bekannte Rückmeldung. Warum sollte man sich wegen eines bestimmten Mädchens aufregen, wenn man unten am Hafen so viele haben kann, wie man will, und sie letztendlich doch alle gleich aussehen? Jedenfalls sobald sie den Hut tragen und das Make-up und die Perücke. Dann schlug jemand, der sich unbedingt hilfsbereit zeigen wollte, vor, ich solle es mal im Spin Dockers in der Chalybeate Street versuchen, und weil ich nicht unhöflich sein wollte, antwortete ich, das würde ich tun. »Aber passen Sie auf, dass sie Sie nicht verhext«, rief mir einer von ihnen hinterher, als ich ging.

Der Laden roch nach Moder und trockener Pappe. Es hätte der Laden eines Metallwarenhändlers sein können oder auch ein Fahrradladen, aber die Rahmen, die im Fenster und von der Decke hingen, hatten ein Rad und vier Beine. Als ich eintrat und mich unter dem Blattwerk aus herabhängenden Spinnrädern hindurchbückte, klingelte im hinteren Teil eine Glocke. In der Mitte des Ladens war zwischen den Antiquitäten Raum gelassen für ein Podium, auf dem ein weiteres Spinnrad thronte. Ohne irgendetwas von der Materie zu verstehen, konnte ich sehen, dass es sich hierbei um etwas Besonderes handelte. Der Rahmen war aus einer modernen Kohlenstofffaser, und es verfügte über eine Kettenschaltung von Shimano aus Japan. Die Tretkurbel war mit rutschfesten Alukappen ausgestattet, das Rad hatte eine Nabe aus Metalllegierung. Auf einem Emailleschild an der tragenden Rahmenschiene stand: »Dornröschen«.

»Die da ist wirklich schön wie Dornröschen, Sir.«

Ich blickte nach unten und musterte die alte Dame, die nicht größer als Mrs. Pepperpot war – vielleicht ein Meter zwanzig – und die traditionelle schwarze Tracht der Hexen trug: tiefschwarze, sittenstrenge Schuhe mit glänzenden Schnallen, Strümpfe schwarz wie Kohle, dazu schwarzer Rock, Bluse, Mieder, Schultertuch und fingerlose Fäustlinge, in den Ohren Perlen und Stecker aus Obsidian sowie eine pechschwarze Stricknadel im Haarknoten, der jetzt silbern war, zweifellos aber auch einmal schwarz gewesen war. Sie strich liebevoll über die schlafende Schönheit und sagte: »Handgearbeiteter Spinnrocken aus Titan. Nicht so ein im Spritzgussverfahren hergestellter Klump. Das hier hält ewig.«

»Das ist gut, ich mag es nicht, wenn sie mitten unterm Spinnen auseinanderfallen.«

»Ist es für Sie, oder sind Sie auf der Suche nach einem Geschenk?«

Ich holte die Karamellkonfektschachtel heraus. »Eigentlich bin ich auf der Suche nach jemandem, der das Spinnrad bedient.«

Ich hielt ihr den Deckel unter die Nase, und nach einem flüchtigen Blick darauf machte sie ein langes Gesicht.

»Tut mir leid, wir verkaufen keine Mädchen. Es ist zu viel Arbeit, sie aufzupäppeln.«

»Ja, ich weiß, und dann ziehen sie mit Ihrem besten Brot eine Spur bis nach Hause. Erzählen Sie mir etwas über das Spinnrad.«

»Billiges Holzimitat, vermutlich aus Taiwan. Man kommt nicht sehr weit, wenn man damit spinnen will, aber Leuten, die solche Schnäppchen kaufen, ist so etwas ziemlich egal, nicht wahr?«

»Haben Sie jemals so eins verkauft?«

»Tut mir leid, dieses Marktsegment bedienen wir nicht.«

»Was ist mit dem Mädchen?«

»Dem Mädchen? Das ist auf keinen Fall eine Spinnerin. Sie sitzt völlig verkrümmt da, und ihre Hände sind auch nicht am richtigen Platz. So, wie sie den Spinnrocken hält, könnte man meinen, es wäre der ›Sie wissen schon‹ eines Mannes. Aber das kann man ihr wohl kaum übel nehmen, denke ich, vermutlich ist sie es so gewöhnt. Wir nennen sie Tretkurbelflittchen.« Dann fügte sie hinzu: »Ich habe gerade den Kessel aufgesetzt, möchten Sie eine Tasse Tee?«

»Nein, danke«, sagte ich und wandte mich zum Gehen. »Ich hab's eilig.«

»Ach, würden Sie vielleicht noch die Petition unterschreiben?«

»Was für eine Petition?«

»Für Mrs. Llantrisant. Wir hoffen, dass ihre Strafe herabgesetzt wird.«

»Aber ich bin doch derjenige, der sie in den Knast gebracht hat.«

»Ich weiß, aber Sie konnten ja nicht ahnen, dass man sie auf diese kalte, feuchte Insel verbannen würde. Sie kriegt dort alle möglichen Probleme mit den Gelenken.«

»Tut mir leid. Ich fürchte, das kann ich nicht unterschreiben. Nachher setzt sie wieder eine Flut in Gang.«

Sie folgte mir zur Tür und hielt sie offen. »Kann ich Sie ganz bestimmt nicht für die schlafende Schönheit interessieren? Sie können bei uns auch auf Raten kaufen.«

»Ich lasse es Sie wissen, aber erst muss ich mir noch ein paar andere ansehen.«

Mit einem wissenden Lächeln rief sie mir hinterher: »Viel Glück bei der Suche. Wenn Sie mir eine Strähne von dem Haar des Mädchens bringen, kann ich vermutlich die Geister für Sie anrufen.«

Wenn sich das Mädchen unten am Hafen verkaufte, fragte man am besten den Mann, der ein professionelles Interesse an gefallenen Mädchen hatte: Father Seamus. Mit wieder aufgeflammter Zielstrebigkeit schlenderte ich im Schatten der Burg die Great Darkgate Street in Richtung Ghetto hinauf. Ich stieß auf ihn, als er gerade aus einem der Häuser kam, wo er pastorale Besuche machte. Wie in vielen der Häuser, die es geschafft hatten, der Flut zu trotzen, wohnten hier jetzt fünf oder sechs Familien anstatt wie früher zwei oder drei. Er begrüßte mich, und wir gaben uns die Hand. Die Probleme, mit denen er sich herumschlagen musste, unterschieden sich gar nicht so sehr von denjenigen, denen sich seine mittelalterlichen Vorgänger gegenübergesehen hatten, und hatten auch dieselben Ursachen; zu viele Familien auf zu engem Raum, die Wäsche, die auf dem einzigen Heizkörper trocknet, der schreckliche, dicke, ungesunde Mief, der die Luft verpestet. Aber er machte unbeirrt weiter.

»Kämpfen Sie immer noch für die gute Sache, Father?«, fragte ich fröhlich.

»Ja, man müht sich und müht sich«, antwortete er, und die Worte kamen mit dem gekünstelten Seelenüberdruss eines Mannes heraus, der den Mantel des Märtyrers angezogen hat und findet, er steht ihm so gut, dass er sich auch noch ein passendes Paar Handschuhe machen lässt.

»Und wie geht's Ihnen, Louie?«

»Man müht sich und müht sich.«

Er legte mir brüderlich den Arm um die Schulter und führte mich die Straße hinunter. »Geben Sie nicht auf. Wir brauchen Männer wie Sie.«

»Wirklich, Father? Brauchen wir die wirklich?«

Er blieb stehen, um mich näher in Augenschein zu nehmen. Seine fein eingestellte Antenne hatte ihn vor einem bevorstehenden Glaubensverlust gewarnt. »Alles in Ordnung mit Ihnen, Louie?«

»Natürlich.« Ich zeigte ihm das Foto. »Ich bin auf der Suche nach diesem Mädchen.«

Wortlos nahm er das Foto, betrachtete es und gab es mir dann zurück. »Tut mir leid, Louie. Sie wissen ja, wie es ist. Von denen habe ich schon jede Menge gesehen.«

»Ja, ich weiß, wie es ist.«

»Tut mir leid, dass ich keine größere Hilfe bin. Ist sie in Schwierigkeiten?«

»Ich weiß es nicht. Vermutlich. Aber sind wir das nicht alle?«

»Deshalb brauchen wir Männer wie Sie, Louie. Männer, die die Behaglichkeit der Feuerstelle und das weiche Stroh unter ihrem Kopf verschmähen. Männer, die Wache stehen, damit schwächere Männer schlafen können. Männer, die die kalten Steinstufen zu den Zinnen hinaufsteigen und Wache stehen, umtost vom eisigen Wind, die vom Winterfrost brennenden Augen unbedeckt vom Schlaf. Stille Zenturios, Mr. Knight, die dem Feind ihr Schild entgegenrecken. Männer wie Sie und Mr. Cefnmabws im Leuchtturm, der das Licht aufblitzen lässt, damit die Schiffe sicher nach Hause finden.«

»Amen«, sagte ich. Wir blieben an der Straßenecke stehen, weil sich dort unsere Wege trennten. »Und vergessen Sie nicht, sich selbst mit auf die Liste zu setzen, Father«, fügte ich hinzu.

Er lächelte matt. »Ich tue mit Gottes Kraft, was ich kann. Viel ist es nicht.«

Ich verabschiedete mich und nahm die Abkürzung durch den Kirchhof hinter dem alten College. Während ich so vor mich hintrabte, gingen mir die Worte seiner Predigt durch den Kopf. Es war eine nette Ansprache gewesen, aber sie hatte nicht sehr ehrlich geklungen. War ich wirklich ein stiller Zenturio, der das weiche Stroh verschmähte, um auf die eisigen Zinnen zu klettern? Ich glaubte das nicht. Wie ein Zenturio fühlte ich mich bestimmt nicht. Aber in einem war ich mir ganz sicher: Als ich ihm das Foto des Mädchens gezeigt und er gesagt hatte, er kenne es nicht, da hatte er gelogen.

Ich erreichte den Teil der Prom, wo sie wie ein in das schäumende Wasser hineinragender Ellbogen gekrümmt ist. Auf dem D-förmigen Strebebogen stand ein Mädchen in einem alten Pelzmantel von der Heilsarmee und starrte hinaus aufs Meer. Es war Ionawr. Ich berührte sie sanft an der Schulter, um sie nicht zu erschrecken, aber sie zuckte trotzdem zusammen und wirbelte herum. Dann kreischte sie auf und umarmte mich, und als wir uns wieder voneinander lösten, hielt sie immer noch eine meiner Hände in ihrer.

»Ich habe dich überall gesucht«, sagte sie.

»Ich war draußen in Ynyslas.«

»Da ist jemand, der will dich gern kennenlernen. Na ja, er will nicht unbedingt, aber ich habe ihm gesagt, er muss.

»Wer denn?«

»Erinnerst du dich noch, dass du mir nach dem Mrs.-Beynon's-Spiel von dem Mönch mit dem Koffer erzählt hast?«

Ich nickte.

»Ich weiß, wer das ist, er ist einer meiner Stamm... na ja ... du weißt schon ...«

»Freunde?«

»Ja. Heute Abend ist er im neuen Moulin.« Sie warf den Kopf nach hinten, um auf den Pier hinter ihr zu deuten, wo vor kurzem der Ersatz für den berühmten alten Klub in der Patriarch Street aufgemacht hatte. »Du gehst da nicht oft hin, stimmt's?«

»So gut wie nie. Vermutlich zu viele Erinnerungen.« Ich zeigte ihr den Deckel der Karamellkonfektschachtel, und diesmal bekam ich eine Reaktion.

»Ich weiß nicht, wer das Mädchen ist. Aber der Ort sagt mir was. Ich habe da selbst schon gearbeitet. Das ist das Heritage Folk Museum.«

Ich ging zum Cabin Café an der Pier Street und traf dort auf Calamity. An ihrem Gesichtsausdruck konnte ich sofort erkennen, dass ihr etwas auf der Seele lag.

»Warum hast du es mir nicht erzählt?«, fragte sie, sobald ich mich gesetzt hatte.

»Was erzählt?«

»Das mit Custard Pie.«

Ich sog scharf den Atem ein.

»Er will mich sehen, nicht wahr?«

»Ja.«

»Also, warum hast du mir das nicht erzählt?«

»Du weißt genau, warum. Wenn ich es dir erzählt hätte, wärst du im selben Moment losgestürzt, ihn zu besuchen.«

»Und was ist daran verkehrt?«

»Alles.«

»Das ist keine Antwort.«

»Ich will nicht, dass du irgendwas mit ihm zu tun hast. Es ist zu gefährlich.«

»Ich bin kein Kind mehr.«

»Das sagst du dauernd. Du bist sechzehndreiviertel. Das mag dir viel vorkommen, aber glaub mir, das ist es nicht.«

»Was ist aus unserer Partnerschaft geworden?«

»Die vorrangige Aufgabe eines Partners besteht darin, auf den anderen aufzupassen.«

»Aber was soll er mir denn schon tun, er ist doch hinter Gittern.«

»Ich weiß nicht, was er alles tun kann. Ich bin nicht klug genug, mir das auszumalen. Er schon.«

»Louie, du weißt, dass ich hin muss, wir arbeiten schließlich an einem Fall.«

»Es bringt sowieso nichts.«

»Bringt nichts?«

»Natürlich nicht. Glaubst du wirklich, er erzählt dir irgendwas, das uns weiterhilft?«

»Bringt nichts?«

»Nicht mal das allerkleinste Bisschen.«

»Dann bist du echt ein total beschissener Detektiv.« Ihr standen vor Groll und Verwirrung Tränen in den Augen.

Ich war völlig verblüfft. »Um was geht es hier eigentlich?«

»Du warst doch auch bei ihm, nicht wahr? Wieso hast du deine Zeit verschwendet, wenn es sowieso nichts bringt?«

»Ich ... nun ... mir ist erst nach dem Besuch klargeworden, dass es nichts bringt.«

Sie schnaubte verächtlich.

»Wie hast du das überhaupt rausgefunden?«

»Ich bin Detektivin.«

Ich seufzte. Calamity stand auf. »Ich gehe.«

»Ich verbiete es dir«, rief ich ihr hinterher, obwohl ich sehr wohl wusste, dass nichts, was ich sagen konnte, sie aufhalten würde. Aber ich sagte es trotzdem. »Ich verbiete es dir.« Es war ein alter Trick, den ich von König Canute gelernt hatte.

Ich saß da und starrte eine Weile auf meinen Tee, dann rannte ich raus und die Pier Street Richtung Meer entlang. Ich sah Calamity gerade noch rechts auf die Prom einbiegen, also lief ich die King Street hinter dem alten College hinunter und nahm die Abkürzung über das Crazy Golf. Dann überquerte ich die Straße und wandte mich Richtung Pier. Kurz darauf lief Calamity fast in mich hinein. Sie drehte sich um, aber ich packte sie am Arm und zog sie zum Geländer. Sie wehrte sich nicht, blickte aber beharrlich in die andere Richtung, als würde sie auf dem Pier etwas unwahrscheinlich Faszinierendes beobachten.

Wir schwiegen beide. Schließlich fragte sie: »Was willst du?«

»Ich wollte dir nur sagen, dass du vorsichtig sein sollst.«

Sie drehte sich um und sah mich aus feucht glänzenden Augen an. »Dann darf ich also hingehen?«

»Wie soll ich dich denn dran hindern, du wärst doch auf jeden Fall gegangen, habe ich recht?«

»Nein. Du hast es mir verboten.«

Ich legte ihr den Arm um die Schultern. »Sei einfach vorsichtig und bleib von den Gitterstäben weg. Und egal, was du tust, glaub kein Wort von dem, was er sagt. Alles klar?«

Sie nickte.

Meirion saß im Zuckerstangen-Café und ließ sich seinen üblichen Spätnachmittags-Aperitif schmecken. Sein großer Bauch war zwischen dem unbeweglichen Plastikstuhl und dem Tischrand eingezwängt. Vor ihm lag ein Magazin mit Bildern von englischen und walisischen Küstenstädten aus rosa Zucker: Blackpool, Llandudno,

Tenby, Brighton. Ich setzte mich und bestellte eine schwarz-weiß-gestreifte Anisstange.

Meirion hatte gerade einen Artikel über den Tod von Mister Marmalade fertiggestellt. Er meinte, der Artikel trage deutlich seine Handschrift: knallhart, maßgeblich, hart aber fair – und wie alle seine knallharten, maßgeblichen, harten aber fairen Artikel würde er niemals veröffentlicht werden aus Angst, die ganzen hohen Tiere, denen die Stadt gehörte, in Aufruhr zu versetzen. Schreiben musste er sie trotzdem, wenn er sein Gehalt bekommen wollte.

Er erzählte mir, was er zum Thema Ysbyty-Ystwyth-Experiment hatte ausgraben können. »Ich habe mit dem Typen gesprochen, der für die Sache zuständig war. Offensichtlich handelte es sich dabei um hoch entwickelte neurowissenschaftliche Forschung, die das Militär im Sanatorium betrieb. Den Ort hatten sie sich ausgesucht, weil die Leute bereits Angst davor hatten und sich deshalb nicht in die Nähe trauten. Dann ist irgendwas ganz fürchterlich schiefgelaufen, und das Projekt wurde in größter Eile abgewickelt. Offiziell wird natürlich alles abgestritten.«

»Und wie passt der Philantrop da rein, der den Schuppen gekauft hat?«

»Dr. Faustus? Der war der Leiter. Man weiß nicht viel über ihn, aber angeblich ist er so eine Art Experimentalneurowissenschaftler, der einige ziemlich abstruse Theorien über das Falsche-Erinnerungen-Syndrom entwickelt hat. Wie es aussieht, hat ihn das wissenschaftliche Establishment ausgeschlossen, weil er einfach zu verrückt ist. Nachdem das Projekt abgewickelt worden war, glaubten die Leute, die da draußen wohnen, seltsame Dinge zu sehen. Oder, besser gesagt, ein ›Ding‹. Ein Monster oder einen Geist oder irgend so was, das dort in den Wäldern lebt. Am berühmtesten ist der Fall einer Familie aus Pontrhydygroes, die bei einem Picknick auf etwas stieß. Sie haben ein Video gedreht und dabei erst mal nichts bemerkt, aber als sie sich den Film dann angeschaut haben, hat sich eindeutig in den Bäumen hinter ihnen was bewegt. Behaupteten sie jedenfalls. Kurz darauf verschwand die ganze Familie. Das Frühstück halb aufgegessen, der Tee in der Kanne noch warm. Wurden nie wieder gesehen. Und keine Spur von dem Video. Bei mehreren Leuten, die von der Polizei befragt worden waren, tauchte später ein seltsamer, weltfremd wirkender Mann in mittelalterlicher Kleidung auf und versuchte, sie auszuhorchen. Klingt ein bisschen wie dieser

Typ, von dem Sie erzählt haben, dem mit dem Mantel von Peacocks. Niemand hat sich dazu geäußert, was der Typ genau wollte. Jedenfalls haben danach alle ihre Aussagen zurückgenommen.«

»Dann latscht da also ein Zeitreisender durch den Wald.«

Meirion riss ein Stück Brot ab, um damit die letzten Zuckerkrümel von seinem Teller zu kratzen. »So sagt man. Ich selbst stehe ja mehr auf rationale Erklärungen. Kann natürlich sein, dass das Militär mit irgendeinem Zeitreisegerät rumexperimentiert hat, und jetzt macht ein Jude aus dem 16. Jahrhundert den Wald von Ysbyty Ystwyth unsicher. Aber wenn Sie mich fragen – ich halte es für sehr viel wahrscheinlicher, dass das irgendein Herumtreiber in einem Mantel von Peacocks ist.«

Das Heritage Folk Museum befand sich in einem alten Walknochenlagerhaus mit Blick über den Hafen. In einer Reihe von Räumen wurden Szenen des ländlichen Lebens im 17. oder 19. Jahrhundert nachgestellt, und zwar von Leuten, die in den Jobs, die das 20. Jahrhundert zu bieten hatte, nicht bestehen konnten. Am Spinnrad sitzen, im Bett liegen mit einem Gesicht voller falscher Pocken oder so tun, als würde man gerade bei der Geburt seines Kindes sterben ... das war keine große Herausforderung, solange man dabei nicht sprechen musste.

In der Eingangshalle verpasste eine mit einer Latzhose bekleidete Künstlerin gerade einem Wandgemälde von Mrs. Bligh-Jones den letzten Schliff. Es war in jenem heroischen Stil gemalt, den man sonst vor allem in den Rathäusern der Staaten des Warschauer Pakts vorfand, wo der Arbeiter einen Hammer emporschwingt und das Proletariat in das gelobte Land des Sozialismus führt. Die Künstlerin hatte den Moment nach der schicksalhaften Entscheidung, den Lieferwagen zu verlassen, festgehalten. Mrs. Bligh-Jones, Mrs. Gorseinon, Mrs. Tolpuddle und Mrs. Montgomery, mit Seilen um die Taillen aneinandergebunden, an den Füßen Bowlingschuhe statt Steigeisen, und dahinter die Berge. Ich lächelte der Künstlerin freundlich zu, aber – um ehrlich zu sein – das Bild war ziemlicher Mist.

Jemand berührte mich sanft am Arm, und ich drehte mich um. Es war Martys Mutter.

»Hallo, Louie. Wie geht es dir? Ist ja schon ewig her, seit ich dich das letzte Mal gesehen habe.«

»Ich weiß. Ich wollte die ganze Zeit schon vorbeikommen, aber ...«

Sie drückte meinen Arm. »Das macht doch nichts. Ich weiß, wie viel du um die Ohren hast.«

Gemeinsam betrachteten wir das Wandgemälde, und als die Künstlerin hinausging, um eine Zigarette zu rauchen, starrte Martys Mutter ihr böse nach. »Ich würde ja nie was sagen, aber wenn du mich fragst, ist das völlig falsch. So etwas sollte nicht erlaubt sein.«

»Was sollte nicht erlaubt sein?«

»Was sie mit Mrs. Cefnmabws gemacht haben! Sie ist nicht auf dem Bild.« Entrüstet deutete sie mit einer Kopfbewegung auf das Gemälde. Sie hatte recht, in die Landschaft hätten eigentlich fünf Gestalten gehört, nicht vier. »Ich weiß, dass sie kalte Füße gekriegt hat und wie von Sinnen in den Schneesturm hinausgerannt ist, aber das ist erst später gewesen, nicht wahr? Als sie aus dem Lieferwagen gestiegen sind, war sie noch die Chefin. Mrs. Bligh-Jones sollte im Hintergrund stehen, nicht im Vordergrund."

»Vielleicht hat das irgendwas mit Perspektive zu tun.«

»Perspektive, dass ich nicht lache! Sie haben sie wegretuschiert, das ist es. Diese Mrs. Bligh-Jones ist so eine Wichtigtuerin!«

Ich lud sie auf einen Tee ein, und im Café erzählte sie mir, weshalb sie ins Museum gekommen war.

»In Martys Fall gibt es neue Beweismittel.«

»In welcher Hinsicht neu?«

»Einige der Zeugenaussagen wurden jetzt freigegeben. Die Verjährungsfrist ist abgelaufen. Endlich habe ich Antwort auf eine Frage erhalten, die mich seit jenem Morgen beschäftigt hat, als er zur Schule aufbrach und nie mehr zurückkehrte.« Sie beugte sich zu mir herüber und senkte die Stimme. »Am Abend vor dem Geländelauf war er draußen im Wald und hat Holz für seine Oma gesammelt. War stundenlang weg. Als er nach Hause kam, war er halb erfroren, und sein neuer Mantel war in der Mitte durchgerissen. Ich war ihm nicht mal sonderlich böse, dem kleinen Teufelsbraten, aber er wollte einfach nicht sagen, wie es passiert war. Aber jetzt weiß ich es.«

»Und was war nun passiert?«

»Offensichtlich gab es da eine Aussage, über die sie bei der Untersuchung nichts haben verlauten lassen aus Angst, die Kirche in Verlegenheit zu bringen. Es handelte sich um die Zeugenaussage eines Mönchs – eines dieser Bettelmönche, der sich an jenem Abend im Wald verirrt hatte. Er war vor Kälte schon ganz blau angelaufen, weil er keinen vernünftigen Mantel hatte. Aber sie sollen ja auch keinen haben. Das gehört alles zur Selbstkasteiung. Offensichtlich hat Marty, als er auf ihn traf, seinen Mantel in zwei Hälften gerissen und die eine Hälfte dem Mönch gegeben.«

Ich tätschelte ihr die Hand. »Marty war ein guter Junge.«

»Sie haben das geheim gehalten, um den armen Kerl nicht noch mehr durcheinanderzubringen. Ihm war das sehr peinlich, er war überzeugt, die anderen Bettelmönche würde ihn auslachen, weil er von einem kleinen Schuljungen ein Almosen angenommen hatte. Jedenfalls habe ich gerade mit der Museumsleitung gesprochen, und man überlegt, ob man dazu ein Gemälde in Auftrag geben soll – um das Thema von Leid und Mitgefühl durch die Jahrhunderte zu illustrieren. Ich habe ihnen gerade ein paar von seinen alten Sachen gebracht.«

Als Martys Mama gegangen war – nachdem ich ihr versprochen hatte, sie bald einmal zu besuchen –, ging ich in den Ausstellungssaal. Ich zeigte dem Doktor, der ein Glas mit Blutegeln trug, die Fotos vom Dekan und von dem Mädchen. Er erkannte die beiden und sagte, er könne sich dunkel erinnern, dass sie eine Zeit lang dort gearbeitet hätten. Sie seien gekommen und wieder gegangen, wie das bei den Leuten so üblich sei. Die Darsteller blieben selten lange – das Leben sei hart, die Arbeitsbedingungen primitiv. Das Mädchen habe am Spinnrad gearbeitet, der Mann die Korbboote geflickt. Das letzte, was er vom Dekan gehört habe, sei, dass dieser einen Job als Satyr im Beltane-Speakeasy gefunden habe.

Kapitel 11

Als ich an jenem Abend in meinem Büro saß, sank meine Stimmung im gleichen Maße wie das Barometer, und dann kam ein Anruf von Llunos, der sie endgültig in den Keller sacken ließ. Einer seiner Männer hatte einen Halbstarken aufs Revier gebracht, der sich mit dem Überfall auf Marmalade gebrüstet hatte. Er behauptete, der Angriff sei geplant gewesen und hätte Marmalade abschrecken sollen, mit mir zu reden. Der Junge wollte nicht damit rausrücken, wer sie dafür bezahlt hatte. Natürlich war es blöd, mir die Schuld dafür zu geben, aber das hielt mich nicht davon ab, es trotzdem zu tun.

Die eigentliche Todesursache mochte ein schwaches Herz gewesen sein, aber der alte Mann hätte noch am Leben sein können, wenn ich ihm keinen Besuch abgestattet hätte. Wenn ich nicht schuld war, wer dann? Ich zog meinen Mantel an, setzte den Hut auf, und wieder klingelte das Telefon. Ich schnappte mir den Hörer, knurrte hinein und lauschte. Die Verbindung war außerordentlich schlecht. Es zischte und quietschte, mal lauter, mal leiser, als würde ich in einem Kurzwellenradio einen Sender suchen, und dann hörte ich leise die Stimme eines Mädchens. »Louie, ich bin's.«

»Wer ist ›ich‹?«, fragte ich und spürte, wie sich mir die Nackenhaare aufstellten.

»Ich bin's, Louie, ich bin's.« Eine weit entfernte Stimme, die im Rauschen der atmosphärischen Störungen unterging.

»Wer?«, fragte ich noch mal.

»Ich, Louie. Ich bin's. Myfanwy.«

»Was?«, schrie ich. »Ich kann dich nicht verstehen.«

»Myfanwy. Louie, hilf mir!«

Die Verbindung brach ab. Ich stand da wie gelähmt. Dann hämmerte ich sinnlos auf den Tasten des Telefons herum, wie sie das im Film immer machen, was im richtigen Leben aber nie funktioniert.

Als ich an der Prom ankam, wo der intensive Geruch von Salzwasser in der feuchten Luft hing, kitzelte von Zeit zu Zeit ein anderer verführerischer Duft meine Nase, der fast genauso ursprünglich war: der von Hotdogs. Jenes herzzerreißende, urtümliche Aroma, das auf der Prom untrennbar zum Einbruch der Nacht gehört und das sich einem in jenen lang vergangenen Tagen in die Nervenzellen eingebrannt hat, als man ein kleiner Junge war und mit Mama und Papa Ferien machte. Eingebrannt in jenen magischen Minuten, wenn die Dämmerung hereinbrach und die Möwen sich unter den Eisenkonstruktionen der Brücke niedergelassen hatten und man nach dem Essen – schon lange nach der üblichen Zubettgehzeit – gemeinsam einen Spaziergang zu der Spielhalle machte, wo es blinkte und klingelte und piepste. Wie bei einem himmlischer Flipper beleuchteten ferne Blitze die Wolken und grollte draußen auf dem Meer der Donner. Voller Ehrfurcht staunte man das alles an, und nur wenige wissen, dass in ihrem Leben nie wieder etwas so gut sein wird.

Der Geruch gebratener Zwiebeln ... ein Geruch, der noch Jahre später eine Sehnsucht in einem entfesseln kann wie der Fetzen einer unbekannten Melodie: die Sehnsucht nach einem verlorenen Paradies, das kein Tor hat. Und nie ein Tor hatte. Denn die Wahrheit über Hotdogs ist: Kein Geruch der Welt verspricht so viel und hält so wenig. Sogar als Kind findet man, dass er eigentlich nach nichts schmeckt, nach überhaupt nichts. Ein einziges riesiges Nichts. Ein warmer, fader Brei, der so wenig gemeinsam hat mit dem Geruch, mit dem er die Nachtluft erfüllt, wie die Lotusblume mit dem Schleim, der sie hervorbringt.

Es ist, als hätte irgendein Meisterparfümierer und Totenbeschwörer die ganzen gebrochenen Versprechen deines Lebens vorhergesehen, all die unerwiderte Liebe und die unbeantworteten Briefe, die Qual, ein Telefon anzustarren, das nie klingelt, die erwartungsfrohe Hoffnung am Morgen, in Scherben bei Sonnenuntergang ... Es war, als hätte er all dies zu einem einzigen Duft vermischt und ihm dann den Namen gegeben, der im Französischen »Enttäuschung« bedeutet: *Désolé* oder *Chagrin* oder irgend so etwas. Der Geruch von Hotdogs auf der Prom am späten Abend. Der Duft von purem *Chagrin*.

Auf dem Pier hatte sich ein Menschenauflauf gebildet. Blaulicht blinkte, der Unfallort war mit Absperrband gesichert, und Father Seamus war in seinem Element. Mir war sofort klar, was passiert war. Beim Wiederaufbau des Piers hatten die Arbeiter den Eingang zur Bingohalle um einen guten halben Meter nach links verlegt. Ein Schwarm verwirrter alter Omis summte jetzt dort herum wie Bienen, die am Ende eines langen Tages nach Hause kommen und feststellen, dass der Bienenstock verschwunden ist. Der Krankenwagen fuhr gerade vor, und der Priester spendete Trost. Genau unterhalb der Stelle, wo fünfzig Jahre lang der Eingang gewesen war, lag eine alte Dame bewegungslos mit dem Gesicht nach unten auf den grünen, glitschigen Felsen. Rosagefärbte Wellen glitten über sie hinweg.

Mir war das total egal. In dieser Stadt konnte man auf sehr viel schlimmere Art umkommen. Ich zuckte mit den Schultern und betrat unter dem Bogen bunter Lichter den hölzernen Tunnel, der parallel zum Pier verläuft und am Moulin endet. Hinter mir konnte ich immer noch Father Seamus' tröstende Worte vernehmen, glaubte sogar zu hören, wie seine beiden Finger durch die Luft schwirrten – nach unten, nach links, nach rechts – und Kreuze malten, wie eine nicht mehr gefragte Schauspielerin Küsschen in die Luft haucht. Ich lächelte grimmig. Später am Abend hatte ich noch eine Verabredung mit ihm, auch wenn er davon noch nichts wusste. Heute Abend würde er feststellen, dass eine braune Robe mit einem Gürtel um den Bauch in dieser Welt keine Immunität gewährt. Es würde ihm nicht gefallen, aber das war mir scheißegal. Auch mir gefiel so einiges nicht. Es ging nicht darum, dass er ein Lügner war oder dass er sich mit so unchristlicher Verachtung über die Stelle geäußert hatte, an der Bianca in meinen Armen gestorben war, es ging auch nicht darum, dass ich den Gang zu einem Klub entlanglief, den nie wieder zu besuchen ich mir geschworen hatte. Und es ging auch nicht darum, dass an diesem Abend irgendwo da draußen – vermutlich mit dem Geruch derselben Zwiebelringe in der Nase – ein Mann namens Morgan herumlief, der in Schwierigkeiten steckte, denn eigentlich war auch er mir scheißegal. Genau wie es der Besatzung eines Rettungsboots egal ist, welchen bescheuerten Idioten sie aus dem Meer fischt. Um all das ging es nicht, auch wenn es half. Es war einfach nur so, dass mir an diesem Abend alles scheißegal war, wie das eben manchmal so ist. Und so stiefelte ich durch den Tunnel auf das neue Moulin zu, ballte die Faust und dachte dabei an das weiche, rosige Kinn des Priesters.

Was prägt die Atmosphäre eines Klubs? Wenn es die Stimmung der Besucher ist, dann war das neue Moulin dem Original sehr ähnlich. Die Einrichtung war noch billiger und behelfsmäßiger als im ehemaligen Klub, und vielleicht hatte es nicht denselben Schwung. Aber die wichtigsten Voraussetzungen fehlten auch hier nicht: Dunkelheit und eine Mischung von Leuten aus allen sozialen Schichten Aberystwyth', die einzig das Bedürfnis einte, ihre Skrupel an der Tür abzugeben. Und das wichtigste waren natürlich die Moulin-Mädels, die herumlümmelten und außer Zylinderhüten und Schultertüchern nicht viel anhatten. Süße, sanfte Dinger, die für ein bisschen Geld süße, sanfte Dinge taten.

Genau wie im alten Klub standen am Eingang ein paar Rausschmeißer im Frack. Drinnen war es heiß, überfüllt, laut und stickig. Bedienungen bahnten sich mit Tabletts voller Essen ihren Weg durch die Menge, andere nahmen Getränkebestellungen auf oder führten die Leute zu ihrem Platz. Die Tische, auf denen flackernde Kerzen standen, waren rund um die Tanzfläche gruppiert, und von der Decke hingen rotierende Stroboskope. Hinter der Tanzfläche befand sich eine Bühne und direkt davor ein Extratisch für Jubal und seine Gäste. Über meinem Kopf spürte ich einen kalten Luftzug, und als ich hochsah, entdeckte ich zwei Männer in Satyrhosen, die langsam und anmutig auf einer riesigen Schaukel über die Menge hinwegglitten: Bill und Ben. Ein Cowgirl ging an mir vorbei und zündete mit einem Feuerzeugrevolver Zigaretten an, ein anderes Mädchen nahm mich bei der Hand und führte mich zu einem Tisch. Ich setzte mich und bestellte einen Rum. Ein Kreischen ließ mich herumfahren. An Jubals Tisch war schwer was los, Father Seamus war soeben eingetroffen und trank zur Begrüßung Vimto aus Mrs. Bligh-Jones' Schuh. Mrs. Bligh-Jones kreischte angesichts der Verruchtheit einer solchen Tat. Nachdem er den Inhalt des Schuhs hinuntergekippt hatte, schlug er sich anzüglich grinsend gegen die Brust, als wäre er Tarzan, und alle lachten. Dann merkte er, dass ich ihn beobachtete, was ihm ein wenig den Schwung nahm. Verunsichert setzte er sich hin. Noch nie hatte der Spruch, man solle einen Menschen nach der Gesellschaft beurteilen, in der er sich befindet, so sehr gestimmt.

Mein Drink kam, und ich sah mich nach Ionawr um, konnte sie jedoch nirgends entdecken. Allerdings zweifelte ich nicht daran, dass sie mich mühelos und rechtzeitig finden würde. Ich richtete den Blick auf die Bühne, wo ein unbekanntes Sternchen seine Lieder trällerte. Eine Möchtegern-Myfanwy ohne entsprechendes Aussehen oder Stimme. Aber sie sang all die altbekannten Weisen, und die Menge war begeistert. Danach griff Mrs. Bligh-Jones zum Mikrofon. Sie gab eine höchst seltsame Nachtklubsängerin ab. Steif stand sie da, ihr Sam Browne glitzerte im Licht der Scheinwerfer, und der leere Ärmel ihres Kittels flappte im Luftzug. Eins ihrer Brillengläser war überklebt, um eine wiederholt auftretende Sehschwäche auszuheilen. Sie sprach in das Mikrofon wie ein Schulmädchen, das vor der Schülerversammlung reden muss, und erklärte, sie wolle ein paar Hymnen singen, um ihrem Gott und Retter für ihre Erlösung aus dem Schneesturm auf dem Pumlumon zu danken. Frommes, zustimmendes Gemurmel von allen Seiten war die Antwort. Während ihres Auftritts tauchte plötzlich Ionawr auf, nahm mich bei der Hand und zog mich mit sich nach hinten.

Während wir uns durch die Menschenmenge schlängelten, verbeugte sich Mrs. Bligh-Jones, und lauter Applaus brandete auf, verebbte jedoch sofort, als ein Mann mit langsamen, entschlossenen Schritten auf die Tanzfläche zutrat. Es war Jubal, mit schwarzer Krawatte und burgunderrotem Kummerbund. Alle hielten erwartungsvoll den Atem an. Jubal spielte die komische, jedem vertraute Pantomime eines Mannes, der in den Schwingtüren eines Saloons auftaucht und die staubige Straße hinunterstolziert, um die entführte Braut zu retten. Auf der Bühne zitterte die vom Scheinwerferlicht geblendete Mrs. Bligh-Jones erwartungsvoll wie eine angelsächsiche Maid, wenn die Wikinger an die Tür klopften. Ionawr und ich blieben stehen, um das Schauspiel zu beobachten. Jubal hatte den Rand der Bühne erreicht, hielt kurz inne, um die Situation noch ein bisschen länger auszukosten, und malte dann mit dem Zeigefinger eine Acht in die Luft. Den Damen, die um die Tanzfläche herum saßen, entrang sich ein kollektiver Seufzer. Jubal krümmte die Finger, als hätte er eine Pistole in der Hand, und feuerte eine imaginäre Kugel auf den Bandleader ab, der gutmütig lachte, sich ans Herz griff und gleichzeitig das Einsatzsignal für die Band gab. Mrs. Bligh-Jones kreischte auf, sprang ihrem Liebhaber mit dem Vertrauen einer Trapezartistin in die Arme und wurde von ihm sofort in einem ausgelassenen Tango über die Tanzfläche geführt.

Ionawr zupfte mich am Ärmel und führte mich durch eine Tür im hinteren Teil in einen Gang, an dem die Chambres séparées lagen. Selbst hier konnte man noch hören, dass die Besucher begeistert den lateinamerikanischen Rhythmus mitklatschten. Aber je tiefer wir in das Labyrinth des Pier hineinwanderten, desto mehr ebbte das Geräusch ab, bis schließlich nur noch das Rauschen des Meeres zu hören war, ein lautes, betäubendes Dröhnen – wie Blut, das in den Ohren pulsiert –, als wäre der Gang eine Arterie, die zu einem gigantischen Herzen führt. Ganz am Ende befand sich der von einem Vorhang aus Holzperlen verdeckte Eingang zur Toffeeapfel-Opium-Höhle. Wir schoben den Vorhang zur Seite, dessen Perlen laut gegeneinanderklackten, und traten ein.

Ekelhaft süßlicher Rauch hing schwer in dem fast völlig dunklen Raum, der nur von ein paar Kerzen und dem Aufglühen der Pfeifen erhellt wurde. Hier gab es keine Musik, und die einzigen Geräusche waren die von ruhenden Menschen, die ihre Position verändern, an der Pfeife ziehen oder an einem Toffeeapfel lutschen und dann sanft aufstöhnen.

Ionawr führte mich zu einem Mann, der irgendwo im Raum auf einer Matte am Boden lag, neben sich ein Tablett mit Toffeeäpfeln und einer Opiumpfeife. Er blickte langsam hoch, und wie es aussah, weilte er noch halbwegs unter uns.

»Das ist der Mann, von dem ich dir erzählt habe«, sagte Ionawr, wobei nicht ganz klar war, mit wem von uns beiden sie sprach. Schwach streckte er mir die Hand entgegen, und ich schüttelte sie.

»Sie wollen etwas über den Dekan wissen?« Seine Stimme klang rauchig und gepresst.

»Ja«, antwortete ich.

»Das war alles ein schrecklicher Irrtum«, fuhr der Mönch fort. »Ein schrecklicher, schrecklicher Fehler. Wenn der Mann tot ist, wird mir das für immer auf dem Gewissen lasten.«

»Erzählen Sie mir, was passiert ist.«

Der Mönch biss von einem seiner Toffeeäpfel ab und sagte dann träumerisch: »Ich bin da so reingerutscht, wirklich. Ich habe eine Zeit lang als Mönch auf Caldy Island gelebt, bis ich rausfand, dass man mich nur belogen hatte. All diese Geschichten, dass sie Benediktinerlikör herstellen – das stimmt überhaupt nicht. Man kommt nicht mal in die Nähe von dem Zeug. Im Geschenkeladen verkaufen sie nur selbstgemachte Minzsoße und Duftseife. Und der Kommunionwein ist die reine Pisse ... Also lief ich fort und landete schließlich in Aberystwyth in der Seemannsmission. Schon nach kurzer Zeit wurde ich Botenjunge für die Druiden; Laufbursche würden Sie es vermutlich nennen. Ich habe alle möglichen Aufträge erledigt, Sachen ausgeliefert und so. Auf die Art bin ich an den Koffer geraten. Ich sollte ihn einem Raben übergeben. Ich nehme an, Sie wissen, was das ist?«

»Das ist die Bezeichnung für einen männlichen Agenten, der weibliche Agenten verführt und hörig macht.«

»Ja. Eine Tötungstechnik, deren richtige Bezeichnung ›Honigfalle‹ lautet, obwohl das Opfer normalerweise der Mann ist, der unerklärlicherweise in einer Bar von einem schönen Mädchen becirct wird. Man hatte mir gesagt, wenn der Mann käme, sollte ich ihm den Koffer aushändigen.«

»Wer hat Sie für diese Übergabe bezahlt?«

»Keine Ahnung. Ich bin nur ein Glied in der Kette, und ich kenne nur das Glied direkt über mir, nicht das, das danach kommt. So funktioniert das nun mal.«

»Und dann haben Sie versehentlich dem Dekan den Koffer gegeben?«

Der Mann schrie schmerzvoll auf. »Aber wie hätte ich das denn ahnen sollen, verdammt noch mal? ›Halten Sie Ausschau nach einem schwarz gekleideten, grausamen, erbarmungslosen Mörder‹, hatte man mir gesagt. ›Mit einer Feder am Hut.‹ Und dann taucht dieser Typ auf, und ich sitze an der Bar und trinke mit ihm und frage: ›Was machen sie beruflich?‹ Und er antwortet: ›Mein Beruf ist der Tod. Für mich hat er nichts Furchteinflößendes, für mich ist der Körper nur Fleisch, und der kalte, unpersönliche Schnitt mit einem Messer ist mir so vertraut wie dem Angestellten sein Kugelschreiber.‹ Was hätten Sie an meiner Stelle getan?«

»Aber er ist Leichenbestatter.«

»Ich weiß, ich weiß!«, rief der Mönch gequält. »Glauben Sie, das wäre mir inzwischen nicht klar? Für ihn war das nur ein harmloses Kneipengespräch. Und dann die verdammte Feder, die er ausgerechnet an dem Morgen auf seinem Fensterbrett gefunden hatte. Die ist aber hübsch, hat er sich gedacht, und so ein schöner Tag, da stecke ich sie doch einfach an meinen Hut. Dieser verdammte Idiot!«

»Und anschließend tauchte dann der Rabe auf?«

»Genau. Trug einen dieser Mäntel, die sie bei Peacocks für 19,99 verkaufen. Ich fand es ja ein bisschen übertrieben, sich so anzuziehen, aber was geht mich das letztlich an?«

»Und was war in dem Koffer?«

»Woher soll ich das wissen?«

»Haben Sie ihn etwa nicht aufgemacht?«

»Sind Sie verrückt? Der war versiegelt. Glauben Sie, ich wäre so blöd, ein Siegel aufzubrechen?«

»Ich hätte es gemacht.«

»Das sagen Sie nur, weil Sie diese Leute nicht so kennen wie ich.«

Ich erhob mich und fühlte mich einen Moment lang in der Dunkelheit konfus und orientierungslos. Dann wandte ich mich in Richtung des Lichtschimmers, der den Umriss eines Türrahmens zu haben schien. Kurz bevor ich ihn erreichte, grabschte eine Hand nach meinem Hosenbein. Ich blickte nach unten, und was ich dort sah, verfolgt mich noch heute. Es war das Wrack eines Mannes, den ich einmal gekannt hatte: Valentine. Er war so abgemagert und ausgemergelt, dass sein Gesicht wie ein Wasserspeier wirkte, und das Fleisch an seinem Unterarm war so dünn, dass man das Kerzenlicht hindurchschimmern sehen konnte. Valentine, der einst der Stil-Guru der Druiden gewesen war und dessen Crimplene-Safarianzug jetzt dreckiger war als der Bodenbelag in der Toilette eines Pub. Schmerzhaft verzog er den Mund wie ein knurrender Hund. Ich kniete mich hin und betrachtete voller Entsetzen dieses völlig zerstörte menschliche Etwas.

»Valentine, was ist da draußen im Sanatorium passiert? Was haben Sie gesehen?« Meine Worte entzündeten ein schwaches Licht in seinen leeren Augen, einen winzigen, zitternden Strahl wie die Sturmlampe eines Wanderers, der sich vor dem Unwetter in ein leeres Haus flüchtet. »Was haben Sie da draußen gesehen? Was war dieses Ysbyty-Ystwyth-Experiment?«

Der Griff seiner Hand um mein Hosenbein wurde ein wenig fester, erinnerte fast schon an die Klaue eines Zaunkönigs. Ganz langsam öffnete er den Mund mit den karamellfarbenen Zähnen und flüsterte: »Das Böse, das Böse!« Dann verließen ihn die Kräfte, und sein Kopf fiel auf die Bank zurück. Erschöpft von der Anstrengung, diese sechs Silben herauszubringen, schloss er den Mund. Ich entzog meine Hose seinem kindhaft schwachen Griff und ließ ihn weiter mit Augen größer als Untertassen an die Decke starren und auf die Erlösung durch den Tod warten.

Als ich den Klub verließ, sah ich in der Nähe der Tür das Holster des Cowgirls hängen. Ich vergewisserte mich, dass mich niemand beobachtete, und ließ den Spielzeugrevolver in meine Jackentasche gleiten. Dann trat ich auf die Straße, die feucht von der Gischt des Meeres war. Auch die anderen Gäste brachen allmählich auf. Ich gab Ionawr, die mir gefolgt war, einen Kuss, steckte ihr ein bisschen Geld zu und sagte ihr, sie solle lieber gehen. Ich hatte an diesem Abend noch einiges zu erledigen, von dem sie besser nichts mitbekam. Aber kaum hatte sie mich verlassen, wurde ich um mein finsteres Vorhaben betrogen: Betrunken vor sich hin kichernd stieg Mrs. Bligh-Jones umständlich auf die Rückbank von Jubals Auto, streckte die Beine durch das heruntergekurbelte Fenster nach draußen und wackelte mit den Zehen, bis einer ihrer Schuhe in den Rinnstein fiel. Und Father Seamus, mit dem ich doch eigentlich noch eine Verabredung hatte, stieg auf den Beifahrersitz, und der Wagen düste davon.

Der Schuh lag in der Nähe eines Gullys wie das geschmacklose Überbleibsel eines Aschenputtels mit Schuhgröße zwölf. Ich schob ihn mit der Fußspitze auf den Bürgersteig und beförderte ihn dann mit einem gezielten Tritt ins reinigende Meer. Er flog wie ein Rugbyball über den Querbalken des Geländers. Meine trübe Stimmung wurde davon auch nicht besser. Stattdessen verlangte die Situation einfach danach, Buße zu tun. Ich ging zum Stand und bestellte mir einen Hotdog. Während ich wartete, atmete ich tief das reiche Aroma ein, das all die Enttäuschungen meines Lebens enthielt. Ich dachte an Myfanwy. Wer war das gewesen am anderen Ende der Leitung? War es wirklich sie gewesen? Von wo hatte sie angerufen? Es gab keine Möglichkeit, das herauszufinden, und dennoch war mein Herz zutiefst bekümmert. Ich nahm den Hotdog, ging in die Nacht hinaus und grübelte über Mrs. Bligh-Jones nach, die Heldin des Pumlumon. Klar, sie hat dort oben am Berg einen Arm verloren, dachte ich grimmig, aber wer wollte bestreiten, dass sie zum Ausgleich ein Königreich erhalten hat?

Kapitel 12

Es war nur eine Bemerkung gewesen, losgelassen in einer Bar in Aberystwyth. Da hatte er sein halbes Leben lang über die sterblichen Überreste der Menschen von Aberystwyth geherrscht und dann beschlossen, sich mal anzusehen, woher das Material für seinen Kurs stammte. Nur eine unbedeutende Bemerkung, gerichtet an einen harmlosen Fremden in jener Art von Bar, wo Fremde niemals harmlos sind. Mein Beruf ist der Tod.

Ich rührte den Tee in der Kanne um, stellte zwei Tassen bereit, lehnte mich auf meinem Stuhl zurück und ließ mich von dem heißen Mief des Kerosinofens einlullen. Calamity kam herein, und während ich uns beiden Tee einschenkte, leerte sie ihren Schulranzen auf dem Schreibtisch aus: Kupferdraht, Rheumatabletten, Nylonstrümpfe, Schokolade, gefälschte Mitgliedskarten für die Bücherei ... und ein Päckchen Zucker, auf dem ›Eigentum des Roten Kreuzes, Genf‹ stand. Als letztes förderte sie eine Packung Vogelfutter zutage. Ich fragte, wofür sie das brauche.

»Custard Pie hat mich darum gebeten.« Sie warf mir einen verstohlenen Blick zu.

»Dann hast du ihn also besucht?«

»Du hast es doch erlaubt.«

»Ich weiß.«

»Es war gar nicht so schlimm, wie du denkst. Wirklich, er war ziemlich freundlich. Die Wärter meinen, er hat sie nicht mehr alle. Total gaga.« Sie legte den Zeigefinger an die Schläfe und drehte ihn hin und her, um ihre Worte zu unterstreichen.

»Und er hat dich um Vogelfutter gebeten?«

»Es gibt da einen Luftschacht zur Oberfläche, er glaubt, er kann ein paar Vögel zähmen wie der Vogelmann von Alcatraz.«

»Er wird ihn wohl kaum essen und davonfliegen können. Aber sei trotzdem vorsichtig. Und verkauf das Futter teuer. Sag ihm, er soll mit Informationen über den Dekan rausrücken, und wenn er das tut, sagst du: ›Das nennen Sie brauchbare Informationen? Das weiß doch schon die ganze Stadt. Erzählen Sie mir was, das ich noch nicht weiß.‹ Oder irgend so was. Verstanden?«

»Klar.«

»Und sei vorsichtig. Egal, was du tust, vertrau ihm nicht.«

Calamity nahm ihre Teetasse, stand auf und starrte aus dem Fenster. »Weißt du, Louie, angesichts der Gefährlichkeit dieses Projekts habe ich mir echt schon überlegt, dass ich vielleicht ein Eisen brauche.«

»Dann geh zum Schrotthändler.«

»Du weißt genau, was ich meine, verarsch mich nicht.«

»Wovon redest du?«

»Keinen Schrott. Ein Eisen. Du weißt schon.«

»Ein Eisen?«

»Schutz ... Eine Art ... Ausgleich.«

»Wie bitte?«

Sie seufzte laut auf. »Eine Kanone, eine Knarre, ein Eisen...«

»Du willst eine Waffe?«

»Ja.«

»Tut mir leid, Kleines, aber du hast nur die Lizenz für eine Schleuder.«

»Ich meine es ernst. Das ist ein entscheidender Aspekt bei der Sache.«

»Ist das so?«

»Ich habe das Gefühl, damit steht und fällt alles, und wir können uns keine Fehler leisten. Ich könnte deine nehmen.«

»Ich habe keine.«

»Hast du wohl, sie ist in deiner Seekiste eingeschlossen. Mrs. Llantrisant hat es mir erzählt. Der Schlüssel ist mit Klebeband auf der Rückseite von Noel Bartholomews Bild befestigt.«

Ich versuchte es auf anderem Weg. »Calamity, solange du für mich arbeitest, wirst du niemals eine Waffe tragen. Ich trage keine, und vermutlich ist das der einzige Grund, weshalb ich noch lebe.«

Eine Diele knarzte, und wir drehten uns beide um. Die Tür wurde geöffnet, und im Türrahmen tauchte Gretel auf. »Hallo. Kann ich reinkommen?«

Sie trug einen Hosenanzug aus Sackleinen, einen Hut mit breiter Krempe und scharlachroten Nagellack. Ich hatte das ungute Gefühl, dass sie versuchte, glamourös zu wirken. Außerdem hatte ihr Gang etwas Unnatürliches und Gespreiztes, als würde die Tatsache, dass sie soeben den befleckten Straßen von Aberystwyth ausgesetzt gewesen war, sie eine Vorliebe für weltliche Dinge entwickeln lassen. Ich schenkte eine weitere Tasse Tee ein, und Gretel erzählte, was es Neues gab. Der Dekan hatte sie angerufen und sie inständig gebeten, die Schnüffler zurückzupfeifen.

»Er war sehr böse auf mich«, jammerte sie. »Er sagte, ein paar sehr böse Männer seien hinter ihm her und wollten ihn umbringen, und mit zwei unfähigen Privatdetektiven, die ihm nachstellten, würde es für sie nur einfacher.«

Ich nickte gedankenverloren.

»Er wusste, dass Sie im Hotel waren und in der Seemannsmission und im Komedy Kamp in Borth. Und er hat gesagt, Mister Marmalade wäre ... wäre ... wie sagt man doch noch mal?«

»Kaltgemacht worden«, antwortete Calamity.

»Was?«

»Kaltgemacht. Er ist kaltgemacht worden. So nennen wir das in unserer Branche.«

Ich warf Calamity einen fragenden Blick zu, aber sie ignorierte mich.

Gretel wirkte verwirrt. »Das hat er aber nicht gesagt, glaube ich, es war etwas anderes.«

»Wen juckt's?«, entgegnete Calamity. »Kaltmachen, um die Ecke bringen, ins Jenseits befördern, abmurksen, ausknipsen, ins Gras beißen lassen, jedenfalls ist er tot, dafür haben sie gesorgt.«

»Wer?«

»Das wissen wir nicht.«

Gretel ballte die Finger zur Faust, schob die Knöchel in den Mund und gab ein schluchzendes Geräusch von sich. »Glauben Sie, sie werden ... sie werden ... wie hieß das doch noch mal?«

»Ihn kaltmachen«, erwiderte Calamity hilfsbereit. »Wer weiß. Aber machen Sie sich keine Sorgen, wir wissen, was wir tun.«

Gretel ging zur Toilette, und Calamity sagte unverblümt: »So eine Dumpfbacke.«

»Die uns bezahlt, also sei nett.«

»Sie verheimlicht uns garantiert was.«

»Glaubst du?«

»Du etwa nicht? All dies Geheule wegen einem Professor? Das ist doch alles nur gespielt.«

»Woher willst du das wissen?«

»Wann hat denn schon jemals jemand einen Privatdetektiv beauftragt, um seinen Lehrer zu suchen?«

»Im wirklichen Leben machen die Leute alles Mögliche, was du dir nicht vorstellen kannst.«

»Außerdem stimmt ihre Körpersprache nicht. Das Heulen, das ist immer eine besondere schauspielerische Herausforderung.«

»Für mich sahen die Tränen echt aus. Oder hat sie eine Zwiebel in der Faust?«

»Die sind echt, aber sie weint sie an den verkehrten Stellen. Wie im Lehrbuch: Weinen an der verkehrten Stelle und nicht weinen an der richtigen Stelle. Ein eindeutiger Beweis.«

»Hat sie das gerade gemacht?«

Die Toilettenspülung wurde betätigt, und wir schwiegen. Als Gretel wieder ins Büro kam, war die Stille so angespannt, dass sie nicht mal einen weltfremden Menschen wie sie täuschen konnte.

»Sie haben über mich geredet, stimmt's?« Sie setzte sich. »Ich habe nachgedacht. Vielleicht sollten wir die Suche lieber abbrechen.«

Calamity stand auf, setzte sich auf die Kante des Schreibtisches und beugte sich ganz dicht zu ihr hinunter, wie Bullen das machen, wenn sie jemanden einschüchtern wollen. »Kriegen Sie kalte Füße? Oder Muffensausen?«

»A...a...aber, wenn sie ihn kaltmachen?«

»Wenn sie ihn wirklich umbringen wollen«, mischte ich mich ein, »haben wir umso mehr Grund, ihn zuerst zu finden. Wenn Sie uns von dem Fall abziehen, machen Sie denen die Arbeit nur leichter.«

»Jedenfalls wenn er die Wahrheit sagt«, ergänzte Calamity.

»Was wollen Sie damit andeuten? Natürlich sagt er die Wahrheit. Wieso sollte er auch nicht?«

Calamity setzte einen gemeinen Gesichtsausdruck auf. »Woher soll ich das wissen? Wieso sollte überhaupt jemals irgendjemand auch nur auf die Idee kommen, zu lügen. Ich hab echt keinen blassen Schimmer. Von der Wiege an wird uns eingetrichtert, die Wahrheit zu sagen, und dennoch sind da all die Leute, die das nicht tun. Ich versteh das nicht. Verstehst du das, Louie?«

Wieder versuchte ich, ihr einen warnenden Blick zuzuwerfen, aber sie wich ihm vorsätzlich aus.

»Der Dekan hat in seinem ganzen Leben nie gelogen«, ereiferte sich Gretel.

»Ja, aber was ist mit Ihnen?«

»Mit mir?«

»Sie haben uns nicht gerade die Wahrheit erzahlt, die ganze Wahrheit und nichts als die Wahrheit, oder irre ich mich da?«

»W...w...was wollen Sie damit sagen?«

Ich glitt auf meinem Stuhl nach vorne und versuchte, Calamity unter dem Tisch mit meinem Fuß zu erreichen.

»Zum Beispiel dies Gequatsche über das schlechte Mädchen ...«

»Über das rede ich nicht ...«

»Das ist schon mal die erste Lüge – Sie reden andauernd von ihr!«

Es gelang mir, den Fuß so weit vorzustrecken, dass ich Calamity einen Tritt versetzen konnte. Sie machte einen Satz und funkelte mich wütend an. Dann glitt sie vom Schreibtisch und trat mir fest auf den Fuß.

»Ich ... Sie ... wie können Sie es wagen?«, stotterte Gretel.

»Und dass er sich eines Abends auf sie gestürzt und ihr die Bluse zerrissen hat, haben Sie uns auch verheimlicht, nicht wahr?«

»Er hat ihr nicht ... wer behauptet ... woher wissen Sie das?«

»Das ist mein Job. Ich bin Detektivin.« Sie zog ein Notizbuch aus der Tasche und las daraus vor. »›Sie war ein Flittchen und hätte gar nicht erst dort sein dürfen. Sie hat sich mehr für Trinkgelage und Partys interessiert als für ihre Studien über Abraham; und was die zehn Gebote angeht – da wusste sie nur, wie man sie übertritt. Dann war da der Vorfall mit dem Dekan. Eigentlich hätte man ja ihn rausschmeißen müssen, aber die Frauen der anderen Tutoren haben sich zusammengetan und presto! Schon war sie weg. Nicht, dass es ihr was ausgemacht hätte, natürlich nicht, darauf hatte sie es doch von Anfang an angelegt …‹ Komme ich der Sache näher?«

Gretel sprang wütend auf. »Ich höre mir keine Sekunde länger mit an, wie der gute Ruf des Dekans derart mit Dreck besudelt wird. Ihnen beiden noch einen schönen Tag.«

Nachdem sie die Tür hinter sich zugeknallt hatte, streckte ich die Hand nach dem Notizbuch aus. Calamity schlug es zu und steckte es in die Jackentasche zurück. Ich stand auf und machte einen Schritt auf sie zu. Sie flitzte auf die andere Seite des Schreibtisches.

»Zeig her.«

»Wozu? Vertraust du mir etwa nicht?«

»Da steht überhaupt nichts drin, habe ich recht? Du hast das alles erfunden.«

Sie zuckte mit den Schultern. »Na wenn schon. Die stecken doch beide unter einer Decke. Du wirst schon noch sehen, dass ich recht habe.« Und damit stürmte sie aus dem Büro.

Ich holte die Waffe des Cowgirls heraus und legte sie auf den Tisch. Sie sah richtig gut aus, obwohl sie ein Imitat war, ein Feuerzug in Form eines Cowboy Colt .45 mit dem Spitznamen »Peacemaker«. Der Colt war so konstruiert, dass da, wo der Hahn auf den Schlagbolzen traf, eine Flamme herausschoss. Alles funktionierte wie bei einem richtigen Revolver: Die Trommel ließ sich drehen, die Platzpatronen glitten hinein und hinaus, auch der Abzugsmechanismus funktionierte. Man musste schon einiges über Waffen wissen, um zu erkennen, dass er nicht echt war. Ich ließ ihn in meine Jackentasche gleiten und machte mich auf den Weg, um mich mit Father Seamus auszusöhnen.

Im Inneren des Beichtstuhls war es warm, dunkel und tröstlich wie im Mutterleib und mit seiner Atmosphäre geteilter Geheimnisse auch fast so intim. Ich lehnte den Kopf an die Holzwand und sagte: »Father, ich brauche geistigen Beistand.«

»Dafür bin ich hier, mein Sohn.«

»Es ist nicht einfach.«

»Lassen Sie sich Zeit.«

»Ich muss wissen, ob es eine Todsünde oder nur eine lässliche Sünde ist, wenn man einen Priester erschießt.«

Gezwungenes, unsicheres Kichern drang durch das Sprechgitter.

»Vermutlich kommt es darauf an, um was für einen Priester es sich handelt«, fügte ich hinzu.

»Sind Sie das, Louie? Was tun Sie da? Das hier ist Gottes Haus.«

»Wieso hat er Sie dann reingelassen?«

»Dies ist nicht der Ort für Witze.«

Ich steckte die Waffe durch das Sprechgitter. »Das ist kein Witz.«

»Mein Gott! Louie, was ist denn bloß in Sie gefahren?«

»Das könnte ich Sie auch fragen.«

»Ist es wegen gestern Abend im Klub?«

»Wie hat der Vimto geschmeckt?«

Er lachte gezwungen.

»Oder haben Sie ihn erst in Wein verwandelt?«

»Louie, wenn einem der Herr befiehlt, Seine Arbeit zu tun, dann kann man sich nicht aussuchen, wo Er einen hinschickt.«

»Natürlich nicht. Jesus war sich nie zu schade, ein Haus voll gefallener Mädchen zu betreten.«

»Das sage ich mir auch immer.«

»Ja, das glaube ich Ihnen sofort. Ich kann mich allerdings nicht an die Bibelstelle erinnern, wo er aus ihren Schuhen Vimto trinkt. Das muss irgendwie an mir vorbeigegangen sein.« Langsam drehte ich die Trommel, und das Klicken hallte laut durch die angespannte Stille. »Man wird wohl durstig, wenn man die ganze Nacht auf der Zinne ausharrt, wo einem vor Kälte die Augen brennen, und auf das Vergnügen von Mrs. Bligh-Jones' weichem Strohlager verzichtet.«

»Mrs. Bligh-Jones ist eine sehr gottesfürchtige Frau«, entgegnete er kalt. »Ich muss Sie daran erinnern, dass Sie sich in Gottes Haus befinden. Wenn Sie also die Beichte ablegen möchten ...«

»Nein«, sagte ich und zog langsam den Abzugshebel nach hinten. »Ich möchte sie abnehmen.«

Er schnappte nach Luft. »Was wollen Sie?«

»Ich will Antwort auf eine Frage. Wenn Sie mir nicht antworten oder mir eine Antwort geben, die mir nicht gefällt, erschieße ich Sie. Wenn Sie mir nicht glauben, erschieße ich Sie. Drei Optionen zu sterben und eine, nicht zu sterben.«

»Sind Sie verrückt geworden?«

»Ja, das bin ich. Und hier ist die Frage: Gestern Vormittag habe ich Ihnen das Bild eines Mädchens gezeigt. Eins von den gefallenen Mädchen, auf die Sie sich offensichtlich spezialisiert haben. Sie sagten, Sie hätten sie noch nie gesehen, aber das war eine Lüge. Und jetzt werden Sie mir die Wahrheit sagen. Wer ist sie?«

»Würden Sie wirklich schießen?«

»Ja.«

»Aber warum? Wegen eines Mädchens?«

»Ich bin eben ein unverbesserlicher Romantiker.«

Er holte tief Luft. »Wenn ich es Ihnen erzähle, ist es unabdingbar ... Sie müssen mir versprechen ... Das muss unbedingt unter uns bleiben.«

»Alles, was Sie sagen, fällt selbstverständlich unter das Beichtgeheimnis. Das sollten Sie doch wissen. Also, schießen Sie los.«

»Das Mädchen, das Sie mir gezeigt haben. Es stimmt, ich habe sie schon mal gesehen. Ich kenne sie, weil ich mal mit ihr zusammengearbeitet habe.«

»Wo?«

»In ... an ... einem Ort.«

»Was für einem Ort?«

»Louie, zwingen Sie mich nicht dazu, es auszusprechen. Ein schrecklicher Ort. Ein schlimmer, schlimmer Ort, wo ein Priester nichts zu suchen hat.«

»Und wo ist das, mal abgesehen von Mrs. Bligh-Jones' Schlafzimmer?«

Er schwieg, und ich konnte spüren, wie ihm der Schweiß ausbrach. »Wohin geht man in dieser Stadt, wenn man den Tiefpunkt erreicht hat und nirgendwo sonst mehr hingehen kann?«

»Da gibt es eine Menge Möglichkeiten.«

»Für Sie, ja. Für Sie gibt es die Bars und die Mädchen und die Toffee-Etablissements und das Bingo und die Wellhornschneckenbuden. Sie haben die große Auswahl. Aber sie! Ach, aber sie? Sie machen sich ja keine Vorstellung, wie dieses Mädchen war! Ein schmutziges, lüsternes, unmoralisches Weib. Ein Mädchen, dem die Verderbtheit aus jeder Pore troff. Das des Nachts auf Fang ging und die Herzen der Männer mit ihrem heimtückischen Duft umgarnte wie eine fleischfressende Pflanze, die im tropischen Mondlicht glänzt ... wohin würde solch eine schamlose Hure gehen?«

»Keine Ahnung. Aber ich wüsste es gern.«

»Es gibt nur einen Ort, an dem sie enden kann. Die Filme.«

Ich überlegte kurz. »Welche Filme?«

»Diese schmutzigen, verachtenswerten Triebwerke der Lust.«

»Meinen Sie die ›Was der Butler sah‹-Triebwerke?«

Ich konnte spüren, wie er sich qualvoll wand. »Ja, genau die. Aber nicht die vom Pier. Die in den Privatzimmern, wo der Schmutz überkocht wie ein Kessel voll heißem Teer, wo sich Männer willentlich der Demütigung durch das Zaumzeug und anderer Foltermaterialien des Teufels unterwerfen ...«

Ich musste kichern.

»Oh ja, Sie lachen, Sie lachen! Spotten Sie nur! Aber seien Sie gewarnt, jene, die sich über die Erniedrigung des menschlichen Geists lustig machen, werden bald schon selbst aus dem Kelch der Schlechtigkeit trinken!«

»Das müssen gerade Sie sagen! Wer trinkt denn hier aus dem Schuh der Schlechtigkeit? Schauen Sie, Father, dann haben Sie eben so ein Kribbeln unter der Soutane verspürt und sich ein paar schmutzige Filme angesehen. Das ist doch keine große Sache!«

Der Priester knallte die Faust gegen die Wand des Beichtstuhls. »Oh, Sie Dummkopf, Sie unbeschreiblich grässlicher, niederträchtiger Dummkopf!«, schrie er in abgrundtiefer Qual. »Sie abscheulicher Tölpel, Sie ...«

»He, wer hat hier die Waffe?«

Er ließ den Atem entweichen wie ein Lehrer, den die lebenslange Ignoranz seiner Schüler schließlich doch noch gebrochen hat. »Louie, Louie. Ich habe mir diese Filme nicht angesehen, Sie Trottel! Ich habe in einem mitgespielt. Ich war ... war ... der Ledersklave. Mein Gott, Louie, was habe ich nur getan?«

Er heulte wie ein Lastwagen voller Schafe, wenn ihnen der Geruch des nahen Schlachthofs in die Nase dringt. Und dann fügte er atemlos und leise hinzu, als wären seine Lebensgeister so am Boden, dass sowieso schon egal war, was er sagte: »Das Mädchen heißt Judy Juice.«

Ich zog die Waffe aus dem Sprechgitter und erhob mich. »Sagen Sie drei Ave Maria und lassen Sie die Finger vom Vimto«, trug ich ihm zum Abschied auf.

Die nächsten drei Abende verbrachte ich übernächtigt und ausgelaugt mit der Verfolgung des hauchdünnen Fadens aus Gerüchten, die sich um den Namen Judy Juice rankten. Natürlich kannte ich den Namen, aber nun war eindeutig klar, dass das Mädchen in dem Leopardenfellmantel auf Jubals Party nicht Judy Juice gewesen war. Das hätte mir eigentlich auch dort schon klar sein sollen. Wie hätte sie es auch sein können, wo die richtige Judy Juice doch nichts von ihm wissen wollte? Das war nur eine geschickt aufgestellte Falle gewesen, eins jener klaffenden Einstiegslöcher, die Jubal in das Gespräch eingebaut hatte und in das ich bereitwillig gefallen war. Eins musste ich ihm lassen: Er war ein cleverer Bursche.

Alle, mit denen ich sprach, hatten schon von ihr gehört, aber niemand wusste, wo sie gerade steckte. Es hieß, sie sei ein Miststück, es hieß, sie sei ein Schatz, es hieß, sie sei zauberhaft, und genauso oft hieß es, sie sei abscheulich, aber niemand konnte mir sagen, wo sie wohnte. Manche Leute behaupteten, sie sei schleimig, andere wiederum meinten, sie sei klug, klüger als all die Männer, die sie unbedingt betatschen wollten, und dass sie sich wie ein Miststück aufführe, sei nur vorgespielt. Einige erzählten mir, sie ginge mit jedem ins Bett, und andere sagten, außer auf der Leinwand würde sie nie auch nur in die Nähe von Männern gehen. Manche berichteten, sie sei leicht rumzukriegen, aber der verbitterte Ausdruck in ihren Augen ließ mich das doch eher bezweifeln. Dann hörte ich noch die Geschichte, sie sei als Kind vergewaltigt worden und hasse deshalb Männer, aber andere hielten das für eine Lüge und fragten, wieso sie überhaupt solch eine Entschuldigung brauchen sollte? Manche hielten sie für eine Schönheit, und alle waren sich darin einig, dass sie überheblich sei. Ein Teil war überzeugt, sie würde sich in verschiedenen Hotels aufhalten – jede Nacht ein anderes Zimmer, je nachdem, wer für sie zahlte –, aber die Hoteldetektive hatten sie dort noch nie gesehen. Dann hieß es, sie lebe in der Sozialwohnungssiedlung in Penparcau, und andere waren der festen Meinung, sie sei reich und besäße ein Haus an der Llanbadarn Road. Eine Person behauptete sogar, sie lebe in Borth, eine andere, sie habe im Hafen ein Hausboot. Dann bekam ich den Hinweis, sie lebe auf dem Wohnwagencampingplatz draußen am Südufer des Rheidol, und der Wächter dort bestätigte mir, dass das stimmte, nur hatte er sie schon seit Wochen nicht mehr gesehen. Kurz gesagt, nach drei Nächten ohne Schlaf oder Spaß wusste ich nur eins mit Sicherheit, denn darüber war sich die ganze Stadt einig: die Sache zwischen Jubal und ihr.

Jeder, mit dem ich sprach, hielt Jubal für eine miese Ratte, aber jeder, mit dem ich sprach, lächelte und duckte sich wie ein geschlagener Hund, sobald Jubal auftauchte. Jubal, der Filmmogul mit dem Buckel und dem erbsengroßen Kopf und Brillengläsern dicker als Bullaugen. Hallo, Jubal! Wie geht's, Jubal? Habe Ihren neuesten Streifen gesehen, Jubal, fantastisch! Großartig sehen Sie aus, Jubal! Es entsprach vielleicht nicht ganz der Wahrheit, wenn man behauptete, jede Kellnerin sei eine arbeitslose Schauspielerin und jeder Kellner ein verkappter Drehbuchautor, aber Jubal schlief mit einer Menge Kellnerinnen, und es war schwer zu sagen, was sie sonst hätte zu ihm hinziehen sollen. Außerdem scheute er vor keiner Herausforderung zurück. Es hieß, er habe Mrs. Bligh-Jones versprochen, einen Star aus ihr zu machen, aber bisher war ihm das noch nicht gelungen – vielleicht war diese Aufgabe selbst für ihn zu groß. Ja, Jubal war Aberystwyth' Filmmogul, und die Herzen der Städter waren so eitel und mädchenhaft, dass er stets bekam, was er wollte, jede Frau und alles andere auch. Außer Judy Juices Herz. Er hatte versucht, es zu kaufen, hatte es mit Bestechung, Drohungen und Schmeicheleien probiert, aber nichts hatte geholfen. Also bekam sie jede Rolle, die sie wollte, musste sich beim Vorsprechen nicht entkleiden, brauchte nicht einmal aufzutauchen. Ihr Herz war das einzige in Aberystwyth, das sich nicht mit Geld oder Einfluss kaufen ließ.

Nachdem ich nach drei Tagen immer noch keinen Schritt weiter war, fuhr ich an Llanbadarn vorbei Richtung Osten auf die Berge von Pumlumon zu. Ich ließ mir die Fakten durch den Kopf gehen und fragte mich – wie ich es manchmal tue, wenn bei einem Fall nichts mehr weitergeht –, ob wirklich alles so war, wie es schien. Vielleicht war das alles ein bisschen zu glatt. Fast wie einstudiert, diese Geschichte von einem Mann, in dessen Seele sich der unterdrückte Traum des Bohemiens Raum bricht. Dieser Sturz vom Gipfel des Parnaß durch das Bauchrednerghetto und das Komedy Kamp in die wirbelnden Wasser der »Was der Butler sah«-Kloake. Obwohl ich ihn nicht gefunden hatte, schien das Ganze ein bisschen zu einfach, ein bisschen zu aufgesetzt. Seine Spur war auffällig wie die Fußabdrücke eines Mannes mit Taucherflossen im noch feuchten Beton. Und die Tatsache, dass ich ihm trotz aller Bemühungen keinen Schritt näher gekommen war, verstärkte meinen Verdacht zusätzlich. Vielleicht wollte er, dass man ihn suchte, war aber noch nicht bereit, gefunden zu werden. Vielleicht spielte er Katz und Maus mit mir – oder jemand anders war mir gegenüber nicht ehrlich.

Regen tröpfelte auf meine Windschutzscheibe, als ich auf den Parkplatz fuhr und das weiter vorn aufragende Sanatorium betrachtete. Mir wurde klar, vor was für einer unlösbaren Aufgabe ich stand. Eine drei Meter sechzig hohe Begrenzungsmauer, die oben mit Stacheldraht gesichert war, Wachhundpatrouillen ... Seufzend stieg ich aus dem Auto. Die Luft war kühl und frisch, der Boden durchweicht. Ich stapfte über den Rasen und folgte eine Zeit lang auf der Suche nach einem Eingang der Mauer. Es gab keinen. An einer Ecke stand ein Wachturm, von dem aus mich ein Wächter durchs Fernglas beobachtete. Es war hoffnungslos. Ich ging zurück zum Auto. Obwohl ich kaum mehr als fünf Minuten weg gewesen war, stand inzwischen ein weiterer Wagen auf dem Parkplatz, direkt hinter meinem. Die beiden Männer waren ausgestiegen und lehnten an meinem Wagen. Einer trug die Polizeiuniform eines Constable, der andere einen schäbigen Regenmantel. Es war Harri Harries.

KAPITEL 13

Wir verließen Ysbyty Ystwyth gen Süden in Richtung Pontrhydfendigaid und bogen dann auf eine kleinere Straße ab, die in die Berge führte – und zwar mit viel zu hohem Tempo, als dass auch nur die geringste Aussicht bestanden hätte, aus dem fahrenden Wagen zu springen.

»Womit habe ich mir die Mitfahrgelegenheit eigentlich verdient?«, fragte ich. »Oder ist das eine blöde Frage?«

»Letzteres.«

Ich spannte die Muskeln an meinen Unterarmen an. Die Handschellen, die er absichtlich zu stramm gezogen hatte, schnitten mir ins Fleisch.

»Das ist aber nicht der Weg zum Polizeirevier.«

»Gut beobachtet, Pfadfinder. Das hier ist nicht der Weg zum Polizeirevier.« Harri Harries, der vorne auf dem Beifahrersitz hockte, wandte sich zur Seite und sagte zum Fahrer: »Habe ich dir nicht gesagt, dass er ein cleveres Bürschchen ist?«

Er drehte sich umständlich um und sah mich über die Rücklehne hinweg an. »Da, wo wir hinfahren, wird es dir besser gefallen. Schön abgelegen und ruhig ist es da. Weit ab vom Trubel der nervenden Massen – der richtige Ort für zwei Männer, um sich zurückzulehnen und einander besser kennenzulernen. Und was das Beste daran ist: Sollte man sich dort verletzen, kann man beruhigt sterben in dem Wissen, dass die Schreie niemanden in seiner Ruhe stören.«

»Und wer würde einem sterbenden Mann schon den einen oder anderen Schmerzensschrei verdenken.«

»Jeder hat ein Recht darauf zu schreien, Schnüffler. Sogar du. Vor allem du.«

Ein paar Meilen weiter bogen wir von der Straße ab und fuhren einen unebenen Feldweg entlang. Der Wagen war schlecht gefedert, und so hüpften und ruckelten wir durch die Gegend wie besoffene Marionetten. Dem Fahrer war das aber offensichtlich egal, und Harri Harries saß da mit einem Lächeln im Gesicht, das sich allerdings nicht in seinem kalten und stieren Blick wiederfand.

Mit durchdrehenden Reifen, von denen die Kiesel nur so wegspritzten, kamen wir vor einem Gebäude zum Stehen, das aussah wie ein Umspannwerk, umgeben von einem Maschendrahtzaun, der am oberen Ende mit Stacheldraht verstärkt war. Die Flügeltore waren mit einer dicken Ankerkette und einem Vorhängeschloss von der Größe einer Kilttasche gesichert. Die Luft war von einem düsteren elektrischen Dröhnen erfüllt. Als wir durch das Tor gingen, deutete Harri Harries auf ein Schild, auf dem stand: »Gefahr. Betreten Verboten.« – »Sag also nicht, man hätte dich nicht gewarnt, Schnüffler.«

Ich entschied, dass ich genug gesehen hatte, und sobald sie mich aus dem Auto zogen, gab ich Fersengeld. Doch damit hatten sie wohl gerechnet ... Innerhalb von Sekunden hatten sie die Verfolgung aufgenommen. Dank der gefesselten Hände war es mit meinem Gleichgewichtssinn nicht weit her, und so machte ich schon bald eine Bauchlandung und fraß Dreck. Es setzte ein paar Hiebe mit dem Totschläger, dann wurde ich zum Gebäude, einer Ansammlung schlampig gestrichener Betonblöcke, gezogen und gezerrt. Stahlgerahmte Fenster, die Scheiben dreckig und zerborsten und mit Pappkarton geflickt. Schmutzige grüne Farbe, die fast vollständig abgeblättert war und den Blick auf die Unterrahmen aus vertrocknetem Holz freigab. Schilder mit schmerzerfüllten Strichmännchen, die von Z-förmigen Elektroblitzen getroffen wurden, die aus dem Himmel fuhren. Ein hingeklotzter Bau, anscheinend einzig zu dem Zweck errichtet, Unschuldige an einem einsamen Ort zusammenschlagen zu können. Der Handlanger öffnete eine zweite Tür, und sie schoben mich hindurch. Der Raum war vollgestopft mit Stapeln von Kartons und Umzugskisten, Bergen von Akten und Säcken voll Papier. An einer Stelle hatte man etwas Platz geschaffen, dort standen eine Werkbank und ein Stuhl mit Lederschnallen, der aussah, wie aus einer Zahnarztpraxis aus der Vorkriegszeit geborgt. Auf dem Betonboden waren dunkle Flecken zu sehen, die womöglich Blut waren. Und auf einem Tisch in der Ecke stapelten sich Kostüme: ein Wolfsanzug und ein Kleinmädchen-Kleid – ein Dirndl, wie es Heidi immer trug. Sie drückten mich in den Stuhl und zogen die Schnallen fest. Mein Magen krampfte sich vor Angst zusammen und versuchte, seinen Inhalt loszuwerden. Mühsam kämpfte ich gegen den Brechreiz an.

»Gefällt dir der Stuhl? Den haben wir vom Sanatorium bekommen. Dort dürfen sie die Dinger nicht länger verwenden – ist illegal.«

Ich war zu verängstigt, um zu antworten.

Harri zog sich einen Stuhl heran, setzte sich breitbeinig darauf und blickte mich von der Seite an. Ich nickte in Richtung des Tischs in der Ecke. »Feiern wir jetzt eine Party?«

Er warf einen kurzen Blick darauf und sagte: »Ganz recht, nur stehst du nicht auf der Gästeliste.«

Er holte ein Päckchen Zigaretten hervor, schüttelte es kräftig und klemmte sich eine der vorgerutschten Zigaretten zwischen die Lippen. Dann zündete er sie an und nuschelte mit der Kippe im Mund drauf los – so, wie sie es im Film immer machen. Warum nahm er das Ding nicht einfach kurz aus dem Maul, wenn er etwas sagen wollte? Aus demselben Grund, aus dem er auch alles andere tat: als Teil eines langen Trailers für einen Film, den ich schon hundert Mal gesehen hatte.

Der Handlanger trug einen Seesack herbei und setzte ihn auf dem Tisch ab. Dem lauten Scheppern nach zu urteilen, enthielt er jede Menge Sachen aus Metall, und mir gefror das Blut in den Adern. Wie verrückt mochten die beiden sein? Ich hatte keine Ahnung. Harri Harries war neu hier. Vielleicht sorgten sie drüben in Llanelli ja tatsächlich auf diese Art für Recht und Ordnung. Und woher kam der Handlanger? Er war angezogen wie ein Constable, aber jetzt fiel mir auf, dass die Nummern auf seinem Arm alle Nullen waren. Ich hatte ihn noch nie zuvor gesehen, und irgendetwas sagte mir, dass ich ihn wohl auch nie mehr wieder sehen würde, falls ich diese

Nacht überleben sollte. Zumindest solange Harri Harries nicht noch mehr von seiner speziellen Polizeiarbeit zu erledigen hatte.

Harri griff in den Sack wie ein Varietékünstler, der gleich eine große Überraschung hervorzaubern würde. Was er schließlich herausholte, war ein Franzose. Ich Glückspilz. Ich legte einen Fuß auf den Tisch. Harri ließ den Schraubenschlüssel in der Hand kreisen und die flache Seite auf mein ungeschütztes Schienbein fallen. Der Schmerz trieb mir die Tränen in die Augen. Es war nur ein lahmer Klaps gewesen, aber die Warnung war deutlich: Das war die Vorspeise. Den Hauptgang kannst du dir ja vorstellen.

Ich biss die Zähne zusammen. »Was wollen Sie?«, fragte ich.

Er stützte den Ellbogen auf die Rücklehne seines Stuhls, legte das Kinn in die Handfläche und sagte gelassen: »Ich möchte von dir ein paar Kleinigkeiten über Dekan Morgan erfahren. In erster Linie, wo er verdammt noch mal steckt.« Gemächlich paffte er etwas Rauch in Richtung Decke.

»Ich weiß aber nicht, wo er ist.«

»Ich habe mir schon gedacht, dass du das sagen würdest. Das ist auch der Grund, weshalb du hier eine kleine Abweichung vom üblichen Vernehmungsverfahren der Polizei bemerken wirst. Nur eine ganz geringfügige Abweichung, die dem oberflächlichen Betrachter glatt entgehen kann, aber jemandem mit deiner enormen Erfahrung sollte sie auffallen. Kommst du drauf?«

»Die Kostüme?«

Er warf einen Blick auf die Klamotten in der Ecke und schüttelte den Kopf. Dann zog er einen Stift aus der Brusttasche und hielt ihn mir vor die Nase. »Siehst du den? Das habe ich gemeint: Ich verzichte aufs Mitschreiben.«

Ich hielt den Mund und wünschte nur, er würde diese Komödie endlich beenden.

»Und dafür gibt es auch einen guten Grund: Meiner Erfahrung nach wissen Schnüffler in der Regel nämlich eine ganze Menge Dinge, die der Polizei nützlich sein könnten. Aber wenn man sie danach fragt, zieren Sie sich immer so, damit herauszurücken – entweder weil sie einfach selbstsüchtig sind oder wegen etwas, das sich Schweigepflicht nennt. Tatsächlich legen die meisten großen Wert darauf. Ich hingegen sehe das ganz anders, weil mir so was scheißegal ist. Und das, mein Freund, ist der Grund, warum ich anders als beim Routineverfahren keine Notizen mache. Denn die ersten zehn Minuten jeder Vernehmung sind normalerweise der reinste Schafscheiß. Erst danach, wenn ich das ein oder andere meiner Werkzeuge aus dem Sack hier benutzt habe, werden die Befragten allmählich gesprächiger. Es ist ein bisschen, wie wenn man ein verstopftes Rohr freimacht.«

Der Handlanger grunzte zustimmend.

»Sie hören sich verdammt gerne reden, was?«

»Falsch, Schnüffler. Mir macht es Spaß, andere zum Reden zu bringen – schüchterne, zurückhaltende Leute wie dich.«

»Was genau wollen Sie wissen?«, fragte ich.

»Ich will wissen, wo der Dekan steckt.«

»Ich suche jetzt schon seit zwei Wochen nach ihm. Ich weiß nicht, wo er ist. Niemand weiß das.«

»Verstehst du jetzt, was ich meine? Du bist genau wie alle anderen. Erst erzählen sie, dass sie von nichts wüssten, und am Ende tut mir dann das Handgelenk weh vom vielen Mitschreiben.«

»Warum suchen Sie ihn überhaupt?«

Plötzlich platzte ihm der Kragen, und er knallte mir den Schraubenschlüssel ein weiteres Mal auf das Schienbein. »Fang jetzt bloß nicht an, mir beschissene Fragen zu stellen! Ich bin nicht derjenige, der an einen Stuhl gefesselt ist.« Sein Gesicht war nun ganz nah an meinem, so nah, dass ich spüren konnte, wie heiß ihm der Zorn auf der Haut brannte. »Ihr ekligen kleinen Spanner könnt es einfach nicht lassen, oder? Müsst immer eure dreckige kleine Schnauze da reinstecken, wo sie nichts zu suchen hat, ständig am Lauern und Spannen und Schnüffeln ... oder etwa nicht? Du würdest doch nur zu gerne mal bei mir Mäuschen spielen, was?«

»Das habe ich gar nicht nötig, Harries. Da gäbe es nämlich nichts, was ich nicht schon tausend Mal gesehen hätte.«

»Ach, tatsächlich!«

»Sie sind auch nur einer dieser Schmalspur-Sonntagsschullehrer, die auf die schiefe Bahn geraten sind, Harries. Aufgewachsen im Schatten der Kirche in irgendeinem sumpfigen Tal oberhalb von Ebbw Vale. Wo Sie Ihre graue Mama in einem grauen Haus unter einem triefend grauen Himmel mit grauen Löffeln voll Haferschleim gefüttert hat. Wo sie jeden grauen Sonntag graue Loblieder gesungen haben, um sich für das beschissene kleine Leben zu bedanken, das der liebe Gott Ihnen in seiner Gnade gegeben hat. Der Höhepunkt jeder Woche war, wenn Sie mit dem Ledergürtel verprügelt wurden, damit aus Ihnen ein guter Junge würde, und das einzige Mädchen, das Sie jemals geküsst haben, hat ‚Määäh! gemacht ...«

Wieder fuhr der Franzose nieder. Mir blieb die Luft weg wie einem schluchzenden Kind, und als mir die Tränen aus den Augen quollen, kniff ich sie fest zusammen. Ich stöhnte auf. Er beugte sich soweit herunter, dass sich unsere Nasenspitzen beinahe berührten, und blies mir eine Nikotinwolke ins Gesicht. »Vielleicht hilft es deinem Erinnerungsvermögen ja, wenn du weißt, dass der Schraubenschlüssel noch das freundlichste Werkzeug in dem Beutel ist. In fünf Minuten wirst du mich anflehen, wieder den netten alten Franzosen zu nehmen. Hast du verstanden?«

Ich nickte. Ich war keiner von den harten Kerlen. Ich war bereit, ihm alles zu sagen. Das Problem war nur, dass ich nichts wusste. Ein paar Brocken von Garnichts, die ihn erst recht davon überzeugen würden, dass ich ihm etwas verschwieg – was ihn nur noch wütender machen würde. Und inzwischen war ich mir sicher, dass es nicht nur Show war, wenn er so aufbrauste wie gerade eben. Nicht lange, und er würde mir die volle Bandbreite seiner Künste als leidenschaftlicher Heimwerker demonstrieren. Er griff in den Sack und zog ein elektrisches Schleifgerät heraus. Das Gesicht des Handlangers leuchtete auf, derweilen sich Harri nach einer Steckdose umsah. In der Wand hinter der Werkbank fand er eine.

»Ist denn das die gottverdammte Möglichkeit!«, fluchte er. »Ist das doch tatsächlich ein Rundstecker.« Er hielt das Kabel des Geräts hoch und ließ den Stecker, den er nicht einstecken konnte, demonstrativ hin und her baumeln – einzig, um mir deutlich zu machen, wie knapp ich gerade davongekommen war. Dann warf er das Schleifgerät zurück in den Sack und wühlte aufs Neue drauflos. Diesmal zauberte er einen Schneidbrenner hervor, was seine Laune schlagartig verbesserte. »Na wer sagt's denn! Technik vom guten alten Schlag, da kann nichts schiefgehen.« Er betätigte den Kolben, um den nötigen Druck zu erzeugen, und zündete das Gas an. Das justierte er dann so lange, bis die heiße blaue Flamme eine perfekte Speerklinge bildete. »Ich habe mal gehört, wenn man mit so einem Ding verbrannt wird, kommt das Schlimmste erst danach – wenn das Feuer aus ist, aber das Fleisch noch immer ganz langsam weiterschmort, wie eine Lammhaxe im Ofen.«

»Bitte tun Sie's nicht, ich erzähle Ihnen alles, was Sie wissen wollen.«

Er zeigte mit der Flamme auf mein Gesicht. »Na schön, also wo steckt er?«

»Draußen im Komedy Kamp. Vergraben unter dem Boden von Hütte 7c«, sagte ich verzweifelt.

Damit hatte er nicht gerechnet. »Willst du mich auf den Arm nehmen? Wie soll er denn dahin gekommen sein?«

»Naja, das war so«, fing ich an. »Dieser Dekan tut so, als wäre er einer von den ganz Heiligen, Sie kennen den Typ – kann das eine Ende einer Frau nicht vom anderen unterscheiden. Päpstlicher als der Papst. Aber das alles ist nur Fassade. Insgeheim hat er ein spezielles Hobby, eine Sache, die er ausgesprochen gerne macht, etwas, wo er sich schon schämt, wenn er nur dran denkt – und trotzdem kann er es nicht lassen ...« Harri Harries hatte den Schweißbrenner heruntergenommen und hing förmlich an meinen Lippen. Das war leichter, als ich angenommen hatte.

»Sag schon, was war's, Schnüffler?«

»Leichen.«

Der Bulle nickte, bemüht, so zu wirken, als hätte er genau das von Anfang an erwartet.

»Selbstverständlich ist er nicht der Einzige in der Stadt, der sie gern ein bisschen kalt mag. In einigen Vierteln soll das sogar ein ganz beliebter Zeitvertreib sein, hat man mir erzählt. Aber nicht jeder hat das Glück, in so einer Spitzenposition zu sein und so leicht ranzukommen. Alte Männer, junge Mädchen, ganz egal, er steht auf alles. Und damit hätte die Geschichte auch ein Ende haben können. Ewig hätte er so weitermachen können, und niemand hätte etwas geahnt. Aber dann wird er geldgierig. Vielleicht weil er plant, sich zur Ruhe zu setzen, und einen dickeren Sparstrumpf braucht, oder vielleicht hat er es einfach nur satt, sein ganzes Leben lang jeden Penny zweimal umdrehen zu müssen. Wie auch immer, jedenfalls kann er einen kleinen Nebenverdienst gebrauchen. Ich meine, wer kann das nicht? Eines Tages kommen dann also zwei Kerle auf ihn zu, die auch mitspielen möchten. Und wie es der Zufall so will, haben sie den ein oder anderen Klienten, der ebenfalls von einer leidenschaftlichen Nacht in der Leichenhalle träumt, und sie wollen gut dafür zahlen. Die beiden Neuen fragen ihn also: Wie wär's? Würdest du die Süßen für ein bisschen Extra-Kohle mit anderen teilen? Und er denkt sich: Warum nicht? Solange jeder die Angelegenheit diskret behandelt – schließlich braucht ja keiner was davon zu erfahren. Und natürlich bewahrt jeder Stillschweigen über die Sache, weil es ja alles ehrbare Männer in ehrbaren Positionen sind. So läuft das dann also eine Weile, bis die zwei neuen Kerle auf eine neue Idee kommen: Ein Service für spezielle Bedürfnisse: ›Sie sehen irgendwo jemanden, der Ihnen gefällt – reden Sie mit uns und wir arrangieren dessen Ableben und ein leidenschaftliches Stelldichein post mortem.‹«

Der Bulle pfiff durch die Zähne. Das war schlimmer als alles, was ihm bisher untergekommen war. Und wenn er auch nur das Geringste über die Unterwelt gewusst hätte, wäre ihm klar gewesen, dass alles reine Erfindung war, und keine besonders gute. Tat er aber nicht.

»Für den Dekan kommt so etwas natürlich absolut nicht in Frage. Ein paar Leichen vögeln, klar, damit konnte er gut leben, und für einen Mann wie ihn, für den der Tod zum Tagesgeschäft gehörte, war das sowieso keine große Sache. Aber Mord auf Bestellung? Das war etwas ganz anderes. Nie im Leben. Jetzt hatten die beiden Kerle allerdings einen Fehler gemacht. Sie hatten den Dekan falsch eingeschätzt und in ihren Plan eingeweiht, was nun ein Problem darstellte. Also vereinbaren sie mit ihm ein Treffen in der Stadt, um über alles zu reden. Und sie haben überzeugende Argumente. Schlagkräftige Argumente. Dem Dekan, der kein Idiot ist, wird klar, dass sie vorhaben, ihn zum Schweigen zu bringen, und zwar für immer. Er versucht, abzuhauen und in der Stadt unterzutauchen. Doch was weiß er schon von dem ganzen Nacht-und-Nebel-Kram? Er ist nur ein eingerosteter alter Akademiker, der sich mit den falschen Leuten eingelassen hat. War nur eine Frage der Zeit, bis sie ihn geschnappt haben.«

Der Bulle nickte nachdenklich, während er das alles verdaute. Er war schwer verstört. »Und wer sind diese zwei Kerle?«

»Wie sie heißen, weiß ich nicht, aber einer von ihnen ist der Mechaniker in der Autowerkstatt in Kousin Kevin's Kamp, er ist fürs Grobe zuständig. Der andere ist der Sicherheitstyp da. Er ist das Hirn.«

Mein Gegenüber runzelte die Stirn. »Dieser kleine Scheißer – ich kenne den Kerl!«

»Natürlich wird er alles abstreiten«, gab ich zu bedenken.

Harri Harries griff nach dem Werkzeugsack. »Das werden wir ja sehen.«

Es war noch immer früher Abend, und es graupelte, als sie die Tore verschlossen und mich an der Bushaltestelle absetzten. Die Art von Haltestelle, die aussieht, als könne man die Abfahrtszeiten nach dem Kalender, nicht nach der Uhr stellen. Ich humpelte hinüber zu der roten Telefonzelle. Die Tür quietschte, als ich sie öffnete, und es klang wie das Kreischen einer Möwe. Im Inneren stank es nach Urin. Llunos' Stimme hatte den Tonfall von jemandem, der ganz und gar keine Lust dazu verspürt, um acht Uhr abends ans Telefon zu gehen, weil er ganz genau weiß, dass das nichts Gutes zu bedeuten hat. Ich blickte auf die entfernte Reihe gelber Lichter, die hinter den Wohnzimmervorhängen leuchteten, und verstand nur zu gut, wie ihm zumute war. Aber das hier musste erledigt werden. Mit knappen Worten schilderte ich ihm, was geschehen war, und sagte ihm, er solle sich von seinem Tee, der Zeitung und dem Fernseher losreißen, den Mantel überziehen und sich auf die Suche nach den beiden Typen von Kousin Kevin's machen. Er seufzte nur und fragte: »Warum ich, Louie?«

»Wer kommt denn sonst in Frage?« Und er wusste, dass das stimmte.

»Du verlangst also von mir, dass ich zwei Kerle festnehme, die rein gar nichts Unrechtes getan haben?«

»Es wäre ja nicht das erste Mal, oder?«

»Das ist nicht witzig, Louie.«

»Hörst du mich etwa lachen? Betrachte es mal so: Wahrscheinlich rettest du ihnen damit das Leben. Zumindest verhinderst du, dass sie böse zugerichtet werden. Schließ die beiden einfach weg, bis wir die Angelegenheit geklärt haben. Solange du ein Auge auf sie hast, sollten sie in Sicherheit sein.«

Irgendwann nach Mitternacht parkte ich vor dem Moulin und ging hinein. Es war ruhiger als das letzte Mal, fast schon verschlafen, als hätte man die Gemütslagen aller Anwesenden synchron geschaltet und »verträumt-lieblich« zur Stimmung dieser Nacht erklärt. Ich bestellte mir einen Drink, lauschte den Sängerinnen und ließ den Blick träge im Raum umherwandern. Er blieb auf einem tanzenden Mädchen haften und verweilte dort einige Augenblicke, während meine Gedanken weiterzogen. Dann kehrten diese Gedanken allmählich wieder zurück, und schlagartig galt meine ganze Aufmerksamkeit ihr. Plötzlich war mir klar, wie sich ein Hase fühlen muss, der gebannt in die Scheinwerfer eines herannahenden Autos starrt.

Sie war groß, aber nicht zu groß, und schlank, aber beileibe nicht dürr. Sie war gebaut wie eine dieser üppigen Weltraumgöttinnen in den Comicstrips der Zeitungen – die, deren Job es ist, das Universum zu retten. Sie trug ein eng anliegendes Mieder aus weicher weißer Spitze, das ein Stück offenstand, sodass die Schalen des BHs wie die Hände eines niederträchtigen Zwergs ihre Brüste nach vorne schoben, um all die Männer zu verhöhnen, die sie gebannt anstarrten. Sie hatte den oberen Knopf ihrer Jeans geöffnet und auch den darunter. Ihr straffer Bauch war entblößt, und der Saum ihres weißen Höschens leuchtete im UV-Licht. Die ausgeblichene Levi's 501 war ungefähr bis zu der Höhe abgeschnitten worden, bis zu der ihr Fahrradsattel gereicht hatte, als sie siebzehn gewesen war. Ein Sattel, der zweifellos vor langer Zeit gestohlen worden und nun zehnmal so viel wert war wie das Rad.

Ihr Tanz war von der fließenden Trägheit Polynesiens, bezaubernd und aufreizend zugleich, und ihr Haar schimmerte wie Wasser im Mondschein. Ab und zu ergoss sich die Flut ihrer blonden Haare über ihre weiche braune Schulter und schwemmte den Träger ihres BHs davon. Trotzdem blieben die Brüste auf unerklärliche Weise in Position, voll Spott und Hohn, wie eine Marionette, die weitertanzt, nachdem man ihre Fäden gekappt hat. Jedes Mal, wenn ich versuchte wegzuschauen, kehrte mein Blick wie von selbst wieder zurück, wie eine Kompassnadel, die es gen Norden zieht.

Der Junge, mit dem sie zusammen war, war einer dieser affektierten symbolistischen Maler, die ihre Werke auf der Promenade an die Touristen verkaufen. Er trug ein Hemd mit Halskrause und Bühnen-Make up und hatte beim Garderobenmädchen mit Sicherheit eine Mappe abgegeben, in der fünf verschiedene trostlose Ansichten vom Pavillon steckten, hinter dem der Mond wie ein vergammeltes Stück Obst hing. Er mochte gerade mal achtzehn oder neunzehn sein, kaum alt genug, um sich Feinde in der Welt zu machen, und trotzdem wurde dieser Junge heute Nacht von jedem Mann im Moulin gehasst. Denn wir alle konnten im Gesichtsausdruck der Göttin lesen – in dieser typischen grausamen, bestialischen Geringschätzung der Aristokraten –, dass sie ihn einzig deshalb erwählt hatte, um ihren Abscheu für den ganzen Rest von uns deutlich zu machen. Sie hatte sich diesen weibischen Transvestiten, diesen halbwüchsigen

Milchbubi nur ausgesucht, um uns zu zeigen, wie sehr sie uns dafür verachtete, dass wir derart hoffnungslose Tölpel waren – dafür, dass wir uns im Angesicht ihres Fleisches derart erbärmlich selbst erniedrigten. Sie hatte ihn nicht zu ihrem Tanzpartner erkoren, sondern zum Skalpell, mit dem sie gleich einer aztekischen Priesterin unsere Herzen bloßlegte und uns zu verstehen gab – obgleich wir es bereits wussten –, was für bemitleidenswerte und schwache Dinger sie doch waren. Unser pochendes Fleisch, nachgiebig wie das eines Wachhunds, der sich mit einem Knochen bestechen lässt und die Hand dessen abschleckt, der gekommen ist, um sein Herrchen zu ermorden. Und obwohl unsere Demütigung schon mehr als vollkommen war, trieb sie es sogar noch weiter und bestellte eine Runde exotischer Drinks nach der anderen – flambierte schwarze Sambucas und B52s –, die sie auf ex hinunterkippten und für die sie allesamt aus einer Geldbörse bezahlte, die in ihrer Gesäßtasche steckte. Und dann, die Augen schwelend vor Verachtung, presste sie ihre Brüste fest gegen die mageren Rippen des Jungen und ließ sie mit wehmütigen, schlangenartigen Bewegungen bis zu seinem unwürdigen Pickelgesicht gleiten. Ich winkte eine der Bedienungen zu mir und fragte im Tonfall des Schäfers, der sich nach diesem neuen Stern im Osten erkundigt, nach dem Namen dieses Mädchens. Sie antwortete mir, ohne auch nur hinzusehen, offensichtlich mächtig genervt, einem Unwissenden das Offensichtliche erklären zu müssen. »Das ist Judy Juice, der Filmstar.«

Wenig später wandte sich Judy Juice in Richtung Ausgang, also bezahlte ich meinen Drink und folgte ihr in sicherem Abstand. Bis ich auf die Straße kam, war sie verschwunden, dafür winkte mir jemand anderes von der Einfahrt aus zu. Es war Calamity, die an einer Straßenlampe lehnte. Ich warf einen Blick auf meine Armbanduhr – es war schon nach eins, und ich wollte ihr gerade die Leviten lesen, weil sie sich so spät noch draußen rumtrieb –, da bemerkte ich den entsetzten Ausdruck in ihren Augen. Sie war so blass wie Zigarettenasche.

Ich setzte an und wollte etwas sagen, aber ich brachte kein Wort heraus, und auch sie stand nur da, schweigend und mit offenem Mund. Im nächsten Moment fiel sie mir in die Arme und stammelte: »Custard Pie«.

»Schon okay«, sagte ich. »Schon okay.«

Dann riss sie sich von mir los, sah mich an, und mit einem Mal sprudelte es aus ihr heraus, als könne sie desto mehr Schaden vermeiden, je schneller sie erzählte.

»Er hat das Vogelfutter gesehen und regelrecht darum gebettelt, also hab ich gesagt: ›Das musst du dir schon verdienen, Knacki.‹ Da meinte er: ›Wenn ihr den Dekan finden wollt, dann sucht nach dem Mädchen, das sich Judy Juice nennt.‹ Ich hab ihn spöttisch angegrinst und gesagt: ›Und du meinst, dafür kriegst du das Vogelfutter? Ich hab auf Babylonischen Grabsteinen schon frischere Neuigkeiten gelesen.‹ Dann hat er ein bisschen komisch rumgetanzt und gewitzelt, was ich doch für ein pfiffiges Ding sei. Er hat gesagt: ›In Ordnung, kleines Mädchen, du willst also was wirklich Interessantes hören? Du kannst diesem Klugscheißer von einem Privatschnüffler sagen, er soll sich das auf sein Butterbrot schmieren und es sich schmecken lassen.‹ Auf einmal ist er ganz aufgeregt gewesen, hat sich die Hände gerieben und gesagt: ›Willst du vielleicht wissen, was es mit diesem ganzen Ysbyty-Ystwyth-Experiment auf sich hat? Was da in dem Sanatorium vor sich gegangen ist? Was dieses *Ding* ist, das die Leute immer wieder sehen? Ist es das, was du wissen willst, kleines Mädchen?‹ Ich hab ja gesagt, und er meinte: ›Gib mir das Futter.‹ Also hab ich ihm ein Geschäft vorgeschlagen. Ein Viertel davon gleich und den Rest, wenn er mir von diesem Experiment erzählt hat. Und so haben wir es dann auch gemacht.« Sie hielt inne und sagte: »Ich glaub, du brauchst jetzt nen Drink.«

»Hatte ich grade schon.«

»Ich glaub, du brauchst noch einen.«

Doch bevor ich etwas trinken oder sie weiter erzählen konnte, kam es im Eingang zum Club zu einem Zwischenfall. Judy Juice eilte nach draußen und zog sich noch im Laufen ihren Mantel über. Hinter ihr tauchte Jubal auf mit erhobenen Händen und flehte: »Aber Baby! Süße!«

Judy Juice lief einfach weiter, und Jubal rannte ihr hinterher und packte sie am Ärmel. »Zuckerschnäuzchen!« Sie schüttelte seinen Griff ab und rauschte an uns vorbei, ohne uns zu bemerken. Abermals versuchte er, sie am Arm zu greifen, und rief: »Jetzt pass mal auf, du Schlampe!« Calamity streckte die Hand aus, um ihn zurückzuhalten. »Die Lady will sich nicht mit dir unterhalten, Mac.« Jubal schob sie zur Seite, aber sie klammerte sich an seinen Arm. Er schubste sie erneut grob von sich, worauf Calamity ihm wütend gegen das

Schienbein trat. Gerade wollte Jubal ihr eine verpassen, da wirbelte Judy Juice herum und gab ihm einen Stoß, noch bevor ich reagieren konnte. »Lass die Kleine in Frieden, du Kakerlake!«, schrie sie.

Judy Juice war ein ziemlich kräftiges Mädchen, und Jubal stolperte völlig baff rückwärts in ein paar Abfallsäcke, die auf die Müllabfuhr warteten. Calamity wollte auf ihn losgehen, doch ich hielt sie zurück. Ein oder zwei Sekunden lang blieb er benommen liegen, während Judy Juice in ein Taxi stieg. Dann rappelte er sich hoch, lief auf das Auto zu und brüllte: »Baby, so hör doch, es tut mir leid! Bitte, Baby …« Der Wagen beschleunigte, und Jubal fiel lautstark jammernd auf die Knie. »Es tut mir leid, Baby, ich flehe dich an!« Und dann, noch immer kniend, vergrub er das Gesicht in den Händen und fing an zu weinen.

Nachdem wir wieder im Büro waren und ich Calamity versichert hatte, dass ich genug Rum getrunken hatte, erzählte sie mir, was Custard Pie zu berichten gehabt hatte. Neuigkeiten, die mein Herz so lange zum Stillstand brachten, dass ich schon darauf lauschte, wann das Pochen wieder einsetzen würde – wie ein Hundert-Meter-Sprinter, der auf den Startschuss wartet.

»Dieses *Ding* draußen beim Sanatorium«, sagte sie. »Das ist Herod Jenkins, dein alter Sportlehrer. Er lebt.«

KAPITEL 14

Die ganze Nacht lang warf ich mich unruhig hin und her und schreckte schreiend auf aus diesem halb wachen, halb schlafenden Zustand, in dem uns die Schrecken der Finsternis heimsuchen. Dann, vielleicht eine Stunde vor Sonnenaufgang – der dunkelsten aller Stunden –, glitt ich hinab ins Reich des Schlafes und träumte von einem Tag im späten Januar vor vielen Jahren, als die gesamte Schule während der Nachmittagspause nicht nach draußen durfte. Ein unheimliches Schweigen liegt über dem alten Schulgebäude, eine Stille, die so vollkommen ist, dass man das Getrippel der Spinnen in den Schränken mit den Lateinbüchern hören kann. Man hat uns untersagt, von unseren Pulten aufzustehen oder auch nur aus dem Fenster zu sehen, und so halten wir den Atem an, in dem Bemühen, etwas anderes zu hören als das ohrenbetäubende Hämmern unserer Herzen … und auf einmal ist es da, zuerst so leise, dass man es fast nicht wahrnimmt, doch es schwillt an, wird lauter und lauter, kann keine Einbildung mehr sein: fwhupp, fwhupp, fwhupp! Das Dröhnen von Rotoren. Plötzlich, im kakophonen Lärm hastig hochgerissener Pultdeckel, in dem die Zurechtweisungen des Lehrers untergehen, sausen wir alle zum Fenster. Fwhupp, fwhupp, fwhupp! In der untergehenden Sonne ist der frostige Himmel bernsteinfarben wie das Auge eines Pumas. Darunter glitzert der mit Raureif überzogene Sportplatz wie gefrorene Limonade ... Fwhupp, fwhupp, fwhupp! Weit hinten im glühenden Westen erscheint ein kleiner Punkt, der immer größer wird, wächst und wächst, bis er allmählich die Konturen eines Hubschraubers annimmt, der dicht über den Bäumen in unsere Richtung fliegt. Dann vermischen sich die Realitäten, wie es in Träumen so üblich ist, und die Silhouette des Helikopters zeichnet sich auf einmal gegen einen orangeroten Tropenhimmel ab, wie auf dem Plakat von Apocalypse Now, einem Film über die Reise in einem Boot aus Weidengeflecht, flussaufwärts zu einem kambodschanischen Tempel, auf der Suche nach einem Verrückten im Trainingsanzug namens Kurtz. Fwhupp, fwhupp, fwhupp! »Zurück auf eure Plätze, sofort!«, brüllt Mr. Kurtz. Wir sehen nach draußen und erstarren. Am brennenden Himmel, nun fast über uns, der Hubschrauber. Und unter seinem Rumpf an zwei Riemen die Bahre mit Marty, dem Jungen, der vom Querfeldeinlauf niemals wieder zurückkehren sollte.

Llunos saß in der Burgkneipe direkt hinter den Holztüren und trank ein Glas Bier. Er blickte auf, lächelte, sah den Ausdruck auf meinem Gesicht und hörte auf zu lächeln. »Aha«, sagte er. »Dann hast du es also herausgefunden. Das hätte ich mir ja denken können.«

»Sag mir, dass es nicht wahr ist.«

»Ist es aber. Niemand in der Stadt wünscht sich mehr als ich, dass es anders wäre. Doch das ändert rein gar nichts. Es ist wahr.«

»Haben wir ihn nicht aus einem Flugzeug geworfen?«

Er nickte bedrückt. »Das dachte ich zumindest.«

»Wie lange weißt du schon Bescheid?«

»Sechs Monate vielleicht. Anfangs waren es nur Gerüchte ...«

»Warum hast du mir nichts gesagt?«

Es dauerte eine Weile, bis er sprach, als wüsste er die Antwort, hätte sie aber vergessen. »Was hätte das schon gebracht?«

»Wie ist das möglich? Aus einem Flugzeug, verdammt noch mal!«

Er griff nach seinem Bier und setzte das Glas an die Lippen, hielt dann aber inne. Über den Rand hinweg sagte er: »Es kommt schon vor, dass einer aus dem Flugzeug fällt und überlebt. Lies mal im *Guinness Buch der Rekorde* nach. Und wir waren damals über einem See und sind ziemlich tief geflogen, um die Bombe abzuwerfen. Zähl eins und eins zusammen.«

»Hätte der Aufprall ihn nicht töten müssen?«

»Einen normalen Menschen vielleicht schon. Aber einen Sportlehrer ... ?« Er zog eine Karte aus der Tasche und schrieb eine Adresse auf die Rückseite. »Pass auf, im Moment kann ich nicht mehr dazu sagen. Es wäre wohl besser, wenn du die ganze Geschichte erfährst. Was du bisher weißt, ist so gut wie nichts. Komm morgen Vormittag um zehn dorthin.«

Er drückte mir die Karte in die Hand, stand auf und wandte sich zum Gehen. Die Adresse war ein Zimmer im alten College. »Bis dahin behältst du das für dich. Schließlich wollen wir keine Panik auslösen.«

Das College erstreckte sich entlang der Promenade vom Pier bis zum Golfplatz. Mit seinen massiven Steinmauern und konischen Ecktürmchen sah es aus wie ein Schloss aus dem Rheinland und hatte sich zudem gut gegen die Flut behaupten können. Ursprünglich war es als Hotel erbaut worden. Als man jedoch einsah, dass man nicht genug Geld verdiente, indem man an Leute vermietete, die sich zweiwöchige Auszeiten von der realen Welt nahmen, brachte man stattdessen die Dozenten dort unter, die sich eine Auszeit für den Rest ihres Lebens gönnten. Im Hauptgebäude warfen mir Bronzestatuen von längst verstorbenen und vergessenen Akademikern strenge und irgendwie vorwurfsvolle Blicke zu, in der unumstößlichen Gewissheit, dass, was auch immer ich gerade tun oder denken mochte, mit an Sicherheit grenzender Wahrscheinlichkeit ihren Tadel verdiente. Der Fußboden knarzte, wie es sich für Böden in Gebäuden ziemt, die sich emsigem Lernen widmen, und an den Wänden hingen hölzerne Tafeln, die sich mit dem Ruhm in Vergessenheit geratener Wettkampfsiege brüsteten. Allesamt aus einer fernen Zeit, als athletische Leistung für Schüler noch mehr bedeutete, als gerade mal vom Imbissstand bis zum Pub zu laufen.

Von dem Zimmer aus blickte man durch gewölbte, bleigefasste Buntglasfenster hinaus aufs Meer. Als ich dort ankam, wurde ich bereits von sieben Männern erwartet, die an einem Tisch saßen, auf dem ein Filmprojektor stand. Llunos bedeutete mir, Platz zu nehmen, und stellte mich den anderen vor. Der erste war irgendein Professor vom Clarach Institut. Der nächste ein Tillamookindianer mit einem Gesicht, das die Farbe von poliertem Rosenholz hatte, und einer Waschbärmütze auf dem Kopf. Außerdem waren da noch zwei Labortechniker und ein paar Männer in dunklen Anzügen, die nach Sicherheitsdienst aussahen.

»Das Erste und Wichtigste, was Sie über dieses Treffen wissen müssen«, begann Llunos, »ist, dass es nie stattgefunden hat.« Die Männer am Tisch machten ernste Gesichter und nickten. »Wir haben uns nie getroffen, wir haben nie miteinander geredet, und wir sind jetzt nicht hier.« Wieder wurde genickt. »Ich möchte die Angelegenheit wirklich nicht unnötig hinauszögern, aber noch ist nicht jeder hier auf dem Laufenden, deshalb ist es wichtig, zunächst etwas auszuholen.« Er ging nach vorne zur Tafel. »Angefangen hat alles mit diversen Gerüchten. In einigen dörflichen Gemeinden im Hinterland von Nant-y-moch sah man plötzlich merkwürdige Dinge. Ein menschenähnliches Wesen jagte in großen Sätzen durch den Wald, meistens während der Dämmerung, eine scheue Kreatur, die den Kontakt zu Menschen mied und sich nur im Schutz des Halbdunkels bewegte. Derartige Hinweise konnte man zunächst leicht abtun – vor allem, wenn man lieber gar nicht erst zu genau hinsah. Dann tauchten hier und da Fußspuren auf – große Spuren, und sogar der tiefe, breite Abdruck eines Hinterteils im Schlamm eines Wasserlochs.« Llunos gab den Labortechnikern ein Zeichen, die daraufhin einen Gipsabdruck von der Größe eines kleinen Pokertisches in die Höhe hielten. Llunos fuhr fort. »Bauern meldeten Verluste unter ihren Herden, doch natürlich ist das nichts Ungewöhnliches.« Er wandte sich an den Mann mit der Waschbärmütze. »Lachender Bär hat einige Erfahrung mit dem Sasquatch in Nordamerika, der gemeinhin als Bigfoot bekannt ist. Lachender Bär, ich nehme an, dieses Muster kommt Ihnen bekannt vor?« Der Angesprochene nickte ernst, und in seinen Augenwinkeln bildeten sich kleine Falten.

»Wie ich schon sagte, zunächst konnte man das alles leicht abtun. Doch dann geschah das hier.« Er gab abermals ein Zeichen, und die Verdunkelungsjalousien glitten herab. Einer der Techniker setzte den Projektor in Gang, und wir sahen uns ein unscharfes, gespenstisches 8mm-Video von einer Familie an, die während der

Dämmerung am Ufer eines Sees herumalberte. Sie bewegten sich seltsam ruckartig, wie die Menschen in alten Kinofilmen, sie lachten und spielten Fangen und zogen Grimassen für die Kamera, wie es Familien nun einmal so tun.

»Während der Aufnahme hatte niemand etwas Außergewöhnliches bemerkt, doch nachdem der Film entwickelt war, entdeckten sie das da.« Er zeigte mit seinem Stock auf den Waldrand hinter den Familienpossen. Es handelte sich um eine Forstplantage mit den charakteristischen Einheitsreihen von Nadelbäumen. Dort, wo die Baumreihen endeten, waren ein Drahtzaun und eine Feuerlöschausrüstung zu sehen. Und da, zwischen den Nadelbäumen, bewegte sich unsicher eine Gestalt. Wäre es auch nur ein bisschen dunkler gewesen, hätte man sie nicht erkennen können. Hätte sie still gestanden, hätte man sie womöglich nicht einmal bemerkt. Allein der Umstand, dass sie sich bewegte, hob sie vom düsteren Hintergrund ab und verlieh ihr Substanz.

»Natürlich ist die Qualität saumiserabel. Aber es ist ganz eindeutig, dass es sich hier weder um einen Fuchs, noch ein Reh oder sonst etwas handelt, womit sich die Leute derartige Erscheinungen gerne erklären. Wir haben das Bild bearbeitet, verbessert und analysiert – das Übliche eben. Unsere Laborschlaumeier haben uns nicht viel dazu sagen können, mal abgesehen davon, dass es sich zweifellos um einen Zweibeiner handelt.« Llunos hielt einen Augenblick inne und presste die Fingerspitzen gegeneinander, als käme ihm der nächste Satz besonders schwer über die Lippen. »Meine Herren, wir hatten Grund zu der Annahme, und bald darauf die Gewissheit, dass es sich hierbei um Herod Jenkins handelte. Und dass er den Sturz aus dem Flugzeug überlebt hatte.« Niemand sagte etwas. Die Filmrolle erreichte ihr Ende und erfüllte den stillen Raum mit dem anhaltenden flapp, flapp, flapp des sich weiterdrehenden Zelluloidstreifens, der gegen die Tischplatte schlug.

Dem Mann mit der Waschbärmütze wurde das Wort erteilt. Halbwegs erwartete ich von ihm diese übertriebene Pseudoindianersprache aus den Hollywoodstreifen, in der sie uns immer beschuldigen, zu sprechen mit gespaltener Zunge. Aber er klang wie jeder andere gebildete Kanadier auch.

»An diesem Punkt wandte man sich an mich«, fing er an. »Ich verbrachte einige Wochen damit, das Wesen im Ödland von Nant-y-moch aufzuspüren. Ich fand heraus, dass, obwohl die Erwachsenen Angst vor ihm hatten, er den Kindern bestens vertraut war. Sie nannten ihn Mr. Dippetty-doo – ein wehrloser, glücklicher alter Trottel, der Erde fraß und Kleidung aus geflochtenen Zweigen trug. In krassem Gegensatz zu seiner früheren Persönlichkeit, die Ihnen allen besser vertraut ist als mir, war es nun Dippetty-doos Gewohnheit, den Dorfbälgern das Haar zu zausen oder Pennys hinter ihren Ohren hervorzuzaubern ... Selbst die Hofhunde schlugen nicht mehr an, wenn er in die Nähe kam, sondern sprangen ihm freudig entgegen und leckten ihm die Hand ab ... Kurzum, meine Herren, mir wurde klar, dass er bei dem Sturz aus dem Flugzeug sein Gedächtnis verloren hatte, und zwar komplett. Er war in der Tat völlig harmlos.«

Der Mann der Wälder setzte sich, und die Männer klopften applaudierend auf den Tisch, auch wenn mir nicht klar war, wofür.

Llunos erhob sich und schnitt den Applaus mit einer Handbewegung ab. »Somit hatten wir also ein ernstes Problem. Wer konnte uns garantieren, dass er sein Gedächtnis nicht irgendwann wiedererlangen würde? Diese Aussicht war alarmierend, und um unsere Befürchtungen zu zerstreuen, nahmen wir Kontakt zu Doktor Pritchard auf, einem Experten auf dem Gebiet der Neurophysiologie am Clarach Institut für Neurologische Verhaltensforschung. Was er uns berichten konnte, trug wenig dazu bei, uns zu beruhigen. Doktor.«

Der Mann im weißen Laborkittel stand auf und schenkte uns ein dünnes Lächeln. »Ich werde versuchen, mich auch für Laien möglichst verständlich auszudrücken. Ich darf davon ausgehen, dass Sie alle mit der Fernseh-Variante von Gedächtnisverlust vertraut sind. Der Patient liegt im Krankenbett, die Familie sitzt um ihn herum und zeigt ihm alte Fotos oder spielt ihm Platten mit seinen alten Lieblingsstücken vor, in der Hoffnung, irgendein emotionaler Moment würde die Tore zu seiner Erinnerung wieder aufstoßen. Tatsächlich ist das gar nicht mal so abwegig und sogar eine bewährte medizinische Methode. Aber haben Sie mal darüber nachgedacht, was wäre, wenn die Angehörigen, die sich um das Krankenbett versammeln, Betrüger sind? Und die verlorenen Erinnerungen, die sie geduldig wieder hervorlocken wollen, nur Schwindel? All die alten Lieder, die er niemals mitgesungen hat, und die präparierten Fotos von gern erinnerten Kindheitserlebnissen, die niemals stattgefunden haben? Nun, unterm Strich haben wir genau das getan.«
Dass jemand derart unverfroren vorgehen konnte, ließ alle am Tisch

nach Luft schnappen. Ungerührt fuhr er fort, als wäre er an solche Reaktionen gewohnt und vielleicht sogar etwas stolz darauf: »Das Projekt wurde unter der Leitung von Doktor Faustus vom Sanatorium durchgeführt – ein äußerst brillanter und unkonventioneller Neurowissenschaftler, der auf dem Gebiet des Falschen Erinnerungssyndroms Pionierarbeit geleistet hat und sich freundlicherweise bereit erklärte, einen Plan von Herods Psyche zu erstellen.«

Einer der Männer im dunklen Anzug hatte eine Frage. »Wie haben Sie ihn ins Sanatorium bekommen?«

Der Wissenschaftler lächelte anerkennend, erfreut über eine weitere Gelegenheit, sich in Szene setzen zu können.

»Eine gute Frage! Ehrlich gesagt, war das gar nicht so schwierig. Wir bedienten uns einer Technik, die uns unser Freund von den Tillamookindianern hier vorschlug. Im Wesentlichen dieselbe, mit der man Nerze in die Falle lockt. Lachender Bär teilte uns mit, dass er während seiner Beschattung von Dippetty-doo beobachtet hatte, wie sich seine Zielperson bisweilen zu einem heimlichen Stelldichein mit einer ortsansässigen Frau traf. Also traten wir an sie heran und erklärten ihr unser Ansinnen, Herod wieder gesund machen zu wollen, und freudig willigte sie ein, uns zu unterstützen, indem sie sich als eine Art Köder zur Verfügung stellte. Einige unter Ihnen werden die Dame sicherlich kennen: Mrs. Bligh-Jones von Essen-auf-Rädern.«

Ein Schnauben ging durch die Runde, das soviel heißen mochte, wie »so gut zum Glück nun auch wieder nicht, Kumpel«.

Es gab keine weiteren Fragen, also fuhr Doktor Pritchard fort: »Nachdem wir das Subjekt erst einmal sicher im Sanatorium untergebracht hatten, erdachten wir eine neue Vergangenheit für ihn und engagierten eine Gruppe von Schauspielern, die von früh bis spät an seinem Bett saß und sich als seine Familie ausgab. Sie nannten sich die Fliegenden Laszlofis – eine ungarische Zirkustruppe. Tag für Tag brachten sie damit zu, ihm den süßen Balsam der Erinnerung an all die verlorenen, heiß geliebten Momente einzuträufeln: die gemeinsame Schwarzbärjagd mit seinem Großvater Vadas in den Karpaten, die erste Polkalektion, die ihm mit sechs Jahren in der Bauernstube zuteil wurde, sein alter Hund Öcsi und der erste Kuss, den er von der siebzehnjährigen Ninácscska erhielt. Ein kühnes Unterfangen, doch verblüffenderweise zeigten sich bald erste Ergebnisse. Es dauerte nicht lange, dann fing Herod an, Violine zu spielen, und schaffte es bereits nach kurzer Zeit, eine Reihe von ungarischen Volksliedern halbwegs wiederzugeben. Allmählich verspürte er sogar Heimweh nach diesem abgelegenen Karpatengebirge. Er lehnte das Krankenhausessen ab und bestand stattdessen auf Gulasch und Sauerkraut. Kurzum, das Experiment entpuppte sich als phänomenaler Erfolg – oder, um es anders auszudrücken, meine Herren: Herod Jenkins hatte diese Welt verlassen, und an seinen Platz trat Zsigácska Melles.« Mühsam verkniff er sich das Lächeln, das um seine Mundwinkel zuckte. »Ähm ... diejenigen unter Ihnen, die uns Wissenschaftler für eher kühl und humorlos halten, mag es amüsieren zu erfahren, dass Melles das ungarische Wort für breitbrüstig ist.« Ein paar der Anwesenden kicherten, dann fuhr er fort: »Dies war ein epochaler Moment in der Geschichte der Neurowissenschaft. Zumindest bis zu dem Morgen, an dem die Schwester in sein Zimmer kam und feststellen musste, dass er verschwunden war.« Der Doktor machte eine entschuldigende Geste, ging hinüber zum Fenster und sagte zu Himmel und Meer: »Seither gehen verschiedene Gerüchte um. Ab und an behaupten Menschen, ihn beobachtet zu haben, wie er bei Sonnenuntergang am Waldrand stand und, so erzählt man sich, mit sehnsuchtsvollem Blick die Fernsehübertragungen von Rugbyspielen in den verdunkelten Häusern mitverfolgte ...«

Ich begleitete Llunos die Pier Street hinunter zu seinem Büro. Während wir so dahinspazierten, erzählte er mir von Harri Harries. Die zwei Männer vom Kamp befanden sich zurzeit in Schutzhaft, unten im Revier.

»Sie glaubten, jemand habe ihnen einen Streich gespielt«, sagte Llunos. »Und Harries hat sich nicht wieder zum Dienst gemeldet. Ich habe keine Ahnung, wo er steckt. Ich habe deswegen bereits ein Fax nach Cardiff gesandt.«

»Warum haben sie ihn denn überhaupt hierher geschickt?«

»Weil einige Leute unten in Cardiff nicht besonders zufrieden mit mir sind.«

»Ich dachte, du schlägst dich ganz gut.«

Unbewusst ging er im Gleichschritt neben mir. »Zuerst die Überschwemmung und jetzt Herod ... Alles Minuspunkte für mich ... Es summiert sich allmählich.«

»Die können dir ja wohl kaum die Schuld für ... für das alles geben?«

»Es ist passiert, während ich Dienst hatte. Außerdem glauben die, ich sei weich geworden. Und alt. Sie sagen, ich hätte die Lage nicht mehr im Griff, den ganzen Stunk zwischen den Druiden und der Essen-auf-Rädern-Bande. Sie wollen nicht einsehen, dass die Welt nach der Flut nicht mehr dieselbe ist. Worauf man sich früher mal verlassen konnte, das ist jetzt alles Schnee von gestern ... Die Zeiten, in denen man wusste, wer zu den Bösen und wer zu den Guten gehört, sind vorbei – selbst wenn man es nie beweisen konnte, wusste man es früher wenigstens. Aber heute, wo das ganze Leben ein einziger Kampf ist, verschwimmen die Grenzen. Und dann ist da noch das Problem mit dir.«

»Mit mir?«

»Die sehen, wie ich mit dir Kaffee trinke und mich mit dir verbrüdere, wie sie es nennen, und das bestätigt ihre Meinung nur noch. Früher hätte ich dich hin und wieder einfach so mal aus der Stadt gejagt, nur, damit du nicht frech wirst.«

»Stimmt, das hättest du.«

»Ich weiß. Aber mit der Zeit ...« An der Ecke blieb er stehen und sah mich an. »Ich meine, wozu das Ganze?«

Als wir in sein Büro kamen, setzten wir uns und verbrachten eine Weile mit nachdenklichem Schweigen. »Wir werden einen Suchtrupp organisieren, falls es dich interessiert«, sagte Llunos schließlich. »Unsere Schlaumeier sind der Meinung, dass er sich womöglich zu einem Ort aufmachen wird, der ihm gewissermaßen heilig ist.«

Ich bemühte mich, ein hoffnungsvolles Gesicht zu machen. »Das ist doch zumindest etwas.«

»Ja«, sagte Llunos traurig. »Wenigstens etwas.«

KAPITEL 15

Das Haus von Martys Mum lag an einer schmalen Nebenstraße zwei Meilen abseits der Landstraße. Hier gab es keine Laternen, doch auch bei dem verhangenen Himmel reichte das Licht, wenn man sich erst mal an die Dunkelheit gewöhnt hatte. Trotz Kälte und Nässe war es seltsam angenehm, ruhig und friedlich, so weit ab vom hektischen Trubel Aberystwyth'. Der einzige Laut war das gelegentliche Bellen eines Hundes in der Ferne, und selbst das war tröstlich. Auch ohne einen von ihnen zu sehen, konnte man sicher sein, dass diese Hunde gesund und wohlgenährt waren – Tiere, die einem entgegenrannten, um einem Gesicht und Hände abzuschlabbern, anders als die zähnefletschenden, halbverhungerten Köter, die nachts in Rudeln durch die Trümmerhaufen der Stadt schlichen. Nach einer Weile konnte ich das orangefarbene Licht ausmachen, das durch das filigrane schwarze Blattwerk sich wiegender Bäume aus dem Haus drang.

Martys Mam, die allein hier draußen lebte, spähte durch die mit einer Kette gesicherte Tür, wobei mir eine Welle gut geheizter Luft entgegenschlug. Luft, die von Gerüchen nach Zimt und Backwerk erfüllt war – und von dem undefinierbaren, aber nicht unangenehmen Aroma, das anderer Leute Zuhause so an sich haben. Es dauerte einen Sekundenbruchteil, bis sie mich erkannte und überrascht die Luft einzog, bevor sie die Tür wieder ein Stück weit schloss, um die Kette abzuziehen.

Sowie ich drinnen war, stellte sie sich vor mich, sah zu mir hoch und nahm mein Gesicht in beide Hände. Wir sagten kein Wort, sie lächelte mich nur freudig an, und ihre alten trüben Augen strahlten. Dann wurde sie plötzlich ernst und sagte: »Als ich davon hörte, wusste ich, dass du kommen würdest.«

Ich nickte.

»Also stimmt es? Er lebt noch?«

»Ja. Ich bin gekommen, so schnell es ging.«

Sie berührte meine Wange. »Du bist ein guter Mensch, Louie.« Damit wandte sie sich um, und ich folgte ihr den Gang entlang zur Küche.

»Es ist seltsam, irgendwie hatte ich das schon die ganze Zeit befürchtet. Ich hatte so ein Gefühl ... Es heißt, eine Mutter weiß so etwas. Louie, vergiss nicht, es ist immer schön, dich zu sehen, egal aus welchem Anlass.«

In der Küche war es warm, und ich setzte mich an den Tisch, während Martys Mum irgendeinen Eintopf auf dem Herd umrührte. Auf dem Tisch lag ein Gewehr, das sie offenbar gerade gereinigt hatte. Wir bemerkten es beide im gleichen Moment, und unsere Blicke trafen sich.

»Sieh mich bloß nicht so an.«

»Ein bisschen zu spät zum Hasenjagen, oder nicht?«

»Ein bisschen zu alt, meinst du wohl. Ich weiß schon, was du denkst.«

»Oder bist du vielleicht auf der Jagd nach etwas Größerem?«

»Jedenfalls geht es hier nicht um ein kleines Kaninchen.«

Ich legte meine Hand auf den ölig glänzenden Lauf. »Das ist keine Lösung.«

Sie hörte auf, im Topf zu rühren, stand bewegungslos am Herd und sagte dann: »Er hat mir meinen Sohn genommen, Louie. Hat ihn auf diesen Querfeldeinlauf geschickt bei einem Wetter, bei dem sich nicht mal die Spezialeinheit vom Brecon Beacon vor die Tür traut.«

Sie brachte mir eine Portion Eintopf, und ich fing hungrig an zu essen. Durch den Dampf, der vom Löffel aufstieg, blickte mich Martys lächelndes Gesicht vom Foto auf dem Kaminsims aus an. Es war ein verblichenes Farbfoto, ein Schnappschuss von ihm, als er sieben oder acht Jahre alt war, aufgenommen am Strand von irgendeinem Seebad an der englischen Südküste.

»Wie auch immer«, sagte ich. »Sie sollten das den Profis überlassen. Ein Vöglein hat mir gezwitschert, dass ein Suchtrupp organisiert wird.«

»Kassierer, Briefträger, Eisenwarenhändler, Buchhalter ...«, meinte sie verächtlich. »Sie werden versuchen, ihn lebend zu fangen, die einfältigen Dummköpfe.«

»So eine Jagd ist nichts für Sie. Das ist einfach nicht richtig.«

»Richtig oder nicht, darauf gebe ich nichts mehr, Louie. Ich werde alt, und ich habe niemanden, der mir beisteht. Ich habe einen Ehemann an die Minen verloren und einen guten Sohn an den Sportlehrer. Die Zeit ist reif, die Rechnung zu begleichen.«

»Sie verschwenden nur Ihre Zeit. Mittlerweile könnte er überall zwischen hier und Welshpool sein.«

»So schwer ist das nicht, wenn man weiß, wo man suchen muss. Er wird sich irgendwo verkriechen. Genau wie ein verwundeter Fuchs. An irgendeinem Ort, der ihm etwas bedeutet, noch von früher. Ein Platz, dem er huldigt, der ihm teuer ist, seit er vor langer Zeit dort glücklich war, bevor alles den Bach runterging.«

»Ja sicher«, sagte ich. »Nur weiß keiner, wo das sein soll.«

Nach dem Abendessen redeten wir noch bis spät in die Nacht hinein. Ich erzählte Martys Mum, was ich gesehen hatte, erzählte ihr von Valentines Absturz und davon, wie die Leute vom Essen-auf-Rädern die Druiden inzwischen in den Schatten stellten. Sie machte eine wegwerfende Bewegung und riet mir, nicht zuviel auf den äußeren Schein zu geben. Ob nun die Druiden oder die Essen-auf-Rädern-Bande, hinter der Fassade seien sie alle gleich. Wie Sprösslinge, die an verschiedenen Plätzen im Garten wachsen und doch vom selben Baum stammen. Wen es wirklich im Auge zu behalten gelte, sagte sie, sei Mrs. Llantrisant, auch wenn sie noch immer im Gefängnis saß.

Um Mitternacht schlug die Uhr, und Martys Mum sah erschrocken hoch. »Ach Herrje!«, sagte sie. »Das habe ich fast vergessen. Los! Wir müssen uns beeilen, normalerweise fängt er Punkt zwölf an.«

Sie ignorierte meinen verwirrten Gesichtsausdruck und bedeutete mir, ihr zu folgen. Sie löschte sämtliche Lichter im Haus, knipste eine Taschenlampe an und führte mich hinauf ins obere Schlafzimmer, eine kleine Dachkammer, von der aus man auf die Hügel südlich von Aberystwyth blickte. Die Nacht war pechschwarz, die verstreuten Cottages lagen im Dunkeln, und nur das andauernde Blinken des Leuchtturms hinter Cwmtydu erinnerte daran, dass außer uns noch anderes menschliches Leben existierte.

»Warte einfach ab«, flüsterte sie.

Wir starrten gebannt nach draußen und hielten Ausschau nach Werweißwas, mit dem Leuchtturm als einzigem Fixpunkt in der Finsternis. Und dann geschah es.

»Aaah! Jetzt geht es los«, zischte Martys Mum.

Etwas am Schein des Leuchtturms veränderte sich. Etwas ging vor sich, das ich in meinem Leben erst ein einziges Mal zuvor erlebt hatte, und wofür mir nun die Worte fehlten. Etwas, das ich einmal vor vielen Monden gemeinsam mit anderen Kindern gesehen hatte, dessen Sinn und Zweck mir inzwischen aber völlig fremd geworden waren. Ein Schatten schob sich kurze Zeit vor das Licht, wie eine Wolke, die über das Antlitz des Mondes wandert. Dann verschwand er wieder und wurde von einem kleineren Schatten abgelöst. Dann wieder ein größerer. Martys Mum stieß mich an und deutete auf einen Punkt weiter südlich, auf das Objekt, das vorübergehend den Scheinwerfer des Leuchtturms verdeckt hatte: gewaltig und meilenbreit zeichnete es sich auf den dunklen Hügeln ab, und auf einmal wurde mir zu meinem Erstaunen klar, was ich da sah. Es war ein Hase.

»Das ist Mr. Cefnmabws«, erklärte Martys Mum im Flüsterton. »Der Leuchtturmwärter. Ein Regimekritiker.«

Der Hase von der Größe einer Grafschaft wackelte auf den nächtlichen Weilern über Llanfarian mit den Ohren, und einen Augenblick lang fühlte ich mich zurückversetzt auf die Feier zu meinem siebten Geburtstag, wo ein Zauberkünstler ein ähnliches Schattenspiel mit seiner Hand und der Küchenwand aufgeführt hatte.

»Was hat das zu bedeuten?«, fragte ich ungläubig, als sich zu dem Hasen drei weitere gesellten, die ihn verfolgten.

»Das ist seine Art, der Welt die Wahrheit zu sagen«, antwortete sie. »Über den Tod von Mrs. Cefnmabws auf dem Pumlumon.«

Als nächstes folgte eine Schattenjagd über die Hügel in Richtung Süden nach Llanrhystud.

»Früher hatte er eine Druckerei und einen Radiosender, aber beides haben sie ihm dichtgemacht. Das ist alles, was ihm geblieben ist.«

Die drei Hasen hatten den ersten inzwischen eingeholt und fingen an, auf ihn einzuprügeln. Dann verschwanden die Schatten, und das Licht kehrte zu seinem normalen steten Blinken zurück.

»Das war's dann für heute, morgen Nacht wird er wieder senden. Er macht das nie lange, für den Fall, dass jemand Lunte riecht.«

Wir blieben noch eine Weile stehen und starrten hinaus in die Nacht, obwohl Mr. Cefnmabws` Passionsspiel zu Ende war.

»Was will er damit sagen?«

»Na was wohl? Eine Untersuchung will er. Er will, dass man Mrs. Bligh-Jones endlich die eine Frage stellt, die eine, die sich keiner zu fragen traut.«

Die Wohnwagen standen da wie Plastikdiamanten, die entlang des Flussufers des Rheidol aufgereiht waren wie an einer billigen Kette. Ich blieb eine Zeit lang im Auto sitzen, hörte Radio und wartete ab, bis sie in ihrem Wohnwagen verschwunden war. Kurz danach stieg ich aus.

Auf der Kühlerhaube bildete sich Tau, und die Stadt lag in tiefem Schlaf. Als ich auf ihren Wohnwagen zuging, tauchte plötzlich ein Mann vor mir auf, der mich offensichtlich beobachtet hatte.

»Kann ich Ihnen helfen, Kumpel?«

Ich musterte ihn. Er schien nicht der Typ Mensch zu sein, der nachts Fremde anpöbelte. Er mochte um die Sechzig sein, die Angst stand ihm ins Gesicht geschrieben, und seine Augen waren alt und müde.

»Was geht Sie das an?«

»Ich bin hier der Sicherheitsdienst. Sie wohnen nicht hier, also was wollen Sie?«

Ich ging zu dem Wohnwagen und klopfte. »Ich besuche nur eine alte Freundin.«

»Nach Mitternacht empfängt Miss Judy keine Besucher mehr.«

»Das ist ja merkwürdig. Als ich das letzte Mal hier war, haben Sie behauptet, Sie hätten sie schon seit Wochen nicht mehr gesehen. Warum verziehen Sie sich nicht in ihren Bau, bevor Sie sich noch wehtun.«

Er packte mich am Mantel, und ich stieß ihn grob von mir. »Hör zu, alter Mann, was immer sie dir auch zahlen, das ist es nicht wert.«

Die Tür ging auf, und in ihr erschien Judy Juice in einem Morgenmantel aus Seide.

»Was ist hier los?«

»Hier spioniert einer rum, Miss Judy.«

Ich drehte mich zu ihr. »Entschuldigen Sie die Störung, Miss, aber ich habe mich gefragt, ob Sie sich vielleicht kurz mit mir unterhalten würden, über Dekan Morgan ...«

In ihren Augen blitzte Verachtung auf. »Wissen Sie eigentlich, wie spät es ist?«

»Ja doch, es tut mir Leid, Miss, aber es ist wirklich wichtig. Womöglich lebenswichtig ...«

Ihre Augen verengten sich zu Schlitzen, während sie mich musterte. »Bulle?«

Ich schüttelte den Kopf, sagte »Privatdetektiv« und hielt ihr meine Karte hin.

Sie nahm sie, las sie und blickte mich abermals an. Dann dämmerte es ihr. »Sie sind der Kerl mit dem kleinen Mädchen.«

Ich nickte.

»Alles in Ordnung, Lester. Danke.« Sie zog die Tür auf und ließ mich hinein.

Im Raum hing ein süßlich saurer Geruch nach dreckiger Bettwäsche. Das Feuer des Gasofens hatte die letzten Reste Sauerstoff längst aufgezehrt. Auf dem Boden türmten sich alte Wäsche und dermaßen viele Aluschalen, dass sie einem bis zu den Knöcheln reichten, wie Silberbarren am Boden eines Tresors. An einer der Wände stand eine behelfsmäßige Frisierkommode mit einem Spiegel, der von einem Heiligenschein aus Glühbirnen umrahmt wurde. Und am gegenüberliegenden Ende hatte man in die Nische unter dem großen Fenster eine dreiteilige Polstergarnitur gequetscht. Sie watete durch das Meer der Silberbarren, ließ sich auf dem Sofa nieder und goss sich mit zitternder Hand einen Gin ein, den sie auf Ex hinunterstürzte. Mir bot sie keinen an. Ich setzte mich ihr gegenüber.

Sie zündete sich eine Zigarette an, inhalierte tief und schloss dabei scheinbar genüsslich die Augen.

»War er ein Freund von Ihnen?«

»Nein. Man hat mich engagiert, um ihn zu finden.«

»Sie sagten aber, dass keine Bullen im Spiel sind, richtig?«

»Keine Bullen.«

»Ich habe die Nase voll von denen. Die wollen einen entweder verhaften oder verarschen.«

»In der Regel beides.«

»Warum sind Sie hergekommen?«

»Der Dekan bewahrte den Deckel einer Ihrer Karamellkonfektschachteln auf – hat davor jeden Abend eine Kerze angezündet.«

Sie schenkte sich nach, trank einen gewaltigen Schluck und zog an ihrer Zigarette. »Ja, er war wirklich süß.« Wieder inhalierte sie so tief, als stünde ihr Leben auf dem Spiel. »Ist er tot?«

»Soweit ich weiß, nicht.«

»Na ja, ich kann Ihnen da auch nicht groß weiterhelfen. Ich habe ihn seit Wochen nicht mehr gesehen. Kennengelernt habe ich ihn im Heritage Museum. Ich saß dort am Spinnrad, und er war eine Zeit lang der Mann für die Korbboote. Aber er blieb nicht lange, das tun sie nie. Trotzdem war er anders als die anderen. Ich hatte mich schon gefragt, was ihn dorthin verschlagen hatte, bis mir schließlich klar wurde, dass ich der Grund war. Mir laufen viele solche Kerle über den Weg.«

»Ist zwischen Ihnen beiden irgendwas gewesen?«

Einen Moment lang blickte sie etwas verwirrt drein, dann lachte sie auf. »Ich und der?! Sind Sie verrückt?! Was will ich denn mit einem Mann?!«

Ich wartete, während sie ihr Glas auffüllte und sich eine neue Zigarette ansteckte. Zwischen zwei Zügen fragte sie mich: »War er wirklich Professor?«

»Ja, war er.«

»Ich würde Ihnen ja was aus dem Kühlschrank zusammenzaubern, aber die haben ihn mitgenommen.«

»Wenn Sie hungrig sind, könnten wir ja ausgehen.«

»Mir fehlt die Energie, mich in Schale zu schmeißen, aber trotzdem danke.«

»Ich könnte uns was holen. Chinesisch vielleicht.«

Sie lächelte. »Und darauf, dass ich chinesisches Essen mag, sind Sie ganz allein gekommen?«

»Ich hatte da so eine Ahnung.«

Eine halbe Stunde später kehrte ich zum Wohnwagen zurück, beladen mit einem Menü für zwei Personen, das laut dem Mädchen vom Imbiss so gut war, dass sogar ein echter Chinese es essen würde. Judy Juice pulte die Deckel ab und warf sie auf den Boden. Dann griff sie sich ein Messer, auf dessen Griff stand »Besuchen Sie das sonnige Aberystwyth«, und schob damit den Reis auf die Teller.

»Das Mädchen beim Chinesen kennt Sie und hat mir erzählt, Sie würden jeden Tag dort essen.«

»Ich esse nichts anderes. Waren Sie schon mal dort?«

»Beim Imbiss?«

»Nein, in China.«

»Sehe ich etwa aus, als könnte ich es mir leisten, nach China zu reisen?«

»Woher soll ich denn wissen, wie viel das kostet? Neulich hat mir jemand erzählt, wenn sie diesen Tunnel nach Frankreich aufmachen, kann man mit dem Zug von Aberystwyth bis nach Peking reisen. Stimmt das?«

»Soweit ich weiß, schon.«

Sie nickte, irgendwie erleichtert. »Eines Tages werde ich dorthin fahren, einfach in diesen Nachtzug nach Shrewsbury ein- und nicht wieder aussteigen. Jawohl, Sir!« Das Leuchten in ihren Augen erlosch, und sie sagte: »Wissen Sie, da war schon mal ein Kerl, der nach dem Dekan gefragt hat.«

»Trug er vielleicht einen Mantel von Peacocks?«

»Keine Ahnung, wo er ihn gekauft hat, aber er war lang und schwarz, und der Typ war ein bisschen unheimlich. Außerdem war er nicht so süß wie Sie, deshalb habe ich ihm gesagt, er soll Leine ziehen.«

»Was wollte er?«

»Ach, Sie wissen schon, mich über den Dekan ausfragen: wann ich ihn das letzte Mal gesehen hätte und so. Und dann meinte er, der Dekan hätte einen Koffer mitgenommen, der eigentlich ihm gehören würde, und den wollte er von mir haben. Ich fragte, wie er auf die Idee käme, dass ausgerechnet ich ihn hätte, und er sagte, er wüsste, dass der Dekan ihn bei mir gelassen hätte. Darauf ich: ›Da kannst du mal sehen, wie schlecht du informiert bist, Freundchen‹. – ›Führ mich bloß nicht an der Nase herum, du Flittchen‹, fuhr er mich an. Also rief ich Lester, den Wachmann, und der warf ihn dann raus. Hier treiben sich öfter mal Spinner rum, deshalb hat Lester ein Auge auf mich.«

»Hat der Dekan diesen Koffer jemals erwähnt?«

Die Erinnerung entlockte ihr ein Seufzen. »Ja, hat er. Er redete immer wieder von ‚ihnen' und davon, dass sie hinter ihm her sind, weil er etwas besitzt, das ihnen gehört. Einmal sagte er, dass sie ihn umbringen würden, wenn sie ihn in die Finger bekämen. Irgendwann konnte ich es einfach nicht mehr hören und forderte ihn auf, es doch zu beweisen. Also zeigte er mir einige Papiere. Eins davon sah hochoffiziell aus, und der Text darauf war in Runen verfasst. Ich verstand kein Wort, aber er schon. Als ich wissen wollte, was das denn nun sei, antwortete er, es sei ein Hinrichtungsbefehl der Druiden. Ich fragte, für wen? Da meinte er, wenn er mir das sagen würde, stünde mein Name auch bald darauf.«

Sie griff erneut nach der Flasche Gin. »Um ehrlich zu sein, das alles ging mir zum einen Ohr rein und zum anderen wieder raus. Er hatte jede Menge Mist im Kopf. Wie alle.«

Von Judy Juice aus fuhr ich hinunter zum Hafen und parkte dort am Geländer, mit Blick aufs Meer. Der Platz, wo die Leute aus den Midlands am liebsten ihre Pommes Frites essen – Leute, die für diesen Ausblick geschlagene drei Stunden Fahrt auf sich nehmen und dann nicht einmal aus dem Auto steigen, um sich die Sache näher anzusehen. Heute Nacht tat ich das allerdings auch nicht. Es hatte wieder zu regnen angefangen, und ich saß einfach da, mit quietschenden Scheibenwischern, blickte gebannt auf das Licht am Ende der Mole und dachte über das nach, was Martys Mum gesagt hatte. Über die Frage, die der regimekritische Leuchtturmwärter zu stellen wagte, die sich aber niemand zu beantworten traute. Über den Verdacht, der tagein tagaus an ihm nagte, seit dem Augenblick, als sie seine Frau tiefgefroren in einem Eisblock fanden – erstarrt in der Zeit, wie eine Mücke in Bernstein –, und Mr. Cefnmabws in den Sarkophag aus Eis blickte und den Ausdruck auf ihrem Gesicht sah. War diese grauenhaft verzerrte Totenmaske tatsächlich nur das in Eis gefasste Abbild ihres Todeskampfes? Das erbarmungslose Zusammenwirken von Hunger und Kälte? Oder war es ein Fingerzeig auf eine andere Erklärung für ihren Tod – eine andere, als die offiziell verbreitete? Hatte sich womöglich etwas anderes, etwas viel, viel Schlimmeres abgespielt? War es vielleicht ein Blick des Grauens? Das Entsetzen von jemandem, der von diesem Berg geflohen war, weil er dort oben etwas gesehen hatte, was kein anständiger Mensch in seinem Leben je zu Gesicht bekommen sollte? Die Frage, auf die Mr. Cefnmabws eine Antwort wollte, war simpel: Sie hatten drei Monate lang oberhalb der Schneegrenze überlebt, allein mit den Leichen ihrer toten Kameradinnen, gestrandet in einer Welt, in der nicht einmal Vögel überlebten. Wovon also hatten sie sich ernährt?

KAPITEL 16

Als ich am nächsten Morgen das Büro aufschloss, stand Llunos schon auf der Matte. Ohne ein Wort ging er an mir vorbei und die Treppe hinauf. Er warf seinen Hut auf den Schreibtisch, ließ sich auf dem Klientenstuhl nieder und sagte: »Ist die Kleine da?«

»Calamity? Noch nicht.«

»Wann erwartest du sie?«

»Keine Ahnung, irgendwann im Lauf des Vormittags. Du kennst doch Calamity.«

»Ja«, entgegnete er, und in seiner Stimme lag nicht die geringste Wärme. »Ich kenne Calamity.«

Sein Ton machte mir allmählich Sorgen. »Was ist los?«

Er zog eine Grimasse. »Sie haben Custard Pie rausgeholt.«

Ich zuckte zurück, als hätte er mir Riechsalz unter die Nase gehalten. »Wer?«

Er fuhr sich müde durch das schüttere Haar. »Ich weiß es nicht. Irgendjemand, irgendwelche Leute ... Wen interessiert das schon, er ist jedenfalls weg.«

»Das ist ja nicht zu fassen – ein Gefangener der Kategorie AAA in einem Hochsicherheitsverlies ...«

Sein Gesicht wurde rot vor Wut, und er schnauzte mich auf eine Art an, die ich seit den alten Zeiten, als wir noch Gegner waren, nicht mehr bei ihm erlebt hatte. »Mich brauchst du nun wirklich nicht blöd anzumachen. Schließlich habe ich ihn damals in den Knast gebracht, falls du dich noch erinnerst. Was glaubst du, wie ich mich fühle? Ich bin nicht derjenige, der ihm Vogelfutter gebracht hat.«

»Was willst du damit sagen?«

»Dafür sollte ich deine Lizenz einkassieren.«

»Willst du mir jetzt etwa erzählen, dass er mit Hilfe des Vogelfutters geflohen ist?«

Llunos packte seinen Hut und knallte ihn auf den Schreibtisch. »Genau. Er hat das Vogelfutter benutzt, um zu entfliehen. Der Vogelmann von Aberystwyth. Wie blöd kann ein Mensch denn eigentlich sein? Wie konntest du bloß auf so einen bescheuerten Trick reinfallen?«

»Was hat er denn gemacht? Hat er sich als Seemöwe verkleidet und ist davongeflogen?«

Wortlos starrte er mich an.

Ich stand auf, nahm zwei Gläser vom Ablaufbrett und goss uns kaltes Wasser ein.

Es klopfte an der Tür, und Llunos brüllte: »Herein!«. Einer der Wärter aus Custard Pies Gefängnis trat ein. Er sah ziemlich genau so aus, wie man das von einem Mann erwarten kann, dessen einziger Gefangener ihm entkommen ist. Zögernd blickte er von Llunos zu mir und wieder zu Llunos.

»Jetzt erzählen Sie schon«, sagte Llunos.

Der Wärter zappelte herum und rang die Hände. »Er hat uns immer wieder gebeten, die Eier nur ganz kurz zu kochen, weil sein Magen angeblich keine gekochten Eier verträgt. Jeden Tag rohe Eier ... wie hätten wir das denn ahnen sollen?«

Llunos warf ihm einen vernichtenden Blick zu.

Der Wärter trat von einem Fuß auf den anderen. Er wusste, dass er tief in der Patsche saß. »Und die hat er dann aufbewahrt. Sie kennen doch dieses eklige, faserige Teil, das wie so eine Nabelschnur das Eigelb mit der Schale verbindet? Das war es, was er gesammelt hat. Und dann natürlich die Schauspielerei, damit wir dachten, er wäre verrückt, wie ...«

»Welche Schauspielerei?«, fragte Llunos.

»Er hat für eine Rolle geprobt ... immer seinen Text aufgesagt, Rotkäppchen oder so was.«

Llunos sah mich fragend an, aber ich konnte auch nichts damit anfangen.

»Vielleicht wollte er einfach nur, dass man ihn für verrückt hielt. Reden Sie weiter.«

»Das dachten wir auch, aber da haben wir uns geirrt. Es waren die Vögel, verstehen Sie, wir haben es nur nie gemerkt. Ich meine, das kann man doch auch nicht, oder?«

»Wenn Sie nicht innerhalb der nächsten sechzig Sekunden zum Punkt kommen, erdrossle ich Sie.«

»Ja, also, er hat irgendwie diese kleinen Spatzen gezähmt und Zaunkönige und Buchfinken und so und sie dazu gebracht, sich ihm auf die Hand zu setzen oder auf den Kopf – das war richtig anrührend, fanden wir jedenfalls. So sanfte Kreaturen, diese Vögel. Aber dann fiel uns auf, dass irgendwas mit ihnen nicht stimmte. Sie fanden problemlos nach drinnen, hatten aber riesige Schwierigkeiten, wieder nach draußen zu finden. Es war, als wüssten sie nicht mehr, wo sich der Luftkanal befand. Und dann sind sie immer gegen die Wand geflogen und haben gekreischt. Aber jetzt wissen wir Bescheid, nicht wahr? Die ganze Zeit hat er mit ihnen geturtelt und gegurrt, und dann hat er ihnen ihre kleinen Augen ausgestochen und sie in seiner Kabeljaulebertranflasche aufbewahrt. Als er genug beisammen hatte, hat er aus den gekochten Eifasern und dem Eiweiß und dem ganzen Spatzenaugengelee ein Paar falsche Augen zusammengemischt, wie man sie bei den Bastelsätzen aus dem Scherzartikelladen ausschneiden kann. Also wirklich, so ein Irrer! Jedenfalls werden wir plötzlich mitten in der Nacht von einem Geschrei wach, das einem das Blut in den Adern gefrieren lässt, und Custard Pies Augen sind voller Blut, es läuft ihm die Wangen hinab, und er plärrt: ›Ich hab mir die Augen ausgekratzt, ich hab mir die Augen ausgekratzt, holt den Krankenwagen!‹

Das war's in etwa.«

»Das war's?«, schrie ich. »Das war's? Sie haben einfach gedacht, ach ja, hat er sich also die Augen ausgekratzt. Dann rufen wir eben einen Krankenwagen. Auf die Idee, sich das erst mal anzuschauen, sind Sie nicht gekommen?« Ich versuchte, möglichst schroff zu klingen, aber natürlich brachte das nichts. Überhaupt nichts.

»Ich weiß, das kling bescheuert«, antwortete der Wärter. »Aber was hätten Sie morgens um drei gemacht? Ein Augenarzt hätte vielleicht anders reagiert, aber da waren ja nur wir, es war mitten in der Nacht, wir waren gerade aus dem Schlaf gerissen worden, dieser Irre schrie sich die Seele aus dem Leibe, und sein ganzes Gesicht war voller Spatzeneingeweide und halb rohen Eiern ... also haben wir einen Krankenwagen gerufen. Das hätte doch jeder gemacht.«

Llunos drehte den Kopf zu mir. »Fünf Minuten nach dem ersten Krankenwagen fuhr ein zweiter vor. Wie es aussieht, war der erste nicht echt. Man hat ihn heute Morgen draußen in Commins Cock gefunden. Ausgebrannt.«

Ich fragte unten am Pier und am Bahnhof, wo die Möchtegern-Halbstarken herumhängen. Außerdem in den Burger-Bratereien, den Cafés und den Vergnügungs-Arkaden. Dann erkundigte ich mich am Hafen und in Trefechan. Aber niemand hatte Calamity in letzter Zeit gesehen. Ich rief sogar in der Schule an, aber dort lachte man mich nur aus, weil man glaubte, Calamity habe das Land verlassen. Llunos versuchte, mir Mut zu machen, und sagte, ihr ginge es bestimmt prima. Und Custard Pie würde nicht weit kommen, weil jeder Weg aus der Stadt kontrolliert wurde: der Bahnhof, die Cliff Railway, die Schmalspurbahn, der Busbahnhof und der Hafen. Aber wir wussten beide, dass Custard Pie längst über alle Berge war. Vermutlich war er bereits bei Herod, wo immer der stecken mochte. Es gab keinen Grund zu der Annahme, dass Calamity bei ihnen war, aber die Sache stank trotzdem zum Himmel. Schließlich gab ich es auf, in der Stadt rumzulatschen und die Leute nach ihr zu fragen, ging zurück ins Büro und holte die Autoschlüssel.

Von der Fahrt nach Ynyslas sind mir nur noch die entsetzten Blicke der Leute in Erinnerung, die sich in der Bow Street mit einem Satz auf den Bürgersteig retteten, und die vor Wut geballten Fäuste, die danach in meinem Rückspiegel auftauchten. Zehn Meilen und dreißig Kreuzungen später war ich noch kein einziges Mal vom Gas gegangen. Erst als der Sand unter den Reifen knirschte, ließ ich die Bremse zum Einsatz kommen. Ich erinnere mich auch nicht mehr, wie ich über die breite Sandfläche der Mündung oder durch den scharfen Sandhafer gerast bin. Erinnern kann ich mich nur noch an die Erleichterung, die ich empfand, als ich endlich Cadwaladr entdeckte.

Windzerzaust saß er mit einer Dose Special Brew in der Hand oben auf der Düne. Er ließ sich eine Zeit lang durch den Kopf gehen, was ich ihm erzählte, und fragte schließlich: »Bist du sicher, dass sie sie haben?«

Ich holte tief Luft und antwortete dann so monoton, als würde ich die Einkaufsliste eines Zombies vorlesen: »Calamity hat Custard

Pie besucht. Er hat sie ausgetrickst und ist mit ihrer Hilfe geflohen. Jetzt ist Calamity verschwunden, und niemand weiß, wo sie ist. Was glaubst du, was passiert ist?«

»Möglicherweise haben sie Calamity gar nicht. Vielleicht bildet sie sich ein, Pie allein wieder einfangen zu müssen. Könnte doch sein, dass sie sich Vorwürfe macht, weil sie ihm zur Flucht verholfen hat, und jetzt will sie das wiedergutmachen.«

»Das würde ich nur zu gern glauben. Tue ich aber nicht.«

Cadwaladr trank einen Schluck von seinem Bier und überlegte. »Wenn Custard Pie sich mit Herod zusammengetan hat, wird es ganz schön schwer, sie zu kriegen.«

»Sind die beiden wirklich so gut?«

Er antwortete nicht gleich, sondern starrte aufs Meer hinaus. Der Wind trieb ihm die Tränen in die Augen, deren Blick in der Unendlichkeit verloren schien, während seine Gedanken in die Vergangenheit zurückwanderten. »In Patagonien habe ich eine Zeit lang Seite an Seite mit ihnen gekämpft – in den frühen Feldzügen. Ich habe sie beobachtet, wie sie sich nachts, bevor sie auf Patrouille gingen, die Gesichter mit Farbe und Kohle beschmierten. Wenn sie im Morgengrauen zurückkamen, hatten sie immer einen Gefangenen gemacht, irgendeinen vor Angst schlotternden Wehrpflichtigen, den sie wie einen Weihnachtstruthahn verschnürt hatten. Wie haben nie gefragt, wer er war oder wo sie ihn aufgetrieben hatten – wir wussten, wenn wir an so einem Tag halbwegs unsere Ruhe haben wollten, blieben wir besser außer Hörweite des Vernehmungstrakts.« Er schüttelte traurig den Kopf. »Ich kann mich noch gut an die Schreie erinnern, die aus den Zellen drangen. Es hieß damals, dass es niemanden gab, den Custard Pie nicht brechen konnte.« Er schwieg und trank wieder von seinem Bier. »Aber wenn du wirklich wissen willst, wie sie waren, dann musst du dir anschauen, was mit Waldo passiert ist. Erinnerst du dich noch, dass ich dir von dem Torhüter in dem Fußballspiel am ersten Weihnachtsfeiertag erzählt habe?«

Ich nickte. »Du hast die Geschichte nicht zu Ende erzählt.«

Cadwaladr genehmigte sich einen großen Schluck aus seiner Dose, als wolle er der Geschichte von Waldo die ihr zustehende Würde verleihen. Dann fing er kopfschüttelnd an zu erzählen, als könne er es selbst heute noch nicht fassen. »Waldo war nichts Besonderes. Er war wie wir alle: Ein kleiner Junge tausend Meilen von zu Hause weg in einem Land, von dem er vorher noch nie gehört hatte und in dem er Dinge sah, die zu viel für sein Gemüt waren. Es heißt, er hätte sich für das psychologische Experiment im Sanatorium gemeldet, weil er gehört hatte, es habe was mit Erinnerung zu tun, und er hat doch sein Leben lang versucht, seine loszuwerden – jedenfalls die an eine bestimmte Woche. Nur eine Woche. Das schien nicht zu viel verlangt zu sein. Wie so manche von den Männern versuchte er, sie wegzusaufen, aber egal, wie viel er trank, am Morgen war sie immer noch da, genau wie sein Schatten.

Der Vorfall ereignete sich unmittelbar vor Kriegsende, ein paar Wochen, bevor man uns in die Heimat zurückverschiffte. Waldo war allein und abgeschnitten von der Truppe in der Wildnis und wurde in einer Schlucht von einem Heckenschützen unter Beschuss genommen. Der Heckenschütze wiederum stand unter Waldos Beschuss. Es war eine Pattsituation, keiner von beiden konnte seine Deckung verlassen, ohne vom jeweils anderen erschossen zu werden. Das ging eine Woche lang so, bis der andere schließlich die Nerven verlor und auszubrechen versuchte. Waldo schoss und traf ihn in den Bauch – die Verwundung, die wir alle am meisten fürchteten –, aber die Kugel tötete ihn nicht. Die nächsten drei Tage hörte Waldo den Mann hinter seinem Felsen vor Schmerzen schreien. Am Abend des dritten Tages, als die Schreie allmählich schwächer und schwächer wurden, tauchte plötzlich ein Kurier auf und teilte Waldo mit, dass vor einer Woche das Waffenstillstandsabkommen unterzeichnet worden war. Waldo war schockiert. Die ganze Zeit hatten sie versucht, sich gegenseitig umzubringen, dabei war der Krieg lange vorbei, was nur heißen konnte, dass sie jetzt Brüder waren. Ein unglaublich intensives Gefühl von Liebe breitet sich in Waldo aus, und er rennt weinend hinüber zu dem geplagten Mann. Er holt seine Erste-Hilfe-Ausrüstung heraus und versucht, ihn zu retten. »Mein Bruder«, sagt er schluchzend. »Mein Bruder! Es ist schon spät, aber verzweifle nicht!« Waldo nimmt an, dass er die Blutung stillen, den Mann stabilisieren und zum Krankenhaus bringen kann, sodass er vielleicht überlebt. In jenem Moment wird die Rettung dieses Mannes zum wichtigsten Unterfangen seines ganzen Lebens. Es ist, als wäre die Sonne durch die Wolken in seinem Herzen gebrochen. Schon als Kind hatte er nicht recht gewusst, wer er war und welche Aufgabe ihm auf der Welt zukam. Und jetzt sieht er mit seltener Klarheit, dass es für einen winzigen Moment in seiner Hand liegt, etwas Sinnvolles zu tun, etwas zutiefst Moralisches – vielleicht nur dieses eine Mal in seinem Leben. Waldo war niemand, der mit Büchern viel anfangen konnte, und er war auch kein Denker. Aber als er dort in der Schlucht kniete und eine Wundkompresse gegen das Loch drückte, das die Kugel dem Mann in den Bauch geschlagen hatte, geschah dies mit solch tiefem Verständnis, wie man es mit Worten nie hätte ausdrücken können. Dieser einfache Akt, einen Menschen zu retten, hatte Symbolcharakter: Er machte das ganze schreckliche Blutvergießen und Gemetzel der letzten drei Jahre wieder gut. Dann kommt der Kurier dazu und fragt: ›Sag mal, ist das nicht der Typ, der eine Schwalbe gemacht hat?‹ Und wahrhaftig, er war es. Plötzlich ist Waldos bestechend glasklare Vision verschwunden, und mit ihr die Vorstellung von Rettung und Brüderlichkeit. Stattdessen liegt da zu seinen Füßen das kleine Arschloch, das ihnen das Spiel am ersten Weihnachtstag versaut hat.

›Du hast eine Schwalbe gemacht, stimmt's?‹, schreien sie ihn an.

›Rette mich, Bruder‹, fleht der Mann. ›Rette mich, damit ich zurück auf meine kleine Farm in der Sierra Machynlleth kann.‹

›Lenk nicht vom Thema ab, du bist doch die kleine Ratte, die eine Schwalbe gemacht hast, oder?‹

›Heilige Muttergottes‹, kreischt er. ›Ich schwöre bei allem, was mir heilig ist, ich war es nicht.‹

›Oh doch, du warst das!‹

›Nein, ich war's nicht! Das war jemand, der mir ähnlich sieht. Mein Cousin Gabriel – er ist ein schlechter Mensch, macht immer nur Ärger, ein *bastardo*!‹

›Jetzt reicht's aber! Einen Kameraden anzuschwärzen, um die eigene Haut zu retten!‹

›Nein, meine Freunde, das stimmt nicht. Bitte rettet mich. Denkt an meine Frau und an meine Tochter Carmencita, die erst zwei Jahre alt ist und die Niedertracht dieser Welt noch nicht versteht. Soll sie wegen Gabriels Verrat als Waise aufwachsen?‹

›Das hättest du dir überlegen sollen, bevor du eine Schwalbe gemacht hast.‹ Die beiden sind inzwischen total sauer. Nicht nur hat er so etwas Schreckliches getan, er leugnet es sogar noch auf dem Sterbebett, lügt dem einzigen Menschen auf der Welt ins Gesicht, der die Macht hat, ihn zu retten.

Also versuchen sie, ihm ein Geständnis zu entlocken. Sie schreiben es für ihn auf und halten es ihm unter die Nase. ›Los‹, sagen sie, ›gib zu, dass du eine Schwalbe gemacht hast, dann helfen wir dir.‹

›Bei den Knochen aller Heiligen, ich schwöre, es war keine Schwalbe‹, sagt er schluchzend. Seine Atmung wird immer schwächer, denn Waldo hat inzwischen auch die Wundkompresse wieder abgenommen, und das purpurrote Blut des Mannes besudelt den Boden der Schlucht.

›Ihr Latino-Fußballer seid doch alle gleich‹, schimpft Waldo. ›Immer macht ihr eine Schwalbe. Das ist jetzt deine letzte Chance auf Absolution, bevor du vor deinen Schöpfer trittst.‹

Aber der Mann weigert sich. Und während er langsam stirbt, öffnen sie eine Flasche Tequila, trinken auf den Sieg, tauchen die Arme in sein Blut und lachen. Sie lachen. Zwei Jahre zuvor, am Ufer des Lake Bala, hätte Waldo noch geweint, wenn ein Vogel von einem Auto erfasst worden wäre. Und jetzt lacht er. Wer wird jemals begreifen, was im Herzen eines Menschen vor sich geht? Der feindliche Soldat hauchte sein Leben aus, ohne zugegeben zu haben, dass es eine Schwalbe gewesen war. Zurück ließ er eine Tochter namens Carmencita und ein Vermächtnis, das das Wissen um die Niedertracht der Welt enthielt, von der sie nichts geahnt hatte, über die sie nun aber alles erfuhr.

Als der Vorfall bekannt wurde, waren die Männer zutiefst schockiert. ›Um Gottes Willen, Waldo!‹, riefen sie. ›Es war doch nur ein Fußballspiel! Was hast du dir dabei gedacht?‹ Du siehst, der Frieden hatte die Männer zu neuen Einsichten kommen lassen – unter anderem zu der, dass der Soldat, den Waldo getötet hatte, doch eigentlich sein Bruder war. Die wirklichen Feinde waren die Messinghüte: jene Offiziere, die lieber drei Jahre lang zugesehen hatten, wie man uns abschlachtete, als zuzugeben, dass sie einen Fehler gemacht hatten. In jenem Moment verstanden die Männer, was für ein schreckliches Verbrechen Waldo begangen hatte. So wie sein Versuch, den Mann zu retten, ein Symbol für die Gnade Jesu gewesen wäre, bekam auch der Mord eine schreckliche, universelle Bedeutung. Den Soldaten wurde Angst und Bange und sie fingen an, Waldo aus dem Weg zu gehen. Es war, als hätte die Tatsache, dass er das Blut seines Bruders vergossen hatte, ihn zur Verkörperung Kains gemacht. Als ob ihnen sein Verbrechen um den Hals hing wie der Albatross dem Alten Seemann. Sie zerbrachen sich die Köpfe, wie sie für seine Sünde Buße tun könnten. Dann kam jemand auf die Idee, für die kleine Waise Carmencita Geld zu sammeln. Eine einfache Lösung, die ihre Herzen sofort von der Last der Furcht befreite. Obwohl keiner viel zu geben hatte, steuerten alle etwas bei, jeder, so viel er konnte. Außer Dai the Custard Pie und Mrs. Llantrisant. Die lachten die Einsammler aus und nannten Waldo einen Helden. Aber Herod stimmte nicht in ihren Spott mit ein, er wirkte still und in sich gekehrt. Am Abend, als es ruhig geworden war, ging er zu den Männern hinüber und sagte, die Geschichte von Carmencita habe ihn tief bewegt, und obwohl er nichts spenden könne, wäre es ihm eine große Ehre, wenn sie ihm die Übergabe des Gelds anvertrauen würden. Erst hatten die Männer Bedenken, aber dann sagten sie sich, dass der Herr sich mehr über einen Sünder freut, der seine Taten bereut, als über neun Gerechte, die nie vom Weg abkommen, also nahmen sie sein Angebot an. Zwei Tage später brachte ihn der Besitzer der Cantina in einem Schubkarren zum Lager zurück und kippte den schnarchenden, nach Tequila riechenden Mann vors Tor. Niemand brauchte zu fragen, was mit dem Geld passiert war.«

»Das hilft mir aber alles nicht dabei, Custard Pie zu finden.«

»Ich erzähle dir das, weil du begreifen musst, wie diese Leute drauf sind. Kenne deinen Feind, Louie, erste Überlebensregel. Custard Pie wird bei Herod sein, und der muss irgendwo in den Bergen ein Lager haben. Dort werden sie stecken.«

»Aber wie finde ich Herod?«

»Das ist sicher nicht ganz leicht. Normalerweise bräuchtest du einen Köder.«

»Was für einen Köder?«

Er sah mich ausdruckslos an. »Du selbst wärest ein guter Köder.«

»Ich?!«

»Wenn es mein Auftrag wäre, würde ich dich benutzen.«

»Du meinst, er kommt einfach und holt mich?«

»Du hast ihn aus einem Flugzeug gestoßen. Mag ja sein, dass er sein Erinnerungsvermögen verloren hat, aber ich wette, das hat er nicht vergessen.«

»Ich kann doch nicht rumsitzen und warten, bis er kommt, verstehst du das denn nicht?«

»Dann musst du ihn eben austricksen. Dafür solltest du mit jemandem sprechen, der ihn besser kennt als er sich selbst.«

»Ach wirklich? Irgendwelche Vorschläge?«

»Nur einen, weil es in ganz Wales nur einen Menschen gibt, der

Herod so gut kennt. Sein ehemaliger befehlshabender Offizier, der, der ihn ausgebildet hat.«

»Der ihn ausgebildet hat?«

»Ihm alles beigebracht hat, was er kann.«

»Und wer ist das?«

»Mrs. Llantrisant.«

KAPITEL 17

Ob sie mit mir reden würde? Die Antwort, die ich zu erwarten hatte, lautete: »Selbst in einer Million Jahre nicht.« Aber vielleicht war heute das Eine-Million-Erste. Vielleicht deuteten die Ansichtskarten, die sie mir geschickt hatte – die, auf denen sie über ihren kleinen Garten und die Kartoffeln und die beiden Papageientaucher schwadronierte –, darauf hin, dass sogar das eiserne Herz einer Mrs. Llantrisant letztendlich zu erweichen war. Vielleicht war es aber auch nur ein weiterer billiger Trick, um aus dem Knast zu kommen, indem sie Unzurechnungsfähigkeit vortäuschte. Es gab nur eine Möglichkeit, das herauszufinden, und ich schuldete es Calamity, wenigstens den Versuch zu unternehmen, egal, wie aussichtslos er schien. Das Problem war nur, wie ich hinkommen sollte. Nachdem sie eine Gefangene der Kategorie AAA war, gab es nur eine Möglichkeit, wie man nach Saint Madoc's Rock kam: mit der Polizeibarkasse. Diese Verordnung wurde streng überwacht, und jeder, der dagegen verstieß, riskierte, seinen Bootsführerschein zu verlieren.

Ich fuhr hinunter zum Hafen, um mich umzusehen. Innerhalb kürzester Zeit hatte ich herausgefunden, wie streng die Verordnung wirklich überwacht wurde: Ianto, der Bootsverleiher, saß auf einem umgedrehten Hummerfangkorb neben einer Tafel, auf der mit Kreide geschrieben stand: »Rundfahrten durch die Bucht, Tiefseefischen, Makrelenfischen, Ausflüge nach Borth, Clarach und zur Besichtigung von Mrs. Llantrisant.« Als ich kam, strich er das letzte Angebot gerade durch. Ein Sturm sei im Anmarsch, erklärte er mir, und da fahre man besser nicht so weit raus. Ich drückte ihm zehn Pfund in die Hand, sagte, es sei dringend, und er war einverstanden, wenn wir nicht länger als eine Stunde draußen blieben.

Als wir an der Schranke vorbei aus dem Hafen tuckerten mit Kurs auf einen Himmel, der sich bedrohlich verfärbt hatte, setzte

Ianto mir die Sache mit dem Sturm auseinander. Es würde noch eine Weile dauern, bis er losbrach, aber er würde heftig werden. Wir näherten uns der Winter-Tagundnachtgleiche, weshalb die Flut ungewöhnlich hoch war, außerdem hatten wir in Kürze Vollmond, was sie noch höher steigen ließ. Und die Stürme der Tagundnachtgleiche konnten an sich schon grimmig sein. Wenn man all das in Betracht zog, drohte der Stadt am Abend eine ordentliche Tracht Prügel. Dann deutete er mit der Pfeife in Richtung Horizont: Saint Madoc's Rock.

Wir waren immer noch mehr als eine halbe Meile entfernt, aber Mrs. Llantrisant war bereits zu erkennen. Sie stand wie ein Reiher auf dem Felsen und sah aufs Meer hinaus. Ianto reichte mir sein Fernglas, durch das ich sie eine Zeit lang betrachtete. Sie wurde von dem tosenden Wind hin und her bewegt, verharrte ansonsten aber reglos mit ausdruckslosem Gesicht wie eine grimmige Statue. Offensichtlich konnte ihr die Wucht der Atlantikstürme nichts anhaben.

Ianto sagte, sie stünde jeden Tag dort, vom Morgengrauen bis zum Sonnenuntergang. Und dann fügte er hinzu: »Ich wäre heute Nacht lieber nicht auf der Insel.«

Er ließ das Boot auf den Kieselstrand gleiten und deutete auf den Pfad, dann holte er eine Thermoskanne mit Tee und seine Zeitung heraus, um die Wartezeit zu überbrücken. Die Insel interessierte ihn nicht. Einem alten Seebären wie ihm war ein konturloser Steinhaufen völlig egal, genau wie ihm Mrs. Llantrisant egal war, die nur eine traurige, verrückte alte Frau war, der es vor drei Jahren irgendwie gelungen war, eine Flut in Gang zu setzen, die sein Gartenhäuschen fortgespült hatte.

Sobald ich oben am Felsen angekommen war, ging ich direkt auf Mrs. Llantrisant zu. Obwohl sie mich sehen musste, nahm sie nicht im geringsten Notiz von mir. Typisch für sie – zwar nicht für das verschrumpelte alte Tratschweib, das die ganzen Jahre meine Treppe gewischt hatte, aber für die Person, die sich dahinter verbarg und die sie unter ihrer einlullenden Dummheit perfekt versteckt hatte. Lieutenant Llantrisant oder Gwenno Guevara, wie sie damals in ihrer Zeit als Freiheitskämpferin hieß. Wenn es ihren Zwecken dienlich war, konnte sie problemlos die Disziplin aufbringen, regungslos wie ein Stein auf dem Gipfel eines Berges zu stehen; und genauso problemlos würde sie auch über die mentale Disziplin verfügen, bei meinem plötzlichen Auftauchen nicht das geringste Anzeichen von Überraschung zu zeigen, ja sogar so zu tun, als existiere ich überhaupt nicht. Kopfschüttelnd musste ich mir eingestehen, dass mir das eine gewisse Bewunderung abverlangte. In dem Moment tauchte oben am Pfad ein Mann auf, der ein Hemd mit Halskrause trug und Rouge aufgelegt hatte. Er stellte sich hinter Mrs. Llantrisant und legte ihr die Arme um die Taille. Dann schwang er sie in die Luft, klemmte sie sich unter den Arm und ging den Pfad wieder hinunter. Sie hielt sich immer noch kerzengerade – steif und aufrecht wie ein Soldat –, aber gegen das Hellgrau des Himmels war deutlich zu erkennen, dass sie statt Füßen einen Metallsockel hatte, wie der Ständer einer Schneiderpuppe. Der Mann, der sie trug, pfiff vergnügt vor sich hin, bis er knapp einen Meter vor mir zum Stehen kam. Er riss die Augen auf, ließ aber – das muss ich ihm zugestehen – Mrs. Llantrisant trotz seiner Überraschung nicht fallen.

»Brauchen Sie ein bisschen Hilfe?«, fragte ich fröhlich.

»W... wer sind Sie? Was tun Sie hier? Das hier ist Privatbesitz. Was wollen Sie?«

Ich bedachte ihn mit einem abschätzigen Blick und sagte: »Zwei Männer begegnen sich zum ersten Mal oben auf einem Felsen. Einer der beiden trägt eine Strohfigur mit Mrs. Llantrisants Zügen. Wir befinden uns auf unbekanntem Terrain. Dennoch werde ich das Gefühl nicht los, dass nicht Sie derjenige sind, der hier die Fragen stellen sollte.« Ich lächelte, und er ließ sich meine Worte durch den Kopf gehen. Nachdem er dies eine Zeit lang getan hatte, warf er Mrs. Llantrisant zur Seite und rannte los.

Ich jagte ihm den Pfad hinauf zur Spitze der Insel und dem nicht mehr genutzten Kleinpächter-Cottage hinterher, das Mrs. Llantrisants Zuhause gewesen war. Als ich hineinstürzte, suchte er gerade verzweifelt nach einer Waffe, fand aber keine, und selbst wenn er eine gefunden hätte – er machte nicht den Eindruck, als hätte er den Mut, sie einzusetzen. Er war zwar nicht derselbe Junge, der mit Judy Juice getanzt hatte, aber er war der gleiche Typ, und man hatte ihn zweifellos von der Rückbank eines Wagens mit schwarzgetönten Fenstern aus irgendwo am Südufer des Rheidol für diesen Job angeheuert. Ich warf mich auf ihn, und er versuchte, mir auszuweichen, aber ich erwischte ihn trotzdem. Er war ein mageres, verweichlichtes, weibisches Bürschchen und sah aus, als hätte er als Komparse in einer Liebeskomödie von Shakespeare sein Taschentuch durch die Luft wirbeln sollen. Er biss mich wie ein Mädchen in die Hand, und ich packte ihn bei den Haaren, zog ihm den Kopf nach hinten und knallte ihn auf den Schreibtisch. Dann ließ ich ihn los, und er kroch in eine Ecke und kauerte sich zusammen. Ich sah ihn an, und er sah mich an.

»Was wollen Sie?«

Ich machte einen Schritt auf ihn zu. »Erinnern Sie sich noch, was ich darüber gesagt habe, wer hier die Fragen stellt?«

»Ich weiß nichts.«

»Nein, natürlich nicht, Sie haben nur das Cottage für einen zweiwöchigen Urlaub am Meer gemietet.«

Der Schreibtisch war mit Zetteln und nicht zu Ende geschriebenen Ansichtskarten übersät. Ich hob einen der Zettel hoch. Auf ihm stand ein blumiges Gedicht mit hinkenden Versen. »Sind das Ihre?«

Er starrte mich misstrauisch an. »Und wenn schon, es gibt doch kein Gesetz, das so was verbietet.«

»Sie schreiben sie selbst?«

Er nickte mürrisch.

»Ziemlich gut.«

»Finden Sie?«

»Ja. Gefällt mir.«

»Das da ist nicht mein Bestes. Aber es passt zum Genre. Deshalb habe ich diesen Job bekommen. Ich habe früher als Grußkartenschreiber gearbeitet.«

»Ich habe schon mal Verse von Ihnen gesehen.«

»So? Wo denn?«

»In einem Scheißweihnachtskeks.« Ich machte einen weiteren Schritt auf ihn zu, und er duckte sich noch tiefer in die Ecke.

»Von wem haben Sie diesen Job?«

»Den Namen kenne ich nicht. Er sagte, ich müsste nur hier sitzen und sentimentale Ansichtskarten voller Melancholie und tiefer Reue schreiben.«

»Und Mrs. Llantrisant aus dem Regen holen und wieder hinausstellen.«

Er zuckte mit den Schultern.

»Und natürlich haben Sie keine Ahnung, wo Mrs. Llantrisant steckt, habe ich recht? Darauf werden Sie stur beharren. Bis ich das elektrische Heizgerät vom Boot hole, es an den Generator anschließe und Ihnen am Gesicht festzurre. Und selbst dann werden Sie noch schwören, dass Sie nicht wissen, wo sie ist. Aber wenn ich die Heizung dann einschalte, dauert es – schätze ich mal – vielleicht vier Sekunden, bis Ihre Erinnerung zurückkommt. Was meinen Sie?«

»Ehrlich, Mister, ich schwöre Ihnen, ich weiß nicht, wo sie ist. Glauben Sie wirklich, die sind so blöd und sagen es mir?«

Ich wandte mich zur Tür. »Nein. Und alles, was Sie mir mit oder ohne elektrische Heizung an der Backe erzählen würden, ist sowieso einen Dreck wert. Mit anderen Worten: Heute ist Ihr Glückstag. *Adiós.*«

Auf dem Rückweg zum Boot blieb ich einen Moment bei der Strohnachbildung von Mrs. Llantrisant stehen. Es war wirklich sinnlos, den Jungen auszufragen. Er war nur billiges Druiden-Kanonenfutter. Derjenige, der das hier aufgezogen hatte, hatte ihm nichts oder höchstens eine Menge Unsinn erzählt, der mich auf die falsche Fährte locken sollte. Und ihn nur so zum Vergnügen zu verprügeln, wäre bloß Zeitverschwendung gewesen. Zeit, die ich besser darauf verwandte, meine Partnerin zu finden, Calamity. Ich sah auf Mrs. Llantrisant hinab, die wie eine vom Sockel gestoßene Statue im dornigen Gras lag und auf deren ausdruckslosem Strohgesicht das blaue, durchscheinende Kassenbrillengestell saß. Wie üblich hatte ich sie auf ganzer Linie unterschätzt. Aber wie hätte ich das vermeiden können?

Ich hob die Strohpuppe auf und stellte sie wieder auf ihren Hochsitz oben auf der Felsspitze. Als wir nach Aberystwyth zurückfuhren, saß ich im Bug und starrte sie an – ein finsterer Wachposten auf seinem Fels. Während wir uns unseren Weg durch die bedrohlichen, Gischt sprühenden Wogen bahnten, nahm der Himmel über ihr die Farbe von Basalt an.

Als ich ins Büro kam, saß Judy Juice auf dem Klientenstuhl. Die Angst stand ihr ins Gesicht geschrieben, und sie schien um zehn Jahre gealtert zu sein, seit ich ihr das letzte Mal begegnet war.

»Ich habe den Dekan gesehen«, sagte sie mit vor Furcht weit aufgerissenen Augen. Ich ließ mich auf meinen Stuhl plumpsen und griff nach der Flasche mit dem Rum. »Klasse«, antwortete ich.

»Er war übel drauf. Betrunken, unerträglich, völlig außer sich ...«

Ich versuchte, mich für den Dekan zu interessieren, aber es gelang mir nicht. Calamity war verschwunden, und in meinem Kopf war kein Platz für den blöden Dekan.

»Ich musste Sie einfach aufsuchen, ich muss Ihnen sagen ... muss Ihnen sagen ...«

Ich zwang mich, meine Aufmerksamkeit wieder auf Judy Juice zu lenken. »Was müssen Sie mir sagen?«

»Wegen dem Koffer ... Er hatte ihn bei sich und hat mich hineinsehen lassen. Da lag nicht nur ein Todesurteil drin, sondern auch andere Sachen. Eine rote Kappe, und er sagte, die Kappe müsste von dem Opfer getragen werden. Und dann war da ein Almanach mit den Mondphasen. Und ein Drehbuch. Und detaillierte Anweisungen an den Raben, was er zu tun hat – wie die Hinrichtung auszuführen ist. Die Befehle galten ihm, verstehen Sie? Sie waren nur für die Augen des Raben bestimmt.« Sie wischte sich die Tränen aus dem Gesicht. »Oh mein Gott.«

Ich schenkte ihr einen Drink ein, ging um den Schreibtisch herum und hielt ihn ihr unter den Mund. Sie griff nach meiner Hand, hob sie mitsamt dem Glas an und trank. Dann ließ sie sich nach vorne fallen, sodass ihr Kopf an meinem Bauch zu liegen kam. Sanft legte ich ihr die Hand aufs Haar. »Aber was hat das alles zu bedeuten?«

»Sie wollen einen Film drehen ... für die ›Was der Butler sah‹-Industrie. Wissen Sie, wie diese Filme heißen, wo jemand umgebracht wird ... wirklich umgebracht wird?«

»Ein Snuff-Film?«

Sie nickte.

»Sie wollen einen ›Was der Butler sah‹-Snuff-Film drehen?«, fragte ich fassungslos. Das war einfach zu bizarr.

Schniefend nickte sie abermals. »Es ist eine Neufassung von Rotkäppchen ...« Ein Zittern lief durch ihren Körper. »Sie warten, bis Vollmond ist, und sie haben einen besonderen Schauspieler, der den Wolf spielen soll, und das Mädchen, das ... das die rote Kappe tragen soll ...«

Die Erkenntnis raste auf mich zu wie ein Pferd und schlug mir mit beiden Hufen auf den Mund. »Großer Gott!« Ich schnappte nach Luft. »Großer Gott! Um Himmels Willen! Nein!« Eins meiner Knie gab nach, und ich krachte gegen den Schreibtisch.

Judy schoss hoch und nahm mich in die Arme. »Es tut mir so leid«, sagte sie weinend. »Es tut mir so leid.«

Ich richtete mich auf und ging quer durch das Zimmer zu der alten Seekiste. Mein Gesicht war wie aus Stein gemeißelt, mein Herz kalt und finster wie ein Meerestier, das auf dem Boden des Ozeans lebt, dort, wo sich nie ein Sonnenstrahl hin verirrt.

»Schon in Ordnung«, sagte ich. »Machen Sie sich keine Sorgen. Das wird nicht passieren. Niemand wird Calamity etwas tun. Solange ich noch einen Funken Leben in mir habe, krümmt ihr niemand in dieser Stadt auch nur ein einziges Haar. Niemand. Niemals.« Ich schloss die Kiste auf und öffnete den Deckel. Aber die Waffe war nicht mehr da. Stattdessen lag dort eine handgeschriebene Notiz: *Tut mir leid, Louie, ich brauche sie, aber du bekommst sie bald zurück.*

»Scheiße«, sagte ich. »Calamity hat sich das Eisen besorgt.«

KAPITEL 18

Das donnernde Krachen, das über die Dächer von Aberystwyth hinwegdröhnte, schien lauter zu sein als jede elektrische Entladung. Es war, als wäre der Himmel aus Pappe und Gott hätte wütend mit dem Fuß hindurchgestampft. Das war kein Blitz aus heiterem Himmel, das war ein Schuss aus einem Gewehr. Und ich wusste – ohne dass ich hätte sagen können, woher –, dass es nur das Präzisionsgewehr eines Mörders sein konnte.

Was als nächstes geschah, hat sich in mein Gedächtnis eingebrannt, und wie die meisten Leute, die an dem Tag dabei waren, werde ich den Anblick bis ans Ende meines Lebens nicht vergessen, obwohl ich nicht vor Ort war und es nicht mit eigenen Augen gesehen habe. Mrs. Bligh-Jones fuhr stolz in dem offenen Essen-auf-Rädern-Wagen die Great Darkgate Street hinunter, den leeren Ärmel ihres Mantels hatte sie an der Seite festgesteckt, und ihr Sam Browne glänzte in den Sonnenstrahlen, die durch die sich immer höher auftürmenden Wolken der Sturmfront drangen. Passanten, die gerade ihre Einkäufe erledigten, winkten oder riefen der Heldin des Pumlumon einen Gruß zu. Und dann, als sie sich Woolie's näherte, fuhr plötzlich ein heller Blitz vom Dach der National Westminster Bank herab, gefolgt von einem ohrenbetäubenden Krachen, einem Knall, der alle Kriegsveteranen sofort in Deckung gehen und die Kinder in Tränen ausbrechen ließ. Mrs. Bligh-Jones drehte sich mit einem Ausdruck ungläubigen Entsetzens im Gesicht um die eigene Achse wie eine Ballerina, während sich auf ihrer Brust ein feuchter purpurroter Fleck ausbreitete.

Diese Szene ist Teil unseres gemeinsamen Unterbewussten geworden, zusammen mit den endlosen Spekulationen über den zweiten Schützen, denn wir haben alle so oft das Filmmaterial gesehen – jene verwackelte Videoaufnahme, die ein Tourist gemacht hatte und die ihren Gesichtsausdruck genau in dem Moment in Großaufnahme einfängt, als sie schmerzerfüllt begreift, zum Dach der Bank hinaufsieht und ihre letzten beiden Silben heult: »Jubal!« Mrs. Bligh-Jones, die ihren dämonischen Liebhaber anheult. Sekunden später sieht man den Mann, der aus der Tür der National Westminster Bank tritt, einen Mann, der sich humpelnd seinen Weg durch die Menge Richtung Meer bahnt und als erster die Worte schreit: »Ich habe ihn gesehen! Es war ein Bauchredner!« Und der Mob setzte sich voller Wut die Great Darkgate Street in Richtung Ghetto hinauf in Bewegung. Während ich unten von der Prom aus zunächst die Terrace Road auf den Krach zu entlanglief, bis ich erfuhr, was passiert war. Die ganze Zeit hatte ich mich gefragt, wer dieser Rabe sein konnte, und jetzt hatte ich die Antwort. Der Rabe, der wie eine Spinne seine Gefährtin verspeist, der Liebhaber, der seine Geliebte tötet. Es konnte nur Jubal sein. Als der Groschen fiel, machte ich auf dem Absatz kehrt und rannte in die entgegengesetzte Richtung, die Prom hinunter zum Excelsior Hotel.

Er saß an dem Fenster, das zur Bucht zeigte. Die Gardinen waren zugezogen, das Zimmer in Dunkelheit gehüllt. Er hatte den Kopf auf die Hände gestützt und stöhnte. In dem dünnen Sonnenstrahl, der durch die Lücke zwischen den Gardinen fiel, tanzte der Staub wie im Licht eines Projektors, sodass ich geblendet blinzelte. Behutsam ging ich über den klebrigen Teppich auf ihn zu. Langsam hob er den Kopf und starrte mich an. Seine Augen waren wie dunkle Tümpel im Wald, und sein ungewaschener Körper stank so sehr nach Rasierwasser und Exkrementen, dass ich unwillkürlich die Hand vor den Mund schlug. Irgendwo, verborgen in der Trostlosigkeit des Zimmers, ertönte aus einem Grammophon ein Lied, der quäkige, fast schon orientalische Singsang einer Oper von Kurt Weill aus den 30er Jahren. Ich lauschte den hohen, ätherischen Tönen: »Oh moon of Alabama, we now must say goodbye.« Ich zog die Gardinen brutal auf, und Jubal wich vor dem Licht zurück wie ein Vampir. Das Zimmer war ein einziger Saustall. Auf allen Oberflächen türmten sich Berge von Zigarettenstummeln, außerdem standen überall Kerzen und drei Tage altes Essen vom Zimmerservice herum.

Er trug einen Bademantel, roch aber, als hätte er schon lange kein Badezimmer mehr von innen gesehen. In der Hand hielt er einen Gedichtband, und die Handgelenke waren mit Verbänden umwickelt, aus denen eine dunkle, kirschfarbene Flüssigkeit quoll.

Wortlos deutete er auf einen Stuhl, und ich zog ihn heran und setzte mich ihm gegenüber ans Fenster.

»Ich wusste, dass Sie kommen würden«, flüsterte er.

Oh moon of Alabama, we now must say goodbye ...

»Was haben Sie mit Ihren Handgelenken gemacht?"

»Ich habe mir vor einer Stunde die Pulsadern aufgeschnitten.«

We've lost our good old mama, and must have whisky, oh you know why ...

Eine Gänsehaut lief mir über den Rücken. Genau so eine Gänsehaut, wie sie alle anständigen Leute bekommen, wenn sie die Straße entlanggehen und an einer Haustür vorbeikommen, an der sich ein Kampf abgespielt hat, und sie Blutflecken oder sogar Zähne sehen. Oder wenn man an einer Unfallstelle vorbeifährt und aus dem Augenwinkel einen Blick auf etwas Rotes erhascht, das einmal ein Mensch war.

»Haben Sie es sich anders überlegt?«, fragte ich wie ein Idiot. Als ob jemand wie er sich jemals etwas anders überlegen würde.

Er schüttelte müde den Kopf. »Nein, das ist ein alter römischer Trick, ich glaube, Petronius hat ihn beschrieben. Man öffnet die Pulsadern, und dann legt man sich einen Verband an, damit man langsam und in Frieden verblutet. Das war so üblich bei denen, die keine Chance mehr hatten, der Rache der Gerichte zu entkommen und selbst über den Zeitpunkt ihres Todes bestimmen wollten. Eine letzte Nacht, ein paar Stunden, um Abschied zu nehmen. Essen, einen letzten Weinschlauch leeren, das eine oder andere Gedicht hören und sich vielleicht noch einmal mit den Sklavenjünglingen vergnügen. Das war der Brauch in der letzten Nacht. In Aberystwyth ist die Auswahl an Unterhaltung natürlich ... nun ja, Sie können es sich ja vorstellen.«

»Soll ich ... soll ich einen Krankenwagen rufen?«

»Ich wäre Ihnen sehr verbunden, wenn Sie das unterließen.« Dann fügte er mit einer Kopfbewegung in Richtung Hausbar hinzu: »Wären Sie so nett und würden mir einen Drink holen?«

Ich erhob mich, und er begann aus dem Buch in seiner Hand zu rezitieren:

»Footfalls echo in the memory
Down the passage which we did not take
Towards the door we never opened
Into the rose garden ...«

Die meisten Flaschen waren leer, nur ein bisschen Sherry war noch übrig. Ich schenkte zwei Gläser voll und reichte ihm eins. Er nippte daran und schlug das Buch zu. »Sie wissen, was er gesagt hat, nicht wahr?«

»Wer?«

»Petronius. ›Das Vergnügen des Liebesaktes ist kurz und widerwärtig, und ihm folgt Abscheu.‹«

»Sie sehen gar nicht wie ein Rabe aus.«

»Haben Sie gedacht, man schickt einen Disco-Tänzer, um Mrs. Bligh-Jones zu umgarnen? Man muss sie umwerben wie jede andere Frau auch. Oder ihr schmeicheln.«

»Oder ihr eine Filmrolle anbieten.«

Er nickte. »Ja, das funktioniert immer.« Er legte das Buch neben seinen Füßen ab und hob einen Schuh hoch. Es war ein Tanzschuh. »Aber das ist nicht die beste Methode ... nicht die beste.« Mit geschlossenen Augen, als habe ihn die Erinnerung überwältigt, ließ er die Finger die Sohle entlanggleiten. Als sich seine Lider wieder hoben, waren seine Augen feucht. Er hielt mir den Schuh hin. »Das hier ist die beste, mein Freund. Tanzen! Ja, die ganze Nacht tanzen, bis sich der Himmel mit der milchigen Rose des Morgengrauens überzieht ... wenn man es gut kann, mit *élan* und *gentilesse*, oh! Es ist ... es ist wie Voodoo! Das habe ich gelernt, als ich mit einundzwanzig als Lehrling im Pier-Ballsaal angestellt war, um den reichen Witwen als Tanzpartner zur Verfügung zu stehen, die dort ihre Ferien verbrachten und keinen Galan hatten. Einen Penny habe ich pro Tanz bekommen. Großartige Zeiten, so tief empfundenes Vergnügen ... Ich kann jetzt nicht davon sprechen, von ... von ... wie pflegt der Dichter es auszudrücken? Der Stolz der Jugend erfüllte seine Seele. Wo ist dieser Stolz geblieben?« Er warf dem Schuh in seiner Hand einen düsteren Blick zu, dann legte er ihn so sanft neben seinem Fuß ab, als wäre er ein schlafender Säugling. »Sie sind längst geschlossen. Alle haben sie dichtgemacht, diese herrlich glitzernden Ballsäle. Die Leute konnten nichts mehr anfangen mit Kultiviertheit oder Eleganz oder guten Manieren. Sie wollten Rock'n Roll und Fernsehen und Bingo. Alles, was mir blieb, waren meine Schuhe. Und etwas, nach dem sich jeder Mann auf dieser Welt verzehrt, das aber nur die wenigsten besitzen: das Wissen, wie man das Herz einer Dame gewinnt. Die Leute, die mich als Raben rekrutierten, haben das verstanden.«

»Aber Sie haben Ihr Wissen eingesetzt, um Mrs. Bligh-Jones umzubringen.«

Sein Gesicht verhärtete sich. »Hören Sie auf mit den Buhrufen, Mr. Knight. Sie entehren mein Totenbett.«

»Ich wüsste gern, warum Sie sie umgebracht haben.«

»Weil das mein Auftrag war. Weil ich ein Rabe bin, das ist mein Job. Fragen Sie den Postboten, warum er Ihnen schlechte Nachrichten überbringt?«

»Nein. Aber warum musste sie sterben?«

»Warum müssen wir alle sterben? Das Wichtige ist doch, dass es keinem von uns erspart bleibt, und die unterschiedlichen Gründe sind in Anbetracht einer solch unerbittlichen Tatsache weitgehend unwesentlich.«

»Sie haben sie aufgrund so einer kitschigen Philosophie getötet?«

»Nein. Wenn Sie es unbedingt wissen wollen: Ich habe sie umgebracht, weil ihre Methoden reichlich zweifelhaft waren. Brillant, aber zweifelhaft.«

»Sie reden vom Pumlumon?«

Er nickte.

»Dann stimmt es also? Ach du meine Güte!«

Jubal warf das Buch zur Seite. »Ich persönlich teile die allgemeine Abscheu ja nicht. Was auf dem Pumlumon passiert ist, war doch nichts als durchaus gängiger Kannibalismus.«

Ich schnappte nach Luft.

»Ich kann überhaupt nicht nachvollziehen, wieso man im Angesicht des Todes so wählerisch sein sollte. In einer Situation, wo es um Leben und Tod geht, ist so etwas durchaus akzeptiert. Die Seefahrer-Literatur des 19. Jahrhunderts ist voller Hinweise auf diese Praktiken. Nach Sodomie war das für den Schiffsjungen das größte Berufsrisiko. Seefahrer kannten sich damit aus, aber die Stadtbevölkerung wird bei so was nervös. Es ist das einzige Verbrechen, das sie einem nicht vergibt. Und darum musste sie sterben; nachdem sie diesen Weg nun einmal eingeschlagen hatte, kam der nicht mehr rückgängig zu machende Befehl: Beenden Sie Mrs. Bligh-Jones' Herrschaft – mit größtmöglichem Schaden.«

»Und dennoch waren Sie Ihr Liebhaber?«

»Wie soll man denn sonst sein Opfer umgarnen? Oh, ich gebe zu, es hat mir durchaus auch ein wenig Vergnügen bereitet. Mrs. Bligh-Jones ist eine großartige Frau – resolut, leidenschaftlich, temperamentvoll. Ich habe vieles an ihr bewundert. Ihre kluge Sicht der Dinge, die erlesene Mischung aus Schönheit und Grausamkeit, und ... und ... ihre Sicherheit. Ja, die habe ich am meisten bewundert. Eine Frau der Tat, die nicht von Zweifeln gequält wurde und deshalb auch die Frau essen konnte, die zwanzig Jahre lang ihre Bowlingpartnerin gewesen war, weil sie wusste, es gab keine andere Möglichkeit.«

»Wie kann ein Mann eine Frau lieben, die er töten muss?«

»Jetzt seien Sie doch nicht so ein Arschloch! Ich bin ein Rabe, es ist meine Mission, die Honigfalle zuschnappen zu lassen, und das wäre mir nicht möglich, wenn mir der Honig nicht schmecken würde, auch Mrs. Bligh-Jones' Honig. Und jetzt bin ich an der Reihe zu sterben. Ich beschwere mich nicht.«

»Aber warum?«

»Weil meine Arbeit getan ist.«

»Für wen arbeiten Sie?«

Er hob ein wenig den Kopf und lächelte mich an. Das Lächeln war reine Boshaftigkeit. »Für Mrs. Llantrisant, für wen denn sonst? Wissen Sie, man hält mich für einen Raben, aber eigentlich bin ich was ganz anderes. Arbeiterameise wäre der passendere Begriff. Ich paare mich und sterbe, alles im Dienste meiner Königin. Nur ihr Überleben ist von Interesse. Nun, da ich meine Aufgabe erfüllt habe, bin ich es zufrieden, mein Leben auszuhauchen. Obwohl ich leider den Schlussakt von Mrs. Llantrisants großartigem Plan nicht mehr erleben werde.«

»Calamity.«

»Ja, Calamity.«

»Das war also Mrs. Llantrisants Plan?«

»Natürlich. Wer sonst wäre so genial, sich solch eine Mission auszudenken? In dieser Hinsicht bin ich, so brillant ich auch sein mag, nur eine Marionette. Meine Aufgabe war es, Mrs. Bligh-Jones zu eliminieren, Herod, Custard Pie und Mrs. Llantrisant die Flucht zu erleichtern und dann Mrs. Llantrisants *pièce de résistance* vorzubereiten, Rotkäppchens Ermordung. Ein Meisterstück. Wir haben extra einen Special Agent aus Cardiff kommen lassen, der den Wolf spielt. Wenn es vorbei ist, wird Mrs. Llantrisant Ihnen das Video schicken, damit Sie es sich in den langen, einsamen Stunden voller Selbsthass ansehen können.«

»Aber Calamity hat Mrs. Llantrisant doch nichts getan!«

»Nein, nichts. Überhaupt nichts. Darin liegt doch die Schönheit, sehen Sie das denn nicht? Die reine, blendende, überwältigende Schönheit. Calamity ist nicht diejenige, der ihr Hass gilt, Sie sind es, Louie, weil Sie ihren Traum zerstört und dafür gesorgt haben, dass sie auf die Insel verbannt wurde. Aber wie kann sie sich an Ihnen rächen? Soll sie Sie umbringen? Pah! Viel zu einfach! Das wäre viel zu armselig, nur ein kleiner Schluck gegen Mrs. Llantrisants rasenden Rachedurst, ein Blutstropfen auf dem heißen Stein. Egal, wie langsam Sie sterben würden, es wäre immer noch zu schnell. Hingegen der Tod von Calamity, einem unschuldigen Mädchen, das Ihnen vertraut hat, das Sie lieben wie eine Tochter – ah! Stellen Sie sich das vor! Egal, wie schnell sie stirbt, die Qual wird nie aufhören. Die Qual Ihrer Seele, Louie, Ihrer Seele! Dort wird sie sich auf immer einbrennen wie Löschkalk, und es wird nichts geben, womit Sie Ihre Dummheit wiedergutmachen oder den Schmerz lindern können. Und sollten Sie jemals versuchen zu vergessen, wird die Videoaufnahme Sie immer wieder erinnern. Oh, Louie, die Schönheit dieses Plans! Die schiere, gespenstische, geniale Schönheit!«

»Nur, dass das alles natürlich nicht geschehen wird. Das ist pure Fantasie.«

»Glauben Sie? Ich glaube, es wird morgen Abend geschehen.«

»Sie sagen mir jetzt, wo sie stecken. Und wenn ich Sie dazu zwingen muss.«

»Und wie wollen Sie das machen? Wollen Sie mir androhen, mich umzubringen? Da bin ich Ihnen längst zuvorgekommen! Welchen Druck können Sie schon auf einen Mann ausüben, der sich das Leben genommen hat?«

Ich stand auf und raste zur Tür. »Dann muss ich Sie eben retten.«

Das Telefon war aus der Halterung gerissen, deshalb rannte ich die vier Stockwerke zum Empfang hinunter und rief Doc Thomas an. Er war nicht zu Hause, also rief ich einen Krankenwagen, und während ich Anweisungen in die Sprechmuschel schrie und ihnen erklärte, dass wir dringend eine Bluttransfusion benötigten, sah ich Llunos die Treppe zum Hotel hochkommen. Zusammen liefen wir zu der Suite im obersten Stock zurück und stürzten ins Zimmer. Es war leer. Der abgewickelte Verband lag oben auf dem Fernseher. Llunos hob ihn hoch und berührte den roten Fleck mit der Fingerspitze, dann leckte er sie ab. Er sah mich an. »Damaszenerpflaumenmarmelade.«

Erfolglos durchsuchten wir das Apartment. Außer dreckigen Tellern, klebrigen Gläsern und herumliegenden Kleidungsstücken war nichts zu entdecken. Hinter dem Sofa fand Llunos den Deckel einer Kiste und warf ihn mir zu. Darauf stand: *Der unentbehrliche Mr. Kurtz. Das Lehrbuch für den professionellen Agenten über die Simulierung des moralischen Zusammenbruchs.*

»Der alte Mr.-Kurtz-Trick«, sagte Llunos. »Den habe ich schon lange nicht mehr gesehen.«

Ich drehte den Deckel um und las einen Teil des Inhaltsverzeichnisses: Ausgewählte Werke von Kierkegaard, Nietzsche, Eliot, Sartre ... Hamlets Monolog, Poster von Mao, Guevara, Papa Doc. Aufnahmen von Kurt Weill, Stravinsky, Marlene Dietrich ... eine Konkordanz der degenerativen Krankheiten des Ichs. *Verzweiflung für Anfänger.* Ich schleuderte den Deckel gegen die Wand.

Llunos ging ins Schlafzimmer.

»Sie wollen Calamity umbringen«, schrie ich ihm hinterher. »Rotkäppchen. Morgen Abend bei Vollmond.«

Ich hörte ihn in den Schränken und Schubladen herumwühlen, ging hinüber zu dem Fenster, das zur Bucht zeigte, und sah auf die Prom hinunter. War Proteus der Name des griechischen Gottes, der aus dem Meer kam und nach Bedarf seine Gestalt verändern konnte? Wie viele Inkarnationen würden wir noch erleben? Jubal Griffiths, Filmemacher und Rabe, Schwarze-Witwe-Spinne der Ballsäle und Arbeiterameise ... Ich hob den Tanzschuh auf, der auf dem Boden lag. Die innen mit Silber eingravierten Worte waren gerade noch zu entziffern: *Eigentum des Pier Ballsaals, 1947.*

»Er behauptet, sie hätten einen Special Agent aus Cardiff, der den Wolf spielt«, rief ich.

Llunos kam mit einem fleischfarbenen, sattelförmigen Plastikteil mit Bändern zurück. »Was war das gerade mit dem Wolf?«

»Ein Special Agent aus Cardiff.«

»Ich glaube, ich weiß, wer das ist. Ich habe heute gleich in der Früh einen Anruf vom Bureau bekommen. Sie haben gestern Abend einen Typen mit Betonschuhen an den Füßen aus der Hafenanlage in Milford Haven gefischt. Er war schon eine Weile im Wasser gelegen, also haben sie ihn anhand von Röntgenaufnahmen seines Gebisses identifiziert.«

»Jemand, den wir kennen?«

»Ja, ein Mann namens Harri Harries.«

Ich starrte ihn gedankenversunken an. »Irrtum ausgeschlossen?«

»Außer er hätte Harri Harries' Zähne geklaut, bevor er zum Schwimmen ging.«

»Und wer ist dann dein Freund mit dem Installateurswerkzeug?«

»Keine Ahnung. Aber ich habe den Verdacht, ich werde es sehr genießen, ihn das zu fragen. Vielleicht hast du ja Lust, dabeizusein?«

Er warf mir den Plastiksattel zu. Es war irgendein medizinischer Apparat, eine Prothese. »Was ist das?«, fragte ich.

»Jubals Buckel.«

KAPITEL 19

Die Nadel sprang ein paar Mal und erzeugte dabei dumpfe, bassähnliche Geräusche, dann ertönte durch das Knistern und Rauschen und Krachen Myfanwys Stimme. Sie sang »Ar Hyd a Nos«, »All Through the Night«, sanft dahinplätschernde Töne, die perfekt die ziellose Sehnsucht und Verwirrtheit einer nicht enden wollenden Nacht widerspiegelten. »Ar Hyd a Nos«, der Höhepunkt ihres Auftritts im alten Moulin und das Lied, das mich – mit Hilfe meines treuen Freunds, Captain Morgan –, die Nacht überstehen lassen würde.

Ich prostete dem Foto von Marty und dem Bild von Myfanwy auf der Plattenhülle zu, leerte das Glas, füllte es, leerte es, füllte es, prostete ihnen noch mal zu und leerte es, und irgendwann fühlte ich mich endlich besser. Ich überlegte, ob ich mich gleich aufraffen und eine neue Flasche kaufen sollte, anstatt zu warten, bis in dieser nichts mehr drin war und mich eine leichte Panik überfiel. Meine Überlegungen gerieten ins Stocken, als ich Schritte auf der Holztreppe hörte. Die Tür flog auf, und ein Sturm brach herein, der die Papiere durcheinanderwirbelte wie Flocken in einer riesigen

Schneekugel. Nachdem die Tür geschlossen worden war, sanken die Papiere wieder herab, und dahinter tauchte Ionawr auf, die eine braune Papiertüte in der Hand hielt. Ionawr war völlig durchnässt, und die Tüte war durchgeweicht.

»Ich habe Rosinentörtchen für dich gebacken«, sagte sie und hielt die Tüte hoch. »Vermutlich sind sie inzwischen nicht mehr essbar. Und das hier habe ich draußen auf der Matte gefunden.« Sie reichte mir einen Briefumschlag.

»Danke«, sagte ich nicht gerade enthusiastisch.

Sie sah mich ein wenig verunsichert an. »Feierst du eine Party?«

»Nur ein kleines Treffen mit all den Leuten, die ich in letzter Zeit im Stich gelassen habe.«

Ihr fröhliches Lächeln erlosch. »Ist deshalb niemand hier?«

Mit der Hand, in der ich das Glas hielt, machte ich eine halbkreisförmige Bewegung. »Doch, doch, sie sind alle hier, Myfanwy und Marty ... Tut mir leid, von deiner Schwester habe ich kein Foto.«

»Du hast sie nicht im Stich gelassen, du hast ihr geholfen. Sie hat dich immer in den höchsten Tönen gelobt.«

»Das macht es nur noch schlimmer.«

»Du redest Unsinn, weil du betrunken bist.«

»Ich bin noch nicht betrunken.«

Sie nahm mir das Glas aus der Hand. »Du bist betrunken und suhlst dich in Selbstmitleid. Und wenn Biancas Geist hier wäre, würde er dich als Idioten bezeichnen, weil du so einen Mist von dir gibst.«

Sie stellte das Glas auf den Tisch, und ich griff danach. Sie wand es mir aus der Hand und warf es gegen die Wand. Es zerbrach nicht, es prallte nur ab und landete auf dem Plattenspieler. Der Tonarm schnalzte zurück, und der Plattenteller kam zum Stehen. »Du hast Bianca nie im Stich gelassen, die anderen Leute lassen immer dich im Stich.«

»Na klar. Das ist lieb von dir, aber das muss nicht sein.«

»Aber es stimmt doch. Das Mädchen zum Beispiel ...«

»Welches Mädchen?«

»Ach nichts.«

Irgendetwas in ihrem Tonfall verriet, dass da eindeutig mehr als nichts war. »Na los, sag's schon.«

»Also ... diese Judy Juice. Ich weiß, das geht mich nichts an ... Aber ich höre nun mal, was die Leute so reden.«

»Und was hast du so gehört?«

»Dass du und sie ... du weißt schon ... Ich meine – es hat ja nichts mit mir zu tun, und mir ist auch egal, was du machst, aber die Leute sagen, du musst dich unbedingt vor ihr in Acht nehmen.«

»Die Leute, wer immer diese Leute sind, sagen immer das Schlimmste über die Besten, das solltest du doch wissen.«

»Ja, aber manchmal haben sie auch recht, und ...«

»Falls du dich dann besser fühlst: Zwischen Judy und mir war nichts. Aber ich mag sie.«

»Natürlich, das tun alle Männer, aber welches Mädchen würde sich schon mit Jubal einlassen?«

»Sie hasst Jubal.«

»Das macht es eher noch schlimmer.«

»Sie schenkt ihm nicht die geringste Beachtung.«

»Nach allem, was ich gehört habe, schenkt sie ihm sogar eine ganze Menge mehr.«

»Dann stimmt eben nicht, was du gehört hast.«

»Doch, das stimmt. Sie wurde heute Abend mit ihm gesehen, und sie hat ihn geküsst und mit ihm geschmust und ist mit ihm zusammen weggegangen ...«

»Verdammter Mist!«

»Tut mir leid, also, ich meine, weil du sie gemocht hast und so ...«

»Das ist nicht das Problem. Es ist nur, weil ich heute so ein Blödmann war. Ich habe ihr vertraut, und wie es aussieht, hat sie die ganze Zeit für Jubal gearbeitet. Hat ihm alles brühwarm erzählt, was ich gesagt habe ... Scheiße. Ich bin so ein Idiot.«

»Bist du nicht.«

»Doch, das bin ich. Um mich zum Narren zu halten, reicht schon ein Glas Damaszenerpflaumenmarmelade.«

Ionawr stürzte auf mich zu, nahm meinen Kopf und drückte ihn gegen ihre Brust. »Ach komm schon, Louie.«

Ich legte ihr die Arme um die Taille und zog sie an mich, aber sie machte sich los und sagte: »Probier mal ein Rosinentörtchen.« Sie öffnete die Tüte und holte eins heraus. »Ich habe sie selbst gebacken, extra für dich.«

»Lieb von dir.«

»Ehrlich gesagt sind sie nicht so gut gelungen. Ich hatte vorher noch nie welche gebacken.«

Ich biss hinein. »Das mit den Rosinen hast du schon ganz gut hingekriegt.«

Sie grinste.

Ich legte den Brief auf den Schreibtisch, und in dem Moment fiel mir auf, was draufstand: Keine Adresse, nur der Name »Louie« in kindlicher Krakelschrift. Ich riss ihn auf und stöhnte.

Lieber Louie,
ich habe beschlossen zu Kündigen, weil ich weis, du schmeißt mich sowieso raus, weil ich Scheiße gebaut hab wie eine Vollidiotin. Ich kann nich glauben, das ich auf diesen blöden Vogelsamenquatsch reingefalen bin. Mach dir keine Sorgen um mich. Ich erledige Custard Pie eigenhendig. Das ist die einzige Möglichkeit. Warscheinlich sehn wir uns ne Zeit lang nicht, ich verlasse Aberystwyth und versuche, in einem anderen Detektivbüro unterzukommen, wo sie nich wissen, was für eine Stümperin ich bin.
Danke für alles.
Ich liebe dich.
Calamity Jane.

Ein tiefer, verzweifelter Seufzer entrang sich meiner Brust. Und dann, während ich noch Calamitys Handschrift anstarrte, kam mir ein Gedanke – so wie einen manchmal eine Ahnung überkommt, wenn man am wenigsten damit rechnet. Ich stand auf und ging zu dem Sekretär, der in einer Ecke des Büros stand. Sie hatte eine Akte mit Tante Minnies angelegt, auf der sich inzwischen schon der Staub angesammelt hatte, wie so oft, wenn ein Kind sich für etwas begeistert, sich nach einiger Zeit jedoch etwas anderem zuwendet. Ich trug sie zum Schreibtisch und blätterte sie durch. Natürlich war das total weit hergeholt, aber einen Versuch war es trotzdem wert. Vielleicht würde ich irgendetwas darin entdecken, das mir weiterhalf, irgendetwas, das mir einen Hinweis gab. Die Fotos waren ordentlich nach Datum und Tageszeit der Aufnahme und geographischem Hintergrund sortiert. Ein Bild nach dem anderen, alle von Leuten in der Stadt, die sie nur deshalb fotografiert hatte, weil im Hintergrund irgendetwas passierte: auf der Prom, unten am Hafen, bei der Kamera Obscura, vorm Cabin und eins im Bahnhof. Es war eindeutig, dass die Leute im Hintergrund – obwohl sie sich alle erdenkliche Mühe gegeben hatte –, auch keine zwielichtigeren Gestalten waren als die Tante Minnies im Vordergrund. Sie waren einfach nur ein bisschen unscharf, weil Calamity mit der Tiefenschärfe nicht richtig klargekommen war. Kein Wunder, dass sie aufgegeben hatte. Genau das wollte ich auch gerade tun, doch dann blieb mein Blick an dem Foto hängen, das sie im Bahnhof aufgenommen hatte. Ich blinzelte, hob es hoch und hielt es mir dicht vor die Augen. Mein Herz machte einen Satz.

Es war ein Schnappschuss von einer Familie, die zu einem Wanderausflug aufbrach: vier Personen, zwei Erwachsene und zwei Kinder, alle mit Wanderstiefeln und Rucksack am staubigen Bahnsteig. Und im Hintergrund war eine Frau zu sehen, die den Eindruck machte, als sei sie gerade aus dem Zug gestiegen: zu ihren Füßen stand ein Koffer. Undeutlich und unscharf, die Farben verwischt – dennoch konnte man sehen, dass sie schön war. Und – viel wichtiger – ich wusste, wer sie war.

»Meine Güte«, stöhnte ich. »Das ist Myfanwy.«

Ich blickte auf das Datum unter dem Foto. Es war vor sechs Monaten aufgenommen worden.

Brüllend wie ein wütender Dämon ließ der Sturm Dachziegel durch den Nachthimmel fliegen, als wären sie Blätter. Die Wellen krachten gegen den Unterbau der Prom, rissen Steine so groß wie Überseekoffer heraus und spuckten sie auf die Straße. Wir fuhren die Prom entlang und wichen dabei den Trümmern aus, den Felsstücken und Steinen und dem Kleinholz, das mal ein Orchesterpavillon gewesen war. Die Hotels wirkten in dieser Nacht wie Puppenhäuser, und das Geländer an der Seite zum Meer war zerbrochen und verbogen wie Pfeifenreiniger. Ich fühlte mich an die Geschichten aus der Südsee erinnert, die ich als Kind gelesen hatte, in denen sich die Bewohner der Koralleninseln während der Taifune an Kokospalmen festbanden, um nicht ins Meer hinausgespült zu werden. Ohne Unterlass donnerten die Wellen gegen das Ufer, gleichmäßig und unermüdlich wie das Artilleriesperrfeuer, das dem Angriff an der Somme vorausging. Und mit jeder neuen Welle wurde die Gischt hoch in den Himmel geschleudert wie ein Geysir, der über den Dächern aufstieg und auf dem höchsten Punkt einen atemberaubenden Moment lang zitternd innehielt – wie Pappelblätter aus Milch, die im Licht der Straßenlaternen glitzerten.

Eeyores Ställe befanden sich unten am Hafen am Fuße des Pen Dinas, neben den Trockenhäusern. Als wir ankamen, stand er knietief im Stroh und strich den verstörten Tieren sanft und beruhigend über die Flanken. Sie wären ängstlich und ruhelos, zuckten bei jedem Windstoß zusammen, der an der Tür rüttelte, und in ihren roten Augen zeichnete sich die nackte Panik ab. Das Mädchen vom Chinesen war ebenfalls da. Sie trug Gummistiefel und kippte gerade den Inhalt eines Eimers in den Futtertrog.

»Was ist das?«, fragte ich.

»Chop-suey.«

»Fressen sie das?«

»Da stehen sie total drauf, vor allem, wenn sie Angst haben. Es besteht ja auch überwiegend aus Gras, nicht wahr?«

Wir gingen in die Küche, setzten uns an den makellos sauberen Eichentisch und lauschten dem Toben des Sturms. Ich erzählte Eeyore von Calamity und fragte ihn, was ich seiner Ansicht nach tun solle, und er antwortete, das wisse er nicht.

»Die Nachricht muss nicht unbedingt was Schlechtes bedeuten«, sagte er gedehnt. »Das muss nicht heißen, dass sie sie haben.«

»Aber sie will sie finden, und das ist genau, was sie wollen. Custard Pie hat sie ganz offensichtlich reingelegt.«

»Das heißt trotzdem nicht unbedingt, dass sie sie schon haben. Es ist noch nicht zu spät.«

Ich spürte seinen Blick auf mir ruhen, spürte, wie er sich insgeheim wünschte, dass ich über die nötige Kraft verfügte. »Wie auch immer«, fuhr er fort, »egal, wo sie ist, ich hoffe nur, sie ist nicht irgendwo da draußen unterwegs.« Er stand auf und ging zum Fenster, gegen das unaufhörlich der Regen prasselte. »In so einem Sturm kann man durchaus umkommen. Wir vergessen immer, wie unbedeutend wir sind. Alles, was wir tun, dient ein Leben lang nur dazu, uns vor dieser einfachen Wahrheit zu drücken. Und indem sie uns jeden Tag davonkommen und einen weiteren Tag leben lässt, täuscht uns die Welt ... lässt uns glauben, es gäbe da eine höhere Gewalt, die uns schützt ... die uns sagt, es kann nichts passieren ... Und wenn es dann passiert, fühlen wir uns beschämt, weil wir so dumm waren, und fragen uns, wie wir auch nur einen Moment lang glauben konnten, wir seien unsterblich ...«

Er schwieg und stützte das Kinn gedankenvoll auf die Spitze seines Daumens, als würde in seiner Geschichte ein Teil fehlen und er wäre sich nicht so recht sicher, welcher das sei. Nach einiger Zeit, als ich schon dachte, er wäre eingedöst, sah er hoch und sagte: »Hast du den Film *Die letzte Nacht der Titanic* gesehen?«

»Ja. Ein paar Mal, aber immer im Fernsehen.«

»Er lief ungefähr zu der Zeit im Kino, als ich bei der Polizei anfing. Ich habe ihn mit deiner Mama gesehen, damals, als wir gerade anfingen, miteinander auszugehen. Großartiger Film.« In seinen Augenwinkeln zeichnete sich die Andeutung eines Lächelns ab. »Natürlich waren wir da noch Kinder, saßen in der letzten Reihe und haben das meiste nicht mitgekriegt, aber ... aber ... In stürmischen Nächten muss ich immer daran denken.«

»Frauen und Kinder zuerst«, meldete sich das Mädchen vom Restaurant zu Wort. »Ich sage ja schon immer, Ihr Volk ist sentimental. Auf einem chinesischen Schiff hätte der Befehl gelautet: Männer zuerst, dann die Kinder, zum Schluss die Frauen. Ökonomisch betrachtet ist das das einzig Sinnvolle.«

Eeyore kicherte, wurde aber gleich wieder ernst. »Es heißt, es sei nur ein leichter Zusammenstoß gewesen. Der Gedanke hat mich nie losgelassen. Da trinken und tanzen all diese Leute und amüsieren sich bis spät in die Nacht, ihr Leben liegt so strahlend und hoffnungsvoll vor ihnen. Und dann ein seltsames Geräusch, ein leichter Stoß – kaum wahrnehmbar –, und dennoch hatte das scharfkantige Eis das Schiff aufgeschlitzt wie ein Dosenöffner.« Er wandte sich zu mir und fuhr fort: »Ich weiß, dass du Angst hast, mein Sohn, jeder hat Angst. Was zählt, ist, was als nächstes passiert.«

»Aber ich weiß nicht, was als nächstes passiert.«

»Jetzt vielleicht noch nicht. Aber du wirst es wissen. Du musst nur deine Medizinlinie überqueren.«

Ich lächelte ihn freundlich an. »Mal wieder Sitting Bull.«

»Es ist, wie ich gesagt habe: Die meiste Zeit leben wir wie der Hilfstrupp des Sheriffs, eingesperrt hinter der Medizinlinie, über die wir nie den Fuß setzen. Aber es gibt Zeiten, da verschwindet sie. Irgendetwas geschieht, und wir überschreiten sie wie Sitting Bull und seine Krieger. Ich glaube, dass sich so etwas auch auf dem eisübersäten Deck der Titanic abgespielt hat. In dem Moment, als die Männer erkannten, dass sie zum Tod verurteilt waren, erlosch der Kodex, der sonst für sie galt. Zum ersten Mal in ihrem Leben war es egal, was sie taten oder wie sie sich benahmen. Es spielte keine Rolle mehr, was die Gesellschaft von ihnen hielt. Jeder Mann stand völlig nackt da. Das ist der Moment, in dem man die Existenz eines anderen Kodex wahrnimmt, jenes Kodex, der dein ganzes Leben lang im Verborgenen geschlummert hat wie der Eisberg unter der Meeresoberfläche. Dann erfährst du, aus was für einem Holz du wirklich geschnitzt bist. Wir wissen, dass viele Männer nichts Besseres zu tun hatten, als sich in knurrende Hunde zu verwandeln. Sie schrien panisch herum und verloren den Verstand. Aber nicht alle. Es gab auch Männer, die ...« Er hielt inne, als suche er nach einem passenden Wort für diese Männer, die solch einen nachhaltigen Eindruck auf ihn gemacht hatten. »Da war zum Beispiel dieser pensionierte Militärangehörige, der bei den Rettungsbooten stand und mit einer Eisenstange die wilden Hunde zurücktrieb.« Eeyore lächelte bewundernd, vielleicht stellte er sich vor, wie er selbst dort stand und seine Eisenstange im Licht der Sterne über Neufundland glänzte. »Das muss eine beeindruckende Szene gewesen sein«, fuhr er fort. »Aber die, die mich nie mehr losgelassen hat, hat sich woanders auf dem Schiff abgespielt, weit weg von dem Aufruhr, ungefähr zu dem Zeitpunkt, als das Wasser in den Maschinenraum eindrang und Hunderte von Heizern verbrüht wurden und starben; die Überlebenden stürzten mit Schaufeln bewaffnet an Deck und kämpften sich den Weg zu den Rettungsbooten frei. In diesem Moment betrat Ben Guggenheim, der Millionär, zusammen mit seinem Diener den Gesellschaftsraum der ersten Klasse. Beide waren für das Abendessen gekleidet. Der Raum war verlassen, das Schiff krängte wie verrückt, und es war unheimlich still. Als einziges Geräusch waren vermutlich nur die fernen Klänge der Band zu hören, die oben an Deck ›Autumn‹ spielte. Die Schiffsoffiziere flehten die beiden an, wieder an Deck zu einem der Rettungsboote zu gehen, denn so wichtige Passagiere bekamen dort selbstverständlich einen Platz. Aber Ben Guggenheim weigerte sich. Da stand er, die ganze Vorkriegswelt voller Luxus, Privilegien und unbeschreiblichen Herrlichkeiten zu Füßen ... Für niemanden hätte an jenem Abend das Leben verlockender sein können. Und man bot ihm einen Platz in einem Rettungsboot an. Aber Ben Guggenheim lehnte ab. Stattdessen bestellte er gelassen einen Brandy und sagte: »Niemand soll behaupten können, dass eine Frau oder ein Kind auf diesem Schiff starb, weil Ben Guggenheim ein Feigling war.«

Eeyore schwieg und nickte dann, als wolle er sich bestätigen, dass er es richtig erzählt hatte. »Ich weiß, das hat nichts zu bedeuten, mein Sohn, es ist nur eine Geschichte ...« Er drehte den Kopf und lächelte dem Mädchen aus dem Restaurant zu. »Und wenn es ein chinesisches Schiff gewesen wäre, hätten wir vermutlich nie etwas von Ben Guggenheim gehört. Aber oft, wenn ich sehe, Louie, wie du hier in Aberystwyth dein Leben aufs Spiel setzt und einmal pro Woche von irgendeinem Dreckskerl eins auf die Birne bekommst, der es nicht wert ist, dass er dir die Schuhe putzt ... weißt du, was ich mir dann denke? Ich weiß, du wirst jetzt lachen, weil es schwachsinnig klingt, aber das ist mir egal. Ich sehe dich und denke: Da kommt Ben Guggenheim.«

Er stand auf, kam zu mir herüber und legte mir seine alte, müde Hand auf die Schulter, eine Hand, die einst die Krägen von unzähligen Verbrechern gepackt hatte. »Ich weiß nicht, was du wegen Calamity unternehmen wirst, mein Sohn. Aber ich bin sicher, dir wird etwas einfallen ... Denn mein Sohn hat noch nie jemanden im Stich gelassen.«

KAPITEL 20

Am nächsten Morgen war der Sturm abgeflaut, und die feuchte, dampfende Stadt wurde von den letzten Windböen trocken geföhnt. Als ich ins Büro zurückkam, wartete Llunos bereits auf mich. Einer seiner Männer hatte am Morgen Harries verhaftet, oder zumindest denjenigen, der sich für ihn ausgab. Er wartete unten im Polizeirevier. Ich machte mir gar nicht erst die Mühe, mich zu waschen oder zu rasieren, kochte nur Kaffee und holte den Colt .45, suchte die Patronen heraus, dann in der Küche einen Druckverschlussbeutel, und händigte alles Llunos aus.

Harri Harries saß in Llunos' Büro, und davor stand ein Polizist Wache. Llunos öffnete die Tür und blockierte sie dann mit dem Arm. »Ich brauche erst mal fünf Minuten mit ihm allein.«

Ich nickte.

Mit den Worten: »Dem werde ich beibringen, in meinem eigenen Revier einen Affen aus mir zu machen«, schloss er die Tür hinter sich.

Ein paar Minuten lang drangen Geräusche aus dem Zimmer, als würde man einen Kartoffelsack gegen die Wände schwingen. Dann öffnete sich die Tür, und Llunos führte mich in sein Büro, wobei er sich den Schweiß von der Stirn wischte. Das wenige Mobiliar, mit dem der Raum ausgestattet war, lag am Boden, ein schwarzes Brett hing schief an der Wand, eine zerbrochene Tischlampe flackerte unruhig. Harri Harries saß auf dem Stuhl, aus Mund und Nase floss Blut; ein Auge schwoll gerade an. Sein Hemd war zerrissen und mit hellroten Blutflecken übersät.

»Jetzt kannst du ihn haben«, sagte Llunos, ging zum Wandschrank, holte eine verstaubte alte Tauchzubehörtasche heraus und leerte den Inhalt aus: eine rostige Sauerstoffflasche, einen Druckausgleichsmesser, ein paar Bleigewichte, eine Maske ... Alles roch ein wenig nach dem Grund des Ozeans. Er hielt die Tasche hoch.

»Meinst du, er passt da rein?«

Abschätzend betrachtete ich die Tasche. »Na ja, sie dürfte ungefähr Madengröße haben, also sollte er ziemlich gut reinpassen.«

Harri Harries sah ängstlich und verunsichert aus. Llunos holte den Druckverschlussbeutel heraus und schob ihn mir über den Tisch hinweg zu. Innen drin lag die Waffe. »Die ist so kalt wie nur irgendwas. Keine Chance, sie zurückzuverfolgen.«

»Danke.«

»Vergiss nicht, sie hinterher abzuwischen.«

Ich holte die Patronen heraus, fuhr gründlich mit einem Taschentuch darüber und stellte sie dann wie Spielzeugsoldaten in einer Reihe auf den Schreibtisch.

»Schauen Sie ...«, sagte Harri Harries. »Ich weiß ...«

»Ich habe Sie noch nichts gefragt«, schnitt ich ihm mit einer Stimme, die kälter war als Eis, das Wort ab. »Also halten Sie die Klappe.«

Nachdem ich alle Patronen sauber abgeputzt hatte, drückte ich eine in die Trommel und drehte sie. Llunos wandte sich zur Tür. »Ich bin nebenan. Nimm ein Kissen als Schalldämpfer.«

Dann schloss er die Tür, und Harri Harries und ich sahen uns an. Langsam hob ich den Revolver, bis ich genau auf sein Gesicht zielte, und sagte: »Wo ist sie?«

Er holte tief Luft. »Sie müssen mir glauben ...« Den Rest des Satzes konnte er nicht mehr rausbringen. Ich rammte ihm den Lauf in den Mund, dass er vor Schmerz aufheulte. Das hatte ich mal in einem Film gesehen, und dort schien es zu funktionieren. Ich weiß zwar nicht, ob es wirklich so ein Unterschied ist, ob sich der Lauf im oder vorm Mund befindet, denn wenn man abdrückt, dürfte es für den anderen keine Rolle spielen. Dafür machte es mir höllisch Angst. Ich drückte den Abzugshahn, und er klickte auf eine leere Kammer. Harri Harries' ganzer Körper versteifte sich, wie der einer Katze im

Zeichentrickfilm, die durch einen Stromschlag getötet wird. Sein Gesicht lief violett an.

»Glück gehabt.« Ich zog die Waffe aus seinem Mund, wischte Blut und Speichel an seinem Hemd ab und schob zwei weitere Patronen in die Trommel. Dann presste ich die Waffe gegen die andere Lieblingsstelle, zwischen die Augen, und drehte die Trommel.

»Wohin haben Sie sie gebracht?«

Er sprach schnell, als müsse er noch möglichst viel erklären, bevor ich ihn erschoss. »Sie ist nicht gekommen, ich sollte sie treffen, Custard Pie hatte das arrangiert, aber sie ist nicht aufgetaucht ... bitte, das ist die Wahrheit ...«

»Ein Scheißdreck ist das!«, sagte ich und drückte ab. Es klickte, und diesmal gab Harri einen Ton von sich, als würde er mit geschlossenem Mund schreien. Dann fing er an zu weinen. Beinahe hätte er mir leidgetan.

»Bitte, bitte, bitte ...« Er rang nach Luft. »Ich sage die Wahrheit ...«

Ich nahm die restlichen Kugeln und schob sie eine nach der anderen in die Trommel. Es brachte nichts, die Trommel zu drehen, aber ich tat es trotzdem, um des Effekts willen. »Full House«, sagte ich und zielte direkt auf sein Gesicht. »Also, wo ist sie?«

»Ich ... bitte ... bitte ...«

Ich drückte vorsichtig, und der Abzugshahn bewegte sich langsam zurück wie eine in Zeitlupe zubeißende Schlange.

Sein Gesicht war grüngelb, die Augen traten hervor. »Ich weiß es nicht. Sie müssen mir glauben.«

»Dann tun Sie was dafür, dass ich Ihnen glaube. Erzählen Sie mir etwas, das es wert ist, Sie nicht zu erschießen.«

Er kniff die Augen fest zusammen und bettelte: »Bitte, ich weiß nichts ...«

Ich zog den Hahn ganz zurück, und während ich das tat, glitt Llunos lautlos in den Raum und knallte die Tür in genau dem Moment zu, als ich den Schuss auslöste. Harri Harries schrie auf, warf sich nach vorn und plumpste schwer auf den Boden.

Llunos ging zu ihm und hievte ihn auf den Stuhl zurück. »So, Sie hatten Ihren Spaß. Wenn ich das richtig sehe, gibt es nur zwei mögliche Gründe, warum Sie uns nicht erzählt haben, wo sie ist. Entweder wissen Sie es nicht, oder Sie wussten, dass der Revolver nicht echt ist. Und ich glaube kaum, dass Sie das nicht wussten. Also werden wir jetzt auf meine Art ein kleines Spiel spielen. Es heißt ›Walisisches Roulette‹.« Er holte seinen Gummiknüppel heraus und legte ihn auf den Schreibtisch. Dann ging er zum Aktenschrank, schloss eine Schublade auf, entnahm ihr zwei Dinge und legte sie vor Harri Harries hin. Es waren ein rotbemalter Gummiknüppel und ein Roulettespiel für Kinder. »Die Regeln sind einfach, damit Sie sie problemlos verstehen können. Wir drehen das Rad. Wenn die Kugel auf der schwarzen Sieben landet, kriegen Sie sieben Hiebe mit dem schwarzen Gummiknüppel. Wenn sie auf der roten Zwei landet, kriegen Sie zwei mit dem roten Gummiknüppel. Das Spiel ist vorbei, wenn Sie uns gesagt haben, wo Calamity ist.«

Er drehte das Rad und ließ die Kugel hineinfallen. Rot Drei. »Siehst du! Ich habe doch gesagt, er hat Glück.« Dann zog er ihm dreimal mit dem roten Gummiknüppel eins über. Als nächstes kam Schwarz Vier. Er schlug ihn viermal. Wieder drehte er das Rad und ließ die Kugel hineinfallen. Rot Sechsunddreißig. »Bingo!«, schrie Llunos und hob den Knüppel. Ich wandte mich mit Grausen ab. Und Harri Harries gestand.

»Okay, okay, okay!«, schrie er. »Ich rede, ich rede. Inzwischen ist es sowieso egal. Wir hatten für letzte Nacht ein Treffen ausgemacht – Custard Pie hatte den Termin vereinbart. Er hatte dem Mädchen gesagt, wenn sie hinginge, würde sie die Identität des Raben erfahren. Aber es war natürlich eine Falle. Ich war um Mitternacht dort, aber niemand kam. Weder das Mädchen noch Jubal. Ich wartete und wartete, und schließlich, gegen drei, tauchte Jubal auf. Aber er war völlig außer sich. Er tobte, schrie und weinte. Er war angezogen wie für eine Hochzeit, Sie wissen schon, geblümtes Hemd, Anzug, Krawatte und eine Blume im Knopfloch, aber seine Sachen waren zerrissen, und er war voller Asche. Er hatte einen Koffer dabei, sagte, er würde die Stadt verlassen. Warum, habe ich gefragt. Und er antwortete, wenn sie ihn schnappten, würden sie ihn umbringen, und ich fragte, wer denn? Sie, antwortete er, Custard Pie oder Herod oder Mrs. Llantrisant. Er hatte sie betrogen. Alles sei ruiniert, hat er gesagt. ›Was zum Teufel haben Sie gemacht?‹, habe ich gefragt. Und er hat einen Schrei ausgestoßen wie ... wie ... ich weiß auch nicht ... wie ... eine Elefantenkuh in den Wehen oder so was, und hat gesagt, er sei ein kompletter Vollidiot und in seine eigene Falle getappt. ›Und was ist mit dem Mädchen?‹, frage ich. ›Die kommt nicht mehr, Sie Blödmann‹, antwortet er. ›Wir sind ruiniert, es ist vorbei, wir sind alle tot ... um die brauchen Sie sich keine Sorgen mehr zu machen, sehen Sie zu, dass Sie sich in Sicherheit bringen.‹« Er schnappte nach Luft. »Wirklich, das ist die Wahrheit.«

Ich hatte keine Ahnung, was Ben Guggenheim an diesem Vormittag gemacht hätte, aber eins war nach Eeyores Darstellung klar: Er wusste, wie man einen kühlen Kopf bewahrt. Ganz das Gegenteil von dem, was ich getan hatte: zu Mrs. Llantrisants Insel düsen, Harri Harries foltern und rumrennen, ohne zu überlegen. Und genau das war der Punkt: überlegen. Die ganze Zeit hatte ich von der Existenz des einen Mannes gewusst, dem bekannt sein musste, wo Herod seinen Unterschlupf hatte, jenes Mannes, der seine Psyche studiert und eine Karte von ihr erstellt hatte. Dr. Faustus, wer auch immer sich hinter diesem Namen verbergen mochte. Er musste die Antwort kennen. Und jetzt würde er mir diese Information rausrücken müssen.

Ich fuhr auf der Llanbadarn Road, die eine Zeit lang dem Lauf des Rheidol folgt, in Richtung der Pumlumon-Berge. Bei Ponterwyd bog ich Richtung Süden auf die A4120 nach Ysbyty Cynfyn ab. Ein Schild informierte mich, dass ich gerade die Ysbyty-Cynfyn-Brücke über den Nant Ysbyty Cynfyn überquerte, und es war beruhigend, das zu wissen. In Kürze würde ich mich – wenn mein Wagen nicht den Geist aufgab – Ysbyty Ystwyth nähern. Die Welt war heutzutage voller Ysbytys, und ich fragte mich, was das zu bedeuten hatte. Hätte man die Antwort in Lovespoons Klasse nicht gewusst, wäre einem der Tafelschwamm wie ein Fluggeschoss um die Ohren gepfiffen. Ysbyty Ystwyth – auf der Karte war es mit einem schwarzen Kreuz als Kultstätte gekennzeichnet. Darunter befand sich ein schwarzes Kästchen, das anzeigte, dass es sich um eine mit einem Turm mit Plattform handelte, nicht mit Spitz-, Zwiebel- oder Kuppeldach. Außerdem besagte ein kleines Symbol, dass es dort ein öffentliches Telefon gab. Verglichen mit Ysbyty Cynfyn, das nichts in der Richtung besaß, war es Las Vegas. Aber ich konnte nicht hinfahren und fragen, was das alles bedeutete, Ysbyty Ystwyth würde auf bessere Zeiten warten müssen. In Hafod Wood bog ich ab.

Eine Viertelmeile von der Grenzmauer entfernt parkte ich den Wagen, zog meinen alten Regenmantel über und setzte den Hut auf – ganz der Detektiv, der im prasselnden Regen durch die nebelbedeckten, durchweichten walisischen Hügel latscht. Oberhalb lag das Sanatorium, aber der weiche Nebel ließ wie in höflicher

Amnesie keine Einzelheiten erkennen. Ich war mir nicht sicher, wie ich hineinkommen sollte. In meiner Tasche hatte ich immer noch den Colt .45. Vielleicht würde ich ihn benutzen. Vielleicht würde ich auch einfach an die Tür klopfen und um Hilfe bitten. Fremden zu helfen, ist schließlich die Aufgabe eines Philantropen. Ich würde klingeln und sagen, hallo, ich bin auf der Suche nach meiner Partnerin, Calamity. Sie ist Detektivin, auch wenn man das kaum glauben kann, weil sie erst sechzehn ist und eigentlich in der Schule sein sollte. Vielleicht halten Sie mich ja auch für ein Arschloch, weil ich zugelassen habe, dass sie in all das verwickelt wurde, und damit haben Sie vermutlich recht. Tatsache ist allerdings, dass ich das nicht wollte, aber sie ist einfach nicht zu bremsen. Sie kennen doch Calamity, oder vielleicht auch nicht. Aber es wäre nett, wenn Sie die Augen offenhalten könnten. Wir arbeiten an einem Fall. Es geht um eine ganze Bande: Dai the Custard Pie, Mrs. Llantrisant und Herod Jenkins. Ich nehme an, Sie kennen Herod Jenkins? Sie haben ihn von seinem Gedächtnisverlust geheilt, aber es gibt eine Reihe von Leuten, die sich aus irgendwelchen Gründen wünschen, Sie hätten das nicht getan. Zur Zeit halten sie sich irgendwo in den Hügeln oben bei Nant-y-moch verborgen. Es heißt, da oben gäbe es eine heilige Stätte, zumindest Herod sei sie heilig. Ich dachte, Sie wüssten vielleicht, wo sie stecken, da Sie doch ein besonderer Freund von Herod sind. Wie ich gehört habe, haben Sie sogar einen Plan von seiner Psyche gezeichnet. Was da wohl draufsteht? »Vermintes Gelände?«

In der Ferne bellte ein Hund, und dann rief jemand: »Da ist er!" Ein Schuss ertönte, und die Kugel schlug durch das Blätterwerk eines nahen Baums. Erstaunt drehte ich mich um, und dann hörte ich jemand anderen rufen: »Schnell, ihm nach!« Sie waren etwa eine halbe Meile entfernt, und sie waren eine ganze Gruppe. Sah aus wie eine Jagdgesellschaft. Als ein weiterer Schuss abgegeben wurde, flitzte ich los.

Den Hügel hinunter, über den Bach, den Hügel hinauf, immer südlich der wie mit dem Lineal gezogenen Grenzlinie der Forstplantage. Ich versuchte, ein kleines Wäldchen mit natürlich gewachsenen Bäumen zu erreichen. Weitere Schüsse wurden abgefeuert, die Schützen waren aber zu weit entfernt. Ich lief schnell, und die Jäger schafften es nicht, den Abstand zu verringern. Vielleicht hatten sie auch keine Lust, mich aus der Nähe anzugreifen. Ich erreichte die

Bäume, kletterte über den Drahtzaun und rannte weiter. Dann kam ich zu einer Lichtung, sprang über einen Bach, und als ich auf der anderen Seite landete, schnappten zwei metallene Haikiefer nach meinem Schienbein. Ich stürzte nach vorn, als würde ich von einem Sprungbrett aus ins Wasser tauchen, und knallte mit dem Kopf gegen einen Baum. Mein Bein war in einer Falle gefangen.

Der Boden, auf dem ich lag, war bedeckt mit abgestorbenen, verfaulenden Herbstblättern, und der süßliche, feuchte Gestank von Torf stieg mir in die Nase. Ich keuchte und wand mich vor Schmerzen, erreichte jedoch nur, dass sich die Zähne noch tiefer in mich verbissen und die Kiefer mein Bein noch fester packten. Das scharfe, rostige Metall hatte den Stoff meiner Hose zerfetzt und sich mir ins Fleisch gebohrt. Die Falle war an einen Baum gekettet und nicht zu bewegen. Oder zu zerbrechen. Panik streckte ihre kalten Finger nach mir aus, und ich begann zu schwitzen. Bei so etwas kann man leicht ein Bein verlieren. Und das wäre doch wirklich lächerlich. Sollte ich mich mit lautem Rufen bemerkbar machen? Würden sie mich kaltblütig erschießen? Was wollten sie überhaupt von mir? Ich hörte Hunde bellen und durch das Unterholz rennen. Das Bellen kam näher, ebenso Schritte. Dann stieß der Mann einen Triumphschrei aus und lief auf mich zu. Im nächsten Moment war der Hund über mir, leckte mir das Gesicht und wedelte vor Freude über diese neue Entdeckung unter den Blättern mit dem Schwanz. Und dann stand der Mann vor mir. Er trug einen Mantel, der aussah wie jene, die die Wärter im Tower tragen, nur war er schwarz statt rot. So ein Kleidungsstück hatte ich vor langer Zeit schon einmal gesehen, vor etwa tausend Jahren in Aberystwyth, als ein Mann zu mir kam, um Erinnerungsstücke von Myfanwy zu kaufen.

»Ach, Sie Ärmster«, sagte er. »Armer Kerl! Was hat man Ihnen bloß angetan! Ich weiß nicht, wie oft wir die Bauern wegen dieser Fallen gewarnt haben, aber sie wollen einfach nicht hören.« Er drehte sich um und rief jemandem weiter unten am Hügel etwas auf walisisch zu. »Man hatte uns gesagt, wir sollten die Augen aufhalten. Es hieß, der Sportlehrer treibe sich hier in den Wäldern rum. Einige der Männer haben Sie für ihn gehalten. Ich fürchte, ich benötige Hilfe, um Sie aus dieser Falle zu befreien, Sir. Vielleicht möchten Sie hiervon einen Schluck trinken, um den Schmerz ein bisschen zu dämpfen.« Er zog einen Flachmann heraus und schüttete mir ein bisschen Cognac in den Mund. Gierig schluckte ich ihn hinunter. Eine angenehme Wärme breitete sich in mir aus. »Besser so, Sir?« Ich nickte, aber das gestaltete sich schwieriger als erwartet. Mein Kopf war zur Größe eines kleinen Monds angewachsen, und es kostete enorme Anstrengung, ihn zu bewegen. Ich wollte mich bedanken, aber meine Zunge war gegen einen Leguan ausgetauscht worden, der sich nicht von der Stelle rühren wollte. Auch meine Augenlider schienen alarmierend schwer geworden zu sein. Ich sah hoch zu meinem Wohltäter, aber er war in den Wolken, und seine Stimme schien aus dem nächsten Tal zu kommen. Die Wärme, die der Alkohol ausgelöst hatte, fühlte sich gut an, aber jetzt wurde mir klar, dass er einen beißenden, metallischen Beigeschmack hatte, eine chemische Komponente, die nicht hineingehörte. Ich griff in die Wolken, um meinen Wohltäter zu packen, aber meine Hand bewegte sich nicht, und dann machte jemand das Licht aus.

KAPITEL 21

Ich war in einem Zimmer und trug ein Segeltuchnachthemd. Vorne war eine Nummer aufgedruckt. 43. Mein neuer Name. Eine Krankenschwester hängte gerade meine Hose auf einen Bügel. Die Wunde an meinem Bein zierte ein weißer Verband. Sah nicht schlecht aus. Aber irgendein Idiot hatte eine Gruppe von Straßenarbeitern mit Presslufthämmern in der Wunde zurückgelassen. Ich wollte es der Krankenschwester sagen, aber vermutlich wusste sie das bereits. Offensichtlich arbeiteten sie an einer Straße für die Dynamit-Transporter. Musste wohl mit dem Steinbruch zusammenhängen, den sie in meinem Kopf abbauten. Zu meinem Segeltuchnachthemd trug ich einen schicken Metallgürtel. Eine Schnalle hatte er nicht. Aber an der einen Seite eine Ausbuchtung. Irgendwas Elektrisches. Lieber nicht hinfassen. Man kann sich wehtun, wenn man nicht weiß, was man tut. Lieber wieder einschlafen.

Die Krankenschwester tauchte in meinem Traum auf. Ich sagte ihr, sie solle verschwinden, aber sie schien mich nicht zu verstehen. Also bat ich sie, mir meine Hose wiederzugeben. Es war schwierig, zu ihr durchzudringen, weil sie sich auf festem Grund befand. Ich schwamm am Boden eines Sees. Ich konnte mich ihr nur in leise zerplatzenden Luftblasen mitteilen, aber die gingen bei der Übersetzung verloren. Ich sah mich nach einem Fisch um, der mir vielleicht helfen könnte. Dann wurde mir klar, dass man für diesen Job eine Amphibie brauchte. Zu Hause an Land wie im Wasser. Ich hielt nach einem Frosch Ausschau. Typisch, nie ist einer da, wenn man einen braucht.

Ich beschloss, wieder in den Schlaf einzutauchen, aber diesmal in einen anderen, damit sie mich nicht finden konnten.

Eine Zeit lang klappte das ganz gut, aber dann kam die Krankenschwester vorbei. Sie beugte sich zur Wasseroberfläche hinunter und packte mich am Handgelenk. Das fühlte sich gut an. Vielleicht war sie doch gar nicht so übel. Ich versuchte zu stöhnen. Nur nichts zu Ehrgeiziges. Sie hatten immer noch nichts wegen des Leguans unternommen.

Die Krankenschwester sah mich an und zuckte mit den Schultern. *»Dydw I ddim yn siarad Saesneg.«*

Ach – das war also das Problem.

Sie lächelte und zuckte wieder mit den Schultern.

Ich war mir nicht sicher, ob ich mich an irgendetwas Walisisches erinnern konnte, aber der Leguan konnte: *»Edrychwch! Dyna'r Archdderwydd!«*, sagte er.

Die Krankenschwester kicherte.

Nicht schlecht. Richtig klasse, wie er das *»wch«* rausbrachte. Versuch's doch noch mal, Kumpel. *»Rydw I eisiau stafell dawbwl!«*

Du bist besser, als ich dachte. Sogar das *»ll«* kriegst du prima hin. Ich konnte das nie. Aber für jemanden, der mit der Zunge Fliegen fangen kann, ist das vermutlich ein Klacks. Versuch es noch mal. Die Krankenschwester rannte hinaus und sperrte die Tür zu.

Ich lehnte mich zurück und hoffte, die Leute im Steinbruch würden mal eine Zeit lang die Arbeit ruhen lassen. Ein Blick auf die Uhr sagte mir, dass es fast Mittag war. Die Echse war verschwunden. Ich wartete. Und einige Zeit später stellte ich fest, dass ich mich aufsetzen konnte. Und mich umsehen. Ich nahm den Gürtel in Augenschein, der um meine Taille geschlungen war. Er ließ sich nicht abmachen, außerdem hatte man elektrische Zylinderspulen draufgeschweißt. Das gefiel mir ganz und gar nicht.

Eine Stunde später öffnete sich die Tür, und der Butler kam mit einem Rollstuhl herein. »Wahrscheinlich werden Sie noch eine Zeit lang etwas wackelig auf den Beinen sein, Sir, deshalb habe ich Ihnen den hier mitgebracht. Der Herr hat Anweisung gegeben, dass Sie mit ihm zu Mittag essen sollen. Außerdem bat er mich, Ihnen zu empfehlen, keinen Fluchtversuch zu unternehmen, Sir, bevor er die Gelegenheit hatte, Ihnen die Funktionsweise des Gürtels zu erklären.«

Der Vorschlag schien mir durchaus vernünftig. Während mich der Butler einen langen Flur mit vielen Türen entlangschob, redete er ununterbrochen auf mich ein. »Dies ist das alte Sanatorium, Sir, ein ziemlich makaberer Ort, wenn Sie mich fragen. Wir dachten, hier könnten Sie sich am besten erholen. Ich nehme allerdings an, dass der Herr Sie ins Haupthaus verlegen lassen möchte, sobald Sie kräftig genug sind.«

Wir waren an einer Doppeltür angekommen, die der Butler mit meinen Füßen aufstieß, um mich dann in den sonnigen, aber dunstigen Tag hinauszuschieben. Wir befanden uns auf einer Rasenfläche ein Stück vom Haus entfernt. Die kalte Luft vertrieb die Wolken in meinem Kopf.

Der Philantrop saß in einem elektrischen Rollstuhl direkt an der halboffenen Terrassentür und beobachtete interessiert mein Näherkommen. Auch aus über hundert Metern Entfernung konnte ich problemlos erkennen, um wen es sich handelte. Es konnte nur eine einzige Person sein: mein alter Gegner, das heuschreckengroße kriminelle Genie Dai Brainbocs, oder, wie er sich jetzt nannte, Dr. Faustus. Als ich bei ihm ankam, streckte er mir aufgeregt die Hand entgegen. »Ich bin ehrlich begeistert, Sie mal wieder zu treffen, lieber Louie.« Er schüttelte mir die Hand, während ich ihn leicht benebelt anstarrte. Aber allmählich lichtete sich der Dunst.

Der Butler schob mich durch die Tür zu einem holzverkleideten Esszimmer. Brainbocs fuhr in seinem elektrischen Rollstuhl neben uns her. Als wir das letzte Mal aufeinandergetroffen waren, hatte er noch laufen können; vielleicht litt er unter einer dieser degenerativen Krankheiten, die auch seine angesagten Chirurgen aus Florida nicht zum Stillstand bringen konnten. Wir nahmen an den gegenüberliegenden Querseiten eines langen Tisches Platz, der bereits fürs Mittagessen gedeckt war.

»Bevor wir anfangen«, sagte Brainbocs, »würde ich gern alle unsinnigen Vorstellungen ausräumen, die Sie sich unweigerlich über eventuelle Fluchtmöglichkeiten machen müssen. Rhodri, seien Sie so gut.«

Der Butler nahm einen Gürtel von der Kamineinfassung, der dem glich, den ich trug, und legte ihn auf den Tisch. Dann brachte er einen Metallteller, auf dem etwas lag, das wie Leber aussah. »Solche Gürtel sind bei einigen südamerikanischen Polizeieinheiten sehr beliebt. Dieser hier ist allerdings kein Original, ich habe ihn selbst hergestellt, aus einigen elektronischen Kamerablitzlichtern. Er funktioniert aber genauso. Tun Sie etwas, das mir nicht gefällt, und schon kriegen Ihre Nieren einen 10 000-Volt-Schlag verpasst. Das hier auf dem Teller ist übrigens nicht Niere, es ist Leber, aber ich denke, Sie werden das Prinzip schon verstehen.« Er nahm die Fernbedienung in die Hand und drückte einen Knopf. Ein Blitz schoss aus dem Gürtel, es knisterte, und schon durchzog der beißende Geruch nach verbranntem Fleisch das Zimmer.

»Ich denke, Sie können jetzt das Mittagessen auftragen, Rhodri.«

Brainbocs tupfte sich mit der dicken, gestärkten Serviette den Mund ab und warf sie auf den Tisch. In der anderen Hand hielt er einen gläsernen Kelch mit Dessertwein, aus dem er gierig trank. Es war Chateau d'Yquem, jener edle Tropfen, den Gott sich zu Weihnachten genehmigt. Genüsslich schloss er die Augen, und dann jubelte er, als sei das Wort sogar noch süßer als der Wein: »Liebe, Louie, Liebe, Liebe, Liebe, Liebe, ach Liebling, Liebe, Liebe! Diese altmodische Besessenheit der Dichter und Träumer, die doch so selten das Fachgebiet des Forschers im weißen Kittel ist.«

»Du hast Forschungen über Liebe angestellt?«

»Ich habe die äußersten Grenzen der menschlichen Psyche erforscht. Ich war dabei, die Welt zu verändern.«

»Indem du die neurologische Basis der Liebe erforscht hast?«

»Genau!«

Ich wollte schon die Frage stellen, die sich förmlich aufdrängte, »warum?« Aber als ich sah, wie Rhodri Wein nachschenkte, fiel mir wieder ein, wie der Butler in meinem Büro gestanden und nach Erinnerungsstücken gefragt hatte, und plötzlich wusste ich die Antwort. »Myfanwy«, sagte ich.

Brainbocs grinste, doch dann erstarb sein Lächeln allmählich und machte, während die letzten drei Jahre noch einmal vor seinem inneren Auge vorbeizogen, einem wehmütigen Ausdruck Platz. »Wissen Sie, es hat mit uns in Patagonien nie so richtig geklappt. Eine Zeit lang war Myfanwy halbwegs glücklich: die Auftritte, ein Star sein und all das, aber tief im Inneren war sie nie wirklich zufrieden. Und mir wurde klar, dass sie, so wie die Dinge standen, auch nie wirklich zufrieden sein würde.« Er stellte das Glas auf den Tisch, als sei sein Inhalt zu süß für diese besondere Erinnerung. »Ich habe alles für sie getan, habe ihr gekauft, was immer sie wollte. Aber sie hat andauernd nur von Ihnen geredet. Ein ums andere Mal hat sie gesagt, wie sehr sie sich wünscht, sie wäre mit Ihnen nach Shrewsbury durchgebrannt.«

Schweigend starrte er aus dem Fenster, und nur das leise Knistern des Feuers im Kamin durchbrach die Stille im Zimmer. »Sie war so verzweifelt in Sie verliebt wie ein ganz junges Mädchen. Immer wieder hat sie versucht, Ihnen zu schreiben. Obwohl ich dafür gesorgt habe, dass ihre Briefe, die natürlich niemals abgeschickt wurden, alle mit dem Vermerk ›Adressat unter dieser Anschrift nicht bekannt‹ zurückkamen. Auch als sie die Zeitungsausschnitte aus der *Cambrian Gazette* erhielt, in denen erst über Ihre Hochzeit und später über Ihren tragischen Unfall berichtet wurde, in dem Sie einen so grausamen Hirnschaden davontrugen, dass Sie den Rest Ihres Lebens auf der Intensivpflegestation zubringen würden, nützte das nichts. Die dumme Gans machte sich Vorwürfe, weil sie Sie zurückgewiesen hatte, und sagte, das geschehe ihr recht. Es war alles außerordentlich ärgerlich.« Er schwieg und sah mich an. »Möchten Sie eine Zigarre? Oder einen Brandy?«

Ich schüttelte den Kopf. »Der Dessertwein reicht völlig. Erzähl mir von Myfanwy.«

»Aber natürlich!« Er lächelte verständnisvoll. »Obwohl sich die Situation äußerst unschön gestaltete, war mir durchaus bewusst, dass meine missliche Lage nicht einmalig in den Annalen des menschlichen Leids war. Tatsächlich lehrte mich meine Lektüre, dass es sich um etwas derart Banales handelte, dass es schon regelrecht der Norm entsprach. Aber keiner der alten Texte, die ich durchgearbeitet habe, konnte mit einem Heilmittel aufwarten. Also habe ich mich daran gemacht, selbst ein Heilmittel zu kreieren. Ich beschloss, einen Liebestrank zu erfinden.« Warnend zeigte er mit dem Finger auf mich. »Ich weiß, Sie halten das für absurd, weil das Wort das Bild eines starken alten Hexengebräus heraufbeschwört. Aber der Liebestrank, von dem ich rede, beruht auf verlässlichen wissenschaftlichen Beweisen, die auf der neuesten neurophysiologischen und neuropsychologischen Forschung basieren. Kann es so etwas wirklich geben? Für die Dichter ist die Liebe unbeschreiblich, aber für den Wissenschaftler sind Gefühle nur physische oder chemische

Vorgänge im Gehirn. Könnte man dieses Gefühl auch künstlich erzeugen?« Seine Stimme hatte etwas Abwesendes, Träumerisches, als wäre er gar nicht hier, sondern würde sich weit weg in seinem Elfenbeinturm mit den philosophischen Verästelungen seines Genies herumschlagen. »Natürlich musste ich sehr vorsichtig vorgehen: Ich war mir der Gefahr, die von dem kalten und analytischen Wesen des wissenschaftlichen Experiments ausgeht, durchaus bewusst. Meine breit angelegten Studien der Literatur zu diesem Thema machten mir klar, dass Liebe von Natur aus etwas Spontanes ist, ein wildes Pferd, das sich nicht einsperren lassen will. Wie aber soll man in so einem Fall die Anforderungen an wissenschaftliche Kontrolle und die Spontaneität miteinander in Einklang bringen? Es war, als wolle man einen Tornado lenken oder Ebbe und Flut zähmen. Nicht nur schwierig, sondern quasi unmöglich. Denn es ist paradox, nicht wahr? Wenn man den Strudel bändigt, wendet man eine Form von Kontrolle an, die genau das auslöscht, was den Strudel ausmacht.«

Er sah mich an und hob die Hand. »Ich weiß, was Sie jetzt denken, Louie. Sie werden zweifellos einwenden, dass die Neigung, sich zu verlieben, auf Schönheitsidealen beruht, die seit unserer Kindheit in unserer Seele gespeichert sind, auf Bildern, die sich auf unsere frühesten Erinnerungen an das zarte, innig geliebte Gesicht unserer Mutter zurückführen lassen. Da habe ich doch recht, oder? Und wenn dies schon ganz am Beginn unserer bewussten Wahrnehmung wie in Stein gemeißelt ist, wie, so werden Sie sich fragen, sollte ich es dann verändern können? Wie sollte es mir gelingen, zu löschen, was vor mehr als fünfundzwanzig Jahren in den Anfängen von Myfanwys Existenz festgeschrieben wurde? Eine gute Frage, Louie, und ich bin froh, dass Sie sie gestellt haben. Ich denke, die Lösung wird Sie beeindrucken.

Es gelang mir, jenes Gefühlserleben künstlich zu stimulieren, das allgemein unter dem Begriff *Déjà vu* bekannt ist. Ich habe Gefühle erschaffen, sie mit einer Struktur von ›Gewesenheit‹ ummantelt und durch Suggestion in die Psyche eingepflanzt. Sie dürfen allerdings nicht außer Acht lassen, dass ich die ersten Experimente mit Präriewühlmäusen durchgeführt habe; es hat durchaus eine Weile gedauert, bis ich so weit war, dass ich mit Herod oder gar mit Myfanwy arbeiten konnte.«

»Du hast Herod für deine Experimente hergenommen?«

»Natürlich! Und Präriewühlmäuse – goldige Tierchen. Wussten Sie, dass sie ihr Leben lang monogam leben? Treu bis in den Tod, gehen nie fremd. Von ihnen könnten wir eine Menge lernen.«

»Das ist doch verrückt.«

Brainbocs überhörte meinen Einwand.

»Ich muss zugeben, die Ergebnisse waren reichlich zermürbend. Jeder Polizist kann Ihnen sagen, wie unzuverlässig unser Gedächtnis ist. Zeigen Sie drei Leuten dieselbe Szene, und Sie bekommen völlig unterschiedliche Schilderungen. Das ist allgemein bekannt, aber ich war trotzdem ziemlich schockiert – um nicht zu sagen, regelrecht verängstigt –, was für ein Hirngespinst unser Glaube an eine eigene Identität ist. Unsere kleinen Welten sind auf Sand gebaut, Louie. Unsere tiefsten Überzeugungen und Glaubensgrundsätze sind vielleicht völlig falsch. Es kam so weit, dass ich sogar die Grundlagen meiner eigenen Existenz zu hinterfragen begann. War meiner Erinnerung an eine Kindheit auf den Knien meiner Mutter auch nur ansatzweise zu trauen? Das Quietschen des Spinnrads an langen Winterabenden, der schwache, moschusähnliche Geruch ihres Körpers, das Knistern im Kamin und das kratzende Geräusch der Zweige, die der Wind gegen das Fenster drückte, ein Geräusch wie die Geisterhand eines Kinds, das bettelt, hereingelassen zu werden? Waren das wirklich meine ureigenen Erinnerungen, oder hatte irgendein poetisch veranlagter Irrer sie mir zusammen mit der Ersatzüberzeugung eingepflanzt, dass es sich hierbei um meine Kindheitserinnerungen handelte? Was wäre, wenn jemand mit mir genau das gemacht hätte, was ich mit Myfanwy vorhatte? Ich konnte mir nicht sicher sein.

Der Rest war nicht mehr als Biochemiekenntnisse, wie man sie für die Mittlere-Reife-Prüfung braucht. Ein Cocktail aus drei Schlüsselhormonen. Serotonin, Phenylethylamin und Oxytocin – das ist das Hormon, das für die Mutter-Kind-Bindung verantwortlich ist. Damit gelang mir der grundlegende Umbau der Oberflächenstruktur der Hirnrinde.«

»Und wie bist du auf Herod gestoßen?«

»Er war mein Versuchskaninchen, genau wie die Präriewühlmäuse, die sich auch sehr gut eignen. Während meiner Forschungen in der National Library kam ich in Kontakt mit einigen Wissenschaftlern von staatlichen Instituten, die mit ihm arbeiteten, um zu verhindern, dass er seine Erinnerung zurückerlangte. Es war reiner Zufall, dass ich mich ausgerechnet zu dem Zeitpunkt mit der neurobiologischen Grundlage der Liebe beschäftigte, als sie sich mit Herods Gedächtnisverlust herumschlugen. Nun, Sie wissen ja, wie Wissenschaftler so sind – wir kamen in der Kantine ins Gespräch, und als mir bewusst wurde, wie viel ich von ihnen profitieren könnte, bot ich ihnen meine Hilfe an. Herod wurde ins Sanatorium verlegt, wo er mehrere Wochen blieb. Er eignete sich ideal für Forschungszwecke. Ein Mann, der kein Erinnerungsvermögen hat, sozusagen *tabula rasa*. Das Resultat stellt einen Triumph in den Annalen der Biotechnik dar. Ich lehrte ihn zu lieben. Verstehen Sie die volle Bedeutung dieser Tatsache? Ich gab ihm die Kraft zu lieben.«

»Und was ist mit Mrs. Bligh-Jones?«

»Ach, das war einfach. Es war allgemein bekannt, dass Mrs. Bligh-Jones ein Faible für Männer hatte, vor allem für Rugbyspieler. Sie war ein nützliches Kontrollinstrument. Ihre regelmäßigen Stelldicheins hier im Sanatorium haben ihn gefügig gemacht.«

»Und du hast geglaubt, wenn du es schaffst, Herod beizubringen, wie man liebt, dann schaffst du das auch bei Myfanwy? Bringst sie dazu, dich zu lieben? Das ist doch verrückt.«

»Nicht nur das, ich habe sogar ein paar Konstruktionsveränderungen vorgenommen, um das Original zu verbessern. Wie Sie wissen, geht in der Liebe so einiges ernsthaft schief. Zum einen hat sie ein eingebautes Verfallsdatum, wie man an Herods Rückkehr zu seinem alten Ich sehen kann. Jedes weinende Schulmädchen wird Ihnen erzählen, dass wahre Liebe nicht hält. Das ist wirklich ein Problem, diese Instabilität des Oxytocin-Moleküls. Aber es gibt noch einen weiteren grundlegenden Defekt, einen, der für das Wesen der Liebe von unmittelbarer Bedeutung ist: Sie ist vergänglich, unbeständig und unterliegt dem so grausam willkürlichen Kriterium, das gemeinhin als ›Schönheit‹ bekannt ist – die rein körperliche Erscheinung, die als Indikator für unsere Fortpflanzungsfähigkeit gilt. Was im Grunde nichts anderes bedeutet, als dass Typen, die so aussehen wie ich, nie eine Chance bekommen. Und deshalb brauche ich Sie.«

Er machte Rhodri ein Zeichen, dass er Wein nachschenken solle.

»Weißt du was? Ich habe keine Ahnung, wovon du redest.«

»Ja, ja, ja, ich weiß, Sie möchten Calamity so schnell wie möglich retten ...«

»Du weißt, wo sie ist?«

»Natürlich. Wir beiden werden etwas aushandeln, und dann sage ich es Ihnen. Aber erst müssen Sie mir zuhören, sonst können Sie es nicht verstehen.«

Ich starrte ihn fassungslos an.

»Als ich meine Forschung auf Myfanwy ausweitete, stieß ich unerwartet auf ein Hindernis – eins, das sich trotz all meiner Versuche als unüberwindlich erwies. Laienhaft ausgedrückt rannte ich gegen eine Betonwand ... eine psychische Betonwand. Es war, als würde ich einen Tunnel in ihre Seele graben ... einen Tunnel in die tiefe, dunkle, verborgene Höhle, in der sie ihre kraftvollsten, ursprünglichsten, zärtlichsten Gefühle bewahrt, nur um den Weg plötzlich von einem riesigen Gebäude blockiert zu finden, das ich trotz aller Anstrengung weder aus dem Weg räumen noch umgehen konnte.«

»Und was war das?«

»Ihre Liebe für Sie.«

Das war der Moment, in dem ich zu dem Schluss kam, dass ich genug gehört hatte. Ich sprang auf und rannte quer durchs Esszimmer auf ihn zu. Offensichtlich hatte er genau diese Reaktion zu genau diesem Zeitpunkt erwartet. Gelassen griff er nach der Fernbedienung und drückte einen Knopf. Ich wurde nach hinten gerissen, meine Hände, die sich zu Krallen zusammenkrampften, flogen in die Luft. Ich schrie. Und dann kotzte ich. Und dann fiel ich zu Boden und wand mich wie ein Wurm.

Rhodri half mir zurück auf den Stuhl.

»Das war übrigens nur eine winzig kleine Dosis, nur damit Sie Bescheid wissen für den Fall, dass Sie noch mal auf dumme Gedanken kommen sollten.«

Ich saß japsend da, schnappte verzweifelt nach Luft und starrte Brainbocs hasserfüllt an. Er pflückte lässig einen Fussel von seinem Blazer. »Sie sind aufgewühlt«, sagte er. »Das ist durchaus verständlich.«

»Was willst du von mir?«

»Ich habe doch gesagt, ich möchte mit Ihnen etwas aushandeln.«

»Und was?«

»Sie helfen mir, und ich erzähle Ihnen, was Sie so unbedingt wissen wollen: Calamitys Aufenthaltsort.«

»Was muss ich dafür tun?«

»Sie helfen mir, Myfanwys Gefühle für Sie auszulöschen.«

»Du hast einen Knall.«

»Das sagen Sie nur, weil Sie es immer noch nicht glauben können. Das kann ich Ihnen natürlich nicht zum Vorwurf machen. Sie müssen es mit eigenen Augen sehen. Sie brauchen erst mal einen Beweis, das es mir ernst ist. Sie müssen Myfanwy sehen.«

Ich zuckte zusammen, aber diesmal war kein Elektroschock daran schuld, sondern der noch gewaltigere, verblüffende Effekt, den Brainbocs' Worte auf mich hatten. »Heißt das etwa, sie ist hier?!«

»Wo denn sonst? In Timbuktu? Nachdem wir uns so nett unterhalten haben, gehen wir jetzt zu ihr. Ich weiß, dass sie sich nach Ihrem Besuch verzehrt.« Der Butler legte die Hände auf die Rückenlehne meines Rollstuhls und wollte gerade losschieben, aber Brainbocs hob die Hand. »Einen Moment noch, Rhodri.« Und, an mich gewandt: »Ich muss Sie vorher noch etwas fragen, etwas sehr Wichtiges. Und zwar Folgendes: Lieben Sie, wie die meisten Verehrer, Myfanwy nur wegen ihrer äußerlichen Schönheit, oder lieben Sie sie wie ich wegen ihres Charakters ... wegen dem, wer und was sie ist?«

Es war eine ziemlich seltsame Frage, und er hatte einen äußerst merkwürdigen Gesichtsausdruck aufgesetzt. Mir fiel wieder ein, wie Myfanwy den Moment beschrieben hatte, als Brainbocs seine Beinschiene abgenommen und sich hingekniet hatte, um ihr einen Heiratsantrag zu machen, und sie dabei auf eine Art angesehen hatte, die sie mit Worten nicht hatte beschreiben können. Doch jetzt wusste ich, dass es sich um genau diesen Gesichtsausdruck gehandelt haben musste. Ein Blick voll Kummer und Leid und von solcher Intensität, dass man den Eindruck bekam, nichts, was ihm je im Leben passiert war, sei so wichtig wie meine Antwort.

»Sie denken jetzt sicher, das geht mich nichts an, und da haben Sie auch recht. Trotzdem brauche ich eine Antwort von Ihnen.«

»Du willst wissen, ob ich sie wegen ihres Körpers oder wegen ihrer Seele liebe?«

»Vereinfacht gesagt, ja, so ist es wohl.«

Darüber brauchte ich nicht lange nachzudenken. »Wegen ihrer Seele.«

»Großartig.« Er gab dem Butler ein Zeichen, und auf ging es. Der Butler öffnete zwei Doppeltüren in der rückwärtigen Wand der Bücherei und schob mich auf sie zu. Auf Myfanwy zu, die ich seit drei Jahren nicht mehr gesehen hatte. Drei Jahre, in denen es nicht einen Tag gegeben hatte, an dem mein erster wie mein letzter Gedanke nicht ihr gegolten hatte. Als wir durch die Türen rollten, packte Brainbocs mich am Arm, passte dabei aber auf, dass die Fernbedienung außerhalb meiner Reichweite blieb, und sagte: »Bitte, stellen Sie sich darauf ein, dass die letzten drei Jahre sehr hart für sie waren. Sie ist nicht mehr die, die sie einmal war. Nicht so, wie Sie sie in Erinnerung haben.«

KAPITEL 22

Der angrenzende Raum war kleiner als das Esszimmer, hatte aber ebenfalls eine hohe Decke mit staubigen Simsen und Eichentäfelung an den Wänden. Möbel gab es keine. Auf der einen Seite führte eine Terrassentür in einen Rosengarten. Gegenüber befand sich eine Konsole mit elektronischen Apparaten: Summende Messgeräte, Lämpchen, die in verschiedenen Farben aufleuchteten, und in der Mitte wie aus einem zweitklassigen Science-Fiction-Film ein großer Zylinder aus Plexiglas mit einer hellen, bernsteinfarbenen Flüssigkeit, in der, befestigt mit Drähten, ein Gehirn schwamm. An der Wand dahinter hing ein vergrößertes Foto von Myfanwy. Ich schnappte nach Luft. Die Lämpchen entlang einer Lichterkette rund um das Foto, die offensichtlich zum Ausdruck von Begeisterung diente, flammten abwechselnd auf, und eine dünne, metallische Stimme sagte: »Hallo, Louie.«

Ich sprang aus dem Rollstuhl, aber damit hatte Brainbocs gerechnet. Er zielte mit der Fernbedienung wie mit einer Waffe auf meine Brust, und ich hielt mitten in der Bewegung inne. Die Erinnerung an die Blitzschläge, die er mir durch den Körper gejagt hatte, war noch frisch, und eine animalische Angst ließ mich völlig erstarrt in den Rollstuhl zurücksinken.

»Wie geht es dir, Louie?«, fragte die elektronische Stimme.

Mir wurde kotzübel. Fassungslos starrte ich Brainbocs an. »Was hast du gemacht?«

Er zuckte mit den Schultern, als würde es ihn in Verlegenheit bringen, dass sein großartiges neues Projekt nicht die Begeisterung auslöste, mit der er gerechnet hatte. »Ich dachte, das wäre ziemlich offensichtlich.«

»Aber du … du … Ich.« Mir fehlten die Worte.

Brainbocs zappelte unruhig herum und sagte: »Ich sehe schon, es ist sinnlos, vor Ihnen verbergen zu wollen, dass ich Mist gebaut habe.«

»Du hast dich kein bisschen verändert, Louie«, trillerte die Roboterstimme, die, ja, was eigentlich, Myfanwy darstellte? »Wie gefalle ich dir?«

»Antworten Sie ihr«, zischte Brainbocs. »Sie hat sich so auf Ihr Wiedersehen gefreut. Enttäuschen Sie sie nicht.«

»Oh … nun ja … weißt du …« Ich zwang meine meuternde Zunge, Worte zu formen. »Du bist noch ganz die alte.«

»Sehr gut«, flüsterte Brainbocs.

»Du kleiner Lügner du«, trällerte Myfanwy.

»Möchten Sie, dass sie für Sie singt?«

»Nein.«

»Doch doch, ich glaube schon, dass Sie das möchten. Sie fürchten wohl, sie kann das nicht, wie? Die Farben kann sie noch nicht alle unterscheiden, aber singen kann sie.« Er klatschte in die Hände. »Myfanwy, sing für unseren Gast.«

»Was soll ich singen?«

»Irgendetwas.«

Aus den Lautsprechern ertönte eine dünne, quäkige Interpretation von *Una Paloma Blanca*. Es klang abscheulich, aber Brainbocs sah das anders. Er stützte den Kopf in die Mulde zwischen Zeigefinger und Daumen und schloss träumerisch die Augen, während er mit der anderen Hand den Takt auf die Fernbedienung klopfte. Als Myfanwy bei »I'm just a bird in the sky« angekommen war, hielt ich es nicht länger aus. »Hör auf«, schrie ich. »Bring diese … diese … Perversität zum Schweigen!«

Der Gesang verebbte. »Nicht so toll, was?«, sagte Myfanwy. »Ich weiß, ich klinge noch ein bisschen eingerostet. Eigentlich müsste ich mich zu dem Rhythmus bewegen können.«

Brainbocs' Augen hatten sich zu Schlitzen verengt und glitzerten wütend unter dem Wasser, das in ihnen stand. »Das hätten Sie nicht tun dürfen, Louie. Sie sind ein unhöfliches Ekel.«

»Und du bist das widerlichste, abstoßendste Ungeziefer, das mir je über den Weg gelaufen ist.«

Er deutete mit der Fernbedienung auf mich. »Na los, sagen Sie es schon, wenn Sie sich trauen.«

»Eines Tages werde ich es dir nicht nur sagen, sondern es dir mit deinem eigenen Blut auf den Körper schreiben.«

Allmählich war Brainbocs total wütend. Hasserfüllt und verwirrt starrte er mich an. »Kommen Sie jetzt bloß nicht mit der ›Ich bin so gut und edel‹-Nummer. Sie sind genau wie alle anderen. Ich wusste es, aber sie wollte mir nicht glauben. Genau wie all die anderen lüsternen alten Kröten unten in dem schmierigen Klub, für die sie nur ein Stück Fleisch war.«

»Du weißt doch nicht, wovon du redest.«

»Und ob ich das weiß! Ich bin nicht so ein lüsternes Tier wie Sie, ich liebe Myfanwy mit ...«

»Liebe!«, schrie ich. »Das nennst du Liebe? Was weißt du denn schon von Liebe?«

»Alles! Ich habe alles gelesen, was es zu dem Thema gibt!«

Ich lachte bitter. »Du hast nicht mal das Grundlegendste begriffen, Brainbocs. Nicht mal das Grundlegendste. Das hier ist der Beweis. Ein kaltes, unmenschliches Monster wie du kann gar nicht lieben. Du glaubst, das hier ist Myfanwy? Ein Hirn in einem Chemiekasten? Myfanwy ist das Mädchen, das in Ynyslas mit kräftigen jungen Gelenken und warmem Fleisch und Blut durch die Sanddünen rennt, während der salzige Wind ihr kastanienbraunes Haar durcheinanderwirbelt, das Mädchen, das sich voller Freude ins Meer stürzt ...«

»Verschonen Sie mich! Verschonen Sie mich mit den rosa Zuckerherzen! Als nächstes werden Sie mir was vom siebten Himmel der Liebe erzählen!«

»Und warum auch nicht? So ist es doch!«

»Ja klar, die Rose, die nur blüht ... Werden Sie endlich erwachsen, Louie Knight!«

»Myfanwy ist kein Gehirn in einer Petrischale, sie war der Salzgeschmack ihrer Haut, nachdem sie im Meer geschwommen war ... die Kühle ihres nassen, salzigen Haars und die Gänsehaut und das Lachen und ... und ... und ... Meine Güte, du hast nicht die geringste Ahnung, wovon ich rede. Nicht die geringste. Das hier hat mit Liebe nichts zu tun. Nur mit Sezieren.«

Wir schwiegen beide. Brainbocs war sichtbar bemüht, sich wieder zu beruhigen. Er strich seine Krawatte glatt und drehte dabei den Kopf abrupt von einer Seite zur anderen. »Das ist doch absurd«, sagte er schließlich. »Ich werde nicht zulassen, dass Sie mich mit Ihren billigen Schnüfflermätzchen auf die Palme bringen. Ich weiß, was Sie vorhaben. Sie wollen mich aus der Fassung bringen und dann versuchen, an die Fernbedienung zu kommen. Aber das können Sie vergessen.«

»Ach, hört doch auf zu streiten, ihr zwei«, trällerte Myfanwy.

»Sie werden es schon verstehen, wenn Sie erst mal mit Myfanwy geredet haben.«

»Sie ist nicht hier.«

»Na also«, zischte er, und sein Gesicht verzog sich zu einer gehässigen Grimasse. »Ich wusste es doch. Ich habe es ihr gesagt, aber sie wollte es nicht hören. Sie lieben sie nicht. Unmittelbar bevor wir hier hereinkamen, habe ich Sie gefragt, ob Sie sie wegen ihres Körpers oder wegen Ihres Geists bewundern. Die Antwort dürfte jetzt wohl klar sein, habe ich recht?«

»Bist du so blind, dass du nicht siehst, dass es das eine ohne das andere nicht gibt?«

»Ach wirklich? Wer sagt das? Sie begehren Sie wohl kaum mehr als ich.«

»Ist sie glücklich?«

Er riss die Augen weit auf. »Seit wann ist das ein Kriterium? Wer ist denn hier schon glücklich? Niemand, soweit ich das sehe. Glücklich! Glücklich? Ich bin in meinem ganzen beschissenen Leben nicht einen Tag glücklich gewesen. Sie etwa?«

»Oh ja, das war ich. Fast jeden Tag.«

»Heute sehen Sie allerdings nicht sonderlich glücklich aus.«

»Der Tag ist noch nicht zu Ende.«

»Sie reiben mir den Begriff ›Glück‹ unter die Nase, als wäre Glück der Prüfstein für die menschliche Existenz, dabei bestimmt uns – statistisch gesehen – offensichtlich eher dessen Abwesenheit. Glück? So ein Schwachsinn.«

»Du behauptest, du liebst sie, und willst sie nicht mal glücklich machen?«

»Ich interessiere mich nur für Fakten und Gewissheiten, Louie. Nicht für Zuckerwatte. Jede rationale Analyse der Welt beweist, dass Glück etwas ist, das ich ihr nicht versprechen kann. Aber ich kann sie glücklicher machen. Trotz allem haben wir uns immer noch gegenseitig. Und jetzt, in ihrer veränderten Form, wird zumindest niemand mehr versuchen, sie mir wegzunehmen.«

»Glaubst du?«

»Nein, Mr. Knight, das *weiß* ich. Das ist, wenn Sie mir verzeihen, dass ich das nochmals betone, der springende Punkt. Weil ich weiß, dass Sie sie trotz Ihrer großspurigen Worte nicht mehr wollen. Ich aber schon.«

»Wieso sind Sie da so sicher?«

»Oh, ich bin mir sicher. Völlig sicher. Tatsächlich habe ich Sie genau deswegen hierhergebracht. Weil ich wusste, sobald Sie sie sehen, hassen Sie sie.«

»Ich hasse sie nicht.«

»Vielleicht nicht. Aber Sie lieben sie auch nicht mehr.«

»Sie ist nicht mehr dieselbe.«

»Aha, jetzt machen Sie also einen Rückzieher, Louie. Einen Rückzieher. Die Tragödie ist nur, sie *ist* immer noch dieselbe. Sie könnten eine ganze Woche hierbleiben und sich mit ihr unterhalten und wären nicht in der Lage, es zu leugnen. Das einzige, was sich verändert hat, ist das Physische. Die Titten und der Hintern, oder welchen Schwachsinn hatten wir da vorhin? Die Kühle ihres nassen, salzigen Haars und die Gänsehaut. Das war alles, was Sie begehrt haben, und das gibt es nicht mehr.«

»Das stimmt nicht, Brainbocs.«

»Wirklich? Dann sagen Sie es ihr. Sagen Sie ihr, dass Sie sie immer noch lieben.«

Ich zögerte, und meine Unentschlossenheit steigerte noch seine Schadenfreude.

»Na also! Sie können sich nicht dazu durchringen!«

»Warum zum Teufel sollte ich auch?«

»Natürlich um Calamity zu retten.«

Ich wandte mich zu ihm um und betrachtete das selbstgefällige Lächeln, das er aufgesetzt hatte. Wieder gab er sich Mühe, ruhig zu bleiben, er atmete tief ein und zählte die Atemzüge. Und dann sagte er deutlich gelassener: »Sie können noch so protestieren oder sich wie ein störrisches Kind aufführen, Sie können mir alle möglichen Beleidigungen an den Kopf werfen, aber Sie sind nicht blöd. Den Deal, den ich Ihnen anbete, können Sie unmöglich ablehnen. Sagen Sie Myfanwy, dass Sie sie nicht lieben, und ich sage Ihnen, wohin sie Calamity gebracht haben.«

Ich stürzte mich auf ihn, aber wieder war ich zu langsam. Oder Brainbocs zu schnell. Ein weiterer Gabelblitz fuhr durch meine Rippen, hob mich hoch und warf mich mit unvorstellbarer Kraft zu Boden. Ich zuckte und wand mich, während mein Herz so rasend schlug, daß ich dachte, meine Brust müsse explodieren. Brainbocs sah mich ausdruckslos an, und sobald die Zuckungen nachließen, sagte er: »Sie blöder Trottel.« Rhodri schüttete mir eine Terrine voll kalten Wassers ins Gesicht, und ich zog mich mühsam in den Rollstuhl hoch.

»Ich kann Ihnen versichern, Louie«, fuhr Brainbocs fort, »Sie werden dieses Spiels eher müde werden als ich. Aber Schluss damit. Besiegeln wir die Abmachung.«

»Und wenn ich nicht will?«

»Sie haben keine Wahl. Sie wären blöd, wenn Sie sich weigern, denn es ist in Ihrem eigenen Interesse. Sie lieben Calamity wie ein Vater. Myfanwy lieben Sie nicht mehr, trotz Ihrer markigen Worte. Sie aufzugeben dürfte also nicht so schwierig sein, mal abgesehen von der Wunde, die das Ihrer Ehre schlagen wird. Aber was bedeutet das schon im Vergleich zu Calamitys Wohlergehen?«

Hatte er recht? Sein Gerede hatte mich so durcheinandergebracht, dass ich kaum noch wusste, was ich denken sollte. »Sag mir, was sie mit Calamity gemacht haben«, sagte ich schließlich.

Brainbocs rollte zu einem Sekretär und holte einen Stapel Papiere. »Ich kann Ihnen nicht genau sagen, wo sie ist, das muss Ihnen klar sein. Wir haben diese Sache nicht gemeinsam durchgezogen, falls Sie das denken. Mich mag Mrs. Llantrisant auch nicht mehr als Sie. Aber ich weiß, wie man es rauskriegen kann.«

»Und woher weiß ich, dass du nicht lügst?«

»Das können Sie nicht wissen. Aber wenn ich es Ihnen erklärt habe, werden Sie sehen, dass es die Wahrheit ist. Sie werden es im Urin haben. Außerdem müssen Sie Myfanwy nur sagen, dass Sie sie nicht mehr lieben. Wenn ich Sie aufs Kreuz lege, sagen Sie einfach, Sie hätten es nicht so gemeint. Sie können gar nicht verlieren.«

»Also, wo haben sie sie hingebracht, und was ist Herod so heilig?«

Er hob den Stapel mit den Papieren hoch. »Es hat nichts, wie Sie vielleicht als erstes tippen würden, mit Rugby oder Bier zu tun, nicht mal – wie ich insgeheim vermutet hatte – mit dem erregenden Angstschweiß heranwachsender Jungs. Es ist etwas sehr viel Ursprünglicheres, das noch aus der Zeit kurz nach dem Patagonienkrieg herrührt. Eine Zeit, in der er noch all die normalen Bedürfnisse eines gesunden jungen Mannes hatte. Ein Mann, der noch lachen und lieben konnte, dessen Seele noch nicht von der Erinnerung an jenen schrecklichen Konflikt zerfressen war. Dieser Mann hatte eine Liebesaffäre. Haben Sie eine Ahnung, mit wem?«

Mit hasserfüllt zusammengekniffenen Augen starrte ich das elende Würmchen ungläubig an.

»Los, raten Sie.«

»Mrs. Llantrisant?«

»Fast richtig. Ihre Schwester, Mrs. Bligh-Jones.«

Verblüfft sah ich ihn an.

»Ach, Sie wussten nicht, dass die beiden Schwestern waren? Aber ja doch. Und verbissene Rivalinnen.«

»Aber Mrs. Llantrisant hat Mrs. Bligh-Jones umbringen lassen.«

»Es gibt nichts Schlimmeres auf der Welt und so weiter. Ja, Herod und Mrs. Bligh-Jones haben getan, was alle Siebzehnjährigen tun, wenn die Säfte des Frühlings in ihnen aufsteigen, sobald sich ihnen halbwegs die Gelegenheit bietet. Das ist alles sorgfältig hier drin festgehalten.« Brainbocs wedelte mit den Papieren herum. »Ausführliche Beschreibungen, wie Mrs. Bligh-Jones auf dem grünen Hügel gestöhnt und sich gewunden und ohne verheiratet zu sein genau das getan hat, wofür sie den Rest ihres Lebens andere Mädchen verachtet hat. Die beiden haben ein Kind gezeugt. Ja, Mrs. Bligh-Jones und Herod hatten ein uneheliches Kind. Aber nur für kurze Zeit. Nur einen Tag lang. Ein schwächliches kleines Etwas, das den Kopf herausstreckte, zu dem Ergebnis kam, die Welt sei ein Jammertal, und dahin zurückkehrte, wo es hergekommen war. Sie nannten es Onan. Mrs. Bligh-Jones brachte es in einem Kuhstall zur Welt, weil Herod sie verlassen hatte. Bleibt nur noch die Frage: welcher Kuhstall?«

»Du glaubst, das ist der heilige Ort?«

»Ja, irgendwo oben am Pumlumon. Erinnern Sie sich noch an die ganze Aufregung wegen der Essen-auf-Rädern-Expedition, die da oben im Schnee steckenblieb? Das war alles Mrs. Bligh-Jones' Schuld. Sie wusste, dass Herod dort oben war, weil ihn irgendein schrecklicher, tief verwurzelter Instinkt antrieb, den Ort zu finden, an dem sein Sohn begraben liegt. Dort ist Herods Versteck, und das ist auch der Ort, wo sie Calamity heute Abend bei Mondaufgang töten werden, wenn Sie sich nicht bald auf den Weg machen.«

Eine Weile schwiegen wir beide. Ich ließ meinen Blick zu der Konsole und dann wieder zurück zu Brainbocs wandern. »Ich muss ihr einfach nur sagen, dass ich sie nicht mehr liebe, und dann sagst du mir, wo der Kuhstall ist?«

Er nickte. Und im nächsten Moment fing Myfanwy zu reden an. »Ist schon in Ordnung, Louie. Ich weiß es ja sowieso. So, wie ich jetzt bin, liebst du mich nicht. Du hasst mich. Sag es ruhig. Nein, tu es nicht, bitte, tu es nicht, tu es nicht! Ach, es ist doch egal. Ich weiß es ja auch so. Warum hast du mir nie geschrieben, du Schwein? Vergib mir ... ich weiß, das ist alles meine Schuld. Du hast mich nie wirklich geliebt, eigentlich war es Bianca, die du geliebt hast, nicht wahr? Lüg mich nicht an, ich weiß Bescheid ... Du verdienst sowieso was Besseres als das hier. Für uns ist die Sache gelaufen, es ist vorbei, sieh mich an – ich bin nur noch ein alter Gehirnlappen in einer Dose mit Hühnerbrühe ... das ist es nämlich, Hühnersuppe ... nur noch ein Gehirn ... Ich hatte nie viel Hirn, stimmt's? Das Unzulänglichste an mir ist alles, was von mir noch übrig ist ... Verlass mich ruhig, sag, dass du mich nicht liebst ... Aber sag mir, dass du mich damals geliebt hast ... in Ynyslas, erinnerst du dich noch? Ach, Louie, weißt du noch, wie wir uns damals geküsst haben? Ich war so glücklich ... Louie, sag, dass du mich damals geliebt hast, sag es, Louie, sag es ...«

Brainbocs nahm einen Krückstock und schlug damit gegen die Konsole. »Manchmal sind die Sprach-Schaltkreise überlastet.«

Und dann fing Myfanwy von Schluchzern unterbrochen an zu singen:

Once on a high and windy hill
In the morning mist, two lovers kissed,
And the world stood still ...

»Erstaunlich, nicht wahr?", sagte Brainbocs. »Sie kann zwar noch nicht perspektivisch sehen, aber sie kann immer noch weinen ...«

Ich hielt es nicht mehr aus. Langsam bewegte ich mich auf die Konsole zu, starrte Myfanwy an und dann den bösartigen Schuljungenzwerg. Auch er sang jetzt: Mit dünner, quäkender Stimme, die für immer an der Schwelle zum Stimmbruch verharren würde, schmetterte er die Melodie zu Myfanwys elektronischem Sopran.

Then your fingers touched my silent heart
And taught it how to sing
Yes, true love is a many splendoured thing ...

Es reichte. Mit Tränen in den Augen sagte ich in das Mikrofon: »Ich liebe dich, Myfanwy. Ich habe dich immer geliebt. Du warst manchmal gemein zu mir, aber das hat nie eine Rolle gespielt, ich habe dir immer verziehen. Deshalb hoffe ich, dass du mir ebenfalls verzeihst ...«

»Nein«, schrie Brainbocs, als ihm dämmerte, was ich vorhatte. »Nein! Sie mieses Schwein! Nein!« Er drückte den Hebel und lenkte sein Gefährt in meine Richtung.

»Ich hoffe, du verzeihst mir ...«

»Nein!«, kreischte er. Ich drehte mich zu Brainbocs um, der gerade die Fernbedienung hob. Ich lächelte ihn an, mit einem Friedhofslächeln, und dann drückte er auf den Knopf, und ich biss die Zähne zusammen. Der Schock raste durch mich hindurch wie blaue und silberne Feuerspeere. Ich wurde herumgeschleudert und zuckte, aber es gelang mir, mich von der Kraft und dem Schwung noch näher an die Konsole herantragen zu lassen.

»Nein!«, schrie er abermals und drückte wieder auf den Knopf. Aber er hatte mir erzählt, der Gürtel sei aus den Blitzlichtern von Kameras gefertigt, und selbst ich wusste, dass man ein paar Sekunden warten musste, bis sie sich wieder aufgeladen hatten. Ich grinste ihn an und streckte die Hand nach der Konsole aus. Brainbocs hämmerte in hilfloser Wut auf der Fernbedienung herum, dann warf er sie zur Seite und raste mit seinem elektrischen Buggy auf mich zu.

»Nein! Nein! Nein! Hören Sie auf, bitte!« Wie ein wildes Tier erhob er sich aus seinem Rollstuhl und griff in wütender Verzweiflung mit seinen winzigen Händen nach meinem Mantel. Wie ein Wahnsinniger versuchte er, auf mich draufzuklettern und sein Gesicht in einer tödlichen Umarmung ganz nah an meins zu bringen. Er war jetzt so nah, dass mir sein heißer Atem das Ohr verbrühte. Sein Zähne schnappten nur wenige Millimeter entfernt zu – wie die Kiefer eines Terriers, der eine Wespe jagt –, als er versuchte, mir die Halsschlagader durchzubeißen. »Nein! Nein! Nein! Aufhören!«, kreischte er.

»Verzeih mir, Myfanwy«, wiederholte ich und zog den Stecker aus der Steckdose.

Kapitel 23

Etwa eine Minute lang sprach keiner von uns. Brainbocs lag mir zu Füßen mit dem Gesicht nach unten auf dem Boden, die Fernbedienung einen Meter entfernt, fast noch in Griffweite. Ich beförderte sie mit dem Fuß unter die Anrichte. Die Konsole lag jetzt dunkel da, die Lichter waren aus, das elektrische Summen verstummt. Und mit ihm auch das, von dem Brainbocs behauptete, es sei Myfanwy. Schließlich drehte er den Kopf und sah mich an. »Eigenartig. Diese seltsame Sache, die man Liebe nennt. Ich dachte, ich hätte alle möglichen Reaktionen berechnet, aber darauf, dass Sie dafür töten würden, war ich nicht gefasst.«

Ich beugte mich hinab, hob den Zwerg mit dem gebrochenen Herzen hoch und setzte ihn sanft zurück ihn seinen Rollstuhl. Und dann überfiel mich die Müdigkeit. Ich hätte im Stehen einschlafen können. Plötzlich flackerte das Licht und erlosch. Nicht nur im Haus, sondern auch unten im Tal. Ich ließ mich auf einen Stuhl sinken und hielt mir den Kopf. Aus meinem Körper schien jegliche Kraft gewichen zu sein.

Der Butler kam mit einem Kandelaber mit brennenden Kerzen herein. »Ich fürchte, es gibt ein Problem mit der Stromversorgung ...« Er verstummte, als er sah, was passiert war.

»Ja«, entgegnete ich. »Das kann man wohl sagen.«

»Verstehe«, sagte er nachdenklich. »Verstehe völlig.«

»Ich rufe in Kürze die Polizei, falls Sie ... also ... falls Sie ...« Ich war sogar zu müde zum Reden.

»Zeit, mich zu verabschieden, wie?«

»Ich denke schon.«

»Würden Sie mir erlauben, bevor ich gehe, Mr. Brainbocs ein letztes Mal die Krawatte glattzustreichen?«

Ich zuckte mit den Schultern. »Wie Sie wollen.«

Der Butler ging zu Brainbocs und schlug ihn aus purer Gehässigkeit mitten ins Gesicht. »So, jetzt geht's mir besser«, sagte er und wandte sich zur Tür.

Ein breiter Blutstrom floss aus Brainbocs' Nasenlöchern über seine Oberlippe. In seinen Augen standen Tränen. Ich reichte ihm ein Taschentuch. Er missverstand die Geste und zuckte in Erwartung eines weiteren Schlags zusammen.

Es knisterte in den Lautsprechern, und dann hörte ich eine Stimme, die Stimme eines toten Mädchens. »Los, Louie«, rief sie. »Gib ihm eine ordentliche Tracht Prügel.«

Ich wirbelte herum. Der Butler deutete auf eine Tür links von der Konsole und sagte: »Ich denke, jemand sollte jetzt Myfanwy losbinden. Meinen Sie nicht auch?«

Ich öffnete die Tür, und da war sie: an einen Stuhl gefesselt, vor sich einen Bildschirm und ein Mikrofon. So weit ich das sehen konnte, war sie unverletzt. Myfanwy. Fieberhaft fummelte ich an den Stricken herum, und schon bald war sie frei, lag in meinen Armen und drückte mich so fest, dass meine Rippen knacksten. »Oh Louie«, stöhnte sie an meiner Brust. »Oh Louie.« Ich presste das Gesicht gegen ihren Scheitel und sog mit tiefen Atemzügen den verloren geglaubten Duft ihres Haares ein. Schließlich löste sie sich von mir, sah zu mir hoch und sagte: »Du hast mich abgeschaltet, du Schwein!«

Ich rief Llunos an, und er sagte mir, Calamity sei aufgetaucht. Sie sei vor einer Stunde ins Polizeirevier maschiert und habe sich gestellt, weil sie an Custard Pies Ausbruch schuldig sei. Er würde mir einen Wagen schicken, den schnellsten, den sie hatten, weil sie jeden dort in den Wahnsinnn trieb. Sie würden schon überlegen, ob sie sie wegen Landstreicherei oder irgendwas Ähnlichem festnehmen sollten, nur damit sie endlich Ruhe gab.

Wir warteten nicht auf den Streifenwagen, sondern liehen uns Brainbocs' 1960er Rover aus.

»Warum hast du mich nicht gewarnt?«, fragte ich, als wir durch Ponterwyd und dann nach Westen Richtung Stadt fuhren.

»Er hätte dich umgebracht, wenn ich nicht mitgespielt hätte. Er hat behauptet, er hätte eine Energieladung in den Gürtel eingebaut, die dich auf der Stelle töten würde. Zur Demonstration hat er einem Schwein einen tödlichen Schlag versetzt. Die Abmachung lautete, ich sollte alle deine Fragen beantworten und dich überzeugen, dass du wirklich mit mir redest. Und dann wollte er dir den Vorschlag machen, mich aufzugeben. Als Gegenleistung wollte er dir verraten, wie du Calamity finden könntest.«

»Und wenn ich dich nicht aufgegeben hätte? Wenn ich gesagt hätte, dass ich dich immer noch liebe?«

»Er war überzeugt, das würdest du niemals tun, du würdest Calamity nicht sterben lassen. Aber falls doch, wollte er uns gehen lassen, damit wir zusammen sein könnten.«

»Wirklich?«

»Er hat gesagt, wenn du das wirklich tust, wenn du für mich ein unschuldiges Kind opferst, dann würde ihn das so beeindrucken, dass er zugeben müsste, dass deine Liebe sogar noch größer ist als seine.«

Ich nickte. In gewisser Weise ergab das sogar Sinn.

»Glaubst du, er hätte uns wirklich gehen lassen?«, fragte Myfanwy.

»Ich bin mir nicht sicher. Was meinst du?«

»Ich denke, er wollte uns alle umbringen, sich selbst eingeschlossen.«

Eine Zeit lang fuhren wir schweigend dahin, in einer dunklen Welt aus altem Leder, poliertem Holz und Chromverblendungen.

»Jedenfalls habe ich ihm gesagt, du würdest niemals auf so einen blöden Trick reinfallen. Und er hat geantwortet, doch das wird er.«

»Er hatte recht.«

»Nein, hatte er nicht, du hast ihn ausgetrickst. Du hast dir etwas ausgedacht, womit er nicht gerechnet hatte. Das war echt klasse. Auch wenn ich nicht so recht weiß, was ich davon halten soll, dass du mich gemein genannt hast.«

»Und vergiss nicht, dass ich dich abgeschaltet habe.« Ich drückte ihre Hand.

Myfanwy machte ihren Sicherheitsgurt los, lehnte sich zu mir herüber und legte ihren zarten Kopf an meine Schulter.

»Wenn ich ehrlich bin«, fügte ich hinzu, »bin ich voll auf ihn reingefallen. Auf den ganzen Zinnober – vor allem auf das mit dir. Als du über Ynyslas geredet und dann zu weinen angefangen hast ... Wo hast du bloß so gut schauspielern gelernt?«

»Ich habe nicht geschauspielert.«

Calamity saß in eine Decke gehüllt auf einem Stuhl und stritt sich mit einer erschöpft aussehenden Polizistin. »Zum hundertsten Mal«, sagte sie. »Ich wurde nicht entführt. Ich habe mich freiwillig als Köder dargeboten, um ihn zu entlarven ...«

»Hör mal, Fräulein, ich habe genug von deinen Geschichten!«

»Und ich von Ihren!«

»Ach wirklich? Und wie würde es dir gefallen, wenn ich dir den Arsch versohle?«

»Und wie würde es Ihnen gefallen, wenn Sie den Rest ihres Berufslebens Strafzettel verteilen?« Dann entdeckte sie mich und sagte: »Alles in Ordnung, Louie. Alles unter Kontrolle. Ich informiere nur gerade die Uniformierten.«

»Sie hält sich für eine Detektivin«, entrüstete sich die Polizistin.

»Sie ist Detektivin«, erwiderte ich.

Die Frau stöhnte laut auf. »Fangen Sie bloß nicht auch noch an.«

»Könnten wir vielleicht mit jemandem reden, der hier ein bisschen mehr zu sagen hat?«, fragte Calamity. »Wir verlieren kostbare Zeit.«

Ich packte sie am Arm und zog sie zur Seite. Sofort fing sie an, sich über die Inkompetenz im Revier zu beschweren, aber ich legte den Finger an den Mund und bedeutete ihr, still zu sein. Sie schwieg und sah ein wenig eingeschüchtert zu mir hoch. Dann sagte sie: »Dir geht es also gut?«

Ich lächelte. »Dich wiederzusehen ist das beste Lebenselixier, das man sich nur vorstellen kann. Und wie geht es dir?«

»Bestens!« Dabei zuckte es in ihrem Gesicht, und sie musste schlucken. Und noch mal schlucken. »Wieso sollte es mir auch nicht gut gehen.« In ihren Augen glitzerte es. »Der Fall war ein klein bisschen schwierig, aber ich glaube, ich weiß jetzt, wie wir den heiligen ...«

Wieder legte ich den Finger an den Mund. »Das spielt doch jetzt überhaupt keine Rolle ...«

»Aber natürlich tut es das, wenn wir uns nicht beeilen ...«

»Tut es nicht. Im Moment ist es völlig egal, ob sie entkommen. Das einzige, was zählt, ist, dass es dir gut geht.«

»Ja, ja, mir geht's gut. Hab ich doch schon gesagt. Und das ist immer noch unser Fall ...«

»Es wird immer wieder neue Fälle geben, und manchmal werden wir sie lösen und manchmal nicht. Das wird immer so sein, da können wir nichts dran ändern. Aber dich gibt es nur einmal.«

Sie sah mich an und blinzelte die Tränen fort. »Mann, die Sache mit Custard Pie habe ich echt in den Sand gesetzt!«

»Nein«, sagte ich sanft. »Das hast du prima gemacht. Du hast das mit Herod rausgefunden. Das war eine detektivische Meisterleistung.«

»Aber Custard Pie ist mit meiner Hilfe entkommen. Wie blöd kann man denn noch sein?«

»Glaub mir, Calamity, ich hätte es genauso gemacht.«

»Wirklich?«

»Wirklich. Und falls du dich dann besser fühlst: Nicht du hast ihn entkommen lassen, sondern der Idiot, der in jener Nacht Dienst hatte und den Krankenwagen nicht kontrolliert hat.«

Calamity ließ sich das durch den Kopf gehen, und ihr Gesicht nahm einen kindlich ernsten Ausdruck an. »Ja, den müssen wir uns echt mal vorknöpfen, wenn das hier vorbei ist.« Dann kam ihr ein anderer besorgniserregender Gedanke, und sie warf mir verstohlen einen Blick zu. »Ich habe gerade an mein Kündigungsschreiben gedacht …«

Ich setzte einen möglichst unbekümmerten Gesichtsausdruck auf. »Ach das! Du hast doch nicht ernsthaft geglaubt, dass ich auf den alten Trick reinfallen würde?«

Verunsichert starrte sie mich an. »Nicht?«

»Natürlich nicht! Ich wusste sofort, dass da nur ein Hochstapler am Werk sein konnte.«

»Wirklich?«

»Na klar. Schlechteste Fälschung, die ich je gesehen habe. Derjenige, der die verbrochen hat, wusste nicht das Geringste von dir.«

»Echt?«

»Zum Beispiel hatte derjenige keine Ahnung von Rechtschreibung.«

Mit zusammengekniffenen Augen ließ sie sich meine Wort durch den Kopf gehen. Dann grinste sie plötzlich und gab mir einen Klaps. »Ach du! Heißt das, du bist nicht böse auf mich?«

Ich zauste ihr das Haar. »Wegen Custard Pies Flucht bin ich nicht böse. Aber da ist noch was anderes, und das hat mich sehr erbost. Dass du dir einfach die Waffe genommen hast.«

Sie riss die Augen auf. »Welche Waffe? Ich habe deine Waffe nicht.«

Llunos kam mit einem Styroporbecher in der Hand zu uns herübergeschlendert. Er sah müde aus. Seine Krawatte hing schief, und sein Hemd stand am Bauch offen. »Sie behauptet, sie wüsste, wo Herods geheiligter Ort ist, will es uns aber nicht sagen, weil sie die Lorbeeren einheimsen will.«

»Das habe ich mir doch auch verdient!«

»Bring sie zur Vernunft«, sagte Llunos. »Sonst mache ich sie zur Hauptzeugin. Und wenn ich das mache, kriegt sie in ganz Cardigan nie wieder einen Job als Schnüfflerin. Gefällt mir auch nicht, aber so sind nun mal die Regeln.«

»Aber *ich* habe es doch rausgefunden!«

Ich ging in die Hocke, damit unsere Gesichter auf einer Höhe waren. »Niemand bestreitet das, Kleines. Aber du kannst nicht mitkommen. Du musst hierbleiben und deine Aussage machen. Langweilig, ich weiß, aber so ist nun mal das wahre Leben eines Detektivs. Und auch wenn du uns sagst, wo sie sind, ist es immer noch dein Erfolg. Das weiß jeder.« Ich blickte zu Llunos hoch.

»Klar ist es ihr Erfolg«, sagte er. »Wenn das irgendjemand nicht wahrhaben will, wird er mir erklären müssen, wieso.«

Calamity sah zu Llunos und dann wieder zu mir. »Na gut«, sagte sie schließlich. »Ich weiß nicht, wo dieser Ort ist, aber ich weiß, wie man es herausfindet. Man muss nur Smokey Jones fragen.«

»Wen?«, fragten Llunos und ich wie aus einem Mund.

»Smokey G. Jones. In den sechziger Jahren der Mrs.-Beynon-Champion der Profi-Liga. Sie muss alles über Mrs. Bligh-Jones' uneheliches Kind wissen ...«

Llunos wartete den Rest der Geschichte gar nicht mehr ab, er fegte durchs Zimmer und bellte Befehle: »Gebt einen Fahndungsbefehl nach Mrs. Smokey G. Jones raus. Ich will alles, was sie über Mrs. Bligh-Jones' Bastard weiß: Daten, Uhrzeiten, Orte. Wenn sie nicht reden will, beschuldigt ihr sie wegen irgendwas. Wenn sie dann immer noch nicht reden will, nehmt ihr sie mit und bringt sie zum Reden. Ich will, dass sie spätestens in einer halben Stunde singt wie ein Kanarienvogel. Wenn es sein muss, setzt eure Schlagstöcke ein, und es ist mir egal, wo ihr sie hinsteckt ...«

»Wenn sie dichtmacht«, rief Calamity quer durch den Raum, »dann sagen Sie ihr einfach, dass ich die Großdruckausgabe von *Lady Chatterley* habe, nach der sie gesucht hat.« Sie drehte sich wieder zu mir und sagte lächelnd: »Wir kriegen sie schon noch.«

»Klar doch. Aber jetzt erzähl mir erst mal, wie du ihnen entkommen bist.«

Sie wandte den Blick ab und starrte auf den Fußboden. »Ach, weißt du ...«, hub sie an und versuchte, dabei möglichst lässig zu klingen. »Custard Pie hatte ein Treffen zwischen mir und einem seiner Komplizen vereinbart, von dem ich erfahren sollte, wer der Rabe war. Ich habe mir eingebildet, ich könnte sie ganz allein festnageln – völlig idiotisch. Und als Pie dann entflohen ist, hatte ich so große Angst, was du wohl sagen würdest, dass ich mich erst mal eine Zeit lang unsichtbar gemacht habe. Ich wusste, dass du wütend sein würdest.«

»Ich war nicht wütend. Du hast einfach nur einen Fehler gemacht, und das darf jeder mal.«

»Also bin ich zu dem Treffen gegangen, und weißt du ... Ich war natürlich zu clever für sie ...«

»Ja, ich weiß.«

»Auf so einen bescheuerten Trick würde ich doch niemals reinfallen.«

»Niemals?«

»Natürlich nicht.«

»Na gut. Das ist ja fantastisch. Und wie wär's mit der Wahrheit?«

Sie biss sich auf die Lippe. »Nun ja, also, um die Wahrheit zu sagen ...«, antwortete sie widerwillig. »Man hat mich gewarnt.«

»Wer?«

»Ich weiß es nicht. Ich war auf dem Weg zum Treffpunkt, und da kam mir diese alte Frau mit dem schwarzen Umhängetuch entgegen und erzählte mir, es sei eine Falle. Sie ist nicht lange geblieben, kaum war sie da, war sie auch schon wieder weg. Und sobald sie es gesagt hatte, wurde mir klar, was für eine Idiotin ich bin.«

Noch vor Ablauf der halben Stunde kam Llunos zu mir und schlug vor, ich solle meinen Mantel anziehen. Smokey G. Jones hatte bereitwillig ausgesagt. Die Polizisten hatten allerdings warten müssen, bis sie sich eine Tasse Tee gekocht hatte. Und sie hatten sich erst noch die alten Geschichten von vier Schulmädchenschwangerschaften, zwei außerehelichen Affären und einem Fall von Inzest anhören müssen, bevor Smokey G. Jones endlich zu dem kam, was sie eigentlich hören wollten. Das uneheliche Kind war in einer Hütte am Pilgrim's Pass oben am Pumlumon zur Welt gekommen. Die Truppe würde im Morgengrauen ausrücken, aber nachdem es noch ungefähr eine halbe Stunde lang hell sein würde ... Llunos brauchte nicht weiterzureden, wir wussten beide, was wir zu tun hatten.

Bevor wir aufbrachen, wandte ich mich noch mal an Calamity und fragte: »Stimmt es wirklich, dass du die Waffe nicht weggenommen hast?«

Sie nickte. »Du hast es mir doch verboten. Das hätte ich mich nie getraut.«

Kapitel 24

Die Pilgrim's Hütte war die letzte der alten Wanderstationen vor dem Pass. Wer zu Fuß nach England wollte, nahm normalerweise diese Route, die bei Schneefall allerdings schnell unpassierbar wurde. Während Llunos in hohem Tempo durch das Ödland von Blaenrheidol fuhr, schwebten bereits die ersten Schneeflocken vom Himmel.

Wir ließen den Wagen auf einem Parkplatz stehen und folgten dem National-Trust-Wanderpfad durchs Tal und dann durch das Geröll hinauf Richtung Pass. Falls sie eine Wache aufgestellt hatten, würden sie uns problemlos entdecken, aber wohin sollten sie dann fliehen? Bei diesem Wetter führte der einzig sichere Weg zurück ins Tal. Links von uns schlug das dunkle Wasser des Nant-y-moch-Reservoirs in kleinen Wellen sanft gegen das Ufer. Es fühlte sich an, als wären tausend Jahre vergangen, seit wir beide mit dem Reservoir zu tun gehabt hatten, damals über den Wolken in einem Flugzeug, aus dem Herod in den vermeintlich sicheren Tod gestürzt war. Wir waren uns der Bedeutung dieses Moments durchaus bewusst – dort oberhalb des Sees, wo wir letztes Mal versagt hatten. Wir gingen vor uns hin, ohne zu reden. Es gab nichts mehr zu sagen. Es war Zeit zu handeln.

Herod stand mit dem Rücken zu uns vor der Hütte und häutete ein Frettchen. Er war wie ein Urwaldmensch in selbstgegerbte Felle eingehüllt, die seine muskelbepackten Arme und Schultern freiließen. Ein Zweig knackte unter unseren Füßen, und er fuhr mit dem blutigen Jagdmesser in der Hand herum, im Gesicht jene horizontale Falte, die man einst ein Lächeln genannt hatte.

»Ach du meine Fresse«, sagte er. Dann nickte er Llunos zu. »N'Abend, Llunos. Ziemlich frisch heute, nicht wahr?«

»*Nos da*, Mr. Jenkins! Sieht aus, als würden wir ein bisschen Schnee kriegen.«

»Und du spielst immer noch Detektiv?«, wandte Herod sich an mich. »Du solltest dir lieber eine richtige Arbeit suchen.«

»Es ist eine richtige Arbeit.«

»Jetzt hättest du mich beinahe überzeugt.«

»Wir sind hier, um Sie zu verhaften«, sagte Llunos.

»Weswegen?«

»Weswegen?!«, stieß ich hervor.

»Ich habe meine Schuld beglichen.«

»Und wie Sie das haben!«

»Ich bin aus einem Flugzeug gefallen, erinnerst du dich? Habe mir den Kopf an der Wasseroberfläche blutig geschlagen, mein Gedächtnis verloren, von Beeren gelebt ...«

»Erzählen Sie das dem Richter, Herod«, schlug Llunos vor. Herod zog seine Fellweste zur Seite, um uns eine lange, hässliche Narbe auf seiner Brust zu zeigen. »Sehen Sie sich das mal an. Die Wunde habe ich selbst genäht, mit einem Nagel und mit Faden, den ich aus Schafinnereien hergestellt habe.«

»Ich dachte, Handarbeit wäre was für kleine Mädchen.«

»Ergeben Sie sich, Herod«, sagte Llunos.

»Ihnen beiden? Ich bin größer als Sie, was wollen Sie also machen?«

»Sie wissen doch genau, dass noch mehr Leute im Anmarsch sind. Männer mit Hunden. Und mit Waffen. Die werden Sie kriegen. Sie wären verrückt, wenn Sie weiter rauf auf den Pass gehen würden. Der einzige Weg führt zurück ins Tal. Wollen Sie etwa den Rest Ihres Lebens vor der Polizei davonrennen?«

»Ich finde Rennen prima. Wenn die kleine Schwuchtel da während der Schulzeit öfter trainiert und nicht dauernd wie ein Mädchen gejammert hätte, wäre es uns vielleicht gelungen, einen Mann aus ihr zu machen.«

»Ich rede nicht vom Rennen auf einer Laufbahn. Sondern davon, dass Sie Ihr ganzes weiteres Leben wie ein gejagtes Tier immer auf der Flucht sein werden. Sie werden sich keinen Abend mehr hinlegen können, ohne fürchten zu müssen, dass man Sie genau in dieser Nacht erwischt. Jeden Tag eine neue Stadt, eine neue Identität, immer über die Schulter schauen müssen ...«

»Klingt auch nicht schlechter, als im Knast zu verrotten.«

»Wer sagt denn, dass Sie ins Gefängnis müssen? Was haben Sie denn getan? Es ist schließlich kein Verbrechen, das Gedächtnis zu verlieren und im Wald zu leben. Vermutlich könnten wir uns irgendwie einigen.«

»Ich stecke bis zum Hals in der Scheiße. Das haben Sie doch selbst gesagt.«

»Nein, das stimmt so nicht. Wenn Sie gegen Mrs. Llantrisant aussagen, lässt sich bestimmt was aushandeln.«

Herod spuckte verächtlich aus. »Ach, so läuft das also? Ich soll meine Kameradin verraten, und im Gegenzug bekomme ich Strafminderung. Wenn Sie das glauben, sind Sie schief gewickelt. Ich bin kein Feigling wie Louie Knight hier, der immer viel zu viel Angst hatte, um den Ball zu fangen.«

»Ist das da das Grab?«, fragte ich und zeigte auf einen Steinhaufen oberhalb der Hütte, auf dem ein erst kürzlich ungelenk aus Holz geschnitztes Kreuz stand.

Herod drehte sich um und starrte nach oben. Aus dem milchig grauen Himmel schwebten einzelne Schneeflocken herab wie Samen einer Pusteblume.

»Das habe ich letzte Woche aufgestellt. Jetzt kann seine Seele in Frieden ruhen.«

»Wir können sicher mit dem Richter was aushandeln, dass Sie ab und zu hier raufkommen dürfen«, sagte Llunos.

»Alles, was ich jemals wirklich wollte, war ein Sohn«, sagte Herod mit vor Gefühl triefender Stimme. »Ein Sohn, mit dem ich draußen auf dem Rasen Rugby spielen kann. Das ist doch nicht zu viel verlangt, oder?«

»Das steht jedem Menschen zu«, antwortete Llunos.

»Aber jetzt ist er tot. Und ich bin schuld. Ich habe sie rausgeschmissen. Habe Mrs. Bligh-Jones rausgeschmissen, als sie mit siebzehn schwanger wurde. Ein hilfloses Mädchen, das nicht wusste, wohin es sich wenden sollte. Völlig verlassen. Das arme kleine Würmchen kam in einem Kuhstall zu Welt.«

»Jesus ging es auch nicht besser«, entgegnete Llunos.

»Allerdings hatte er einen netteren Papa«, fügte ich hinzu.

Herod redete weiter, als hätte er uns nicht gehört. »Ganz allein war sie. Hat versucht, über den Pass nach Shrewsbury zu gelangen. Keine Freunde, keine Unterstützung, niemanden, der sie tröstete ... Und der Junge ... mein Sohn, der kleine Onan ... hat nur einen Tage lang gelebt.«

»Kommen Sie mit, Herod«, sagte Llunos sanft. »Man wird Ihnen keine lange Haftstrafe aufbrummen, in ein paar Jahren sind Sie wieder draußen, und dann können Sie hier oben in der Hütte leben.«

»Hier oben?«, fragte Herod nachdenklich.

»Vermutlich könnten Sie als Hüttenwart oder als Ranger arbeiten. Für einen kräftigen Mann findet sich immer ein Job.«

Er ließ es sich durch den Kopf gehen. Schließlich sagte er: »Mit der Sache mit dem Mädchen hatte ich nichts zu tun, ist das klar?«

»Calamity?«

»Das war Custard Pies Idee. Ich wollte nichts damit zu tun haben. Es war primitiv.«

»Wir glauben Ihnen, Herod. Wir wissen, dass Sie so etwas nicht tun würden. Und der Richter wird Ihnen auch glauben. Aber wenn wir Ihnen helfen sollen, müssen Sie uns auch helfen.«

»Wo ist Custard Pie?«, fragte ich.

»In der Hütte. Hat sich bei einem Sturz das Bein gebrochen. Wahrscheinlich kommt er nicht durch. Mrs. Llantrisant ist unterwegs, um Desinfektionssalbe zu besorgen.«

»Wenn Sie mitkommen, können wir Hilfe holen. Ist doch blödsinnig, ihn hier oben sterben zu lassen.«

Die Entschlossenheit des kräftigen Sportlehrers geriet allmählich ins Wanken. Wie schwer er sich tat, zu einer Entscheidung zu kommen, konnte man an seiner angespannten Körperhaltung ablesen. Stolz und aufrecht stand er da, wie aus Granit gemeißelt, doch dann ließ die Spannung allmählich nach, und er schien ein wenig in sich zusammenzuschrumpfen. Als ob der Gedanke an einen warmen Herd im Vergleich zu den Unwägbarkeiten einer Flucht in das schneebedeckte Ödland selbst seine enormen Kraftreserven aufzehren würde. Als ob er sich allmählich eingestehen würde, welch schrecklichen Tribut der tägliche Kampf gegen die Erynnien, die ihn verfolgt hatten, seinem alternden Körper abverlangte. Und konnte man es ihm verdenken? Einem Mann, der gleich am Anfang seines Lebens den falschen Weg eingeschlagen hatte, zu einem Zeitpunkt, als er noch nichts über diese Welt wusste? Der den falschen Weg einschlug und dann für immer gezwungen war, ihm zu folgen? Was, wenn er Mrs. Bligh-Jones damals nicht zurückgewiesen hätte? Wenn er sie zu sich genommen und sie ihm einen Sohn geboren hätte, mit dem er auf dem Rasen hätte Rugby spielen können? Wie viele qualvolle Jahre wären den Heerscharen schwer leidender Kinder erspart geblieben, die das Schlachtfeld seines Unterrichts durchleben mussten? Konnte ich ihn dafür verantwortlich machen? Kann überhaupt irgendjemand von uns für etwas verantwortlich gemacht werden, das zu verhindern er nicht die Kraft hatte? War es nicht genau das, was Custard Pie gesagt hatte? Aber reicht es, den Erynnien die Schuld zu geben? Schwer zu sagen. Allerdings wusste ich, wie Eeyore sich dazu äußern würde: Wenn du so denkst, brauchst du gar nicht erst Detektiv zu werden. Da kannst du auch gleich den ganzen Tag im Bett bleiben. Jeder Mensch trifft eine Entscheidung, die sein Leben bestimmt. Und lebt damit. Niemand hat je behauptet, das sei angenehm. Aber jeder Mensch hat die Wahl. Wie Ben Guggenheim.

Ich musterte Herod. In seinen Augen war so einiges zu lesen, Hass, Schmerz, Verwirrung, aber vor allem Hilflosigkeit. Und dann zeichnete sich noch etwas darin ab: eine Entscheidung, die allmählich Gestalt annahm.

»Wenn ich mitkomme«, wandte er sich an mich, »gibst du mir dann deinen Segen?«

Verblüfft starrte ich ihn an. Llunos drehte sich zu mir und sah mich an, als hinge nun alles von mir ab.

»Gibst du mir deinen Segen?«, wiederholte Herod.

Ich öffnete den Mund, ohne zu wissen, was ich sagen würde. In dem Moment schrie jemand ein einziges Wort, das in der Schlucht widerhallte wie ein Querschläger.

»Nein!«

Wir fuhren allesamt herum und blickten nach oben. Auf einem Felsvorsprung in der Nähe des Grabs des kleinen Onan stand wie eine nordische Rachegöttin mit wehenden weißen Haaren Mrs. Llantrisant. Und zielte mit einer Schrotflinte auf uns. Wir hoben die Hände, und sie stieg den steinigen Pfad zu uns herunter.

Llunos sprach als erster. »Nehmen Sie die Flinte lieber runter, Mrs. Llantrisant.«

»Sie halten mich wohl für bekloppt.«

»Das sind Sie auch, wenn Sie sie nicht runternehmen. Es gibt keinen Ort mehr, wo Sie noch hin könnten.«

»Lieber aufrecht sterben, als auf den Knien leben.«

»Das finde ich jetzt ein bisschen übertrieben von jemandem, der sein Leben lang Treppen gewischt hat.«

Sie spuckte aus. »Pah! Das war doch nur meine Tarnung, Sie Blödmann! Wenn ich mich als Idiotin verkleide, macht mich das dann zu einer? Oder macht es Sie zum Idioten, wenn Sie drauf reinfallen?«

»Das klingt sehr überheblich, Mrs. Llantrisant. Die Wahrheit ist doch, Sie sind eine Flüchtige und Sie haben schwer Rheuma. Sie brauchen vernünftige medizinische Behandlung. Ihre geschliffene Rhetorik hilft Ihnen auch nicht, über diesen verschneiten Bergpass zu kommen, und das ist der einzige Ausweg, der Ihnen noch bleibt.«

»Glauben Sie wirklich, dass mich nach allem, was ich durchgemacht habe, die Schmerzen in meinen Gelenken auch nur einen Deut scheren? Es mag Ihnen ja vielleicht gelingen, meinen Mann so zu beschwatzen, dass er sich wie ein feiger Hund aufführt ...« Sie schwang die Schrotflinte zu Herod herum, der jetzt leise vor sich hin weinte. »Reiß dich zusammen, Mann, oder ich ziehe dir mit der Pferdepeitsche eins über!« Herod rieb sich die Tränen mit einem Fellstück ab, das ihm von der Taille hing.

»Sind Sie beide nicht ein bisschen zu alt, um Bonnie und Clyde zu spielen?«, fragte ich.

»Ja«, sagte sie spöttisch, »lachen Sie mich nur aus, weil ich alt bin, aber ich habe mehr Mumm als Sie, und dabei bin ich doppelt so alt.«

»Niemand bezweifelt Ihre Willenskraft, Mrs. Llantrisant ...«

»Doch, das tun Sie. Glauben Sie, ich wüsste das nicht? Dass sie uns Alte verachten, weil wir im Weg sind? Uns in ein Heim stecken wollen, wo wir nie wieder eine normal große Teekanne zu sehen bekommen? Oh, ich weiß genau, was Sie denken. Sie sehen meine schwachen Augen und mein dünnes graues Haar, und schon wollen Sie mich irgendwohin verfrachten, wo mich keiner mehr sieht. Und was Ihnen am wenigsten gefällt, ist die Vorstellung, dass mich, eine alte Frau, das Feuer der Leidenschaft verschlingt. Ja, ich weiß. Aber eins sage ich Ihnen: Ich war nicht immer so. Es gab Zeiten, da war meine Haut nicht dieses welke Pergament, das Sie heute sehen, und meine Zitzen waren nicht solche trockenen, leeren Beutel, sondern explodierten vor Milch, Feuer und Liebe. Und noch eins sage ich Ihnen: Die Liebe, die ich für Herod Jenkins empfand, war im Vergleich zu den Gefühlen von Mrs. Bligh-Jones wie der Nil zum Rheidol, wie ein Orkan zu einem Furz im Vergleich zu dem, was unser Louie Knight hier für die Hure aus dem Nachtklub empfunden hat.«

»Das bezweifeln wir ja gar nicht, Mrs. Llantrisant, aber Sie sollten das realistisch sehen. Das ist kein Wetter, um im Freien zu leben und sich von Kaninchen zu ernähren. Was Sie brauchen, ist eine große Portion heißen *Caawl.*«

»Auf der Gefängnisinsel, auf die Sie mich verbannt hatten, habe ich auch nicht viel *Caawl* zu Gesicht bekommen.«

»Vielleicht sind wir zu ruppig mit Ihnen umgesprungen. Vielleicht können wir etwas Passenderes für eine Dame in Ihrem Zustand finden.«

»Versuchen Sie nicht, mich reinzulegen. Ich bin nicht blöd. Sie werden mich einsperren und den Schlüssel wegwerfen. Aber das lasse ich nicht zu.«

»Kommen Sie mit uns mit, Mrs. Llantrisant.«

»Nein! Auf gar keinen Fall. Ich bin frei, ich bin wieder mit meinem Mann zusammen, und lieber sterben wir zusammen, als dass wir getrennt und angekettet leben.«

Genau in diesem Moment kam Dai the Custard Pie aus der Hütte gekrochen. Sein Bein war an eine Schiene gebunden, die aus einem Ast geschnitzt war. Der Wundbrandgestank, der uns in die Nase drang, drehte uns fast den Magen um. »Was ist los?«, krächzte er.

Mrs. Llantrisant übernahm das Kommando. »Du nimmst die Schrotflinte. Damit hältst du sie in Schach, bis wir weit genug weg sind. Dann lässt du dich von ihnen mitnehmen, sie bringen dich ins Krankenhaus, wo man dein Bein behandeln kann ...«

»Wir lassen ihn doch nicht einfach zurück, oder?«, fragte Herod.

»Uns bleibt keine Wahl. Der Wundbrand ist übel, er muss dringend ins Krankenhaus.«

»Das ist doch nur ein einfacher Bruch«, widersprach Herod. »Er muss den Fuß nur richtig belasten, das ist alles. Ich habe jede Menge Jungs gesehen, die mit schlimmeren Verletzungen unterwegs waren.«

»Nein, Herod, die Welt hat sich gewandelt. So etwas ist heute nicht mehr möglich. Er würde uns nur aufhalten.«

»Aber mein Rücken ist breit genug, um ihn zu tragen.«

Sie schüttelte den Kopf. »Es ist die einzige Möglichkeit.« Sie reichte Custard Pie die Flinte, dann stapften die beiden durch den Schnee den Weg zum Pilgrim's Pass hinauf. Am Grab des kleinen Onan machten sie noch einmal kurz Halt, um Abschied zu nehmen.

KAPITEL 25

Wir ließen Custard Pie am Berg zurück, wo ihn die Sanitäter finden konnten, und riefen die Gebirgsranger in Welshpool an, um ihnen zu sagen, sie sollten nach zwei Flüchtigen Ausschau halten – für den Fall, dass die es tatsächlich über den Pass schafften. Dann fuhren wir in die Stadt zurück. Der Schnee fiel in dicken Flocken, und die Streuwagen waren bereits im Einsatz.

»Dieses Gerede über den Kannibalismus oben am Berg«, sagte Llunos, »das war völliger Mist.«

»Ja, das ist mir inzwischen auch aufgegangen. Das hatte sich Mrs. Llantrisant ausgedacht, um Mrs. Bligh-Jones' guten Ruf zu schädigen. Sie wusste, dass sie sich mit Herod getroffen hatte, und war eifersüchtig.«

Llunos nickte. »Mrs. Tolpuddle hat gestern ihr Schweigen über die Mission gebrochen. Wie es aussieht, waren sie auf einer ihrer Routinesuchaktionen, und dann behauptete Mrs. Bligh-Jones plötzlich, sie habe ein Notsignal empfangen. Außer ihr hatte das niemand, aber sie sind trotzdem losgefahren, um nachzusehen. Als sie umkehren wollten, hat Mrs. Bligh-Jones sie immer weiter gedrängt; es war, als wüsste sie, wonach sie Ausschau hielt. Und dann haben sie oberhalb der Schneegrenze das ›Ding‹ gesehen. Das, wie wir inzwischen wissen, Herod war. Oder Mr. Dippetty-doo. Und da ist es dann passiert.«

»Was?«

»Das, was Mrs. Cefnmabws entsetzt davonrennen ließ. Es war nicht Kannibalismus, es war was anderes. Mrs. Bligh-Jones riss sich die Kleider vom Leib und wälzte sich mit Mr. Dippetty-doo im Schnee.«

»Ich glaube, da wäre ich auch davongerannt.«

»Trotzdem bin ich in gewisser Weise froh. Ich habe nie viel für Mrs. Bligh-Jones übrig gehabt – ich fand sie immer ein bisschen hochnäsig –, aber ich konnte mir nie so recht vorstellen, dass sie ihre Bowling-Partnerin gegessen hat.«

»Sei dir da nicht zu sicher«, zog ich ihn auf. »Das besagt nur, dass sie es nicht getan hat, aber nicht, dass sie es nicht getan hätte.«

Irritiert sah er mich an. Er war in einer düsteren, nachdenklichen Stimmung und nicht begeistert über meine Witzelei. »Dann hat sich Mrs. Llantrisant die Sache mit Calamity also ausgedacht, um sich an dir zu rächen?«

»Sieht ganz so aus. Offensichtlich hat sie geglaubt, das wäre die beste Methode, um mir wehzutun, und wie üblich hat sie damit voll ins Schwarze getroffen.«

Llunos schüttelte verwundert und ungläubig den Kopf.

Wir überquerten den Kamm des Penglais Hill, und wie immer tauchte plötzlich die vertraute Silhouette von Aberystwyth im Tal vor uns auf, wie ein treuer Hund, bei dessen Anblick einem warm ums Herz wird: Rauchschwaden, die über die Schieferdächer ziehen, der ramponierte alte Pier, die spitzen Mauertürme des alten College, und im Hintergrund das taubengraue Meer.

»Ich kann das alles immer noch nicht fassen«, sagte Llunos. »Dass Brainbocs zurückkommt. Und dass er einen Liebestrank kreiert.«

»Vermutlich werden wir alle ein paar Jährchen brauchen, bis wir uns daran gewöhnt haben.«

»Eigentlich habe ich die letzte Gaunerei noch gar nicht richtig verarbeitet. Die Flut.«

»Geht mir genauso.«

»Wo soll ich dich rauslassen?«

»Ich muss nach Trefechan.« Er stieg aufs Gas und raste am alten Bahnhof vorbei. Ich holte den Schlüssel zu meinem Büro heraus und legte ihn neben die Gangschaltung. »Wenn du wieder im Revier bist, gib ihn doch bitte Myfanwy und sag ihr, sie soll bei mir auf mich warten. Sag ihr, ich bin in etwa einer Stunde wieder da, und dann erkläre ich ihr alles.«

Llunos nickte. »Ist vermutlich zwecklos, dich zu fragen, was du zu dieser nachtschlafenden Zeit so Wichtiges in Trefechan zu tun hast?«

»Genau.«

»Dachte ich mir schon. Ich an deiner Stelle würde ja nur noch an Myfanwy denken können.«

»Tue ich auch. Den ganzen Tag schon. Aber jetzt habe ich drei Jahre gewartet, da kann ich auch noch eine Stunde länger warten.« Als wir am Bahnhof vorbeifuhren, schaute ich besorgt auf die Uhr. 23 Uhr 40. Noch rechtzeitig. Gerade noch. »Und sorg dafür, dass jemand Calamity nach Hause bringt. Sag ihr, wir treffen uns morgen im Büro, wie üblich ... Hier kannst du mich rauslassen.«

Er nickte und fuhr direkt vor der Trefechan Bridge an den Straßenrand.

Ich öffnete die Tür, aber Llunos hielt mich sanft am Arm zurück. »Stell dir mal vor, man könnte wirklich so einen Liebestrank herstellen«, sagte er. Er machte einen seltsam aufgewühlten Eindruck. »Und du würdest dich in jemanden verlieben, den du nicht magst. Das wäre doch wie Vergewaltigung, nicht wahr?« Bedächtig schüttelte er den Kopf, als überlege er, welche Folgen das haben würde. »Wir müssten ein neues Gesetz erlassen.« Dann streckte er mir die Hand hin, und ich nahm sie und schüttelte sie.

Erschöpft stapfte ich über die Trefechan Bridge und am Flussufer entlang zum Wohnwagenpark. Der Sturm war inzwischen vollständig abgeflaut, und eine geradezu gespenstische Stille lag über dem Hafen. Selbst die vereinzelt vorbeifahrenden Autos schienen weit entfernt und irgendwie unwirklich. In der unbewegten Luft hing schwach der Geruch des Meeres, zarter als die Erinnerung an Rosenblätter.

Im Wohnwagen, der genauso übel roch wie beim letzten Mal, war alles dunkel und still. Die Tür war angelehnt, also drückte ich sie auf und schob mich hindurch, ohne zu wissen, was mich erwartete, aber auf alles gefasst. Ich fand den Lichtschalter, doch er funktionierte nicht.

»Der Strom ist abgeschaltet.« Es war die Stimme eines Mädchens, die irgendwo aus der Dunkelheit zu mir drang, und sie klang gepresst, als würde ihre Besitzerin große Schmerzen haben. »Vermutlich hat das Miststück vergessen, die Rechnung zu bezahlen.« Allmählich gewöhnten sich meine Augen an das Halbdunkel, und ich konnte mitten im Wohnwagen eine Gestalt ausmachen. Es war Gretel. Sie trug etwas Glänzendes, das sie von den Schultern bis zu den Knien einhüllte. Es sah aus wie ein Kleid, vielleicht aus Taft oder etwas Ähnlichem.

»Vermutlich ist es mir gelungen, Sie die ganze Zeit mit der Sack-und-Asche-Nummer zu täuschen, nicht wahr?« Sie sprach abgehackt, als würde ihr jemand die Luft abdrücken oder als würde irgendein tiefer, verzweifelter Schmerz das letzte bisschen Leben aus ihr heraussaugen.

»Es gehört nicht viel dazu, mich zu täuschen. Da reicht schon ein Glas Damaszenerpflaumenmarmelade.«

In Gretels Hand glitzerte etwas Bläulichweißes. Es war meine Waffe, und sie war auf mich gerichtet. Gretel sah auf sie hinab und fuchtelte mit ihr herum. »Der bringe ich schon noch bei, ihre dreckigen Pfoten von meinem Mann zu lassen.«

Ich nickte und sagte in einem Tonfall, wie man ihn auch verängstigten Tieren gegenüber anschlägt: »Ich denke, das ist Ihnen schon gelungen.« Ich machte einen halben Schritt auf sie zu. Plötzlich fiel mir wieder ein, wie Eeyore gesagt hatte, dass der Tod, wenn er uns denn holt, einem oft peinlich oder dumm oder einfach nur banal erscheint. Wie grausam, dass er mich ausgerechnet jetzt ereilen sollte, wo Myfanwy daheim auf mich wartete. Nach all diesen Jahren und nach all den unzähligen Gelegenheiten, bei denen ich in letzter Zeit hätte umkommen können. So vorsichtig wie möglich streckte ich die Hand aus. Wie nach einer Katze im Baum. »Kommen Sie«, sagte ich. »Es ist schon in Ordnung.«

»Danke, dass ich mir die Waffe ausleihen durfte.«

»Durften Sie nicht. Sie haben Sie einfach genommen.«

»Woher wussten Sie, dass ich sie habe?«

»Das war nicht schwierig. An dem Tag, als Calamity nach einem Eisen fragte, sagte sie, es sei in der Truhe und die Schlüssel hinter dem Bild. Sie standen hinter der Tür.«

Sie ließ sich das einen Moment durch den Kopf gehen und sagte dann: »Ich habe Ihnen einen Scheck geschickt.«

»Wofür?«

»Weil Sie mir geholfen haben, sie zu finden. Abgemacht ist abgemacht.«

»Die Abmachung lautete aber, den Dekan zu finden. Nicht Judy Juice.«

»Ich hätte wohl das Kleingedruckte lesen sollen.« Ihre Stimme wurde immer schwächer und rauer, und auch ein bisschen winselnd, wie bei einem heimwehkranken Hund. »Und ich hätte das Miststück auch gekriegt, wenn das blöde Ding hier nicht eine Ladehemmung gehabt hätte.« Sie schwankte wie ein gefällter Baum kurz vorm Umstürzen. Die Waffe glitt ihr aus der Hand und fiel zu Boden. Erst da bemerkte ich in ihrem Mundwinkel ein dünnes, dunkles Rinnsal, das mit jedem Atemzug herausblubberte. Wie hypnotisiert ließ ich meinen Blick nach unten wandern. In ihrer Brust, direkt unterhalb der Stelle, wo sich das Herz befinden sollte, steckte das Messer mit der Aufschrift »Besuchen Sie das sonnige Aberystwyth«. Sie gab ein seltsames Quietschen von sich, sank langsam auf die Knie, sackte zwischen Herd und Schrank zusammen, wo sie mit ihrer enormen Körperfülle eingezwängt hängen blieb. Das Blut in ihrem Mundwinkel hörte auf zu schäumen.

Ich trat zu ihr, legte ihr einen Finger unters Kinn und schloss den hässlichen, offenstehenden Mund. Ihre Augen waren mir nicht so wichtig, die konnte ich kaum sehen. Das Kleid war wirklich aus Taft, und sie trug Perlenohrringe, eine Brosche und einigen anderen billigen Tand. Nur der Hut fehlte.

Ich hörte, wie am anderen Ende des Wohnwagens ein Streichholz über die Zündfläche einer Streichholzschachtel gezogen wurde. Es flammte kurz auf und ging dann wieder aus, wurde allerdings durch das Licht einer Kerze ersetzt. Meine Sinne waren in der fast völligen Dunkelheit inzwischen so geschärft, das ich den Rauch des ausgeblasenen Streichholzes riechen konnte. Ich holte mein Taschentuch heraus und hob damit die Waffe auf.

»Lassen Sie nur, das ist nicht nötig«, ertönte die Stimme eines Manns. Er saß dort, wo ich mit Judy Juice gesessen war. Im flackernden Schein der Kerze war kurz ein Gesicht zu erkennen. Es war Lester, der Campingplatzwart. »Es bringt nichts, wenn Sie die auf mich richten. Sie hat Ladehemmung.«

»Hat sie nicht«, entgegnete ich. »Sie wusste nur nicht, wie man damit schießt.«

»Wir wissen doch beide, dass das Blödsinn ist. Aber egal. Ich habe nicht vor, irgendwelchen Ärger zu machen. Sobald ich die Zigarette geraucht habe, kann ich gern selbst die Polizei anrufen.«

»Und was wollen Sie denen sagen?«

»Dass ich diesen Sack Scheiße im Taftkleid, der da drüben liegt, umgebracht habe.«

»Das haben Sie für Judy getan?«

»Ich erwarte nicht, dass Sie das verstehen. Sie haben sie nicht gekannt.«

»Wo ist sie?«

»Sie ist weggegangen. Dahin, wo Sie und die anderen Männer in Aberystwyth ihr nichts tun können. Dahin, wo sie nicht jeden Tag mit dem grausamen Tod ihrer Mutter konfrontiert wird.«

»Ich dachte, sie sei Waise.«

»War sie auch. Die meiste Zeit ihres Lebens jedenfalls. Aber dann kam sie nach Aberystwyth und fand eine Mutter. Und musste dann ein paar Monate später mit ansehen, wie sie auf der Straße niedergeschossen wurde.«

Ich schnappte nach Luft. »Mrs. Bligh-Jones war Judy Juices Mutter?«

»Wussten Sie das nicht? Was denken Sie denn, warum sie sonst nach Aberystwyth gekommen wäre? Um in diesem stinkenden Wohnwagen zu leben? Sie kam her, um ihre Mutter zu finden, und ich kam her, weil ich es ohne sie nicht aushalten konnte. Sie hat mir diesen Job besorgt. Ich würde mir gern einbilden, dass sie das gemacht hat, weil sie mich gern hatte. Aber ich weiß, dass sie es nur aus Mitleid getan hat. Wie auch immer, es hat mir jedenfalls das Leben gerettet.«

»Der Rabe hatte keine Ahnung, wer Sie sind?«

»Ich habe ihm in die Augen gesehen. Er hatte nicht die geringste Ahnung. Ich habe ihn sogar hochkant rausgeschmissen.«

»Ich dachte, das Kind wäre am Pumlumon gestorben.«

»Das hat Mrs. Bligh-Jones Herod erzählt. Aber es hat nicht gestimmt. Und genauso wenig hat es gestimmt, dass er der Vater war. Das Kind wurde in dem Kuhstall geboren, aber es ist nicht gestorben. Sie hat es auf die Kirchentreppe gelegt, und von dort wurde es ins Waisenhaus gebracht. Judy, meine schöne kleine Olivia Twist.«

Ich legte die Waffe auf den Tisch. »Wollen Sie der Polizei wirklich erzählen, dass Sie es waren?«

»Ja.«

»Dann sollten Sie Judys Fingerabdrücke vom Messergriff abwischen.«

»Habe ich schon.«

Ich durchquerte den Wohnwagen, trat in die Nacht hinaus und schloss die Tür. Hinter mir in der Dunkelheit lag die Leiche einer fetten, in Taft gehüllten Frau, und ein Mann rauchte gelassen eine Zigarette. Ein Mann, den man in Lampeter als Dekan Morgan kannte, Vorstand der Fakultät für Begräbnislehre, der Mann, der sich einst damit gebrüstet hatte, sein Beruf sei der Tod.

Ich war zu müde, um zu laufen, und die Zeit war knapp. Auf der Hauptstraße hielt ich ein Taxi an und sagte dem Fahrer, wir müssten in drei Minuten am Bahnhof sein. Die Straßen waren leer, und wir schafften es in zwei. Ich sprang aus dem Wagen, drückte ihm zu viel Geld in die Hand und rannte unter dem steinernen Portal entlang. Die Halle war in grellweißes, fluoreszierendes Licht getaucht, das den Augen so spät in der Nacht richtig wehtat. Die Dame schloss gerade den Imbiss, aber ich konnte sehen, dass der Zug noch dastand. Das Ende des letzten Wagens stieß dort, wo die Schienen aufhörten, gegen einen Prellbock. Die Diesellok, die weit vorn in der Dunkelheit der Nacht verborgen stand, stampfte wie ein Pferd, das die Muskeln anspannt, weil es endlich losjagen will. Das lange Vordach erstreckte sich über den Bahnsteig hinweg ebenfalls bis weit in die Dunkelheit hinein, eine altertümliche Eisenkonstruktion, auf der noch die Initialen der Great Western Region eingeprägt waren. Die blinden Glasscheiben waren mit Generationen von GWR-

Ruß beschmiert und strömten jenen köstlichen Duft aus, der sich in den Dachvorsprüngen von Bahnhöfen zu sammeln pflegt: die komprimierten Sehnsüchte und die Traurigkeit all der Reisenden, die ankamen und abreisten, sich küssten und weinten und den Ort mit ihrer Hoffnung salbten. Bahnhöfe bei Nacht – so romantisch wie die Namen weit entfernter Städte auf der Skala eines Langwellenradios; magische Orte, die aus der Zeit gefallen sind und den Nachtschwärmern gehören: Pilgern und Liebenden, den Einsamen, den Hoffnungsvollen und den Verdammten.

Wie verrückt suchte ich nach einer Münze für den Bahnsteigkartenautomaten, und der Schaffner, dem meine Not und Verzweiflung auffiel, öffnete das Tor. Ich rannte den Bahnsteig entlang. Dahinter glitzerten die Lichter der Lokschuppen und der Signalanlage, die Lachen dreckigen Öls, der Irrgarten der Gleise, die kreuz und quer liefen und wie Spaghetti aus Quecksilber glänzten ... Und über allem hing am malvenfarbenen Nachthimmel eine verschlungene Halskette aus Sternen.

Eine einzelne alte Frau mit einem dunklen Umhängetuch ging den Bahnsteig hinunter und zog einen kleinen Koffer hinter sich her. Ich erreichte sie, als sie gerade in den letzten Wagen einstieg. Sie fuhr herum, einen Fuß noch in Aberystwyth, einen Fuß bereits in einer anderen Welt. Der Hut und das Umhängetuch trugen nicht viel dazu bei, Judy Juices liebliche Züge zu verbergen.

Sie lächelte jenes matte Lächeln von Menschen, die davon ausgehen, enttäuscht zu werden, und zumindest erfreut sind, dass sie recht behalten haben. »Ich hätte es beinahe geschafft. Ein Schritt noch, und ich wäre fort gewesen. Immerhin bin ich froh, dass Sie es sind und kein richtiger Bulle. Sie kennen die Bullen ja ...«

»Ich weiß. Sie verhaften einen oder sie verarschen einen.«

»Ist sie tot?«

Ich nickte.

Judy zuckte traurig mit den Schultern. »Vermutlich sollte ich so tun, als täte es mir leid. Aber das tut es nicht.«

»Der Dekan behauptet, er hätte es getan.«

»Er war schon immer ein Dummkopf.«

Der Schaffner ging den Zug entlang und schlug die Türen zu, die Kelle griffbereit in der Hand. Ich hob den Koffer hoch und schob ihn in den Zug. »Er muss geglaubt haben, Sie seien es wert.«

»Ich sagte doch, er ist ein Dummkopf.«

»Ich kann seine Gefühle durchaus verstehen.«

Sie grinste. »Sie sind wirklich süß. Wo waren Sie bloß, als ich aus dem College geworfen wurde?«

»Danke, dass Sie Calamity gewarnt haben.«

»Hat sie Ihnen das erzählt?«

»Nein, sie wusste nicht, wer Sie waren.«

»Vergessen Sie es, das war doch nichts.«

»Nichts? Das war alles.«

Sie strich mir über die Wange. »Nettes Mädchen. Passen Sie auf sie auf.«

Ich nahm sie am Ellbogen, half ihr in den Wagen und schloss die Tür. Sie schob das Fenster nach unten und lehnte sich hinaus.

»Sie wollen mich wirklich fahren lassen? Sie wissen, dass ich es getan habe. Ich habe sie umgebracht.«

»Ich weiß. Sie mussten.«

»Macht das irgendeinen Unterschied?«

»Sie hat meine Waffe genommen, einfach genommen und nur einen Zettel hinterlassen. Das war keine spontane Sache. Und dann ist sie damit zu Ihrem Wohnwagen gegangen. Sie hätte Sie getötet. Hätte die Waffe nicht Ladehemmung gehabt, wären Sie jetzt tot.«

»Und Sie wollen zulassen, dass der Dekan die Schuld auf sich nimmt?«

»Was mich angeht, wissen nur drei Personen wirklich, was in diesem Wohnwagen passiert ist, und eine davon ist tot. Ich war nicht dort.«

»Wird man Ihnen glauben?«

»Nein.«

»Denken Sie, man wird mich in Shrewsbury finden?«

»Vermutlich. Aber wieso sollten Sie dort bleiben? Die Gleise führen viel weiter.«

»Ja, bis China, habe ich gehört.«

Die Pfeife schrillte, und der Zug machte ein dumpfes, klackendes Geräusch, als sich die Lok in Bewegung setzte.

»Man wird wissen, dass Sie mich haben entkommen lassen – die Leute hier am Bahnhof haben Sie gesehen.«

»Und ein Taxifahrer.«

»Was wird man mit Ihnen machen?«

Ich seufzte. »Möglich wäre so einiges. Wenn ich Glück habe, waschen sie mir nur gehörig den Kopf. Wenn ihnen das nicht reicht, werden sie mir die Lizenz wegnehmen. Wäre nicht das erste Mal.«

»Und das tun Sie alles für mich? Warum?«

Ich ergriff ihre Hand, die oben auf dem Fenster ruhte, und drückte sie sanft. »Sagen wir, es ist ein alter Trick, den ich von Ben Guggenheim gelernt habe.«

Sie lehnte sich heraus, gab mir einen Kuss und sagte: »Klingt nach einem netten Kerl. Ich werde nach ihm Ausschau halten.«

Ein weiterer Ruck ging durch den Zug, und er glitt langsam aus dem Bahnhof, wurde dann aber rasch schneller. Ich stand auf dem leeren Bahnsteig und dachte an Geschichten aus lang vergangenen Zeiten: an Kometen, die am Himmel erschienen waren, wenn außergewöhnliche Kinder geboren wurden, Kinder, die mit Fell bedeckt waren oder einen Schwanz hatten. Und ich dachte daran, wie ein ähnliches himmlisches Wunder einst über dem Pumlumon zu sehen gewesen sein musste, als Mrs. Bligh-Jones in einem Kuhstall ein Mädchen zur Welt brachte, das seltsamer war als ein Wechselbalg. Kein Zauberer hat jemals etwas Bemerkenswerteres aus seinem Hut gezaubert. Das schlechte Mädchen, das Calamity das Leben gerettet hatte und meinte, das sei doch nichts. Aber ich wusste, wie viel mehr als nichts es war. Ich kannte den grausamen Preis, den sie bezahlt haben musste. Denn die einzige Person, die ihr erzählt haben konnte, wo das Treffen mit Calamity stattfinden sollte, war der Mann, den sie verabscheute, der ihre Mutter umworben und dann ermordet hatte – und der sicherlich die Nacht mit dem einzigen Mädchen in Aberystwyth genossen hatte, von dem es hieß, er würde es niemals haben können.

Leichter Nebel senkte sich herab und ließ die Lampen entlang des Gleises wie Wunderkerzen glitzern. In der Ferne, irgendwo auf der Höhe von Llanbadarn, verschwanden schließlich die Rücklichter des Zugs. Draußen auf der Straße wurde eine Autotür zugeknallt, und dann war das Klacken von hohen Absätzen auf Beton zu hören. Jemand, der hastig zu einem Zug rannte, der bereits abgefahren war. Ich drehte mich um und sah ein einsames Mädchen auf mich zulaufen, wie jemand, den ich einst über die Dünen von Ynyslas hatte laufen sehen. Und dann entdeckte ich den ängstlichen Ausdruck auf ihrem Gesicht und wusste, sie war nicht gekommen, um mit dem Zug abzureisen, sondern um ihn aufzuhalten. »Oh Louie!«, rief sie nach Luft schnappend und schlang die Arme um mich. »Louie! Bitte geh nicht weg!«

Ich vergrub das Gesicht in Myfanwys zerzaustem Haar und sog ihren Duft ein, während in der Ferne von den Bergen das Pfeifen des Nachtzugs widerhallte, der nach Osten Richtung Shrewsbury raste, die helle, silberne Hoffnungsleiter hinauf.